セーヌ川の書店主

Das Lavendelzimmer

NINA GEORGE

ニーナ・ゲオルゲ　遠山明子訳

集英社

セーヌ川の書店主

ジャン・ペルデュの旅路
セーヌ川
パリ
サン＝マメス
セポワ
ブリアール
サンセール
ヌヴェール
アプルモン＝
シュル＝アリエ
ブルボン・ルート（運河）
シャンパーニュ
ブルゴーニュ
シャロン＝シュル＝ソーヌ
キュイズリー
ディゴワン
ソーヌ川
リヨン
ジュネーブ
N
ローヌ川
陸路
アヴィニョン
アプト
リュベロン山地
ボニュー
アルル
プロヴァンス
エクス＝アン＝
プロヴァンス
マルセイユ
地中海
サナリー＝
シュル＝メール
トゥーロン

父、ヨアヒム・アルベルト・ヴォルフガング・ゲオルゲ
（通称がっしりジョー　一九三八年三月二十日アイヒヴァルダウ郡ザワーデ（現在ポーランド領ザワダ）生――二〇一一年四月四日ハーメルン没）に捧げる。

お父さん、お父さんが亡くなって
わたしが書いたものをすべて読んでくれたただ一人の人が
この世からいなくなりました。
お父さんがいなくて、この先ずっとさみしい思いをするでしょう。
夕暮れの光の中に、海の波の中に、お父さんを見ます。
お父さんは話している際中に逝ってしまいました。

二〇一三年一月

ニーナ・ゲオルゲ

失われた者たちに、
そして失われた者たちを今なお愛する者たちに捧げる。

1

どうして承知してしまったんだろう？

　二十七番地のアパルトマン一階。その向かい合わせに住む、大家のマダム・ベルナールと管理人のマダム・ロザレット。ふたりの女傑が、ムッシュ・ペルデュを挟み撃ちにした。

「ル・ペが奥さんをひどい目に遭わせたんですよ」

「恥ずべきですよ。いってみれば花嫁のベールについた衣蛾（いが）」

「奥さんを見れば、男の本性が知れるもの。シャネルを着た製氷機ってとこかしら。でもね、男なんてもんは、みんなケダモノですよ」

「ご婦人方、一体全体なんの話なのか……」

「ムッシュ・ペルデュ、もちろん、あなたは違いますよ。布地でいえば、あなたはカシミアですからね」

「ともかく、新しい住人が入ったんですよ。五階のあなたの向かいにね、ムッシュ」

「でも彼女、何も持ってないんですよ。まったくなんにもね。持っているのは打ち砕かれた幻想だけ。いわばすっからかん」

「それであなたにお鉢が回ってきたってことですよ。あげられるものは、なんでもあげてくださいな。寄付はなんでも大歓迎」

「ええ、もちろん。たぶんなにかいい本を一冊……」

「うーん、もっと実用的なものがいいんですけどね。テーブルとか。あの方は――」

「……何も持ってないんですよね。わかりました」

本屋を営む身としては、本以上に実用的なものがあるとは思えなかった。しかし新しい入居者にテーブルを寄付することを約束した。テーブルなら、あるにはある。

ペルデュはアイロンをきっちりかけた白いワイシャツのボタンを、上からひとつ、ふたつはずしてネクタイを差しこみ、袖を注意深く折り返して、肘(ひじ)までまくり上げた。廊下の本の壁を凝視する。本棚の背後には、二十一年間開けていない部屋がある。

二十一回巡った歳月と夏と元日の朝。

テーブルはその部屋にある。

大きく息を吐いて、適当な一冊に手を伸ばした。オーウェルの『一九八四年』を抜き出す。本はぼろぼろに崩れたりはしなかった。

機嫌を損ねた猫のように手をかむこともなかった。

次の本を取る。さらに二冊。それから両手を棚に入れてごっそり本を取り出し、脇に積み重ねる。積み上げた本が木になり、塔になり、魔法の山となる。

手にした最後の本に目を向けた。『トムは真夜中の庭で』。タイムトラベルのメルヘンだ。

前兆というものを信じるなら、これがそうかもしれない。

両手を拳にして板をたたいて、取りつけ用の支持具から外す。それから一歩下がる。

あった。見えた。本の壁の奥に扉が。その扉の向こうに部屋がある。そこには……。

テーブルなんて買ってすませればいいじゃないか?

ペルデュは口をさっとなでた。そう、それがいい。本のほこりを払って、また本棚に並べ、扉のことは忘れる。テーブルを買って、今まで通りに暮らしていく。そうしてまた二十年経てば七十歳になる。その先はどうにかなるだろう。その前に死ぬかもしれないし。


意気地なしめ!


ふるえる手で扉の取っ手をつかむ。

扉を部屋の内側へそろそろと押す。目を細め、そして……。

月の光と乾いた空気だけ。それを鼻から吸いこんで探る。だが何も見つからない。
＊＊＊のにおいが消えている。
二十一回目の夏を迎えた今、蓋の開いているマンホールを迂回(うかい)するように、＊＊＊のことを考えずにうまくやり過ごせるようになっていた。

彼女のことを考えるとき、名前はたいてい＊＊＊だ。ざわめく意識の流れの中、そこだけが沈黙している。過去のイメージの中にぽっかりあいた空白。感情の中心に浮かぶ暗闇。言い方はいくらでもある。

ペルデュは部屋の中を見回した。それにしてもなんて静かなんだろう。ラベンダーブルーの壁紙はもはや色褪(あ)せてしまっている。閉まっていた扉の向こうで、積もる年月が壁から色を吸い取っていた。

廊下からわずかに光が射しこみ、影を作り出している。椅子が一脚。テーブルが一台。二十年以上前にヴァランソル高原から失敬してきたラベンダーを挿した花瓶。そして椅子に腰かけ、両腕で自分をかき抱く五十歳の男がひとり。

あの上にはカーテンがあった。あそこには絵と花と本。猫のカストールが寝椅子で眠っていた。ロウソクの光とささやき。赤ワインを注いだグラスと音楽があった。踊る人影が壁に映っていた。一方は背が高く、もう一方はとても美しい影。

かつてこの部屋には愛があった。

今はひとりだけ。

両手を拳にして熱い目頭をこする。

ごくんと息を呑(の)む。もう一度息を呑んで涙をこらえる。のどが詰まって苦しい。熱さと痛さで、背中が燃えるようだ。

息を呑んでも苦しくなくなると、ようやく立ち上がり、両開きの窓を開けた。

裏庭からさまざまなにおいがいっせいに立ち上ってきた。ゴールデンベール家のキッチンガーデンからはハーブの香り。ローズマリーにタイム。それに盲目のフットマッサージ師で〈足にささやく者〉のチェが使うマッサージオイルのにおい。それからパンケーキのにおい。ガーナ人コフィーのアフリカ風グリル料理から立ち上る肉汁の刺激臭。

その上を六月のパリのにおい、菩提樹(ぼだいじゅ)の花と期待の香りがただよう。

しかしペルデュは、そうしたにおいを拒んだ。全力でにおいの魔力に抗(あらが)った。なんであれ憧憬を呼び起こしうるものはすべて、うまく無視できるようになっていた。においも。旋律も。物の美も。

木製のテーブルを洗うために、つましいキッチンの隣の小部屋から、水とオリーブ石鹸(せっけん)を取ってくる。

今は色褪せた光景、ひとりではなく、＊＊＊といっしょにすわっていたその光景を思い出すまいとする。

テーブルを濡らし、こすり、心に突き刺さる問いを無視する。愛と夢と過去のすべてを埋めたこの部屋の扉を開けてしまって、この先いったいどうなるのだろう。

記憶は狼の群れと同じだ。追い払うこともできなければ、こちらを無視してくれ、と望むこともできない。

ペルデュは小さいテーブルを扉まで運び、持ち上げて本の壁を抜け、紙でできた魔法の山に沿って階段室へ出し、向かいの住居まで持っていった。

ノックしようとしたとき、悲しみが聞こえてきた。

すすり泣く声。枕に顔をつけて声を押し殺しているかのような泣き声。

緑色の玄関扉の向こうで誰かが涙を流している。

女の泣き声。誰にも聞かれたくないかのようにさめざめと泣いていた。

2

彼女は〈ほら知ってるでしょ、例のル・ペの奥さんだった人〉だ。

そんなこと、知らなかった。ペルデュはパリのゴシップ記事を読まない。

マダム・カトリーヌ・〈知ってるでしょ、例のル・ペ〉は、ある木曜の晩遅く、芸術家の夫のエージェンシーと広報の打ち合わせをして帰宅した。すると鍵が合わなくなっていて、階段室にトランクがひとつ置いてあり、その上に離婚申請書がのっていた。夫は何もいわずに引っ越していた。古い家具、そして新しい女とともに。

〈ル・ろくでなし〉のまもなく元妻となるカトリーヌには、結婚するとき持ってきた服以外、何も残されていなかった。そして自分がどれほどお人好しだったか思い知らされた。かりに別れることになっても、愛し合った相手は人間的な気遣いをするだろうと信じていたし、夫のことはよくわかっているから今さら驚きはしないと思っていたのだ。

「よくある思いこみですよ」大家のマダム・ベルナールはパイプの煙をくゆらせながらいった。捨てられて初めて男の正体がわかる。

それまでの自分の生活から、これほど冷酷に締め出された者は見たことがない。

孤独な泣き声に耳をすます。おそらく両手かキッチンクロスで必死に抑えようとしている。ここに自分がいると、知らせるべきだろうか？　そして彼女を困惑させる？　いや、まずは花瓶と椅子を取ってこよう。ペルデュはそう決めた。

音を立てないように自分の住まいと彼女の住まいの間を往復した。このどっしりした古い家が、どれほど音がつつ抜けか、よく承知している。床板のどこがきしむか、どれが後から作られた薄い壁か、壁のどこに空洞があって拡声器の役目を果たしているかも。

がらんとした居間に広げられている一万八千ピースのジグソーパズルの地図にかがみこむと、他の住人の生活が手に取るようにわかる。

ゴールデンベール夫妻のいい争う声（夫「そんなこともできないのか？　なんでおまえは……。……っていったろうが？」――妻「あんたって人はいつだって……。……してくれたためしがないんだから。……してよ！」）。ペルデュは新婚ほやほやだった頃の夫妻を知っている。あの頃はしょっちゅう笑い合っていた。それから子どもが生まれ、親となったふたりの心は大陸が分裂して移動するように離れていった。

クララ・ヴィオレットの電動車椅子が絨毯（じゅうたん）の縁を、廊下やドアの敷居を乗り越える音。ピアニストのクララがかつて陽気に踊っているのを、見たことがある。

チェと若いコフィーが調理する音。チェは鍋をゆっくりとかきまぜる。チェは生まれたときから盲目だが、人間の感情や思考の残り香や残響で世界を見ることができるという。彼は行った先の部屋で愛が営まれたか、命が育（はぐく）まれたか、争いがあったか、感じとることができた。

ペルデュは日曜ごとに、マダム・ボムの住まいからもれる音に耳をすます。マダムと未亡人の仲間数名が、いかがわしい本をのぞきこんで若い娘のようにくすくす笑っている。そうした本は、彼が未亡人たちの口うるさい親類の目を盗んで手配していた。

モンタニャール通り二十七番地のアパルトマンは、ペルデュの沈黙の島に打ち寄せる、命あふれる海だ。

二十年前からずっとその潮騒(しおさい)に耳を傾けてきた。アパルトマンの隣人のことは、熟知している。ときどき、向こうがこっちのことをあまりに知らないことに驚かされる(無論その方が好都合ではあるけれども)。みんな、彼がベッドと椅子とハンガースタンドくらいしか家具らしきものを持っておらず、ちょっとした陶器の置物も、音楽も、絵も、フォトアルバムも、ソファセットも、食器も一人分しか持っていないとは知らない。そしてそうした簡素な暮らしをあえて選んだことも知らない。今も使っているふたつの部屋はがらんとしていて、咳(せき)をすると反響するくらいだ。居間には、床にばかでかいジグソーパズルの地図が広げてあるだけだ。

寝室には、マットレスと、アイロン台と、読書スタンドと、キャスターつきのハンガースタンド。ハンガースタンドには、まったく同じ服が三組、灰色のズボンに白いワイシャツ、茶色のVネックのセーターがかかっている。台所にはコンロと、コーヒーを入れた缶と、食料品を置く棚がある。食料品はアルファベット順に並べている。人様にはとうてい見せられない。

それでも彼は、二十七番地の住人に、奇妙な感情を抱いていた。彼らが支障なく暮らしているとわかっている方が、どういうわけか気分がよかった。だからみんなの暮らしがうまくいくように、彼なりにできることを、目立ちすぎない程度にしていた。それには本が役に立った。あとは背景に引っこんでいた。いわば絵の下地のようなもので、人生は絵の表面で展開していた。

ところが四階に新しく入った住人マクシミリアン・ジョルダンは、ペルデュをなかなかそっとしておいてくれなかった。
ジョルダンはオーダーメイドの耳栓をしていて、その上に耳当てをつけ、寒い日にはさらにその上にニット帽をかぶっている。若い作家で、デビュー作が売れに売れて有名になり、それ以来押しかけてくるファンから逃げまわっている。そんなジョルダンから、ペルデュは奇妙な関心をもたれていた。

ペルデュが住居の前でテーブルの上に花瓶をのせ、横に椅子を置くと、泣き声が止まった。代わりに床がきしむ音が聞こえてきた。気をつけて歩いているらしいが、どうしても音はしてしまう。

ペルデュは緑色の扉のすりガラスを通して中をうかがった。それから、とん、とんと小さく二度ノックした。

顔が近づいてきた。おぼろげな明るい楕円形の影。

「はい?」〈楕円形の影〉がささやいた。

「椅子とテーブルを持ってきました」

〈楕円形の影〉は黙ったままだ。

そっと話さなければ。あんなに泣いていたのだから、体がからからに乾いてしまっていて、大声で話しかけたら、くずおれてしまうかもしれない。

「それに花瓶も持ってきました。花を飾れるように。赤い花なんていいかもしれません。白いテーブルに色が映えて、きっととてもきれいですよ」

ペルデュは頬をガラスに押しつけんばかりに近づけた。

そしてささやいた。「それとも本を持ってきましょうか」

階段室の明かりが消えた。

「どんな本ですか？」〈楕円形の影〉がささやいた。

「慰めになる本です」

「でももっと泣かなければ。そうしないと溺(おぼ)れてしまいます。わかります？」

「ええ、もちろん。人はときに涙をためていると、流さなかった涙に沈んで溺れてしまいます」そんな海の底にわたしはいる。「それなら泣ける本を持ってきますよ」

「いつです？」

「明日。それまでに何か食べて飲むと約束してください」

どうしてそんなぶしつけなことをいったのか、ペルデュは自分でもわからなかった。ふたりの間に扉があったせいに違いない。

ガラスが女の息で曇った。

「ええ」彼女はいった。「ええ」

階段室の明かりがぱっとつくと、〈楕円形の影〉はびくっとして下がった。

ペルデュは少しの間、片手をガラスの上に置いた。彼女の顔がたった今あったところに。

他にも何かいるなら、タンスでも、ジャガイモの皮むき器でも、買ってきて、うちにあったということにしよう。

ペルデュは空虚な住まいにもどり、閂(かんぬき)をかけた。

本棚の裏の部屋へ通じる扉は開いたままだ。部屋の中をのぞけばのぞくほど、一九九二年の夏が床から立ち上がってくるように思えてならなかった。猫がベルベットのような白い脚で寝椅子から飛び下り、伸びをする。日の光が裸の背中を照らした。振り返ると、＊＊＊だった。彼女がペルデュに微笑(ほほえ)みかける。本を読む姿勢をくずして立ち上がり、裸のまま本を片手に近づいてくる。

「やっとその気になったの？」＊＊＊が尋ねる。

ペルデュは扉を閉めた。

いや、だめだ。

3

「いや、だめです」ペルデュは翌朝もそういった。「この本はお売りできません」

そして女性客の手から穏やかに『夜』を取り返した。〈文学処方船〉という本屋を兼ねた船には小説がたくさん置いてある。それなのによりによって、あれこれ取りざたされているあのベストセラーを選ぶとは。モンタニャール通りのアパルトマンの四階に住む耳当てがトレードマークのマックスことマクシミリアン・ジョルダンが書いた小説を。

女性客は本屋の主人を唖然として見つめた。

「そんな、いったいどうしてです？」

「あなたには合いません」

「マックス・ジョルダンがわたしには合わない？」

「ええ、その通り。あなたのタイプではありません」

「わたしのタイプ？　なんてこと。いわせてもらいますけど、わたしはあなたの船に本を探しにきたんです。結婚相手ではなくね、ムッシュ」

「失礼ですが、長い目で見れば、どんな男と結婚するかより、何を読むかの方が重要ですよ、マダム」

　女性客は眉をひそめてペルデュをにらんだ。

「その本をこっちによこして、代金を受け取ってちょうだい。それで今日はいい日だってことにしましょうよ」

「今日はいい日ですよ。おそらく明日から夏になるでしょう。でもこの本はお売りできません。別の本を何冊かお薦めさせてもらえませんか？」

「へええ？　古くさい古典作家を押しつけるつもり？　川に投げ捨てれば魚が中毒死するかもしれないし、そんなかったるいことはしたくないからってこと？」女性客は初めは小声だったが、だんだんエスカレートして大声になった。

「本は卵じゃありません。何年か置いておいたからって、それだけで悪くなるもんじゃない」ペルデュの声の調子もきつくなった。「それに古いとか、年を取るとかいいますが、それが何だっていうんです？　老いは病じゃない。何でも古くなります。本だってね。けれども少しばかり長くこの世に存在しているからって、誰かの価値が減ったり、重要度が薄れたりするものですかね？」

「そんな風に何もかもねじ曲げるなんて、まったくお笑い種(ぐさ)だわ。『夜』を売りたくないからって」

女性客――いや客とはいえない――は財布を上等なショルダーバッグに投げ入れて、ファスナーを閉めようとしたが、途中でひっかかってうまく閉まらなかった。

ペルデュは自分の中で何かが大きく波立つのを感じた。激しい感情。怒り。緊張。ただそれは、この女性とは何の関係もない。それなのに口をつぐんでいられなかった。女性が怒って音を立てて船内を歩いていくのを追いかけて、本棚がずらりと並ぶ薄暗い空間に呼びかけた。「あなた次第ですよ、マダム！　わたしに唾を吐いて出ていくこともできる。あるいは今この瞬間から、本に守られてこの先何千時間もの苦悩を免れることもできる」

「ありがとう。すでに苦悩の只中よ」

「あなたよりもっとやせている女性を好む男もいるだろうし、女は馬鹿な方がいいという男もいるだろう。あなたをないがしろにするようなそんな男たちとの愚にもつかない恋愛にうつつを抜かしたり、くだらないダイエットに身をやつしたりするより、本を読んで過ごす方がずっといい」

女性はセーヌ川を望む大きい窓辺に立ってペルデュをにらんだ。「失礼ね！」

「馬鹿なことをしないよう、本があなたを守ってくれる。偽の希望からも、不実な男たちからもね。本は愛と強さと知で内面を補強して、内側からあなたを守る。本は内なる人生だ。選ぶのはあなたですよ。本にするか、それとも……」

ペルデュがいい終わらないうちにパリの遊覧船が横を通っていった。甲板の手すりには雨傘をさした中国人女性のグループ。一行はパリの有名な〈文学処方船〉を見るなり、パチパチ写真を撮りはじめた。

遊覧船は緑がかった褐色の大波をたて、〈文学処方船〉がぐらりと大きく揺れた。

シックなハイヒールを履いていた女性客がよろめいた。

しかしペルデュは手を差し伸べずに、『優雅なハリネズミ』を渡した。

彼女は反射的に本に手を伸ばし、それをしっかりつかんだ。

ペルデュは本を離さず、その女性客に、今度はあまり声を張り上げず、できるだけ穏やかに話しかけた。

「ひとりになれる部屋がいります。明るすぎない部屋で、相手をしてくれる子猫がいるとなおいい。この本をどうかゆっくり読んでください。途中で息をつきながらね。大いに考えさせられることと思います。もしかして泣くことになるかもしれません。我が身を、無駄に費やした年月を嘆いて。けれどもその後、気分が上向くはずです。相手の振る舞いがひどくて死にたくなったからといって、死ぬことはないと気づくでしょう。そしてまた自分が好きになり、もう醜いとも、単純だとも思わなくなるでしょう」

そう助言してから、ようやく本を離した。

女性客はペルデュをじっと見つめた。その日にはショックがありありと見てとれた。ペルデュの読みは当たっていた。まさに図星。

女性客は本を落とした。

「頭がどうかしてるんじゃない」吐き捨てるようにいうと、きびすを返し、肩を落としてヒールの音を響かせ、川岸に向かった。

ペルデュは『優雅なハリネズミ』を拾い上げた。落ちたときに本の背がへしゃげてしまっていた。しかたない。ミュリエル・バルベリのこの小説は、路上の古本屋に回すしかない。掘り出し物を入れた木箱に並べて一ユーロか二ユーロで売られることになるだろう。

ペルデュは、ぶらぶら歩く人々をかきわけていく女性客の姿を目で追った。肩が小刻みにふるえている。

泣いているのだ。こんなことくらいで打ちひしがれる意気地なしではない、と自覚しているような泣き方。

だがなぜ今、こんな理不尽な目に遭わなければならないのか、と深く傷ついている泣き方でもある。すでにひどい傷を、むごたらしい深い傷を負っているのに、まだ足りないというのだろうか。卑劣な本屋に、こんな仕打ちを受けなければならないなんて。

彼女が愚か者を十段階で評価するなら、愚にもつかない〈文学処方船〉の張り子の虎である自分は、十を通り越して十二をつけられることだろう、とペルデュは思った。

だとしてもしかたがない。怒りを爆発させたのも、無神経な独善的態度を取ったのも、昨夜あんなことがあったからで、例の部屋と関係している。普段はもっと辛抱強い。

客が何を望もうが、どんなに罵(ののし)ろうが、どれほど奇妙な態度を取ろうが、取り乱すことはまずない。

彼は客を三通りに分類していた。第一のグループは、本を息苦しい日常の唯一の清涼剤にしている者たち。一番好きな客だ。何が必要かアドバイスすれば、耳を傾けてくれる。あるいは向こうから自分が何に弱いか打ち明けてくれる。たとえば「山やエレベーターや高台からの眺めが出てくる小説はごめんです。わたしは高所恐怖症なんです」などといってくれる。ペルデュに童謡を歌ってみせる客もいる。ラララ、とハミングして「この歌を知りませんか？」と訊(き)く客も。物知りの店主なら、その歌を覚えていて、子どもの頃親しんだそのメロディーが一役買っている本を差し出してくれると期待して。ペルデュはたいてい、その歌を知っていた。彼にもよく歌を歌っていた時期があるのだ。

二番目のカテゴリーに入る客は、シャンゼリゼの船着き場に係留されているルル号に大書されている本屋の名前、〈文学処方船〉に惹(ひ)かれてやってくる。

そして特製の葉書（「読書は偏見を覆す」「本を読む者は嘘をつかない。少なくとも読書中は」）を何枚か、あるいは茶色い薬の小瓶入りのミニチュア本を何冊か買う。写真を撮るだけの者もいる。

だが彼らも、品位もないのに王様気取りでいる三番目の者たちに比べれば、よっぽどましだ。三番目の者たちは、ボンジュールもいわずにあれこれむちゃな注文をする。曰(いわ)く「詩が書いてある絆(ばん)創膏(そうこう)はないのか？」「シリーズ物のミステリーが印刷されているトイレットペーパーは？」「なんで携帯用の空気枕を置いてないんだ？　本の薬局ならそれくらいあってもいいはずだろ」そしてフライドポテトを食べたばかりの油のついた指で、本にべたべた触る。

ペルデュは離婚して旧姓にもどっている母親リラベル・ベルニエから、ある年齢以上の女性は長時間すわって読書をしていると脚が重くなるからと、薬用アルコールと血栓予防ストッキングを売ることを勧められた。

純文学よりもストッキングの方が良く売れる日もある。

彼はため息をついた。

あの女性客は、神経過敏になっているのに、どうしてああも『夜』を読むことに固執したのだろう？

まあいい。『夜』を読んでも害にはならないだろう。
害になるにしても、それほどひどくは。

ル・モンド紙は『夜』と作者のマックス・ジョルダンを、怒れる若者の新しい声だと称（たた）えた。女性誌は、飢えた心を持つこの若者を持てはやし、本の表紙よりも大きく作者の特大写真をのせた。マックス・ジョルダンはいつも少し驚いたような顔で写っていた。それに傷ついた顔で。

ジョルダンのデビュー作『夜』は、自分を見失ってしまうのではないかと恐れるあまり、愛を憎悪するか、シニカルに無関心を装うしかない男たちの哀れな嘆きであふれている。ある批評家は「新しい男性中心主義宣言」だといって絶賛した。

それはちょっとかいかぶりすぎだとペルデュは思った。『夜』は初めて人を好きになった青年の絶望的な内面告白の書だ。青年は自分の感情をコントロールできないことに戸惑う。どうやって恋愛を始めていいかもわからなければ、どうやって終わらせればいいかもわからない。誰を愛するか、誰に愛されるか、いつ始まって、いつ終わるか、そしてまったく予想もつかない途中経過。自分で何も決められないことが、青年をひどく動揺させる。

愛は男たちが恐れる独裁者だ。男が愛に対して逃げ腰になるのも無理はない。なぜ男が邪険な態度を取るのか知りたくて、何百万もの女性が、この本を読んだ。なぜ彼らが鍵をつけかえるのか、ショートメールで別れを告げるのか、親友である女性と寝るのかを知るために。男たちがそうするのは独裁者の鼻を明かすためなのだ。そらみろ、尻に敷こうったってそうはいかない。絶対にいう通りにはならないからな。

しかしそんなことを知って女性が慰められるだろうか？

『夜』は二十九カ国語に翻訳された。管理人のロザレット曰く、ベルギーにまで売れた。どうしてわざわざベルギーを持ち出すのかといえば、すなわち生粋のフランス人にはそれなりに偏見があるということだ。

七週間前にマックス・ジョルダンはモンタニャール通り二十七番地に引っ越してきた。四階のゴールデンベール家の向かいだ。ラブレターや電話や告白攻めで彼を追いかけ回すファンたちは、そのことをまだつきとめていない。ファンはウィキペディア上に『夜』のフォーラムを開いて情報交換までしている。元カノについて――不詳。ジョルダンはまだ童貞か？　エキセントリックな趣味――耳当てをつけること。現在住んでいる可能性がある場所――パリ、アンティーブ、ロンドン。

『夜』の心酔者たちは、すでに何度も〈文学処方船〉にやってきていた。彼女たちは耳当てをつけていて、自分たちのアイドルの朗読会を開いてほしいとペルデュにしつこく迫った。ペルデュが新しい隣人に朗読会の話を持ちかけると、二十　歳の作家は蒼白になった。上がり症なんだろう、とペルデュは思った。

ペルデュの目には、ジョルダンが逃亡中の青年に見えた。頼みもしないのに文士に祭り上げられてしまった若僧。そして多くの男たちにとっては、心の中でせめぎ合う矛盾した感情を女に暴露した裏切り者だ。

ウェブサイトには陰口フォーラムまであった。そこでは彼の小説を匿名でこきおろし、こけにし、愛をコントロールできないことを知って主人公が取った行動に作者も追随するよう、熱心に勧めた。つまりコルシカ島の断崖から海へ身を投げろというのだ。

『夜』の魅力的なところは、作者にとって危険なところでもあった。ジョルダンは男の内面を赤裸々に描いた。そんなことをした男はこれまでにひとりもいなかった。彼は文学に描かれたさまざまな理想像、世間に知られているあらゆる男性像を打ち壊した。「完全な男」も、「無感情な男」も、「もうろくした老人」も、「孤独な一匹狼」も。あるフェミニズムの雑誌はジョルダンのデビュー作のレビューに「男だってただの人間」という見出しをつけた。

ペルデュはジョルダンが敢行したことに感心しながらも、『夜』がスープ皿の縁から今にもこぼれそうなガスパチョのごとく思えた。作者の方も、感情があふれんばかりで、鎧（よろい）を身につけていない。ペルデュがネガなら、彼はポジだ。

あれほど強烈に物事を受け止めながら生きていくのはどんな感じがするものだろう？　そうペルデュは自問した。

4

ペルデュは次にイギリス人の客の相手をした。そのイギリス人は、こう尋ねてきた。「この間ここで緑と白の表紙の本を見たんですが、あれはもう翻訳されましたか？」ペルデュはそれがすでに出版されて十七年経っている古典作品であることを突きとめたが、その本の代わりに詩集を売った。それから注文していた本を配達人が木箱に入れてカートで運んできたので、いっしょに船に運び上げ、その後はセーヌの対岸の小学校からやってきた、いつもせわしなくしている女性教師に、最近の子ども向けの本を何冊か見せた。
『黄金の羅針盤』を夢中で読んでいる小さい女の子には、鼻をかんでやった。その子の働き過ぎの母親には、全三十巻の百科事典（アンスイクロペディ）にかかる付加価値税の還付証明を書いた。母親は分割払いで全巻を購入することにしたのだ。

　母親は自分の幼い娘を指差していった。「この子はほんとに変な子で、二十一歳になるまでにこれを全巻読みたいっていって。いいわよ、アンスィコ……じゃなかったアンスィケ……ともかく買ってあげるっていってやりました。でもその代わり誕生日のプレゼントはなしよ。クリスマスにも何もあげられないけど、それでもいいのねってね」

　ペルデュは七歳のその女の子にうなずいてみせた。女の子は真顔でうなずき返した。

「この年で、それって普通だと思います？」母親は心配そうに訊いた。

「勇敢で、賢明で正しいと思いますよ」

「利口すぎて男性に嫌われないかしら？」

「愚かな男にならありえますね、マダム。しかしそんな男を望む者がどこにいますか？　愚かな男は女性をダメにします」

　ずっと揉（も）んでいたせいで赤くなった両手に目を落としていた母親が、驚いて顔を上げた。

「どうして誰もそういってくれなかったのかしら？」母親は小さく微笑んで訊いた。

「お客さん」ペルデュは持ちかけた。「娘さんの誕生日に贈る本を一冊選んでください。今日はうちのサービスデイにします。事典のおまけに、小説を一冊、いかがです？」

「でも母が外で待っているんで」女性客はペルデュの提案を即座に断り、ため息をついた。

「母が施設に入るって言い出して。わたしにもう世話しなくていいからっていって。でもそんなことできません。あなたならできますか？」

「お母さんの様子を見てきますよ。その間にプレゼントを選んでください。いいですね？」

女性客は感謝の笑みを浮かべて提案を受け入れた。

川岸にいるおばあさんに、ペルデュは水を一杯持っていった。おばあさんはタラップがこわくて本の船に上がって来なかったのだ。

お年寄りは船を敬遠することが多い。ペルデュはそれをよく承知していた。陸で読書相談に乗る七十歳以上の顧客は大勢いる。おばあさんは川岸のベンチにすわっていた。人生が先へ進めば進むほど、老人は良き日々をより用心深く守ろうとする。残り時間を危険にさらすわけにはいかないのだ。だから乗り物で出かけなくなる。木が倒れて屋根を直撃しないように、自宅前の木を切り倒す。川の上にかかる五ミリ厚の鉄板をよろよろと渡ったりはしない。ペルデュはおばあさんに雑誌大の本のパンフレットも持ってきた。それをおばあさんは日の光をさえぎるための扇子代わりに使った。そしてここにすわれと促すようにベンチの横の席をたたいた。

おばあさんを見て、ペルデュは母親のリラベルを思い起こした。おそらく向けられた目のせいだろう。理知的で利発な目。それでおばあさんの横に腰をおろした。セーヌの川面がきらめいている。青い夏空が頭上に広がっている。コンコルド広場からざわめきとクラクションが聞こえる。静かな瞬間はひとときたりとない。七月十四日（パリ祭。フランス革命記念日）を過ぎると、パリの住人は夏休みを海辺や山で過ごすために街を離れるので、人が少なくなる。それでも街そのものはまだ騒々しく貪欲さを失わないだろう。

「あなたにもよくあるかしら？　古い写真を見て、死者の顔に間もなく死ぬ兆候が出ているかどうか探すなんてことが」おばあさんにふいに訊かれた。

ペルデュは首を横に振った。「いいえ」

おばあさんは茶色い老人斑（はん）がたくさん出ている指先をふるわせてロケットペンダントの蓋を開けた。

「これを見て。夫よ。倒れる二週間前の写真。わたしは若い身空でふいに、だだっ広い部屋に取り残された」

おばあさんは人差し指で夫の写真をなでた。そして鼻のあたりを軽くつついた。

「穏やかな顔をしているでしょ。どんな計画でも実現すると信じているみたいに。わたしたちはカメラにまっすぐ目を向けていた。そのままずっとやっていけると思っていた。それなのに……ああ、永久の眠りが待っていたなんてね」

おばあさんは口をつぐんだ。それから「わたしはもう写真は撮らせないの」といって顔をお日様に向けた。「おたくには、死について書いた本も置いてあるかしら？」

「ええ、とてもたくさん。老いることについての本。不治の病についての本。緩慢な死について。即死について。どこかの病院の病床でひっそりと迎える死について」

「よく思うんだけど、どうして生きることについてもっと書かれないのかしらね。死ぬことは誰にでもできる。でも生きることはどうかしら？」

「おっしゃるとおりですよ、マダム。生きることについては、まだまだ語れるはずです。本とともに生きることについて。子どもたちとともに生きることについて。初心者のための生きる本」

「あなたがそういう本をお書きになるといいわ」

まるで生きることについて、このわたしが誰かにアドバイスできるみたいじゃないか。

「書くとしたらむしろ、ありふれた感情についての事典を著したいですね。『足の指の形を恥ずかしがる気持ち』ないし『足を見られて恋人に愛想を尽かされる不安』に始まり、『ヒッチハイカーにつかまる恐れ』を経て『我が家自慢』に至るまで」

なぜ身知らぬ女性にこんなことを話す気になったのだろう？　あの部屋さえ開けなければ。

おばあさんはペルデュの膝を軽くたたいた。彼はびくっとした。スキンシップは危険だ。

「感情の大事典ね」おばあさんは笑みを浮かべた。「そうね、足の指のことはわかりますよ。ありふれた感情についての事典ねぇ……ドイツの作家、エーリヒ・ケストナーを御存知？」

ペルデュはうなずいた。ケストナーは一九三六年、ヨーロッパがナチ色に染まる直前、『人生処方箋』を刊行した。ケストナーは前書きで述べている。「この本を私生活の治療に捧げる。通常、ホメオパシーの意味合いで適量を摂取することにより、実生活の大小の困難に対応し、一般的な内面生活の治療に役立つであろう」

「ケストナーの『人生処方箋』から着想して、この船を〈文学処方船〉と名づけたのです。苦悩と認識されることのない感情を扱いたいんです。医者が診断を下さない感情を。小さすぎてつかみどころがなく、セラピストも興味を抱かないごくささやかな感情、気持ちの揺れを。また一夏が終わったという思い。あるいは自分の居場所を探すのに、もはや全生涯がまるまる残っているわけではないと悟ったときの気持ち。ある人との友情が深いレベルに達せず、信頼できる別の友を探し求めねばならないと知ったときの落胆。誕生日の朝の憂鬱。子どもの頃の空気を懐かしむ気持ちなどを」

　母から、特効薬のない痛みに苦しんでいる、と打ち明けられたことがあった。それをペルデュはよく覚えている。「女性の中には、他の女性の足元ばかり見て、顔を決して見ない人がいます。逆に顔ばかり見て、めったに足元を見ない女性もいます」ペルデュの母は後者を好んだ。前者からは侮辱され誤解されていると感じるからだ。

　説明不能ながら、実在する苦悩を和らげるために、ペルデュはこの船を買ったのだ。当時はまだ艀（はしけ）で、ルルという名前だった船を自分の手で改造し、得体の知れない無数の魂の病に対して唯一の薬になる本を詰めこんだ。

「お書きなさいな。文学薬剤師のための感情事典を」おばあさんはそういって背筋を伸ばした。興奮し、生き生きしてきた。『初対面の人間に対する信頼』を『し』の項に付け加えるといいですよ。電車に乗り合わせた初対面の人間に対し、肉親に対してよりずっと開放的になる奇妙な感覚をね。それから『孫の慰み』は『ま』の項。命が受け継がれていくという満足感」

　おばあさんは夢見るように言葉を切った。

「足の指の形を恥じる気持ち。わたしもそうでしたよ。それでもあの人は、わたしの足を好いてくれました」

　祖母と母親と少女が去ったとき、ペルデュは思った。本屋は本を扱うと思われがちだが、そうではない。

　本屋は人間の面倒を見ているのだ。

昼時になって客足が遠のくと――食事はフランス人にとって国家や宗教やお金を束にしたよりも神聖だ――、ペルデュは剛毛製の箒（ほうき）でタラップを掃き、蜘蛛（くも）の巣を払った。カフカとリンドグレーンが川辺の並木の下をこっちに向かってくるのが見えた。ペルデュがそう名づけた二匹の野良猫は、彼になついていて毎日やってくる。首回りが白い灰色の猫は、人間の世界を犬の視点で解く寓話、フランツ・カフカの『ある犬の研究』で爪を研（と）ぐのを好む。耳が長くて赤と白の斑（まだら）のリンドグレーンの方は、『長くつ下のピッピ』の三巻本に身を寄せて寝るのが好き。リンドグレーンは人なつこい目をしたきれいな猫で、本棚の奥からその目をのぞかせては、客を注意深く観察する。油のついた手で本をべたべた触る三番目のカテゴリーの客がいると、二匹はときどき本棚の上からいきなり飛びついて客を追い払ってくれる。

本好きのこの二匹は、客の傍若無人（ぼうじゃくぶじん）な大きな足に踏まれる危険がなくなるのを待ってから上船してきた。そして甘えた声を出しながらペルデュのズボンにまとわりついた。

ペルデュは静かに立っていた。つかの間、ほんのつかの間、鎧を脱ぐのを我が身に許して、猫のぬくもりを享受する。猫のしなやかな体。目をつむり、ふくらはぎに感じるこの上なくやさしい感触を堪能する。

ほとんど愛撫（あいぶ）ともいえるこの感触だけが、ペルデュの私生活における唯一のスキンシップだった。彼が我が身に許す唯一のスキンシップ。

その貴重な瞬間が過ぎ去った。大都市の五大不幸（めまぐるしさ、無関心、熱気、騒音。そしてよくいるサディスティックなバスの運転手）から本を守っている防壁代わりの本棚の裏で、ものすごい咳の発作がしたのだ。

5

猫は薄暗がりにさっと姿を消した。厨房(ちゅうぼう)に用意してあるツナ缶を探している。

「いらっしゃい」ペルデュは声をかけた。「何か探しているのかな?」

「何も」マックス・ジョルダンはだみ声でいった。

ベストセラー作家は両手にメロンを持って、おずおずと前へ進みでた。頭にはお決まりの耳当てがくっついている。

「お客さんの応対をしている間、ずっとそこにいたのかね、ムッシュ・ジョルダン?」ペルデュはわざときつい口調で尋ねた。

ジョルダンは困ったように頬を赤らめ、うなずいた。褐色の髪の付け根まで赤くなっている。

「ええ、あなたがちょうどぼくの本を売るのを拒んでいたとき来たんです」彼は悲しそうにいった。

おやまあ、それはまたなんとも間が悪かった。

「そんなにひどいと思ってるんですか?」

「いいや」ペルデュは即答した。返事をほんの少しでもためらったら、肯定したと思われるだろう。

ジョルダンにそう思わせる必要はないし、そもそもひどいなどとは思っていなかった。

「それじゃどうしてぼくの小説は彼女には合わないといったんですか?」

「ムッシュ……えーと……」

「マックスと呼んでください」

それを承知したら、向こうもこっちをファーストネームで呼ぶようになってしまう。

彼のファーストネームをチョコレートのように甘い声で最後に呼んだのは＊＊＊だった。

「取りあえずはムッシュをつけたままにしておくよ、ムッシュ・ジョルダン。ところでいいかい、わたしは本を薬のようなものとして売っている。万人に向く本もある。読者として適しているのはせいぜい百人という本もある。それどころか、薬、いや本の中には、たったひとりの読者のために書かれたものもある」

「えっ、ひとり？　たったひとりのために？　そのために何年もかけて？」

「ああ。人ひとりの人生を救えるならね！　あのお客さんには今、『夜』はいらない。彼女には耐えられない。副作用が強すぎる」

ジョルダンは考えこんだ。この船に積みこまれている何千冊もの本を眺める。本は本棚だけでなく椅子の上にも積み上げられている。

「でもお客さんがどういう問題を抱えていて、どんな副作用が起こりえるか、どうやって知るんですか？」

うーん。どうすればわかってもらえるだろう？　自分でもどうやっているかよくわからないのに。

ペルデュは耳と目と勘を頼りにする。どんな相手でも、話をすれば何が足りないかを聞きとることができる。体を見ただけで、態度や動きや身振りで、どんな感情を屈折させたり抑圧したりしているか、ある程度まではわかる。それにペルデュは、父が〈透聴力〉と名づけた能力を持っていた。

「人間はたいてい何かで本心をカムフラージュしているものだが、おまえはそれを透かして見たり聞いたりできる。何を心配しているか、夢見ているか、何が足りないか、背後に隠しているものがおまえには見えるんだ」

人は誰しも特別な能力を持っている。ペルデュの場合、それが〈透聴力〉だ。

彼の顧客の一人エリック・ランソンはセラピストで、エリゼ宮の近くにクリニックを持ち、政府の役人を診療している。そのランソンがペルデュをうらやんで、「患者の話を三十年間聞いてきたベテランのセラピストであるわたしよりも、あなたの方が相手の心理を的確に読む術を心得ている」といったことがある。

ランソンは毎週金曜の午後を〈文学処方船〉で過ごす。おもしろいことに剣と竜の出てくるファンタジーに目がなく、キャラクターの心理分析をしては、ペルデュを笑わそうとする。

ランソンはまた、政治家や政治家の下で働くストレス過多の役人を、〈処方箋〉とともにペルデュの元へ送りこんでくる。その〈処方箋〉にランソンは、さまざまな症状を文学のコードで記した。曰く「カフカ風。ピンチョンの風味もかすかにあり」「完全に非合理的なシャーロック。もしくは階段下症候群を患うハリー・ポッターの好例」

ペルデュにとって、欲望や権力乱用、くだらない事務作業の繰り返しに追われる彼ら（多くは男性）を本と過ごす暮らしに誘うことは、一種の挑戦だった。そうした機械のようなイエスマンが己の個性をことごとく奪ってきた仕事を放り出すと、ペルデュはどんなに満足を覚えたことか！

一冊の本がそうした解放を引き起こすことがままあった。

「いいかい、ジョルダン」ペルデュは別なやり方で説明しようとした。

「本は医者であると同時に薬でもある。診断をし、治療をする。正当な小説は妥当な情熱をもたらす。それがわたしの本の売り方なんだ」

「なるほど。マダムには産婦人科医が必要なのに、ぼくの小説は歯医者だってわけですね」

「うーん……そうじゃない」

「そうじゃない？」

「むろん、本は医者であるだけじゃない。人生の良き道連れとなる愛情あふれる小説もある。平手打ちを喰らわせるような本もある。秋に憂鬱な気分になっていると温かいバスタオルで包んでくれる女友だちのような本もある。多くは……そうだな、バラ色の綿菓子のようで、三秒間脳を刺激して、後には何も残さない。お熱い情事のようなものだな」

「つまり『夜』は文学における一夜かぎりの情事ってことですか？　浮気娘？」

なんてこった。作家と本の話をするのが御法度ってことは、古くからの本屋の常識だというのに。

「いいや。本は人間のようなもので、人間は本のようなものだ。わたしのやり方を話そう。まずこう自問する。この人は自分の人生の主役だろうか？　モティーフは何だろう？　それとも自分の物語の脇役にすぎないのだろうか？　夫、仕事、子どもたちが筋を使い果たしてしまうせいで、自分の物語から自らを締め出そうとしてはいまいか？」

ジョルダンの目が大きく見開かれた。

「わたしの頭の中には、およそ三万の物語が詰めこまれている。それでもたいした数じゃない。流通している本はフランスだけで百万を超す。その中で最も役に立つ八千冊を救急薬局であるここに置いている。だが療養用に数冊まとめて提供することもある。何冊か本を組み合わせて〝処方〟するんだ。家族団らんの日曜日の読書として料理の本。読者と似た女主人公の出てくる小説。かまずに呑みこむと毒になるが、涙を流させる叙情詩。わたしは客の声に耳を傾ける。ここを使ってね」

ペルデュはみぞおちを指差した。

「そしてここも」後頭部をこすった。「それからここ」今度は鼻の下を指した。ここがむずむずすると……。

「そんなこと、とうてい……」

「それが実際できるんだな」ペルデュには九九・九九％の人間の心が読めた。

しかし何人かは、ペルデュにも見透かせなかった。

たとえば自分自身がそうだ。

だがジョルダンに教えるまでもない。

ジョルダンにわかってもらおうと熱弁をふるううちに、胸のうちに危険な考えが何食わぬ顔で入りこんできた。

息子が欲しかったな。＊＊＊となら、何もかも欲しかった。

ペルデュは喘(あえ)いだ。

禁断の部屋を開けて以来、何かがずれてしまった。ガラスの鎧にひびが入ったようなものだ。髪の毛のように細いひびが幾筋も。早く衝撃から立ち直らないと、ふたたび何もかも壊れてしまう。

「なんだかとても……息苦しそうに見えますが」ジョルダンのそういう声がペルデュの耳に届いた。

「気を悪くしないでほしいんですけど、ぼくは、客がどういう反応をするのか知りたいだけなんです。あなたがこの本は売りません、お客さんに合いませんから、といったときのね」

「お客さんの反応？　さっさと行ってしまうよ。それできみの方はどうなんだ？　次の作品はどのくらい書けているんだい、ムッシュ・ジョルダン？」

若い作家はメロンを手にしたまま、本の山に囲まれた椅子のひとつに腰をおろした。

「全然。一行も」

「おやおや。それで締め切りはいつなんだ？」

「半年前」

「えー、それで出版社はなんと？」

「ぼくがどこにいるのか、連中は知りませんよ。誰も知らない。知られるわけにはいかない。ぼくはもうだめです。もう書けないいんです」

「なんと」

ジョルダンは額をメロンに押し当てた。

「行きづまったとき、あなたならどうします、ムッシュ・ペルデュ？」ジョルダンは力なく訊いた。

「わたしがどうするかって？　何もしない」

ほとんど何も。

疲れ切るまで一晩中、パリを歩きまわる。ルル号のモーターや、外壁や、窓をみがく。いつでも出航できるようにネジ一本おろそかにせず、点検する。二十年間、一度も動かしていないというのに。

本を読む。一度に二十冊並行して。トイレ、厨房、ビストロ、メトロ、どこでも。床いっぱいにジグソーパズルを広げて、それが完成すると、またくずして、初めからやり直す。宿無しの猫に餌をやる。食料品をアルファベット順に並べる。眠れるように薬を飲むこともときにはある。起きるとリルケを読む。ただし＊＊＊のような女性が出てくる本は、一冊も読まない。石のようになる。毎日同じことを繰り返す。そうすることでようやく生き延びられる。だがそれ以外は、ああ、それ以外は何もしない。

ペルデュは心を決めた。この青年は助言を求めている。ペルデュの体調を知りたいわけではないのだ。では期待に応えよう。

ペルデュは、カウンターの後ろの郷愁をそそる小さな金庫から、宝物を取り出した。

サナリーの『南の光』。

サナリーが著した唯一の本。少なくともその名前では。「サナリー」――かつて作家の亡命の地だった場所、プロヴァンスの南海岸サナリー＝シュル＝メールから取ったペンネーム。男か女かもさだかではない人物の本の発行人デュプレーは、アルツハイマー病を患（わずら）ってパリ郊外にある施設で暮らしている。明るい性格の老人で、訪れたペルデュにサナリーが誰で、どういう経緯で原稿が彼の手に渡ったか、二十四通りものバージョンを語ってきかせてくれた。

そういうわけで、ペルデュは今なお探求を続けている。

二十年前から、サナリーの語りのテンポ、言葉の選び方、文のリズムを分析し、文体と主題を他の作家のものと比較検討してきた。そしてサナリーとおぼしき作家を十二人特定した。女性が七人、男性が五人だ。

ペルデュはサナリーに感謝したかった。

サナリーの『南の光』だけが、彼を傷つけることなく心の琴線（きんせん）に触れたからだ。『南の光』を読むのは、ホメオパシー的な意味で、幸せを一定量摂取するようなものだった。ペルデュの心痛を和らげてくれる唯一のやさしきもの。焼き尽くされた魂の大地を潤す、ひんやりした小川だ。長編小説ではなく、多様な愛を描いた短い物語。考え抜かれた素晴らしい言葉でつづられて、大いなる生きる喜びに貫かれている。

日々を本当に生きること、一日一日をそのものとして、つまり比類なく、かけがえのない、貴重なものとして理解すること。それがどれほど困難か、メランコリックに語られている。そうした憂愁は、まさしく彼にとってなじみ深いものだった。

今、ペルデュはその最後の一冊を、ジョルダンに渡した。

「これを読むといい。毎朝三頁（ページ）。朝食の前、体を起こす前にね。その日、きみが体験する最初のものにならなければいけない。数週間すれば、もうそれほど傷ついているとは思わなくなるはずだ。成功したからって、スランプに陥って償う必要はないんだよ」

ジョルダンは、メロン越しにびっくり顔でペルデュを見つめた。それから言葉が口からこぼれ落ちた。

「どうして知っているんです？　金にも、成功がもたらしたくそいまいましい熱狂にも耐えられない！　みんななかったことになればいい。できる者は疎（うと）まれるだけで好かれない」

「マックス・ジョルダン、わたしがきみの父親なら、膝に乗せて尻をたたくところだ。きみの本が売れたのはいいことだ。成功に値する。努力して勝ち取った当然の報酬だよ。一セントたりとも不当じゃない」

ジョルダンの顔が誇りと少しばつの悪そうな喜びでぱっと輝いた。

なんだって？　今なんといった？〈わたしがきみの父親なら〉。

マックス・ジョルダンはペルデュにおごそかにメロンを差し出した。

いい香りがした。危険なにおい。＊＊＊と過ごした一夏に極めて近いにおい。

「お昼にしませんか？」作家は訊いた。

耳当てをつけた青年はペルデュの神経に障ったが、ペルデュはもう長いこと、誰とも食事をしていなかった。

それに＊＊＊ならこの青年を好いただろう。

ペルデュとジョルダンがメロンを切っていると、タラップにハイヒールの靴音が響いた。

そして今朝の女性客が厨房のドアのところに姿を現した。目に泣いた形跡があるが、眼差し(まなざし)は澄んでいる。

「わかったから、わたしのためになる本をよこして。わたしのことがどうでもいいっていうんなら、そんな男、こっちこそ糞喰(くそく)らえよ」女性客はいった。

ジョルダンは開いた口がふさがらなかった。

6

ペルデュはワイシャツの袖をまくり上げ、黒いネクタイを締め直し、最近必要になった老眼鏡をさっと取り出した。そして女性客を彼の文学世界の心臓部へとうやうやしく案内した。窓のある高さ二メートル、幅四メートルのコーナー。エッフェル塔が望めるその場所に読書用の安楽椅子とフットスツールが置かれている。ハンドバッグを置く小振りのサイドテーブルももちろんある。――母親のリラベルがくれたものだ。その隣には古いピアノがある。ピアノは弾けないが、年に二回、調律してもらっていた。

ペルデュは女性客に、いくつか質問をした。彼女はアンナという名だった。職業、朝の習慣、子どもの頃好きだった動物、ここ数年で見た悪夢、最近読んだ本。……それから着るものを、母親に指定されていたかどうかも。

プライベートではあるが、踏みこみすぎない質問。質問をした後は口を閉ざす。

黙って話を聞くことが、魂のありようを測る基礎だ。

アンナは、テレビコマーシャル部門で働いている、と語った。

「賞味期限に無関心で、女をエスプレッソマシンとソファを合わせたものだと思っているような男たちといっしょの広告代理店で働いている」と。アンナは毎夜、目覚まし時計を三つセットして寝る。泥のように眠るので、そうでもしないと朝、起きられないのだ。そして起きると、その日一日味わうことになる冷たさに耐えるために、熱いシャワーを浴びて体を温める。

子どもの頃は、常に鼻が湿っている、ひどくものぐさなスローロリスという小型のサルが好きだった。

それから、赤い革のショートパンツを穿きたがって、母親を驚かせた。今はよく下着だけの恰好でお偉いさんたちを前に流砂に沈む夢を見る。お偉いさんたちは彼女の下着を奪おうとするだけで、誰も砂の穴から助け出してくれない。

「誰も助けてくれなかった」と彼女は独り言を繰り返した。小声で辛辣に。そしてきらきら光る目でペルデュを見つめて訊いた。

「で、どう？　わたしの馬鹿さ加減はどのくらい？」

「たいしたことありませんよ」ペルデュは答えた。

アンナが最後にまともに本を読んだのは学生のときだった。ジョゼ・サラマーゴの『白の闇』だ。わけがわからなくて中途で放り出した。

「無理もないですね」ペルデュはいった。「あの本は人生のとば口にある者向きではない。中年のための本ですから。人生半ばにして、いったいこれまで自分は何をしてきたのだろうかと自問する。行き先に目を向けることなく、ずっとおとなしく勤勉に走ってきた人たち。そういう人たちが、せかせかと交互に前へ出す足の爪先から目を上げてね。彼らは見ることができるのに見なかった。生きる意味がわからなくなって初めてサラマーゴの寓話が必要になるんです。アンナ、あなたはまだ見ることができる」

　その後アンナは本を読まなくなった。代わりに仕事をした。ものすごくたくさん、ものすごく長く。疲れがだんだんたまっていった。これまでに一度も、洗剤やオムツの広告に男性を起用することができていない。

「コマーシャルは家長の最後の砦なのよ」アンナはペルデュと、どうやら耳をそばだてている様子のジョルダンにいった。「軍隊より前のね。コマーシャルの中でだけ、まだ世界は秩序が保たれているってわけ」

すっかり告白すると、アンナは椅子の背にもたれかかった。

「それでどう？　治る見込みはあるかしら？　遠慮なく正直にいってちょうだい」

アンナの答えはペルデュの選書にまったく影響しなかった。アンナの声の質、その高さ、話し方の特徴を知ることが重要だった。

ペルデュは月並みな文句の流れから光って浮き上がってくる言葉を集めた。この女性が人生をどのように見て、嗅（か）ぎとり、感じているかを啓示する鍵となる言葉を。何を重要だと考えているのか。何に携わっていて、現在どういう状態でいるのか。言葉でできた雲の下に、何を隠しているのか。苦痛や憧憬。

ペルデュはそうした言葉を釣り上げた。アンナがひんぱんに口にする文句がいくつかあった。「そんなつもりじゃなかったのに」とか、「そうなるとは思ってもいなかった」とか。それから「無数」の試みと「悪夢の二乗」について語った。彼女は数字の世界で、非合理性と価値判断を抑圧する技術の世界で生きてきた。直感的に決めることや不可能を可能とみなすことを自分に禁じていた。しかしそれは、ペルデュが耳をすませて聞きとり、心に留めた、魂を不幸にしている一面にすぎなかった。

ペルデュは別の一面、魂を幸せにしている面も聞きとった。好きな物の性質が、その人の言葉を色づけしていることを、彼は知っていた。

二十七番地のアパルトマンの大家、マダム・ベルナールは布地が好きで、その趣味を家や人物に反映させている。「アイロンのかけ方がなっていないポリエステルのシャツのようなやり方」というのが彼女の好きな文句のひとつだ。ピアニストのクララ・ヴィオレットは音楽用語を使う。「ゴールデンベールさんのところのおチビちゃんは、母親の人生にとって第三ヴィオラにすぎないのよ」という具合。食料品店の主人ゴールデンベールは、世界を味でとらえ、ある性格を「腐った」と、昇進を「熟した」と表現する。彼の娘のおチビちゃん、〈第三ヴィオラ〉のブリジットは感傷的な人間を惹きつける海を愛している。この十四歳の美少女はマックス・ジョルダンを「海に向けられたカシスの眼差し」にたとえ、「深くて遠い」という。〈第三ヴィオラ〉はもちろんジョルダンに恋をしているのだ。ついこの間までブリジットは少年になりたいと思っていたのに、今では、早く大人の女性になりたいと望んでいる。

ペルデュは、初恋の海で溺れそうになったとき救いの島となる本を一冊、近いうちにブリジットに届けようと心に決めていた。

「謝罪することはよくありますか?」とペルデュはアンナに尋ねた。女性は必要以上に罪の意識に駆られることが多い。

「どういう謝罪ですか? すみませんが、まだいいたいことは終わってないんです、っていうようなのかしら? それとも、あなたに恋をして、煩わせてしまってごめんなさい、というようなのかしら?」

「どっちもです。罪の許しを乞うあらゆる場合があてはまります。謝ることで、なんに対しても自分が悪いと感じるのが習性になってしまっている可能性があります。われわれが言葉を決定づけるのではなく、よく使う言葉の方がわれわれを決定づけているのです」

「おたくは変わった本屋ね。わかっていて?」

「ええ、わかっていますよ。マドモワゼル・アンナ」

ペルデュはジョルダンに〈感情の図書館〉から本を何十冊も持ってこさせた。

「はい、どうぞ。わがままのための小説。考え直すための手引き書。尊厳のための詩集」

夢についての本、死に関する本、愛の本、芸術家として生きた女性の伝記。ペルデュはアンナの足元に神秘的な物語詩を置いた。深淵と転落と危険と裏切りについて書かれた荒削りな古い物語。

まもなくアンナは書物の山に囲まれた。女性がよく靴屋で靴の箱に囲まれるように。

ペルデュはアンナに古巣にいるように感じて欲しかった。本が提供する無限を知って欲しかった。本はいつも十分にあるもの。本は読者を愛することを決して止めない。予測不能なものばかりの世界で、本は信頼に足るものだ。人生においても。愛においても。死後も。

リンドグレーンがアンナの膝にぴょんと飛び乗り、のどをごろごろ鳴らしながら、前脚を重ねて丸くなると、恋に傷つき、たえず罪悪感に悩まされている過労の広告ウーマンは、背もたれに身を委ねた。肩の力が抜け、握り拳に隠れていた親指が顔を出した。表情が柔らかくなった。

アンナが本を読んでいる。

読んで取りこんだものが内側から彼女に輪郭を付与していく様を、ペルデュは眺めた。言葉に反応する共鳴板をアンナが自分の内に発見するのを見た。彼女は自分の奏で方を学びつつあるヴァイオリンだ。

ペルデュはアンナのささやかな幸せを見てとった。胸がうずいた。

わたしに命の歌を奏でることを教えてくれる本はないんだろうか？

7

モンタニャール通りに足を向けるや、ペルデュは、気ぜわしいマレ地区の只中にありながら明るく静かなこの通りをカトリーヌはどう感じているだろう、と自問した。「カトリーヌ」とペルデュはつぶやいた。

「カ・ト・リーヌ」その名前を口にするのは簡単だった。

本当に驚くほどに。

二十七番地のアパルトマンは、望まぬ亡命の地なのだろうか？　夫に「おまえなんかもういらない」といわれ、世の中を悲観的に眺めているのだろうか？

この地区には住民以外、めったに迷いこまない。建ち並ぶ家はせいぜい六階建てで、正面壁はそれぞれ違うパステルカラーで塗られている。

通りの下手には、理髪店とパン屋とワインセラーとアルジェリア人が店主のタバコ屋が軒を並べている。それ以外は住居やクリニックやオフィスが、はずれの環状交差点まで続いている。

そこに赤い日よけのあるブルトン料理のビストロ、〈ティ・ブレッツ〉があった。ここのガレットはスパイスがきいていておいしい。

ペルデュはウエイターのティエリに、出版社の営業マンが置いていった電子書籍リーダーを渡した。客の注文の合間を見ては本を開き、始終重い本をかかえているせいで背中が丸まってしまった多読家の彼には、この器械は世紀の発明だろう。ティエリは「息ができるのは本を読んでいる間だけだよ、ペルデュ」といっている。だが本屋にとっては、棺(ひつぎ)の蓋を打ちつける釘がさらに一本増えたようなものだ。

ティエリはペルデュにブルターニュのアップルブランデーを一杯勧めた。

「今日はやめておく」といってペルデュは断った。毎回同じセリフを口にしている。

彼は酒を飲まない。今はもう飲まない。

それというのも、酒を飲んだら最後、思念と感情が波立つ湖を堰(せ)き止めているダムの水門を、一口ごとに開けてしまうからだ。そのことは重々承知していた。前に試したことがあるからだ。あのときは家具が次々に壊れていった。

しかし今日は、ティエリの誘いを断る特別な理由が別にあった。マダム・カトリーヌ・旧ル・ペに、できるだけ早く「泣くための本」を届けたい。

〈ティ・ブレッツ〉の隣には、ジョシュア・ゴールデンベールの食料品店の緑と白の日よけが突き出ている。ゴールデンベールはペルデュがやって来るのを認めると、店から出てきて目の前に立った。

「ムッシュ・ペルデュ、じつはその……」ゴールデンベールはいいにくそうに切り出した。

まずいぞ。ソフトポルノの注文じゃないといいんだが。

「ブリジットのことでちょっと……。どうもその、あの子は……女になりかけているようで。それでちょっと困っていて。どういうことかわかってもらえますか？　あの子に読ませる何かいい本はありませんか？」

　ありがたいことにポルノをめぐる男同士の話にはならずにすんだ。思春期を迎えた娘を案ずる父親がここにもひとりいて、悪い男に引っかかる前に、娘に性のことをなんと説明したものかと思い悩んでいる。

「〈両親の夕べ〉に是非来てください」

「えー、それはちょっとその……家内が出席する方がよくはないですかね？」

「わかりました。だったらおふたりで来てください。第一水曜日の夜、八時からです。終わった後、まだおふたりで食事に出かける時間もありますよ」

「わたしが？　家内とですか？　いったいなんでまた？」

「たぶん奥さんは喜んでくれますよ」

　ペルデュはゴールデンベールに断る暇（いとま）を与えずに歩き出した。

　どっちにしろ彼は来ないだろう。

　結局、〈両親の夕べ〉には母親ばかり集まることになる。そして第二次性徴期を迎えた子どもの性教育について話し合うことはない。大多数が望むのは、女の体のしくみを男に教える、男のための啓蒙（けいもう）書だ。

　ペルデュは暗証番号を打ちこんでアパルトマンの正面玄関の扉を開けた。

　中へ入っていくらも進まないうちに、ロザレットがパグを小脇に抱えて管理人室から飛び出てきた。パグのエデットはロザレットのどんと突き出た胸の下で居心地悪そうにしている。

「ムッシュ・ペルデュ、待ってたんですよ！」

「ヘアカラーを変えたんですか、マダム？」彼はエレベーターのボタンを押しながら訊いた。

掃除で赤くなったロザレットの手が髪のふくらみに伸びた。

「スパニッシュローズですよ。シェリーブラッドよりこころもち濃いけど、エレガントかと思って。あなたはいつだって気づいてくれる！　ま、それはともかく、ムッシュ、告白しなきゃならないことがあるんです」

彼女は瞼をひくひく動かした。パグがそれに合わせてはっはっと激しく息をする。

「秘密でしたら、すぐにまた忘れると請け合いますよ、マダム」

ロザレットは年代記を書くのに向いている。周囲の人間の神経症やプライバシーや習慣を観察するのが好きなのだ。礼儀正しさの度合いを測定し、下した見解を吹聴する。その点では遠慮もなにもあったものじゃない。

「いえ、そんなあなた、秘密なんて、わたしにはどうでもいいんです。マダム・ガリバーが若い男たちと何をして楽しもうがね！　そんなことよりですね……本を一冊」

ペルデュはあらためてエレベーターのボタンを押した。

「別の本屋から買ったっていうんですか？　まあまあ、マダム・ロザレット、許してさしあげますよ」

「いえ、もっとひどいんです。モンマルトルの露天商の木箱から拾い上げたんです。なんと五十セントでね。でもたしか前にいってましたよね。二十年以上経った本なら燃やされる前に二束三文で木箱から救い出してもかまわないってね」

「ええ、たしかにいいましたよ」

いったいこのエレベーターはどうなってるんだ？

ロザレットがぐっと身を乗り出してきた。コーヒーとブランデーが混じった息が犬の臭いと混じってペルデュの鼻をついた。

「でも拾わなけりゃよかった。あんなゴキブリの話なんて、ごめんですよ！　それになんですか、母親が箒を手にして息子を追い回すなんて、とんでもない。こっちは一日中、洗剤と格闘してるっていうのに。このカフカって作家は、こんなのばかり書いているんですか？」

「よくおわかりですね、マダム。何十年も研究しないとわからない者も多いのにね」

ロザレットはわけがわからないという顔をしたものの、うれしそうに笑みを浮かべた。

「ところで、エレベーターは故障中ですよ。ゴールデンベール家とマダム・ガリバーの階の間でまた止まってしまってね」

ということは、今夜にも夏が来るわけだ。いつだってエレベーターが止まると夏がやって来る。

ペルデュはブルターニュとメキシコとポルトガルのタイルが色鮮やかに敷きつめられた階段を一段飛ばしで上った。家主のマダム・ベルナールはこのタイルの模様を好んでいる。彼女にとってタイルは家の靴で、靴を見れば履いている女性の性格がわかるように、この模様で家の本質がわかるという。

だとすれば、この家に忍びこんだ泥棒は階段を見て、モンタニャール通り二十七番地のアパルトマンがひどくきまぐれな性格だと気づくだろう。

もう少しで二階にたどりつくというとき、爪先に羽根飾りのついたトウモロコシ色のミュールが一足タッタッと勢いよく下りてきた。

管理人の住まいの上には、フットケア専門の盲目のマッサージ師チェが住んでいる。チェは、よく同じ二階の向かいに住むマダム・ボムがユダヤ人のゴールデンベール（四階に居住）の店で買い物をするのに付き添い、以前は有名なトランプ占い師の秘書をしていたマダムの手提げを持ってやっている。老婦人のボムが盲目のチェと腕を組んで、カートを押して行く。そのふたりにコフィーが加わることもある。

コフィー——ガーナの言葉で「金曜日」を意味する——はある日、バンリュー（パリ郊外の移民の多い公共住宅地域）から二十七番地のこのアパルトマンに移ってきた。肌は真っ黒で、ヒップホップ調のパーカを着て、その上に金の鎖をぶらさげ、クレオールピアス（フープピアスの一種）をつけている。美青年だ。「グレイス・ジョーンズ（ジャマイカ系のアメリカ人歌手・モデル・女優）と若いジャガーを合わせたようだ」とマダム・ボムはいっている。コフィーはよくボムの白いシャネルのハンドバッグを持ち、そのせいで周囲からじろじろ見られる。彼はアパルトマンの手入れや修繕の仕事をしたり、革で像を作って、その上にアパルトマンの住人には意味のわからないシンボルを描いたりしている。

しかしペルデュの行く手をさえぎったのは、チェでもコフィーでもなければ、マダム・ボムのカートでもなかった。

「あら、ムッシュ、お会いできてうれしいわ！　『ドリアン・グレイの肖像』はものすごくおもしろかった。薦めてくださってありがとう。おかげで〈熱いほてり〉が収まったわ」

「それはよかった、マダム・ガリバー」

「あら、いいかげんにクローディーヌと呼んでくださいな。せめてマドモワゼルとね。堅苦しいのはごめんだから。グレイの本は二時間で読んでしまったのよ。あんまりおもしろかったんで。でもわたしだったら、絶対に肖像画は見ないわね。気が滅入るだけですもの。当時はボトックスもなかったわけだし」

「マダム・ガリバー、オスカー・ワイルドはあれを書くのに六年の歳月を費やしたんですよ。そしてあの本のために有罪を宣告されて、ほどなく亡くなりました。もう少し時間をかけてくださってもよかったんじゃありませんか？」

「あら、そんな馬鹿らしい。そうしたところで作者はもう喜ぶこともできないのに」

クローディーヌ・ガリバー。ルーベンスが描く女性像を彷彿とさせるプロポーションの四十代半ばの独身女性。大きなオークション会社で記録係をしている。毎日大金持ちで強欲なコレクター相手に仕事をしているのだ。非常に個性的な女性で、自分でも美術品を収集している。対象は主にヒールのついたカナリア色のもので、ミュールのコレクションは百七十六足にのぼり、丸々一室を占拠している。

ペルデュを待ち伏せしてハイキングに誘うことや、最近受講した研修やパリのどこかでほぼ毎日開店する新しいレストランの話をすることが一つ目の趣味だ。二つ目の趣味は、ヒロインが悪党の広い胸にしがみついて、悪党がヒロインを男らしく……まあ……征服するまで抵抗するといった類いの小説を読むことだ。

彼女はさえずるような調子でいった。「今晩ご一緒に……」

「いえ、それは止めておきます」

「まあ聞いてくださいな！　ソルボンヌの屋根裏でパーティがあるんですよ。脚の長い美術専攻の女子学生たちが卒業試験が終わってシェアハウスを解消するんで、本やら家具やら、ひょっとしたら彼氏も売りに出すんです」

ガリバーはコケティッシュに眉を上げてみせた。

「ね、いかがです？」

ペルデュは若い男の子が置き時計や文庫本が沢山入った木箱の横に、紙切れを頭にのせてうずくまっている様を想像した。

〈一度使用。新品同様。使用感皆無。わずかにハートにひびあり。修復の必要あり〉あるいは〈お下がりのお下がり。基本機能問題なし〉

「絶対にごめんこうむります」

ガリバーは深くため息をついた。

「まったく。あなたって人は、なんにもしたくないのね。気づいていて？」

「それは……」

その通りだ。

「……あなただからってわけじゃありません。全然違います。あなたは魅力的だし、勇気があるし、それに……」

たしかにガリバーのことはどことなく好きだ。彼女は人生を目一杯楽しんでいる。やりすぎなくらいに。

「それに隣人思いですしね」

なんてこった。女性に気の利いたセリフひとついえなくなるとは！　ガリバーはお尻を振りながら階段を下りてきた。トウモロコシ色のミュールのヒールがタイルに当たるたびにカツーン、カツーンと音を立てる。ペルデュのいるところまで来ると、片手を上げた。ペルデュのたくましい上腕に触れようとした瞬間、さっと身を引かれ、あきらめたように階段の手すりに手をのせた。

「わたしたちふたりとも、もう若くはないのよ、ムッシュ」彼女はハスキーな声でいった。「後半生がとっくに始まってるっていうのに」

カツーン、カツーン。

無意識にペルデュは髪に手をやった。男たちの多くが、禿げはじめたと嘆く後頭部。まだそこまでいっていない。たしかにもう五十だ。三十ではない。ブルネットの髪には銀色が交じりはじめている。

顔にはしわが増えている。腹は……ペルデュは腹を引っこめた。まだ大丈夫だ。しかし腰回りは心配だ。毎年少しずつ肉がついている。それに嘆かわしいことに、本を入れた箱をふたついっぺんに運べなくなっている。しかしそんなことはたいしたことではない。女たちが彼に目をくれなくなった。ガリバーは別だ。男なら誰でも恋人候補とみなす彼女は数の内に入らない。

ペルデュは上階をうかがった。マダム・ボムも踊り場で彼をつかまえて何か話そうとするだろうか。たとえばアナイス・ニンと彼女の性的強迫観念について。それもチョコレートの空き箱に補聴器を入れたままなので声を張りあげて。

ペルデュはボムとモンタニャール通りに住む未亡人たちのために読書クラブを組織していた。子どもも孫もほとんど訪れることなく、彼女たちはかつてテレビの前で身が干からびるに任せていた。未亡人たちは読書が好きだ。といっても本は家を出て、女性好みのきれいな色のリキュールをあれこれ試し飲みするための口実だ。

彼女たちはたいていエロティックな小説を選ぶ。ペルデュはそうした本を目立たないように包装して届けた。『カトリーヌ・Mの正直な告白』はアルプスの花の絵の包装紙。デュラスの『愛人ラマン』はプロヴァンスの刺繍（ししゅう）模様、アナイス・ニンの『デルタ・オヴ・ヴィーナス』はヨーク産のマーマレードのレシピという具合に。リキュール研究家たちは、ペルデュのカムフラージュに感謝した。身内が読書を、テレビなんて見たら品位が下がるとお高くとまっている輩（やから）の特異な趣味とみなし、六十以上の女性がエロティカを読むなんて不謹慎きわまりないと考えているのを、百も承知だからだ。

だがカートはペルデュの行く手に現れなかった。

三階にはピアニストのクララ・ヴィオレットが住んでいる。

彼女が弾くツェルニーの練習曲が聞こえてきた。ただの音階でさえ、彼女の指先から生まれると素晴らしく聞こえる。

クララは世界で五本の指に数えられるほどのピアニストだ。だが演奏中、同じ空間に他人がいるのが耐えられないせいで、名声には縁遠い生活をしている。夏にはバルコニーコンサートが催される。そのときは窓という窓がすべて開け放たれる。ペルデュがプレイエル社のグランドピアノをバルコニーのドア近くまで寄せ、マイクをピアノの下に設置する。それからクララが二時間ピアノを演奏する。二十七番地の住人は、建物の前の階段に腰かけるか、歩道に折りたたみ椅子を出してすわる。〈ティ・ブレッツ〉のテーブルによそから来た客が殺到する。コンサートが終わり、クララがバルコニーに出て恥ずかしそうに会釈をすると、地区の住民のほぼ半数が拍手喝采する。

もうペルデュの邪魔をする者はいなかった。五階にたどりつくと、テーブルが消えていた。たぶんコフィーがカトリーヌに手を貸したのだろう。

ペルデュはカトリーヌの住居の緑色の扉をノックした。そして自分がずっとこの瞬間を待ち望んでいたことに気づいた。

「こんにちは」彼はささやいた。「本をお持ちしました」

そしてかがんで紙袋をドアにもたせかけた。

ペルデュが身を起こしたところで、カトリーヌが扉を開けた。

ブロンドのショートヘア。やさしげな眉の下からのぞくパールグレイの目には不審の色があったが、眼差しは柔らかかった。裸足で、鎖骨がかろうじて見える襟ぐりの浅いワンピースを着ていた。

封筒を手にしている。

「ムッシュ。手紙を見つけました」

8

あまりにたくさんのものが、いっぺんに迫ってきた。カトリーヌ——彼女の目——薄い緑色の筆跡が見える封筒——間近のカトリーヌ——彼女のにおい——鎖骨——生気——て……

手紙？

「未開封の手紙です。いただいたテーブルに入っていました。白いペンキで上塗りされている引きだしを開けてみたんです。手紙はコルク抜きの下にありました」

「そんな馬鹿な。コルク抜きなんて入れてなかったはずです」ペルデュは丁重にいった。

「でもあったんです。わたしは……」

「あるはずない！」

大声をあげるつもりはなかった。だがペルデュは、カトリーヌがかかげた手紙をまともに見ることができなかった。

「どなってしまって申し訳ありません」

カトリーヌはペルデュに封筒を突きつけた。

「でもわたしのものじゃありません」

ペルデュは自分の住まいの方へあとずさりした。

「燃やしてください。それが一番いい」

カトリーヌが前へ進み出た。そしてペルデュの目をじっと見つめた。熱い鞭（むち）で打たれたかのように頬がほてった。

「捨ててもけっこうです」

「だったらわたしが読んでもいいわけですね」

「かまいません。わたしの手紙ではありませんから」

ペルデュが自分の住まいの扉を閉めて、手紙もろともカトリーヌを閉め出してもなお、彼女は引き下がらなかった。

「ムッシュ？　ムッシュ・ペルデュ！」カトリーヌは扉を叩いた。「ムッシュ、でも表書きにあなたの名前がありますよ」

彼の中で何かが崩壊した。

それがどういう手紙なのか、一目で見てとった。筆跡も知っている。

「帰ってください、お願いです！」ペルデュは叫んだ。

ブルネットの巻き毛の女性がコンパートメントのドアを開ける。まず外を見る。長いこと見ている。それから目に涙をためてこちらを向く。プロヴァンスを、パリを、モンタニャール通りを歩き、そして最後に彼のアパルトマンに足を踏み入れる。そこでシャワーを浴び、裸のまま部屋を歩く。

薄闇の中で彼女の口が彼の口に近づく。

湿り気、濡れた肌。濡れた唇が彼の息を奪う。口を吸う。

長く吸う。

月が彼女の小さな柔らかい腹を照らしている。赤い窓枠に縁取られたふたつの影。踊る影。

彼女に彼がおおいかぶさる。

＊＊＊が眠っている。ラベンダーの部屋の寝椅子の上で。ラベンダーの部屋。彼女はその部屋をそう呼んだ。婚約時代に縫ったプロヴァンスのパッチワークのキルトにくるまって眠っている。

それからブドウ園主と結婚した。そして……

わたしのもとを去った。

それからもう一度、去っていった。

たったの五年だった。その間ふたりで過ごしたすべての部屋に、＊＊＊は名前をつけた。太陽の部屋、ハチミツの部屋、庭の部屋。それらの部屋は、彼女の秘密の恋人、二人目の男である彼にとって、すべてだった。彼のアパルトマンの部屋は、ラベンダーの部屋と呼ばれた。ラベンダーの部屋は、異郷にある彼女の家だった。

彼女がそこで最後に眠ったのは、一九九二年の暑い八月の夜だ。ふたりはいっしょにシャワーを浴びた。濡れたまま、裸だった。

彼女は濡れた冷たい手でペルデュを愛撫した。それから体の上に身をすべらせ、彼の両手を頭の左右に上げ、寝椅子のシーツの上に押しつけた。そして目をぎらぎらさせてささやいた。「わたしより先に死んで！　そうするって約束してくれる？」

ペルデュをこれまでよりも奔放に呑みこんで、彼女はうめいた。

「約束して！　約束して！」

ペルデュは約束した。

夜遅く、彼女の目が闇に沈んで見えなくなってから、理由を尋ねた。

「わたしのお墓までの道を、あなたひとりにたどらせたくない。あなたを悲しませたくない。そんなことになるくらいなら、あなたなしで余生を過ごす方がましよ」

「愛している、とどうしてきみにいわなかったんだろう？」ペルデュはささやいた。「どうしてだろう、マノン？　マノン！」

一度も愛を告白しなかった。マノンを困らせたくなかったから。唇に指を当てられ、シーッとささやかれるような事態は避けたかった。

彼女の人生にとって、自分はモザイクの一片にすぎない、と当時は思っていた。美しく輝くモザイク。だがただの一片。絵そのものではない。彼は絵になりたかった。

マノン。かわいらしくもなければ、完璧でもない活力あふれるプロヴァンス女性。彼女が語る言葉は手で触れることができそうだった。先の計画は立てず、常に現在を生きていた。メインを食べながらデザートの話をしたりはしない。夜、眠りにつくとき、翌朝のことは考えない。さよならをいうとき、また会いましょうとはいわない。大事なのは常に、今だった。

ペルデュがよく眠れたのは、あの八月の晩が最後だった。あれ以来、何千回もの夜を、よく眠れずに過ごしてきた。あのとき、目を覚ますと、マノンはいなかった。

そんなことになるなんて思いもよらなかった。何度も何度も考えた。マノンのしぐさ、表情、言葉を何千回も思い返した。だが予兆はなかった。気づいたときには、もういなかった。

そして二度ともどってこなかった。

その代わり、何週間かして手紙が来た。

あの手紙が。

封筒を二晩、テーブルの上に置いたままにした。ひとりで食べ、ひとりで飲み、ひとりでタバコを吸う間、封筒を見つめていた。そして泣いている間も。

涙がとめどなく頬をつたい落ち、封筒を濡らした。

封筒は開けなかった。

ペルデュは当時、ひどく疲れていた。泣き疲れたせいもあるし、もはやベッドで眠れなかったせいもあった。マノンがいないベッドは大きすぎた。からっぽで冷たかった。喪失感に疲れ果てていた。

怒りと絶望に駆られ、未開封のまま手紙をテーブルの引きだしに投げ入れた。

メネルブのブラッセリーから失敬してきたコルク抜きが入れてある引きだしへ。

ふたりはあのとき、南フランスを旅してカマルグからメネルブへ入った。目は、南の光で釉薬(ゆうやく)をかけたかのように明るかった。そしてリュベロン山麓で、険しい斜面に蜂の巣のように張りついているペンションに泊まった。風呂は階段の途中にあり、朝食にラベンダーのハチミツが出た。

マノンはペルデュに何もかも見せようとした。どこの出身なのか、自分に刻みこまれているのはどんな土地か。それどころか、将来の夫まで。ボニューの下方の谷のブドウ畑でトラクターに乗っているリュック・バセの姿を、離れたところから見せようとしたのだ。

三人が友だちになることを望んでいるかのように。三人がそれぞれに欲望と愛を分け与えることを。

ペルデュは拒否した。ふたりはハチミツの部屋に留(とど)まった。

両腕から力が抜けてしまったかのようだ。暗闇の中、扉の背後にたたずむしかなかった。

マノンが恋しかった。眠っている間に尻の下に差しこまれる手。息。朝、彼が起こすとぶつくさ文句をいう声。起こすのが何時だろうが、彼女にとっては早すぎるのだ。何もかも恋しかった。

それから愛情たっぷりに見つめる眼差し。首をくすぐる少し縮れた柔らかい髪。すべてなくなってしまった。からっぽのベッドに体を横たえると、寂しくてのたうちまわるほどだった。朝起きても寂しさは少しも変わらず、来る日も来る日も同じだった。

目覚めるたびに、彼女がいないことを思い知らされ、たまらなくなった。

最初にベッドを叩き壊した。それから戸棚、フットスツール。絨毯を切り刻み、絵を燃やし、部屋をメチャクチャにした。服はみな手放し、レコードも人にあげてしまった。

手元には朗読して聞かせた本だけが残った。彼女が無気味なやせた地、冷血漢たちが暮らす寒い北の地でも眠りにつけるように、毎晩詩を、戯曲を、小説を、短評欄（コラム）を、伝記や実用書の断章を、リンゲルナッツの『子どもの祈り』（彼女はこの本が大好きだった。とりわけタマネギちゃんが）を読み聞かせたものだった。本だけは捨てられなかった。

ペルデュはラベンダーの部屋を本棚でふさいだ。

それでも気持ちは収まらなかった。

忌々しいことに寂しさは少しも収まらなかった。

積極的に生きることを止め、寂しさをそぐことしかできなかった。寂しさを感じずにすむよう、愛を心の奥深くに閉じこめた。

ところが今になって、閉じこめておいたものが、強大になって迫ってきた。ペルデュはバスルームへよろよろと歩いていき、頭から冷たい水をかぶった。

カトリーヌが憎らしかった。彼女の不誠実な夫が憎らしかった。

あのクズのル・ペは、なぜ今、テーブルひとつ渡さず彼女を捨てたんだ？　ばかやろう！

管理人も、大家のマダム・ベルナールも、マックス・ジョルダンも、マダム・ガリバーも、誰も彼もが憎らしかった。

マノンが憎らしかった。

びしょびしょの髪のまま、扉を開けた。カトリーヌが望むなら、こう叫びたいところだ。

「ええ、ええ、忌々しいことですが、それはわたし宛の手紙です！　でも受け取った当時、開封したくなかったんです。プライドがあったせいで」

どんな過ちであろうとも、正しいと信じてしたことなら意味がある。

心の準備ができたら読もうと考えていた。一年後。あるいは二年後に。

二十年も放っておくことになろうとは、いつのまにか五十歳の変人になってしまうとは、想像だにしなかった。

手紙を開封しないことが、当時、彼に残された唯一の正当防衛だった。マノンの弁解を拒否することだけが、彼にできる唯一の対抗措置だった。

そうさ、その通り。

捨てられた者は沈黙で応えるしかない。去った者に、何か与えるわけにはいかない。向こうがこちらの未来を閉ざしたのなら、こちらは心を閉ざすほかない。まさにそういうことだった。

「違う、違う、違う！」ペルデュは叫んだ。何かがおかしい。そう感じるのだが、それが何なのかわからない。気がおかしくなりそうだ。

ペルデュは向かいの住居の玄関扉へ向かった。

そして呼び鈴を鳴らした。

ノックした。少し間を置いて、再度呼び鈴を鳴らす。シャワーを使っていたとしても、耳に入った水を、頭を振って外に出して、出てこられるくらいの時間を見計らって。

カトリーヌはなぜ出てこない？　さっきまで家にいたのに。

自分の家にもどるなり、ペルデュは本の山から手近な本を取って、最初の頁を破いた。そして走り書きをした。


手紙を返してください。何時でもかまいません。どうか読まないでください。お手数をかけて申し訳ありません。

敬具　ペルデュ

自分のしたサインを見て、ファーストネームを使えるようになることがあるだろうかと自問した。

マノンの声がどうしても聞こえてくるからだ。ため息とともに彼の名をつぶやくマノン。そして笑う。ささやく。そう、ささやくのだ。

彼は「敬具」と「ペルデュ」の間に頭文字Jを押しこんだ。

ジャンのJ。

紙を真ん中で折って、セロハンテープでカトリーヌの玄関扉の目の高さに貼りつけた。

手紙。どうせ弁明の手紙に決まっている。女が恋人に愛想を尽かしたときの言い訳。今さら心を乱すいわれはない。

そう、たしかにない。

それからからっぽの自宅にもどって待った。

自分がひどくひとりぼっちに思えた。大海のなかを、帆も、オールも、名もなくただよう、愚かでちっぽけなボートのように。

9

夜が明け、パリに土曜の朝が来ると、痛む背を起こして、メガネをはずし、鼻の付け根をこすった。向かいの住まいでカトリーヌが動く音を聞き逃さないよう、何時間も床に広げたジグソーパズルに身をかがめ、音を立てずにピースをはめこんでいた。けれども向かいはいつまでたってもしんとしたままだった。

シャツを脱ぐとき、胸も腰も首も痛かった。冷水で肌が青ざめるまでシャワーを使う。それから今度はシャワーを熱くして、ゆでだこのように真っ赤になるまで湯をかけた。ほてった体をふき、二枚あるハンドタオルの一枚を腰に巻いて、キッチンの窓辺へ向かった。

コンロに薬罐（やかん）をかけ、湯が沸くまでの間、腕立て伏せと腹筋運動をした。ひとつしかないカップをゆすぎ、ブラックコーヒーを注いだ。

思ったとおり、昨夜、パリに夏が来た。

空気が生ぬるい。

もしかして手紙は郵便受けに入れたのだろうか？　あんな態度を取ったせいで、カトリーヌはもう顔を合わせたくないのかもしれない。

ていった。

ハンドタオルを腰にきつくしばりつけ、裸足のまま静かな階段を、郵便受けのある一階まで下り

「いいですか。でもそういうわけには……あら、あなたですか？」

ロザレットがガウンをひっかけた姿で管理人室から顔をのぞかせた。自分の肌、筋肉、ハンドタオルの上に突き刺さる目を感じ、ペルデュは身をすくめた。

必要以上に長く見られている気がする。彼女、ひょっとして満足げにうなずいた？

ペルデュは頬を赤らめて、階段を駆けもどった。

自宅の前まで来て、玄関扉にさっきまでなかったものがあることに気づいた。

メモが貼ってあった。

急いで紙を広げる。腰の結び目がほどけて、タオルが床に落ちた。ペルデュは階段室に裸をさらしていることにも気づかずに、メモを読んだ。読んでいるうちにだんだん腹が立ってきた。

親愛なるＪへ

今晩食事に来てください。そして手紙を読むと約束してください。

さもなければ手紙はお返しできません。悪しからず。

カトリーヌ

追伸　お皿を一枚もってきてください。料理はできますか？　わたしはできません。

ひどく腹が立つ一方で、とんでもないことが起きた。

左の口角がひきつった。

そしてそれから……ペルデュは笑った。

半分笑いながら、わけがわからずつぶやいた。

「お皿を一枚もってきてください、だって。手紙を読むと約束してください、だって。あなたって人はなんにもしたくないのね、だって。わたしより先に死んでほしい。約束してくれる？」

約束。女は常に約束を求める。

「もう約束は一切しない。一切な！」

ペルデュは誰もいない階段室に向かって叫んだ。裸で、ふいに腹を立てて。

答えは無関心な静寂となって返ってきた。

怒って扉をバタンと閉めた。騒音を立てたことでせいせいした。すさまじいこの音でアパルトマンの住人を暖かいベッドからたたき起こせたのなら、願ったり叶ったりだ。

それからもう一度扉を開け、少し恥ずかしくなってタオルを拾った。

バタン！　扉が閉まる音がまた響いた。

これで誰も彼もベッドから半身を起こすことだろう。

ペルデュはモンタニャール通りを早足で歩いていた。彼の目には、建ち並ぶ家々には正面壁があってなきがごとし。まるでドールハウスのようだ。

どの家の本棚もよく知っている。長い年月をかけてそこに本を並べたのは、彼だからだ。十四番地のクラリッサ・メヌペーシュ。重い体になんと繊細な魂が宿っていることか！　彼女は『氷と炎の歌』（TVシリーズ『ゲーム・オブ・スローンズ』の原作）の女戦士が大好きだ。二番地のカーテンの向こうにはアーナウト・シレットがいる。彼はできることなら一九二〇年代、女性芸術家としてベルリンで生きたいと思っている。

その向かいの五番地の家では、翻訳家のナディラ・デル・パパスが、背中をまっすぐ伸ばしてノートパソコンに向かっている。彼女は女性が男装することで可能性を大きく広げ、成長していく類いの歴史小説が大の好みだ。

それでそういうテーマの本は？　手元にはもう一冊もない。みんな手放してしまった。

ペルデュは立ち止まり、五番地の家の正面壁を見上げた。

上階には八十代半ばの未亡人マルゴーが住んでいる。かつて彼女はドイツ兵に恋をした。戦争に青春を奪われたとき、ふたりは同い年だった。十六歳。塹壕(ざんごう)にもどる前に、彼は彼女を愛したかった！　彼は自分が生きのびられないことを知っていた。彼の前で服を脱ぐことが、マルゴーはどんなに恥ずかしかったか。あのとき恥ずかしがらなければよかった、と今でも思う！　あれ以来七十年近くずっと、それを悔やんでいる。年を取るにつれ、あの午後の記憶はだんだん薄れていっている。あの少年と並んで寝て、手を握りながらふるえていた、あの午後の記憶。

わたしは年を取った。そしてそのことに気づかなかった。いつのまに時はこんなに過ぎ去ったのだろう。失われた忌まわしい時。こわいんだ、マノン。とんでもなく馬鹿なことをしてしまったんじゃないかって。

たった一晩で年老いた。きみがいなくて寂しい。
きみとともに、わたしもいなくなってしまった。
自分が誰なのか、もうわからない。

ペルデュはゆっくりと歩いていった。ワインセラーのショーウィンドウまできて立ち止まった。ガラスに映っているのは自分だろうか？　背の高い男。実直そうな出で立ち。使っていない、誰にも触れられていない体。まるで消えてなくなりたいとでもいうように、その体をかがめて歩いている。

店主のリオーナが店の奥からワインを入れた袋を手に出てくるのが見えた。ペルデュは毎週土曜日に、ここで父親用に同じワインを買う。リオーナはちょっと一杯どう、といつも勧めてくれる。それをいったい何度断り、立ち止まりもせずに歩き去っただろうか。彼女をはじめ、親切な普通の人と言葉を交わすことを、今まで何度拒んできたことか。そもそもこの二十一年間、どこかに立ち止まって友を探したり、女性に近づこうとしたりしたことがあっただろうか？

半時間後、ペルデュはヴァレット池の開店前のバー、〈ウルク〉のテーブルの脇に立った。ペタンク（フランスで生まれた球技）の競技者たちは、ここにチーズとハムをはさんだバゲットと水筒を置いている。小柄で肩幅の広い男が驚いてペルデュを見上げた。

「こんなに早くどうした？　マダム・ベルニエに何かあったのか？　いったいリラ……」

「いいや、母さんは元気だよ。生粋のインテリパリジェンヌからフランス語会話を習いたがるドイツの一連隊を指揮しているさ。ぜんぜん心配いらないって」

「ドイツ人？　おやおや、マドモワゼル・ベルニエならまだ何十年も、かくしゃくとして世間に教えをたれていけるだろう。以前と変わらずにな」

父と息子は黙ったまま、ペルデュがまだ学童だった頃の思い出にふけった。リラベル・ベルニエは朝食の席でも、ドイツ語の接続法が間接的で優雅なのに対し、フランス語の接続法には感情がこもっていると、人差し指を立てて説明したものだった。指先に塗られた金色のマニキュアが言葉を強めていた。

「フランス語の接続法は心でしゃべるものです。覚えておきなさい」と。

リラベル・ベルニエ。父親は八年間の結婚生活で、最初は彼女のことを〈生意気猫夫人〉、それからマダム・ペルデュと呼び、その後はまた旧姓で呼ぶようになった。

「それで今回はなにをいいつかってきたんだ？」ジョアカン・ペルデュは息子に尋ねた。

「泌尿器科へ行けと」

「ああ、行く、といっといてくれ。半年ごとにわざわざ思い出させてくれなくてもいいってな」

ふたりは両親を怒らせたくて二十一歳のときに結婚した。学者を両親に持つインテリのリラベルが旋盤工と出会った。ジョアカンはプロレタリアートの息子だった。父親は警官。母親は信仰心の篤い縫製女工だった。そんな彼女が上流階級の娘と結婚することは階級に対する裏切り行為だとみなされた。

「他にもなにかあるのか？」ジョアカンは訊いた。そしてペルデュが渡した袋からマスカットワインを取り出した。

「新しい中古車がいるんで探してくれといっていた。ただし前のやつのような変な色はごめんだって」

「変な色？　白だぞ。まあいいさ、おまえの母さんは……」

「それじゃ探してくれるんだね？」

「ああ、探すよ。ディーラーはまた彼女の相手をしてくれなかったのか？」

「そうらしい。旦那のことばかり訊くといって、閉口してたよ」

「わかってるって、ジャンノ（ジャンの愛称）。ココはいい友だちさ。ペタンクのトリプルス（三人対三人のゲーム）のメンバーだ。いい投げ手だよ」

ジョアカンはにやっとした。

「小柄な新しい彼女は料理ができるのかって、母さんが訊いてたよ。それとも七月十四日は母さんのところで食事をするかって」

「おまえの母さんに伝えてくれ。おれの〈小柄な新しい彼女〉はちゃんと料理ができる。だが会ってるときには他にすることがあるんだってな」

「それは母さんに直接いう方がいいと思うよ、父さん」

「ああ、七月十四日にマドモワゼル・ベルニエにいうよ。彼女は料理がうまいからな。しかも口が達者ときている」

ジョアカンはけらけら笑って首を振った。両親が早くに離婚してから、ペルデュは毎週土曜日にはマスカットワインと母親からの言付けを携えて父親を訪ねる。それから日曜日には母親のところへ行き、元夫からの返事を伝える。そして父親の健康状態と女性関係について――ざくっと――報告する。

「息子よ、もしもおまえが女で、結婚するとしたら、否応なく一種の永久監視を担うことになる。

おまえはすべてに気を配る。夫が何をしているか、夫の体調はどうか。その後、子どもが生まれたら、子どもにも気を配る。つまり見張り兼家政婦兼調整役だ。それは離婚のようなつまらないことで変わったりはしない。ああ、そうだとも。愛は消えても、世話は続くのさ」

ペルデュと父親は運河に沿って下流へ少し歩いた。

ジョアカンは小柄だが、背筋がすっと伸びていて肩幅がある。ライラック色と白のストライプのシャツを着ていて、あっちこっちの女を見ては目を輝かせている。たくましい前腕に生えている金色の産毛の上で日光が躍っている。

ジョアカンは七十代半ばだが、まだ二十代半ばのつもりでいる。流行歌を口笛で吹き、好きなだけ酒を飲む。

隣を行くペルデュの方は、地面を見ている。

「わかったよ、ジャンノ」父がふいにいった。「彼女はなんて名だ?」

「なに?　なんでまた?　なんでいつも女ってことになるんだよ、父さん?」

「いつだって女だからさ、ジャンノ。男が我を忘れるのは女のせいに決まってる。図星だろう」

「父さんの場合は女かもしれない。それもひとりとはかぎらない」

ジョアカンは少し考える顔をしてにやついた。「おれは女が好きだからな」そういってシャツのポケットからタバコの箱を出した。

「おまえは違うのか?」

「違わないさ。好きではある。なんていうか……」

「なんていうか?　象と同じようにか?　それともおまえは男が好きなのか?」

「まさか。それより馬の話をしよう」

「ああ、いいとも、息子よ。その方がいいならな。女と馬には共通点がたくさんある。知りたいか？」

「いいや」

「そうか。馬が否（ノン）という場合は、おまえの質問が間違っているんだ。女の場合も同じだ。食事に行きませんか？　なんて訊いちゃいけない。そうじゃなくて、何を料理しようかと訊くのさ。そうすれば彼女はノンとは答えられない。ああ、ノンとはいえないのさ」

　ペルデュは少年になったような気がした。父に女のことまで教わらないといけないんだろうか。それで今晩、カトリーヌのために何を料理したらいい？

「横に寝て馬具をつけるんだ、などと馬にでもいうように女にささやいちゃだめだ。向こうの話に耳を傾けるんだ。女が何を望んでいるか、聞くんだ。女は本来自由を欲している。天翔（あまが）けたがっているのさ」

　カトリーヌは自分を調教し、予備兵に引き渡そうとする騎手には、うんざりしているだろう。

「女を傷つけるには一言で、数秒もあれば足りる。愚かで性急な鞭の一打ちでな。だが信頼を取りもどすには何年もかかる。二度と取り返しがつかないこともある」

　自分の都合に合わない場合、愛されていることにいかに無頓着でいられるか、まったくもって驚くばかりだ。そういうとき男にとって愛は煩わしいだけで、玄関扉の鍵を付け替えたり、何の前置きもなしに出ていったりする。

「それからな、ジャンノ、馬が愛してくれるとしても、女の愛と同じく、おれたちはその愛にまるで値しないのさ。馬は男より大きい生き物だ。馬が愛してくれるとしたら、それは大いなる恵みだ。なぜならおれたちには愛されるに足る理由などめったにないんだからな。それをおまえの母さんから教わった。残念ながらあいつのいうとおりさ。ほんとうに残念だがな」

だからあんなにつらいのか。女が愛することをやめると、男は文字通りからっぽになってしまう。

「ジャンノ、女は男よりずっと利口に愛することができるのさ！　女が男を愛するのは体が理由じゃない。もちろん、体も、それもものすごく体が気に入ることもあるかもしれないがな」ジョアカンは気持ちよさげにため息をついた。「だがな。女がおまえを愛するのは性格のためだ。力や賢さ。あるいは子どもを守ることができるからかもしれん。おまえが善良な人間で、公明正大だからかもしれん。男が女を愛するような愚かなやり方では、女は決しておまえを愛さない。ふくらはぎが素敵だからとか、スーツ姿がかっこよくて、紹介すると取引相手がうらやましがるからとかの理由で愛したりはしない。そういう女もいるにはいるが、他の女を戒めるための悪しき例にすぎない……」

カトリーヌの脚はたしかに素敵だ。彼女はこっちをどう思っているだろう。賢いと思ってくれるだろうか？　公明正大だと思うだろうか？　女にとって価値ある人間だろうか？

「馬はおまえの個性に感心するんだよ」

「馬？　いったいなんで馬なんだ？」ペルデュはとまどった。ちゃんと話を聞いていなかったのだ。

そうこうするうちに父親と息子はあたりを一周して、ウルク運河の河畔のペタンク・プレイヤーたちのところまでもどってきた。

プレイヤー仲間はジョアカンと握手をし、ペルデュには軽くうなずいた。

ペルデュは父親がペタンクのサークルに入るのを見ていた。しゃがんで右腕を振り子のように引く。

ビヤ樽に腕がついているような恰好の陽気な男。この人が父親でよかった。完璧な父親ではなかったけれど、いつだって愛してくれた。

鉄球が当たって、ジョアカンは相手チームの鉄球をうまくはじき飛ばした。拍手喝采。

ここにすわって、ずっと泣いたり叫んだりしていられるかもしれない。なんでもう友だちがいないんだ？　大馬鹿者めが。友だちが去っていくのがこわいんだろうか？　親友のヴィジャヤが、かつて行ってしまったように。それとも、マノンを失った悲しみをいつまで引きずっているんだ、といって笑われるのがこわいんだろうか？

ペルデュは父親の方を見た。父親にいいたかった。「マノンは父さんが好きだった。マノンのこと、覚えている？」けれどもそのとき父親が、また彼の方に向き直った。「おまえの母さんにいってくれ、ジャンノ……そうだな。こういってくれ。きみのような女性は他にはいないってな。まったくいない」

ジョアカンの顔に一瞬、後悔の念が浮かんだ。妻は夫を壁に釘づけにしたがる。夫があまりに癇に障るから。愛もそれをはばむことはできない。

10

カトリーヌは、ペルデュがもってきたキンメダイとフレッシュハーブ、ノルマン種の牛の乳から作った生クリームを眺め、自分が用意した小ぶりの新じゃがとチーズを見せ、それから香りのいい洋梨とワインを指差した。

「これで何かできるかしら？」

「ええ。全部いっしょでなく、順番になら」

「一日中ずっと楽しみにしていたのよ。ちょっぴり不安でもあったけど。あなたの方は？」

「その反対です。ものすごく不安で、ちょっぴり楽しみでした。それはそうと、あなたに謝らないといけない」

「いいのよ、そんな必要ない。何か特別に悲しいことがあったんでしょ。どうしてどうってことない振りをするの？」

カトリーヌはそういいながらペルデュに、ブルーとグレーのストライプのハンドタオルをエプロン代わりに投げてよこした。自分は着ているブルーのサマーワンピースの赤いベルトにタオルをはさんだ。金髪のこめかみにかかる部分が銀色になっている。今日は昨日ほど絶望した目つきはしていない。

やがて食材がきざまれ、鍋とフライパンがガスコンロにかけられた。白ワインとエシャロットと生クリームを合わせて沸騰寸前まで煮立て、ソースを作る。厚手のフライパンにオリーブオイルを引き、新じゃがを入れ、ローズマリーと塩を加え、こんがり炒める。

ふたりは旧知の仲のように話をした。話題はカーラ・ブルーニ（サルコジ元大統領夫人）のこと。オスが卵を育児嚢（のう）に入れて稚魚になるまで育てるというタツノオトシゴのこと。モードについても話した。風味付けをした塩を売ることについても。それからもちろんアパルトマンの他の住人のことも。

そういった硬軟織り交ぜた話題が、並んで立ってワインを飲み、魚を食べている間に口の端（は）にのぼった。話せば話すほど、自分とカトリーヌには相通じるものがあるとペルデュは感じた。

ペルデュはソースを作り続け、カトリーヌは魚の切り身を次々ソースに浸してゆっくりと火を通した。ふたりは立ったまま、フライパンからじかに食べた。カトリーヌの住まいには椅子がまだ一脚しかなかったからだ。

カトリーヌがワインを注いだ。ガスコーニュ産のライトで黄色いシャトー・タピ。ペルデュはそのワインを飲んだ。慎重に少しずつ。

一九九二年以来、初めて約束して人に会った。驚くべきは、カトリーヌの住居に足を踏み入れるなり安心感を覚えたことだ。普段彼を抑圧している思考が、彼女のテリトリーには入ってこられなかった。まるで玄関の扉に魔法がかかっていて、そうした思考を押しとどめたかのように。

「今、何をしてすごしているんですか？」歴代大統領の仕立て屋のことやら世間話をひとしきりした後、ペルデュは尋ねた。

「わたし？　探しているの」

そしてバゲットを一切れ取った。

「わたしをね。以前は……あのことが起きる以前は、夫の助手で秘書だった。広報も担当していたし、彼の作品のファンだった。今は、彼に出会う前には何ができたか探しているのよ。正確にいえば、まだできるのかどうかチャレンジしているところ。ええ、そう、挑戦しているところよ」

カトリーヌはバゲットから柔らかくて白い中身を掻き出し、細い指先でこねはじめた。

ペルデュはカトリーヌの心の内を小説のように読んだ。

彼女は心の頁がめくられ、自分の物語が眺められるに任せた。

「四十八なのに、今日は八歳にもどったような気がする。あの頃は、人に無視されるのが我慢ならなかった。それでいて誰かに少しでも興味を持たれると、ひどく居心地が悪くて。それにわたしに目をつけるのは、『正しい』人間でなきゃならなかった。友だちになるのは、金持ちでまっすぐな髪の少女でなきゃならなかった。先生はやさしくて、わたしが物知りなのにそうでない振りをしていることに気づいてくれなきゃならなかった。それから、母、そう、母よ」カトリーヌは言葉を切った。そのかたわら、両手はバゲットの柔らかな部分をちぎってこねていた。

「わたし、いつだって、ものすごいエゴイストたちに注目されることを望んでいたの。他の人たちはどうでもよかった。父も、一階に住んでいた汗かきで太っちょのオルガもね。あの人たちの方がずっとやさしかったのに。でもやさしい人に好かれるのは苦痛だった。馬鹿よね。そう思うでしょ？　結婚してからも、わたしは馬鹿な娘のままだった。夫の、あのあほんだらの……胡椒を取ってくださる？」

カトリーヌはバゲットの柔らかな部分で何かを形作っていた。細い指先で。タツノオトシゴだ。

胡椒を二粒、それにつけて目にした。それからペルデュに渡してよこした。

「わたしは彫刻家だったの。彫刻家だったときがあるのよ。今、四十八歳だけど、もう一度何もかも学び直したい。最後に夫と寝てからどのくらいたつかわからない。わたしは貞節で、愚かで、ひとりぼっちで、ものすごい寂しがり屋。あなたがやさしくしてくれたら、むさぼり尽くしてしまいたくなるほどにね。あるいは殺してしまうかも。やさしさに耐えられなくて」

我ながらなんとも驚くべきことだ、とペルデュは思った。こんな女性とふたりきりで、閉めきった扉の内側にいるとは。

カトリーヌの顔を見つめる。彼女の体を。体内にもぐりこんで、何かまだおもしろいものが隠されていないか探しまわることが許されてでもいるように。

カトリーヌの耳には穴があいているが、ピアスはつけていなかった（「あのルビーのピアスは、新しい彼女がつけてる。残念。あいつの足下に投げつけてやりたかったのに」）。ときどき彼女はのど元に手をやる。何かを探しているように。たぶんネックレス。そのネックレスも新しい彼女がつけているのだろう。

「それであなたの方は、今何をしているの？」

そう訊かれて、ペルデュは〈文学処方船〉のことを話した。

「船腹がふくれている川船で厨房と風呂、寝棚がふたつある。それから本が八千冊。この世界の中にあるもう一つの世界だ」陸につながれた船の例にもれず、冒険は制限されているが、それはいわなかった。

「それでその世界の王として、文学薬剤師のムッシュ・ペルデュは愛の苦悩に効く本を処方するのね」

カトリーヌは彼が昨晩持ってきた本の包みを指差した。

「ところで、これは役に立ったわよ」

「きみは小さい頃、何になりたかった？」ペルデュはどうしていいかわからなくなる前に尋ねた。

「ええと、図書館員になりたかった。それから海賊にも。あの頃あなたの本の船があったら最高だったのに。一日中、本を読みながら、この世の謎を解き明かせたのにね」

話にじっと耳を傾ければ傾けるほど、彼女に対する好意が大きくなっていく。

「夜になったら、悪人が嘘をついて善人から奪い取ったものを盗み返してやるの。悪人のところに一冊だけ本を残してね。やつらをさとし、悔い改めさせる本。やつらを善人に変える本よ。ああ、そんな本があればねえ」

カトリーヌは吹き出した。

「そうだな」ペルデュは同意した。それこそが本の唯一悲劇的なところだから。本は人間を変える。しかし本当に悪い人間は変えられない。本当の悪人は、いい父親にはなれないし、やさしい夫にも、思いやりのある女友だちにもなれない。やつらは暴君のままで、雇い人や、子どもや、犬をいじめる。子どものときは意地が悪く、大人になると卑怯になる。そして犠牲者が卑下すると喜ぶ。

「本が友だちだった」カトリーヌはいって、料理の熱気で赤くほてった頬をワイングラスに当てて冷やした。

「感情は何から何まで本から学んだんだと思う。実生活より本の中での方が、たくさん愛せるし、笑えるし、多くのことを学べる」

「わたしもだ」ペルデュはつぶやいた。

ふたりの目と目が合った。その瞬間、それが起きた。

「Jというのはなんのイニシャル？」カトリーヌにこもった声で訊かれたペルデュは、すぐには答えられず、咳払いをした。

「ジャンだ」小声でいった。舌が歯に当たった。口に出すと妙な感じがした。「ジャン・アルベール・ヴィクトール・ペルデュ。アルベールは父方の祖父からもらった。ヴィクトールは母方の祖父の名前だ。母は教授で、母の父ヴィクトールは毒物学者で、社会主義者で、市長だった。わたしは五十歳なんだ、カトリーヌ、女性のことはあまり知らない。まして寝たことはあまりない。ある人をかつて愛し、その人に捨てられた」

カトリーヌはペルデュをじっと見つめた。

「昨日の手紙、あれは、二十一年前、彼女から来た手紙なんだ。なんて書いてあるのか、こわくて開封できなかった」

ペルデュは思った。追いだされるかもしれない。平手打ちを喰らうかも。目をそらされるかも。

だがカトリーヌはどれひとつしなかった。

「ああ、ジャン」代わりに同情をこめてささやいた。

「ジャン」

例の瞬間がまた訪れた。

自分の名前がささやかれるのを聞く甘やかな瞬間。

ふたりは見つめ合った。カトリーヌの眼差しが揺れた。それに気づいたペルデュの体から緊張が解けた。ふたりは、互いに相手が自分の中に入りこむのを許した。侵入。まさにそうだ。口にしなかった言葉と眼差しで、ふたりは互いの中に入りこんだ。

海に浮かぶ二艘のボート。錨を失ってから、ひとりぼっちで流されていると思っていた。けれども今……。

カトリーヌがペルデュの頬をさっとなでた。

そのやさしさに心を打たれた。平手打ちされたかのような衝撃。信じられないほど甘美な平手打ち。

もう一度。もう一度！

彼女がワイングラスを置いたとき、ふたりの腕が触れ合った。

肌。産毛。ぬくもり。

ふたりのどちらがよけいに驚いただろう。だがふたりとも即座に気づいた。触れ合ったこと自体に驚いたわけではない、慣れないことをしたせいでも、ふいに親密になったからでもない。

驚いたのは、それがとても心地よかったからだ。

11

ペルデュはカトリーヌに一歩近づき、背後に立った。髪のにおいがする。彼女の肩が胸元に触れる。胸が高鳴る。カトリーヌの細い手首に両手をゆっくりと置く。やさしく包んで、両腕をなで上げる。五本の指で作った肌とぬくもりの輪。

カトリーヌが吐息をもらす。

「ジャン？」鳥のさえずるような声。小さく、短く。

「ああ、カトリーヌ」

彼女の体にふるえが広がる。へその下あたり、体の中心部から広がっていく。波紋が広がるように。

後ろから抱きとめる。

カトリーヌの体がふるえている。長い間、とても長い間、誰にも彼女は触れられてなかったようだ。カトリーヌは蕾（つぼみ）。硬い殻に包まれた蕾。

なんてはかなく、寄る辺のない身なのだろう。

カトリーヌが心もち体をもたせかけてきた。彼女の短い髪はいいにおいがする。

ペルデュはやさしくカトリーヌに触れた。産毛をなでるように。触れるか、触れないかぎりぎりのところで。

なんて素晴らしいんだ。

もっと、とカトリーヌの体が求める。ああ、お願い、もっと。こんなの久しぶり。わたしは枯れかけていた。でも、お願い、そんなに強くしないで。それじゃやりすぎ。やりすぎよ。耐えられない！　もっとやさしく。今まではやさしくされなくても耐えられた。硬い殻で身を守ってきた。

——でも、今その殻が壊れる。砂のようにさらさらと崩れ落ちて、消えてなくなりそう。だから助けて。お願い。

カトリーヌの気持ちが聞こえる？

だが実際にカトリーヌの口からもれたのは、彼の名前の変奏だった。

ジャン。ジャン！　ジャン？

カトリーヌはペルデュにもたれかかり、彼の両手に身を預けた。ペルデュの指先が熱くなった。まるで自分が手であり、下半身であり、感情であり、肉体であり、魂であり、男であり、同時に筋肉の総体であるかのように。十本の指先のひとつひとつに神経を集中させる。

服をずらすことなく、素肌に触る。袖から出ている引き締まった小麦色の腕。何度もその腕に触り、形をたしかめる。褐色の首。きゃしゃで柔らかいうなじ。カーブを描く魅力的な鎖骨。筋肉の輪郭をなぞる。硬いところも柔らかいところも、なにもかも親指の腹で。

カトリーヌの肌が熱を帯びていく。筋肉がはちきれそうだ。体中が生気に満ち、たおやかに、熱くなっていく。蕾が開いて、妖艶(ようえん)な花となる。夜の女王。

ペルデュは彼女の名前を舌で転がした。

「カトリーヌ」

長い間忘れていた感情が、ペルデュから時間の外皮をそぎ落とした。下半身が張る感覚を覚える。両手は自分のしていることだけでなく、彼女の肌が応えるのを感じる。彼女の体がペルデュの両手を愛撫している感じ。体が彼の手のひらに、指先にキスをする。

いったいカトリーヌはどうやってこんなことを？　どうなってしまうんだろう？

膝のふるえがおさまるよう、寝かせてやりたい。抱いて運べるだろうか。肌の感触をさぐってみたい。ふくらはぎはどんな感じ？　ひかがみは？　カトリーヌからさらなるメロディーを引き出せるだろうか？

目の前に横たえて姿を眺めたい。目を開けて眼差しに応える様を。その唇に、顔に、指で触れたい。体全体で、体のすべての部分で、両手にキスをしてほしい。

カトリーヌが振り向いた。灰色の目、嵐の空を思わせる目が大きく見開かれ、激しく動く。

ペルデュは彼女を抱き上げた。彼女が手足をからませる。そのまま寝室へ運ぶ。やさしくあやすようにして。寝室はペルデュの暮らしを映す合わせ鏡のようだった。床にマットレス。隅にハンガースタンド。本。読書スタンド。それからレコードプレーヤー。

ペルデュ自身の姿が高い窓に映っているのが見えた。顔のないシルエット。だが背筋はしゃんと伸びている。屈強な姿。腕には女——こんなにすてきな女性を抱いているなんて。

自分の体から何かが振るい落とされるのを感じた。

感覚を麻痺（まひ）させていたもの。己を見失わせていたもの。透明人間になりたいという欲求。

男にもどった……また男になった。

飾り気のない寝床のしわのない白いシーツの上にカトリーヌを横たえた。彼女は両脚を合わせ、両腕を体にぴったりつけて横たわった。添い寝して、見つめる。彼女が息をする様を。皮膚の下で小さな地震でも起きたかのように体が小刻みにふるえている。

首の窪（くぼ）み。胸と顎（あご）の間、のどの下。かがんで、そのふるえに唇をつける。

またしても鳥がさえずるような声がもれた。

「ジャン……」

彼女の脈拍。鼓動。ぬくもり。

唇を通してカトリーヌが流れこんでくるのを感じる。

彼女のにおい。そのにおいが濃くなる。

彼女の体から発する熱がペルデュの体に伝わる。

そしてそれから——おお！　死んでしまう——彼女が彼に触れた。

布地に触れる指、肌に触れる両手。

シャツの下に入れたネクタイをたどっていく。

彼女の片手が下半身に触れた。ずっと昔に忘れた感覚が頭をもたげたかのようだ。その感覚が体中に広がり、内側からペルデュに輪郭を与え、体を上がっていき、筋の一本一本、細胞のひとつひとつに染みわたり、やがてのどに達した。ペルデュは息を呑んだ。

なんて素晴らしいんだ、この圧倒的な感覚を妨げないよう、身動きせずに息を止める。

欲求。気持ちいい。もっと感じたい……。

だが恍惚（こうこつ）となっていることを知られたくない。あんまりじっとしていて不安にさせたくもない。

ペルデュはゆっくりと息を吐いた。

愛。

その言葉が胸のうちに湧き上がり、目頭が熱くなった。

愛がずっと欠けていた。

カトリーヌの目尻からも涙がぽろりとこぼれた。——自分のために泣いているんだろうか？　それともペルデュのため？

カトリーヌがペルデュのシャツの下に入れていた片手を抜いた。下から上へとボタンをはずしていき、ネクタイを引き抜く。手助けになるよう、ペルデュは体を半分起こした。

それからカトリーヌはペルデュのうなじに手を当てた。そのまま押すでもなく、引くでもない。

そして唇を少し開いていった。「キスして」

ペルデュはカトリーヌの口を指でなぞった。唇の柔らかさを確かめるように何度も。

このまま続けられたらよかったのに。

最後の距離を埋めるために、体を下へ動かし、キスをし、舌をからませられたら。新しさを親密さに変えることができたら。好奇心を欲望に、幸福を……。

恥じらいに？　不幸に？　興奮に？

服の中に手を入れ、少しずつ脱がせよう。まずは下着。それからワンピース。そう、そうするのがいい。ワンピースの下は裸であってほしい。

だがペルデュはそうしなかった。

ふたりが体を触れ合わせてから初めて、カトリーヌが目を伏せた。唇を開けると同時に目を閉じたのだ。

ペルデュは締め出された。カトリーヌがなにを欲しているのか、もうわからなくなった。

カトリーヌの中で何かが起きた。辛くなるなにかが待ち伏せしていた。

夫にキスされたときのことを思い出したのだろうか？（だがそれははるか昔のことじゃないのか。それにそのときにはすでに夫に愛人がいて、ひどいことをいわれていたのでは？「病気になるなんてけしからん」とか、「夫が妻と寝たくなくなるのは、妻に落ち度があるからじゃないのか？」

とか）それでも体は覚えているのかもしれない。無視されてきたことを。やさしさも、触れ合いも、愛撫もなかったことを。そして夫が自分の欲求だけ満たしてきたことを。（満たされたことは一度もなかった。「甘やかすと、女はつけ上がるからな。何をしてほしいっていうんだ。おれはこれで十分なのに」）。もう女として見られることはないのだろうか、触れられることも、愛撫されることも、きれいだといわれることもないのだろうか、男とふたりだけで過ごすこともないのだろうか、などと思い悩んだ夜。そのときの記憶が呼び覚まされたのだろうか？

カトリーヌの過去の亡霊。その亡霊が夫の亡霊を一緒に連れてきていた。

「もうひとりぼっちじゃないさ、カトリーヌ」ペルデュはささやいた。

カトリーヌが目を開けた。目に宿っていた嵐からまばゆい光が消え、夫に献身する弱々しい妻の面影が見えた。

カトリーヌはうなずいた。その目に涙があふれている。

「ええ、ああ、ジャン。あの馬鹿がやってきたの。ああ、やっと、と思ったまさにその瞬間に。やっとすてきな仕方でふれてもらえる。あんなんじゃなく……あの馬鹿がしていたようなやり方じゃなくね」

カトリーヌは体を横にして、ペルデュから身を離した。

「かつてのわたしまでやってきたの。愚かで慎ましい、小さなカティまで。あの子はいつだって自分のせいにした。夫にひどいことをされるのも、母に何日も無視されるのも、自分が何か見落としたからに違いない……何かし忘れたからに違いない……もっと静かにしていなければいけなかったのかもしれない。十分に幸せを感じないのがいけないんだ。夫を、母を、十分に愛してこなかったからだ。十分に愛していたなら、夫も、母も……。あの頃わたしはそう思いこんでいた」

カトリーヌは泣いた。

初めはしくしくとだったが、ペルデュが毛布に包んで、片手を頭のうしろに当て強く抱きしめると、大声でしゃくり上げた。胸が張り裂けそうなほどに。

自分の腕の中で、カトリーヌがすでに空想の中で何千回も飛んで通り抜けた谷という谷を歩んでいくのを、ペルデュは感じた。落ちるのではないかという不安。自制心を失うのではないか、苦痛に溺れるのではないかというおびえ。空想の中ではそうした不安でいっぱいになっていた。そして今それを実際に体験することになった。

カトリーヌは墜落した。心痛と悲しみと屈辱に負けて、地面に身を横たえた。

「わたしにはもう友だちがいない。……あいつがいったの。わたしの友だちはあいつの栄光に浴したいだけだってね。あいつのね。あいつには、友だちがこのわたしに興味を持っているなんて思いもよらなかったのよ。あいつはいったっけ。おれにはおまえが必要だって。だけどわたしのことなんか、ぜんぜん必要としていなかった。ええ、そう、あいつはわたしを欲してさえいなかった。……あいつは芸術をひとりじめしたかっただけ……わたしは自分の芸術をあいつに愛してもらうために犠牲にした。それでもあいつには十分じゃなかった。あいつがすべてだと証明するために、死ねばよかったのかしら？　わたしがどうなろうとかまわない。大事なのはあいつだって証明するためにね」

それから最後にかすれ声でつぶやいた。

「二十年よ、ジャン。二十年もの間、生きていなかった……自分の人生をみすみす棒に振ってしまったのよ」

そのうち息遣いが穏やかになった。

やがてカトリーヌは寝入った。

ペルデュが抱いている体から力が抜けていった。

そうか、彼女もか。二十年もの間。人生を台無しにするにも、いろんな形があるらしい。

ペルデュがあげた古いテーブルが居間に置いてあり、そこにマノンの手紙がのっていた。時間を無駄に費やしたのが自分だけではないということが、悲しくはあるが慰めになった。少しの間、ペルデュは考えてみた。カトリーヌが出会ったのがル・ペではなく自分だったらどうだったろう。

それよりももっと長く考えたのは、はたして手紙を読む心の準備ができているかということだ。

もちろんできていない。

ペルデュは封印を破り、紙のにおいを嗅いだ。長いこと嗅いでいた。

目を閉じ、しばらく頭を下げる。

それから椅子に腰をおろし、マノンが二十一年前に寄こした手紙を読みはじめた。

12

一九九二年八月三十日、ボニューにて

ジャン、こうしてもう何度、あなたに手紙を書いたことかしら。そのたびに同じ言葉で書きはじめるしかなかった。だって何より、それが真実だから。「愛する」ってね。

愛するジャン。遠く離れたところにいる、愛するわたしのジャン。

わたしは馬鹿なことをしてしまった。どうしてあなたのもとを去るのか、いわなかった。

今になってそれを後悔している。後悔しているのは両方とも。去ったことと、それがどうしてか黙っていたこと。

お願い、読むのを止めないで。この手紙を燃やさないで。あなたのもとを去ったのは、そばにいたくなかったからじゃない。

いっしょにいたかった。あなたのもとにいた方がずっとよかった。今こんな目に遭うよりずっとね。

ジャン、わたし死ぬのよ。もうじきね。クリスマスの頃だろうって、いわれている。

あなたのもとを去るとき、あなたがわたしを憎んでくれればいいと思っていた。

あなたが頭を横に振る様子が目に浮かぶ。わたしの愛する人（モナムール）。でも愛が正しいとみなしたことをしたかった。愛は、相手にとってよいようにしなさい、というものよね。そうでしょ？　あなたが怒ってわたしのことを忘れてくれればいい、と思った。あなたが哀しい思いをしないように、心配しないように、わたしが死ぬことを知らない方がいいと思った。

でも思い違いだった。このままにするわけにはいかない。あなたにいわなければ。わたしの身に何が起きたか、あなたの身に何が起きたか、わたしたちの身に何が起きたかを。すてきでもあると同時に恐ろしいこと。短い手紙に書くには大きすぎること。あなたがここにきてくれれば、なにもかも話し合える。

お願いしたいのは、そのことなの。ジャン、わたしのところへ来てちょうだい。

死ぬのはものすごくこわい。

でもあなたが来るまで、死なずに待っている。

あなたを愛している。

マノン

追伸　ここへ来る気がないのなら、そこまでする気になれないのなら、仕方がないわよね。あなたには何の義務もない。同情もいらない。

追追伸　医者がもう旅行する許可を出してくれないのよ。リュックは承知しています。

ペルデュは暗い部屋にすわっていた。殴られたような衝撃。

胸が締めつけられて苦しい。

そんな馬鹿な。

瞬きするたびに、自分の姿が見えた。二十一年前の自分の姿。石のように硬直してこのテーブルに向かってすわっていた。そして手紙を開封することを拒んだ。

ありえない。

まさかそんな……。

マノンに二度裏切られた。ペルデュはそう信じこんでいた。そう確信してこれまで生きてきた。

気分が悪くて吐きそうだ。

裏切ったのは自分の方だと、今になって思い知らされた。マノンはペルデュが来るのをむなしく待っていたのだ。そのあいだマノンは……。

だめだ。頼む、ああ、どうか、どうか——だめだ。

自分がしたことは何もかも間違いだった。

手紙の追伸——そこまでする気がない、とマノンは思ったに違いない。ジャン・ペルデュは十分に愛してくれなかったと。マノンの激しい思いに応えるだけの愛——最後の切実な思いを叶えるだけの愛がペルデュにはなかったと。

そう悟るや、恥ずかしくてたまらなくなった。

手紙を出して何週間か経った後のマノンの姿が目の前に浮かんだ。家の前に車が止まり、ペルデュが扉をノックするのを待ちわびる姿。夏が過ぎ、秋になって落ち葉に霧氷が張り、冬が木々を丸裸にする。

だが待ち人はやってこない。

ペルデュは両手で顔をおおった。自分を殴りつけたかった。

今となってはもう遅すぎる。

驚くべきことに、手紙には今でもマノンのにおいが残っていた。破れそうなその手紙を、ペルデュはふるえる指でたたみ、封筒にもどした。それからシャツのボタンをどうにかはめ、靴を探した。

窓の宵闇に姿を映して髪を整える。

飛び下りろ、愚か者め！　そうすれば一巻の終わりになる。

目を上げると、カトリーヌがドア枠に寄りかかっていた。

「彼女は……」手紙を指し示して口を開く。

「彼女を……」言葉が出てこない。「なにもかも思い違いだったんだ」

なんていえばいいかわからない？

「愛していた？」しばらくしてカトリーヌが訊いた。

ペルデュはうなずいた。

そうだ。まさにそれこそがふさわしい言葉だ。

「それはよかった」

「遅すぎるんだ」

なにもかもおしまいだ。もうおしまいだ。

「たぶん彼女は……」

いうんだ。

「……愛してたから去った。そうだ。愛していたから、それで出ていったんだ」

「これから会うつもり？」

「いや。彼女は死んでしまった。マノンはとっくの昔に死んでしまっている」

ペルデュはカトリーヌを見なくてすむよう、彼女が傷つくのを見なくてすむよう、目をつぶった。

「彼女を愛していた。ものすごく愛していたんだ。それで彼女が出ていってからは、生きることもままならなくなった。彼女は死んだ。それなのに、彼女に冷たくされたことしか頭になかった。わたしは愚かな男だ。それからカトリーヌ、許してほしい。今でも愚かなままなんだ。きみをこれ以上傷つけてしまう前に、出て行かなくては。わかってくれるか？」

「もちろん、出ていってかまわない。あなたはわたしを傷つけてはいない。人生なんてそんなものよ。もう十四歳のティーンじゃないんだしね。愛せる人がひとりもいなくなると、おかしくなってしまうものよ。新しい感情には古い感情がしばらくつきまとうのが常だしね。人間ってそういうものだから」カトリーヌは静かに、考え深げにささやいた。

そしてすべての引き金になったテーブルに目をやった。

「わたしの夫も愛ゆえに去っていったのなら、どんなによかったか。置き去りにされるにしても、最高にすてきな形だわね」

ペルデュはカトリーヌに近づき、ぎこちなく抱きしめた。ひどくよそよそしい感じがした。

13

ペルデュは火にかけた薬罐がシュンシュン音を立てるまで、腕立て伏せを百回した。コーヒーを一口飲んだ後は、筋肉がふるえて音を上げるまで、二百回、腹筋運動をした。

冷水と温水で交互にシャワーを浴びた。それから髭を剃ったが、何カ所も深く切ってしまった。

血が止まるのを待ち、白いワイシャツにアイロンをかけ、ネクタイを締めた。紙幣を何枚かズボンのポケットにつっこみ、上着をはおった。階段を下りるとき、カトリーヌの住まいの方には目を向けなかった。彼女を抱きしめたくて仕方がなかったけれども。

それでどうなる？　こっちは自分を慰め、向こうは向こうで自分を慰める。それじゃふたりとも、使い古しのハンカチと変わらないじゃないか。

隣人が郵便受けに入れた本の注文書を取り出してからレストランに向かい、テーブルについた夜露をふいているティエリにあいさつした。

チーズオムレツを注文し、出されたオムレツをろくすっぽ味わわずに食べ、とりつく島のない顔で朝刊を読む。

「どうだい？」ティエリがペルデュの肩に片手を置いて訊いた。

親しげなジェスチャー。――その手を振り払いたくなるのをこらえる。

最期はどんなだったのだろう？　どこが悪かった？　苦しかっただろうか？　わたしの名を呼んだだろうか？　毎日、扉を見ていただろうか？　なんでプライドを捨てられなかった？　どうしてこんなことになってしまったんだ？　どんな罰を受けてしかるべきだろうか……自殺するのが一番だろうか？　一度くらい正しいことをすべきでは？

ペルデュは新聞の書評欄を見つめた。書評を読む。一語一語、意見も、情報も、何一つ読みとばさないよう、集中力をかき集めて記事を追う。下線を引き、感想をメモする。ところが次の瞬間には何を読んだか忘れていた。

あらためて初めから読み直し……。

ティエリが話しかけてきても、目を上げなかった。

「あそこの車。きのうの晩からずっと駐まっている。中で寝たんだろうか？　またあの作家目当てで来てるのかな？」

「マックス・ジョルダン目当てってこと？」ペルデュは訊き返した。

あの青年、馬鹿なことをしないといいが。

ティエリがそばへ行くと、車はすぐに走り去った。

死が迫ってきたとき、マノンはそれがこわかった。守ってもらいたかったんだ。それなのにそばにいてやれなかった。わたしは自分を憐れんでいただけだ。

ペルデュは気分が悪くなった。

マノン。マノンの両手。

マノンの手紙。におい。筆跡はいつも生き生きとしていた。マノンがいなくてものすごく寂しい。

自分が憎い。マノンが憎い！

なんでマノンは死んでしまったんだ？　まだどこかで生きているはずだ。

ペルデュはトイレへ走りこんで、吐いた。

安息の日曜日にはならなかった。

デッキの掃除をして、この数日の間に売るのを拒んだ本を元の場所にもどした。一ミリと違(たが)わず、本棚にぴったり収まった。新しいロールをレジスターに入れた。それからもう何をしていいかわからなくなった。

今日一日を乗りきれば、この後も同じように生きていける。

ペルデュはイタリア人の客の相手をした。――「この間、表紙にメガネをかけた鴉の絵がある本を見たんですが、あれはもう翻訳されてますか？」

旅行者のカップルといっしょに写真に収まり、シリアで出版されたイスラム批判の本の注文を受けた。スペイン人の女性に血栓予防のストッキングを売り、カフカとリンドグレーンにやる餌を皿に入れた。

二匹の猫が船の中をぶらついている間、ペルデュはカタログをぱらぱらめくった。カタログではヘミングウェイから村上春樹に至る、有名な六単語小説（わずか六つの単語で小説ができるか、という賭けにヘミングウェイが挑戦し、見事に賭けに勝ったといわれる）が食卓の友として推奨されていた。さらには、シラー、ゲーテ、コレット、バルザック、ヴァージニア・ウルフの頭部を象った塩、胡椒、スパイス入れまでのっている。振ると髪の分け目から塩や胡椒やスパイスが出てくる仕掛けだ。

なんだこれは？

「ノン・ブック部門の究極のベストセラー。書店用の新しい栞。詩集コーナー用のブックエンドにはヘッセの詩『階段』が最適！」

ペルデュはその頁を凝視した。

もううんざりだ。ゲーテの塩入れだって。いいかげんにしてくれよ。トイレットペーパー・ミステリーももういい。今度はヘッセの『階段』――「どんな始まりにも魔法が内在している」という一節を本棚のデコレーションに使えだと？　勘弁してくれ！

ペルデュは窓からセーヌ川を見た。川面は輝き、空は丸い弧を描いている。たしかにとてもきれいではある。

こんな形で去っていくなんて、マノンはよっぽど怒っていたんだろうか？　あんな風だったからいけなかったんだろうか？　それで、ほかにどうしようもなかったということか？　打ち明けることはできなかったんだろうか？　自分がどんな状態か、いってくれればよかったのに。助けてほしいといってくれれば。本当のことをいってくれさえすれば。

「打ち明けるに足る男ではないというのか？　わたしはいったいなんなんだ？」大声で叫んだ。

カタログを閉じ、丸めて灰色のズボンの後ろのポケットにつっこんだ。

まさにこのときのために、これまでの二十一年間、生きてきたのかもしれない。何をすべきか、今この瞬間にわかった。マノンの手紙のあるなしにかかわらず、ずっとすべきだったことだ。

機械室にある几帳面に整理した工具箱を開け、電動ドライバーを取り出した。シャツのポケットにアダプターを入れ、タラップに向かう。そこでカタログを金属板に置いて膝をつき、ドライバーにアダプターを差しこむと、タラップを埠頭に固定したネジをゆるめて抜いた。次から次へと。最後に港の飲料水タンクにつないでいたホースをはずし、電源プラグを抜き、〈文学処方船〉を二十年あまり岸につないでいたロープをほどいた。

それから二、三度、タラップを強く蹴って埠頭から船を離した。タラップを持ち上げ、船の入口へ押しこみ、船に飛び乗り、ハッチを閉めた。

ペルデュは船尾の操舵場へ行き、モンタニャール通りに思いを馳せた。――「カトリーヌ、許してくれ」――イグニッションキーを暖機運転モードに入れた。

高揚した気分でカウントダウンし、十秒後、キーをさらに回した。

モーターは難なく始動した。

「ムッシュ・ペルデュ！　ムッシュ・ペルデュ！　おーい！　待ってくれ！」

ペルデュは首を後ろへ回した。

ジョルダン？　そう、たしかにマックス・ジョルダンだ！　耳当てをつけて、サングラスをかけている。あれはマダム・ボムのサングラスに違いない。模造宝石がついたイエバエのプック（アニメ『みつばちマーヤの冒険』に出てくるキャラクター）風モデルだ。

ジョルダンはこっちに向かって駆けてくる。肩にかけた緑色の船員用雑嚢が一歩ごとに勢いよくはねている。腕にいくつも袋をぶらさげている。その後ろをカップルが追いかけてくる。カップルはふたりともカメラを手にしていた。

「どこへ行くんです？」ジョルダンが叫んだ。

「ここを離れる！」ペルデュは叫び返した。

「それはいい。ぼくも行きます！」

ジョルダンが勢いよく荷物を船上へほうり投げた。ルル号は船体をふるわせながら、すでに岸から一メートル離れていた。

投げた荷物の半分は水中に落下した。携帯電話と札入れを入れた袋もだ。

モーターがうなりをあげ、ディーゼルエンジンがもうもうと黒い煙を吐き出した。川幅の半分がすでに青黒い煙におおわれている。港の管理責任者が怒声を吐きながらこっちへ走ってくる。

ペルデュはスロットルレバーを入れた。「全開」

そのときジョルダンが助走を始めた。

「やめろ！」ペルデュは叫んだ。「ムッシュ・ジョルダン！　やめろ。話にならない！　今はそれどころじゃないんだ。どうかやめてくれ……」

ジョルダンはジャンプした。

14

「……頼むから！」

ジョルダンが膝をこすりながら立ち上がるのを、ペルデュは呆然(ぼうぜん)と見ていた。落ちた荷物の半分は少しのあいだ渦に巻かれてから沈んでいった。振り返ってそれを見届けると、ジョルダンは満面の笑みを浮かべ、足を引きずりながら操舵場までやってきた。もちろん耳当てをつけている。

「こんにちは」ファンに追いまわされていたマックス・ジョルダンがうれしそうにいった。「船も操縦するんですか？」

ペルデュは目を白黒させた。ジョルダンには後でみっちりお説教をして、下船してもらわなくては。だが今はそれどころではない。とにかく操船に集中しなければ。なにもかもがこっちへ向かってくる！　観光船、貨物船、ハウスボート、鳥、蠅(はえ)、大波……。いったいどうすればいい？　優先権があるのはどの船だ？　速度規制は？……橋のところについている黄色い四角形は何の印だ？

ジョルダンは相変わらずこっちを見つめている。何かを待っているかのように。

「ジョルダン、猫と本を見ていてくれ。それからコーヒーを淹れてくれ。そのあいだ、誰も殺さずにすむよう頑張ってみる」

「何ですって？　誰を殺すんです？　猫ですか？」ジョルダンはきょとんとした。

「まずはそいつをはずせ」――ペルデュはジョルダンの耳当てを指差した。「それからコーヒーを淹れてくれ」

　しばらくしてジョルダンが、濃いコーヒーを注いだカップを、車輪ほどの大きさの操舵輪の横にあるカップホルダーにのせたときには、ペルデュは船の振動にも、流れに逆らって操船することにも慣れてきていた。船を最後に操ったのはもう随分前のことだ。眼前の船首だけでも、トラックの連結車の三倍もの長さがある。それでいて少しも目立たない。本の船は静かに川面を進んでいた。

　ペルデュは不安と同時に喜びも感じていた。歌うか、歓声をあげたいくらいだ。指は操舵輪をしっかりつかんでいる。今していることは、まさに正気の沙汰ではない。愚かで、そして……本当のこととはとても思えない！

「船の操縦やらなにやら、どうやってできるようになったんですか？」ジョルダンが航海用計器を指し示しながら訊いた。

「父が教えてくれたんだ。十二歳のときにな。十六で内陸水運の免許を取った。そのうち石炭を北へ運ぶ仕事をすることになると思ってたんでな」

　そして大柄な静かな男になった。幸せを求めない男に。ああ、いつの間にこんなに年を取ってしまったんだろう。

「ほんとですか？　ぼくの父なんか、紙の舟さえ折ってくれたことがない」

パリが映画の一シーンのように傍らを流れていく。シテ島の橋ポンヌフ、ノートルダム大聖堂、アルスナル港（セーヌ川とサン・マルタン運河をつなぐ河川交通の港）。

「まさにジェームズ・ボンドなみの脱出劇ですね。ミルクと砂糖はいりますか、ミスター・ボンド？　そもそもどうしてこういうことになったんですか？」

「どうしてってなにが？　砂糖なしで頼む。ミス・マネーペニー（ボンドの上司Mの秘書）」

「つまり、これまでの人生を投げ出す。ずらかる。筏（いかだ）に乗ったハックルベリー・フィンもどき。フォード・プリーフェクト（『銀河ヒッチハイク・ガイド』に登場する宇宙人）……」

「女のせいだ」

「女？　あなたは女にはあまり興味がないと思ってたんですが」

「ああ、女一般に興味はない。ひとりだけだ。特別な人なんだ。彼女のもとへ行く」

「なんと。最高ですね。それにしても、どうしてバスを使わないんです？」

「おかしなことをするのは本の中の人間だけだと思ってるのか？」

「いいえ。ぼくはろくすっぽ泳げないのにって今思ったところです。それにあなたはさっき短パン姿でこんなばかでかい船を動かしたばかりだ。あと、五つあるキャットフードの缶詰をアルファベット順に並べている。たぶんあなたは頭がおかしいんでしょう。あなたが十二歳だったことがあるなんて信じられない！　ほんとに昔は小さい男の子だったんですか？　そんな馬鹿な！　あなたはずっとこうだったように見えるのに」

「こうとは？」

「大人で、ものすごく……自制心があって、自立していて」

ただのディレッタントだと知っていたらな。

「バスに乗ったりしたら、途中でああでもない、こうでもないと考えてしまって駅までたどり着けないだろう。そして出発しない方がいい理由を見つける。そうなったら今も、あっちにいるはずだ」――ペルデュはセーヌにかかる橋のひとつを指差した。自転車に乗った女の子たちが橋の上からこっちに手を振っている。「――そして、いたところにずっととどまって、慣れ親しんだ生活から離れられなかっただろう。糞喰らえの生活だが、安全だからな」

「今、糞喰らえっていいましたね」

「ああ、それがどうかしたか？」

「最高だな。冷蔵庫の中身がアルファベット順になっていることも、あんまり気にならなくなった」

ペルデュはコーヒーに手を伸ばした。ペルデュをこれほど強引に船出させた女性が、すでに二十一年前に死んでいると知ったら、ジョルダンはどう思うだろう？　それを打ち明けるシーンを想像してみた。今すぐに打ち明けられたら。どういえばいいかさえわかっていれば。

「それできみの方はどうなんだ？　どうしてここから出たいんだ？」ペルデュは訊いた。

「ぼくは……物語を探してるんです。……ぼくの中には……もう何もなくて。物語が見つかるまでは帰りません。埠頭には、お別れをいいに来たんです。そしたらあなたが船を動かした。……ぼくもつれていってください。お願いです。いっしょにいってもいいでしょう？」

ジョルダンがあんまり期待をこめた目で見るので、ペルデュは、達者でいろよといって彼を次の港でおろすのを、取りあえず見送った。

前方には広い世界。背後には愛のない暮らし。ペルデュはふいに少年にもどったような気がした。彼だって少年だったことがある。まだ若いジョルダンには信じられないかもしれないが。

たとえば十二歳だった頃。当時はめったにひとりでいることがなかった。でもひとりでいるのは好きだった。ヴィジャヤといっしょに過ごすのも好きだった。ヴィジャヤはやせっぽちの少年で、隣家に住む数学者の息子だった。あの頃はまだ子どもで、夜見る夢は二つ目の現実世界で、試練の場だと信じていた。そう、夢で課題を解くことができれば、覚醒時にひとつ上の段階に上がれると信じていたのだ。

「迷宮から抜け出す道を探せ！　飛べ！　そうすれば、起きたときに望みがひとつ叶うだろう」

当時は望むことによって、それを叶えることができると信じていた。もちろん何か好きなもの、とても大事なものと引き替えにするという条件つきで。

「朝食のとき、父さんと母さんがまた目を合わせるようにしてよ！　かわりにぼくの左目をあげる。船を動かすのに使うから、右目は勘弁して」

そう、少年の頃はそんな風に願ったものだった。あの頃はまだ……ジョルダンはさっきなんといったっけ？　ものすごく自制心があるって？　あの頃はそんな自制心なんてなかった。神様に手紙を書いて、親指の血で封印したりもした。それが今、永遠にも思えるほどの時間がたった今になって、ばかでかい船の操舵輪の前に立っている。自分にはまだ望みがあることを感じながら。

ペルデュは思わずため息をもらした。それから背筋を少し伸ばした。

無線通信機の調整器をいじっていたジョルダンが、セーヌ川の管制センターのチャンネルを見つけた。

「……繰り返す。シャンゼリゼ港にスモッグを撒き散らしたおかしな二人組に告ぐ。良き船旅を！　面舵が右、取舵が左、海上は右側通行だ」

「ひょっとしてぼくたちのこと？」ジョルダンが訊いた。

「まあいいって」ペルデュは気にとめなかった。

　ふたりは顔を見合わせてにやっとした。

「きみは少年の頃、何になりたかったんだい、ムッシュ……えーと、ジョルダン？」

「少年の頃？　ってことは、つい昨日のことですよね？」ジョルダンは笑った。それから「父親に認めてもらえるような男になりたかった」と小さい声でいった。「あと夢占い師にも。矛盾するかもしれないけど」と付けたした。

　ペルデュは咳払いした。

「アヴィニョンへの航路を探してくれ、ムッシュ。運河を通って南へ向かうきれいな航路がいい。ひょっとして……大切な夢が見つかるかもしれない」そういって積み上げられた地図の山を指差した。地図には青線で船の航路、それに運河と船着き場と閘門が記されている。

　ジョルダンが物問いたげな目を向けると、ペルデュは速度を上げた。それから目を水面に向けていった。

「夢の意味を知りたければ、水上を南へ向かえ、とサナリーの本にある。そこで自分を再発見できるとね。しかしそのためには途中で迷う必要がある。それも完全に。愛に迷い、憧れに迷い、不安に迷う。南についたら海鳴りに耳をすませる。そうすれば笑う声と泣く声が混じり合って聞こえるだろう。そして幸福になるために、魂はときに泣かねばならないことを理解するだろう」

ペルデュの胸の中で鳥が目覚めた。鳥は、まだ生きていることに気づいて驚き、おずおずと翼を広げた。

外へ出たかった。胸を突き破り、心を外へ運んでいきたかった。天へと飛翔したかった。

「行くよ。マノン、きみのところへ」ペルデュはつぶやいた。

マノンの旅日記

人生の道すがら、アヴィニョンとリヨンの間で。
一九八六年七月三十日

みんながいっしょに電車に乗りこまなかったのは奇跡に近い。わたしがちゃんとマルセイユ・パリ間の急行に乗るのを見届けるために、みんな（両親、「女は男を必要としない」がモットーのおばジュリア、ふたりのいとこ、「あたし、太りすぎ」のダフネと「あたし、いつもくたくた」のニコレット）が、タイムの丘から我が家のある谷まで下りてきて、それからアヴィニョンへついて来ただけでも、相当神経に堪（こた）えた。たぶんみんなはまた街に出て、映画を見て、プリンスのレコードでも買いたかったんだろう。

リュックはいっしょに来なかった。駅までついていったら、わたしが旅立てなくなるのではないかと心配していた。たしかにそうだ。わたしには百メートル離れた所からでもリュックの状態がわかる。立ち方、座り方、肩の位置、首の曲げ方でわかってしまうのだ。リュックは徹頭徹尾、南フランス人で、彼の魂は火とワインからできている。冷血漢であったためしがない。なんでも熱意をもって取り組む。物事をおざなりにすませたことはこれまでに一度もない。パリではたいていの人間にとって、ほとんどのことがまったくどうでもいいらしいけれど。

急行列車の窓辺に立つ。自分はまだ若いという気持ちと、もう大人だという気持ちが入り混じっている。初めて故郷を離れる。一キロ、また一キロと遠ざかるにつれ、初めて故郷の本当の姿が見えてきた。光あふれる空。樹齢数百年に及ぶ樹木から降ってくる蟬の声。アーモンドの葉を一枚残さず吹き落とそうとする風。うだるような暑さ。沈む太陽が、山々の険しい稜線や村の家並みをバラ色やハチミツ色に染めるとき、空気が金色にふるえてきらめく。常にそこにある大地。大地は人間を押しもどそうとするようにぐんぐん場所を広げ、とどまることがない。石の間からローズマリーとタイムが顔をだす。菩提樹の種が風に舞い飛ぶ音は、プラタナスの木陰の中をブドウ摘みの若者が近づいてくるとき少女があげる笑い声のようだ。川はごつごつした岩肌の間を青緑の細い靴紐のように流れていき、南には目も眩むばかりに海が青く輝いている。オリーブの木の下で愛の営みをするとき、黒いオリーブの実が肌に残すしみのような青。大地は常に人間の近くにある。すぐそこに。茨の茂み。岩。香り。プロヴァンスは人間を木々と斑の岩と泉から作り上げたのだと、パパはいっている。プロヴァンスの人間は木のようにしなやかで、化石のように強い。心の奥深くから語り、火にかけた鍋の水のようにすぐに煮えたぎる。

すでに暑さが和らいで空が低くなり、群青色の輝きが失われつつある。北に向かうにつれ、風土の輪郭が柔弱になっていく。冷徹な北よ！　おまえは愛を知っているの？

ママンはもちろん、パリでわたしの身に何か起きるんじゃないかと心配している。ママンが心配しているのは、二月以来、ギャラリー・ラファイエットやシャンゼリゼ通りを震撼させている爆弾テロのことより、男のことだ。女も心配の種になった。サンジェルマン通りを闊歩するインテリ女性たちは、何もかも頭で決め、感情を無視する。彼女たちに影響されて、わたしが貧乏絵描きの暮らしに魅了されることを、ママンは恐れていた。そんな暮らしを始めたところで結局、女は男が創造的な仕事に専念できるよう絵筆を洗わされるのが落ちだと。

　思うにママンは、わたしが故郷のボニューから、アトラスシダーやヴェルメンティーノ種のブドウ、バラ色のたそがれから遠く離れたら、将来の生活を危険にさらすものを見つけてしまうのではないかと懸念しているのだろう。昨日の夜、ママンは戸外に設けた夏の台所で泣いていた。わたしのことが心配でならなかったのだろう。

　パリでは誰もが競争に勝とうと汲々（きゅうきゅう）としていて、男は女をクールに誘惑するという。〝女は誰しも、男を飼い馴（な）らそうとする。男の氷の鎧を情熱に変えようとするのだ。南出身の女は特にその傾向が強い〟そうダフネはいっているけれど、そんなのはデタラメだと思う。ダイエットなんかしているから妄想を抱くようになるんだ。

　パパはとても自制心の強いプロヴァンス人だ。大都市がおまえに何を提供してくれるんだね、といっている。パパはときどき人文主義者になることがあって、そういうときのパパがわたしは大好きだ。パパはプロヴァンスをフランスの国民文化の揺りかごだと考えている。パパはオック語（主にフランス南部で話されているロマンス語の一つ）の慣用句をつぶやき、自分の手を汚してオリーブやトマトを育てる農民が、四百年前も今も、芸術家や哲学者や音楽家や若者と同じ言葉を話しているのは素晴らしいことだと思っている。創造性と世俗の愛が教養のある市民層だけのものになっているパリとは違ってね。

　ああ、パパ！　スコップを持ったプラトン。非寛容な人に厳しい寛容なパパ。パパのスパイシーなにおいが、胸の温かさが恋しい。それに地平線を嵐が吹きすさぶような豪快な声も。

空の高みも恋しくなるだろう。空や海の青も、ブドウ山を吹き抜けて洗い清めるミストラル（フランス南東部に吹く強い風）も。……わたしは袋に詰めた土とハーブの束を持ってきた。それからしゃぶってぴかぴかにしたネクタリンの種と、故郷の泉の水が飲みたくなったらマルセル・パニョル（フランスの小説家、映画監督。小説『泉のマノン』で知られる）流に舌の下に入れる小石も。

リュックのことも恋しくなるだろうか？　リュックはいつもわたしのそばにいたから、これまで寂しい思いをしたことがない。彼を恋しく思うようになるのも悪くない。「あたし太りすぎ」が口癖のいとこのダフネが、さも特別なことのようにいった〈焦がれ〉を、わたしは知らない。ダフネによると、それは「胸や、腹や、両脚の間に、錨をおろされたようなもの」で、「相手の男性がいないと錨についている鎖が引っぱられてでもいるように恋い焦がれる」らしい。なんだか恐ろしいけれど、ダフネはそのとき微笑んでいた。

ひとりの男をそれほどに求めるというのはどんな気持ちだろう？　こっちも逆鉤を向こうに打ちこむことになるんだろうか？　それとも男の方はすぐに忘れてしまうものなんだろうか？　ダフネは例の安っぽい恋愛小説でそういうのを読んだんだろうか？

男一般のことなら、あらかた聞いて知っている。でも特定の男のことは何も知らない。男と女が一対一で向き合うとき、男はどんな態度を取るものなんだろうか？

男は二十歳のとき、自分が六十歳になったら女をどんなふうに愛したいか、わかっているんだろうか？　――仕事のキャリアに関しては、六十歳でどう感じて、どう行動し、どう生きたいか、よくわかっているようだけれど。

わたしは一年後にもどる。そしてリュックと結婚する。つがいの小鳥のように。それから毎年ワインを作り、子どもをもうけるのだ。

この一年間は自由だし、その先もそれは変わらない。帰郷が遅くなっても、リュックは何もいわないだろうし、後になってひとりでパリや他のどこかへ行くことになっても、何もいわないはずだ。婚約したとき、彼はそう請け合ってくれた。自由結婚、それが婚約の贈り物だった。リュックはそういう人なのだ。

パパにはきっと理解できないだろう。――愛しているから貞節は要求しない、だと？「雨だけでは土を潤すに足りない」パパならそういうだろう。愛は雨、男は大地。それでは女は、わたしたちは何なんだろう？「おまえたちが男を耕す。おまえたちの手で男は花を咲かせる。それが女の力だ」

リュックがくれる雨という贈り物が欲しいかどうか、わたしにはまだわからない。そんな大きな贈り物を受けとるには、わたしは小さすぎるかもしれない。

それにわたしには、そのお返しをする意思があるだろうか？リュックはそれには固執しないし、それが条件でもない、といった。

わたしは大きくて強い木の娘だ。わたしからできる木材は船になる。でもその船には錨もなければ旗もない。わたしは船出し、影と光を探す。風をはらみ、港を忘れる。自由なんて呪わしいだけだ。贈られたものにしても勝ち取ったものにしても、常に疑いながら、ひとりでやっていかなければならない。

そうだ、内なるジャンヌ・ダルクがまたシャツを引きちぎって、詩句をうなりはじめる前に、ひとつ書いておくべきことがある。わたしは男性と知り合いになった。泣きながら旅日記を書いているところを見られた。電車のコンパートメントの中で、わたしは涙と子供じみた振る舞いを隠そうとした。故郷の小さい谷を出るなり、「帰りたい」と赤児のように駄々をこねて泣いていたのだ。

彼は、ホームシックですか、と訊いてきた。

「愛の苦しみかもしれないとは思わないの？」わたしはそう訊き返した。

「ホームシックも愛の苦しみですよ。程度もよりひどい」

彼はフランス人にしては背が高い。本屋だという。歯が白くて感じがよかった。目の色は緑。ハーブの緑だ。ボニューのわたしの寝室の前にそびえているアトラスシダーの色にも近い。唇の色はブドウを思わせる赤。髪はローズマリーの枝のように密で太い。

名前はジャン。今、艀を改造しているところで、そこに本を植えるつもりだ、といった。〈魂のための紙の船〉、薬局にするつもりだ、と説明が続いた。特効薬のないあらゆる感情に対処する〈文学処方船〉にするのだという。

たとえばホームシック。彼にいわせると、ホームシックにもいくつか種類がある。庇護欲求。家族に対するノスタルジー。別れる不安。愛への憧憬。

「何か良きものをすぐにでも愛(め)でたいという憧れ。それは場所かもしれないし、人かもしれない。特定のベッドかもしれない」

彼がいうと、少しもばからしく聞こえない。実に明快だ。

ジャンはホームシックをしずめる本を何冊かくれると約束した。半ば魔法のようなものなのに、まるで薬であるかのようにいっていた。

白い鴉みたいだと思った。賢くて、強くて、万物の上に浮遊している鴉。天空を見張る誇り高き大きな鳥。

いや、違う。正確ではない。本をくれると約束したのではなかった。約束するのは嫌いだ、といった。そうではなく、提案してくれたんだ。「力になれますよ。もっと泣きたいとき、あるいは泣くのをやめたいとき。これ以上泣きたくなくて笑いたいとき。力になります」

わたしは彼にキスしたくなった。語ることや知ること以外に、感じることや信じることもできるのかどうか、確かめたかったから。

それにわたしの心中を見透かした白い鴉が、どれくらい高く飛翔できるかも。

15

「腹が減ったなあ」

「新鮮な水は足りてるんですか?」

「ぼくも操縦したいな!」

「釣り道具は積んでないんですか?」

「携帯電話とクレジットカードがないと、なんだか去勢されたみたいな感じがする。そうは思いませんか?」マックス・ジョルダンはとうとうため息をついた。

「思わないね。船の掃除をしたらいい。体を動かしながら瞑想(めいそう)できる」ペルデュが応じた。

「掃除？　本気でいってるんですか？　ちょっと見てくださいよ。またスウェーデンのヨットがやってきた。あいつら、必ず真ん中を通るんですよ、まるで自分たちがこの川を発見したみたいに。イギリス人はイギリス人で、ここを通行できるのは自分たちだけで、ほかのやつらはせいぜい川辺で拍手喝采して旗を振っていればいい、とでもいいたげだ。トラファルガーの海戦で勝ったことをいまだに鼻にかけてるんだ」

　マックスは双眼鏡をおろした。

「ところで国旗は船の後部に掲げてあるんですか？」

「船尾だよ、ムッシュ。船の後部は船尾っていうんだ」

　湾曲して流れるセーヌ川を、波を切って上るにつれ、マックスはますます興奮し、ペルデュは静かになっていった。

　川は大きく蛇行して森や公園の中を穏やかに流れていく。川岸には過去の金と家族の秘密をにおわせる豪奢（ごうしゃ）な屋敷が建つ広大な敷地が連なっている。

「木箱の中を見てくれ。工具のそばにこの船の旗とトリコロールのペナントがあるはずだ」ペルデュはマックスにいいつけた。「それからアンカーとゴム製のハンマーも探し出してくれ。適当な港が見つからない場合はそいつを使って船を係留する必要があるからな」

「えーと、係留って、どうすればいいんですか？」

「うーん……ハウスボートで過ごす休暇に関する本にのっている」

「釣りの仕方は？」

「〈都会人が田舎で生き延びる方法〉のコーナーだ」

「それじゃ掃除用のバケツは？　それも本にのっているんですか？」

マックスはちょっとぶつくさいってから笑って、ずらしていた耳当てを元の位置にもどした。

カヌーの一団が前方に見えた。ペルデュは警告するために一度力強く汽笛を鳴らした。低い大きな音が響いた。胸と腹に響く。へそのすぐ下、それからさらに下へ。

「おお」ペルデュは声を漏らした。

ふたたび汽笛のレバーを引く。

こんなものを発明するのは男しかありえない。

汽笛とその反響を腹にずんと感じたせいで、カトリーヌの肌の感触を思い出した。肩の三角筋をおおう肌の感触。柔らかく、温かく、なめらかで、丸い。カトリーヌに触れた記憶で一瞬恍惚となった。

女の体に触り、船を動かし、逃亡するなんて。

体内の細胞という細胞が一気に目覚め、寝ぼけまなこをしばたたかせながら伸びをしていった。やあ！　久しぶりだなあ。さあもっと行こうぜ！　アクセルレバーを前に動かせ！

面舵が右、取舵が左、水路は色付きのブイで仕切られている。操縦はまだ体で覚えていて、ブイの間を違わず船を進めていく。女はうまくできていて、感じることと考えることに矛盾をきたさず、際限なく愛することができる。そのことをペルデュは腹で感じていた。

閘門の手前では渦に注意。

常に弱き者たらんとする女に注意。

そうした女は男が弱みを見せることを許さない。

しかし決定権を握るのは船長だ。

あるいは船長の妻か。

しかしいつかは接岸しなければならないはず。昔は船のあいだに割りこむことだって、夜中の雑念を追い払うのと同じくらい簡単だったのに。

ああ、何を考えてるんだ。今晩は長く延びている岸壁を探そう。いい場所が見つかったら、操舵輪をゆっくり回して……それからどうするんだったかな？

ひょっとして岸の斜面にまっすぐ乗り上げた方がいいかもしれない。

あるいは死ぬまで船を動かし続けるか。

川岸の手入れの行き届いた庭に女が数人いて、こっちを見ている。ひとりが手を振った。

貨物船や、ルル号の遠い先祖にあたる艀にはめったに出会わなかった。かつてそういう艀では、船長が脚を無造作に高く上げ、取り回しの簡単な大きな操舵輪を親指でまわして気楽に操船していたものだった。

それからふいに文明が途絶え、ムラン（パリの南東に位置するセーヌ河岸の町）を過ぎると夏の緑に囲まれた。

なんと香（かぐわ）しいにおいだろう！　清澄で、新鮮で、清潔だ。

それだけではない。パリとはまったく違うことがもうひとつあった。完全に欠けている何か。すっかり慣れ親しんでいたので、それがなくなった途端、軽いめまいを覚え、耳鳴りを感じたほどだ。

その正体を悟るや、大きな安堵で胸が満たされた。

車の騒音がしない。メトロの轟音（ごうおん）も、クーラーの振動音もしない。車のトランスミッションやら、エレベーターやら、エスカレーターやらの機械がうなりをあげる音がまったくしないのだ。トラックがバックする音も、列車がブレーキをかける音も、ヒールが小石を踏む音もしない。二軒先の若者のところから響く音楽の低音も聞こえない。スケートボードの滑走音も、スクーターのエンジン音もしない。

日曜日の静けさだ。それを初めて心ゆくまで味わったのは、両親にブルターニュの親戚のところへ連れていかれたときだった。

ポン＝タヴァンとケルドリュックの間にあるその地で、静寂にこそ本当の人生があると悟った。本当の人生は地の果てフィニステール県にあり、都会人には見えないのだ。一方パリは、低くうなりながら幻想を作り出す巨大な機械のように思えた。自然を模造した人工の香りで住民を眠らせ、音楽と人工の光とまがい物の酸素を使って住民をたぶらかす。子どもの頃好きだったE・M・フォースター（イギリスの小説家）の『機械は止まる』を思い出す。ある日、〈機械〉が止まると、コンピュータの画面を通してしか交流してこなかった人々は、ふいに静寂や本物の太陽や、フィルターを通さない生の感覚にさらされて、死んでしまう。生のあまりの過剰さゆえに死んでしまうのだ。

まさに今、ペルデュはそう感じていた。街中では味わったことのない強烈な感覚に気圧されていた。

深く息を吸うと胸がうずく。解放された静けさを初めて知り、耳のスイッチが入った。生き生きしたものを見て、目が癒やされる。

川のにおい。絹のように柔らかな空気。頭上の高み。こんな静けさと広さを最後に経験したのは、マノンとカマルグで馬を駆ったときだ。晩夏で、あたりは水色だった。日中はまだオーブンの中のように明るく、暑かったが、夜になると草原や、湿原に接する森に露が降りた。空気は秋の香りに満ち、塩田の塩の味がした。ロマやマヌーシュ（フランス北部やベルギーで生活をしているロマ民族の人たち）のキャンプファイアーのにおいもした。彼らは放牧場やフラミンゴの生息地、放置された古い果樹園に隠れるように宿営して夏を過ごしていた。

ペルデュとマノンは二頭のほっそりした白馬に乗って、森まで続く曲がりくねった小さな道路と静かな湖沼地帯の間を駆け抜け、ひっそりした海辺へ出た。カマルグ生まれで、水中の草をはむことのできる馬なら、どこまでも続く人気（ひとけ）のない水びたしの大地に入っていける。

人のいない大地。人里離れた静けさ。

「ねえ、ジャン、覚えている？　あなたとわたしが地の果てのアダムとイブだってこと？」

そういう声は笑っていた。溶けたチョコレートのような笑い声。

そう、ふたりは人の住む世界の果てで、異郷を見つけたかのようだった。その異郷はこの二千年余の間に、人とその妄想が自然を都市に、道路に、スーパーマーケットに変えてしまっても、変わらずにそのまま残されていたのだ。

高い木はどこにも生えていない。丘もなければ、家もない。あるのは空と、その下に境界となる自分の頭があるだけだ。ふたりは野生の馬が群れをなして傍らを駆け抜けるのを見た。サギやハイイロガンが魚をついばみ、蛇がエメラルドトカゲを追いかけていた。氷河に源を発したローヌ川が無数の巡礼者の祈りをこの広大な三角州まで運んできて、今エニシダや柳や灌木（かんぼく）の間に荷下ろししたのを、ふたりは感じ取った。

朝の空気は新鮮で、汚れがなく、ペルデュは生まれてきたことを感謝する気持ちで胸がいっぱいになった。毎日、日の出の光に包まれて地中海で泳いだ。裸で叫びながら、白い砂浜を行きつもどりつした。人の手の入らない広い自然と自分がひとつになる感覚を味わい、力がみなぎるのを感じた。

マノンは、ペルデュが水に入り、小魚を素手でつかまえる様を驚嘆して見ていた。ふたりは文明を体からそぎ落としはじめた。ペルデュは髭(ひげ)を伸ばし、マノンは耳の小さい、素直で賢い馬に裸で乗って、髪を胸までたらした。ふたりとも栗の実のように褐色に日焼けした。そして晩になって、流木が燃えてぱちぱちはぜる傍らで、まだ暖かい砂浜に寝て愛し合うとき、ペルデュはマノンの肌の甘酸っぱい味を堪能した。ペルデュは海の塩と、マノンの汗の塩と、川と海が恋人たちのように混じり合う三角州の草原の塩の味とを識別した。

マノンの腿の間の黒い毛に顔を近づけると、女と命のにおいでくらくらした。裸で肌を密着させて馬に乗っていたので、マノンは雌馬のにおいもした。自由のにおいだ。オリエンタルなスパイスと、花とハチミツの甘いにおいが混ざったにおい。まさに女のにおいがした。

マノンは彼の名前を絶えまなくささやき、官能に身をゆだねて喘ぐ声に文字を包みこむようにして息を吐いた。

「ジャン！　ジャン！」

マノンとカマルグで過ごしたその数夜ほど、男だったことはなかった。マノンはペルデュに向かって大きく自分を開き、彼の口に、彼の存在に、彼の下半身に身を押しつけた。ペルデュの眼差しを捉えているマノンの見開いた目には、決まって月が映っていた。初め三日月だったのが、やがて半月になり、最後に赤い満月になった。

月の満ち欠けの周期の半分を、ふたりはカマルグで過ごした。野性児になり、葦(あし)の小屋で暮らすアダムとイブになった。逃亡者であり、発見者だった。彼の地で、世界の果てで雄牛やフラミンゴや馬とともに夢見るために、マノンが誰にどんなふうに嘘をついたか、ペルデュは問わなかった。夜、星空の下で、マノンの息だけが絶対的な静寂に染みこんでいた。マノンの甘く、静かで、深い息だけが。

マノンはあの世界の呼吸そのものだった。

野性的で未知なる南の最果てでまどろみ、息をするマノンの像を、ペルデュはゆっくりと解き放った。紙の舟を水に流すようにゆっくりと。そのとき初めてずっと目を大きくあけて、虚空を見つめていたことに気づいた。ペルデュはくずおれることなく、恋人を思い出せるようになっていた。

16

「いいかげんに耳当てを取ったらどうだ、ジョルダン。どんなに静かか、聞くといい」

「シーッ！　大声を出さないで！　それからジョルダンと呼ぶのは止めてください。偽名を名乗る方が良さそうだ」

「ほう。それでなんと名乗るつもりだい？」

「今からぼくはジャン。ジャン・ペルデュです」

「こういっちゃなんだが、ジャン・ペルデュはわたしだ」

「ええ、そのとおり。いい名前ですよね。ファーストネームで呼ぶことにしませんか？」

「いや、やめておこう」

マックス・ジョルダンは耳当てを後ろにずらした。それから鼻をくんくんさせた。

「魚卵のにおいがする」

「きみは耳でにおいをかぐのか？」

「ぼくが魚卵の中に落ちたとして、それで発育不良のナマズどもに喰われたらどうします？」

「ムッシュ・ジョルダン、船から落ちるのは、たいていの場合、酔っぱらって甲板の手すりから身を乗り出して小用をしようとするからだ。トイレを使え。そうすれば生き残れる。それにナマズは人を喰わない」

「へぇー、そうですか？　どこにのっているんです？　やっぱり本にですか？　御存知だと思いますが、本に書かれているのは、机上での真実にすぎませんよ。だってそうでしょ。世界はかつては円盤で、宇宙空間で不動だった。忘れられた社員食堂のトレーのようにね」

マックスは伸びをした。するとお腹が鳴った。大きな音で、咎めるように。「何か食べる物を調達しないといけませんね」

「冷蔵庫に何かあるはず……」

「……ほとんど猫の餌ですよ。ハツにチキン、遠慮しときます」

「白インゲン豆の缶詰を忘れちゃいけない」たしかに緊急に買い物をする必要がある。問題は、支払いをどうするかだ。レジにはあまり現金がない。マックスのキャッシュカードはセーヌ川に落ちてしまった。それでもタンクの水は当面、トイレと洗い物とシャワーに使う分だけはある。ミネラルウォーターもまだ二箱ある。だが南への長旅には到底足りない。

ペルデュはため息をついた。ついさっきまでは海賊にでもなった気分でいたのに、今はまるで新入りにもどった感じだ。

「ぼくは探し物の名人だな！」ペルデュと違ってマックスの方は、本が詰まったルル号の腹から上機嫌で操舵場へもどってきた。腕に数冊の本と大きな段ボールの筒をかかえている。「いいものを見つけましたよ。ほら、航海術の試験の本です。暇なＥＵの役人が思いつきそうな交通標識が網羅されています」ジョルダンは操舵輪の横に本を置いた。「あと……これはロープの結び方の本。ぼくが読みます。それから、ちょっと見てくださいよ。尻、じゃなかった、失礼、船尾に掲げるトリコロールのペナントと──ジャジャジャジャーン──旗です！」

マックスは誇らしげに筒を高く掲げた。そして丸めた大きな旗を取り出した。

翼を広げた黒と金色の鳥。よく見ると鳥に見立てた本だとわかる。本の背が体で、開いて逆さにした両表紙が翼になっている。本の鳥の頭は鷲で、目に眼帯をしていて、海賊のようだ。臙脂色の布に刺繍してあった。

「で、どうなんです？　ぼくらの旗じゃないんですか？」

ペルデュは左胸に強い痛みを感じ、胸を押さえて縮こまった。

「いったいどうしたんです？」マックスがびっくりして訊いた。「心筋梗塞を起こしたんじゃないでしょうね？　もしそうだとしても、どうやってカテーテルを挿入したらいいか、本で調べろとかいわないでくださいよ！」

ペルデュは思わず笑ってしまった。

「もうだいじょうぶだ」ペルデュは喘ぎながらいった。「ただちょっと……驚いただけだ。少し待ってくれ」

ペルデュは痛みをなんとかこらえようとした。精巧な針目と、布地と本の鳥のくちばしをなでた。それから鳥の片方の目も。

この旗はマノンが本の船の開店の際に縫ったものだ。当時、彼女はこの旗と同時にプロヴァンスの花嫁用のキルトも縫っていた。彼女の指と目が布の上をすべっていって……。

マノン。ここに残っているきみのものはこれだけなのか？

「そもそもどうして彼と結婚するんだ？　そのブドウ栽培者と？」

「リュックというの。それにわたしの親友でもあるのよ」

「ぼくの親友はヴィジャヤだ。でも彼と結婚する気はないね」

「リュックを愛しているの。それに彼と結婚するのはすてきよ。彼となら、わたしは素のままでいられるから。無条件でね」

「きみはぼくと結婚することもできる。それだってすてきじゃないか」

マノンは針仕事の手を休めた。鳥の目がちょうど半分できたところだった。

「わたしたちが同じ列車に乗り合わせる前から、わたしはリュックの人生設計に組みこまれていたのよ」

「彼に計画を変えさせるつもりはないんだな」

「ないわ、ジャン。それはない。計画を変える気はない。リュックがいないと寂しいもの。無条件に愛してくれる人がね。わたしは彼が欲しい。でもあなたも欲しい。北と南とどっちも欲しい。わたしは人生を丸ごと味わいたい。あれかこれかという選択はしたくない。あれもこれも欲しいのよ。リュックはあれもこれもさせてくれる。わたしたちが結婚したとして、あなたにそれができる？ ほかの誰かがいるとしたら、二人目のジャンかリュックが、ひとりあるいは二人、あるいは……」

「ぼくはきみをひとりじめしたい」

「ああ、ジャン。自分勝手な望みだってことはわかってる。わたしのもとにいて、と頼むことしかできない。生きていくにはあなたが必要なの」

「きみが生きているあいだ、ずっとかい、マノン？」

「わたしが生きているあいだ、ずっとよ、ジャン」

「それなら今のところはよしとしよう」

マノンは誓いの印ででもあるかのように、針を親指に刺して、その血で鳥の目を赤く染めた。

もしかしてセックスだけだったかもしれない。

ペルデュはそれを恐れていた。自分がマノンにとってセックスのためだけの存在であることを。

だがふたりがいっしょに寝るとき、それは決して「ただのセックス」ではなかった。世界征服にも等しかった。熱烈な祈りでもあった。自分たちがなんであるかを、ふたりは知った。ふたりの魂、体、生への憧れ、死の恐怖。

それは生の祝祭だった。

ペルデュはようやくまた深く息が吸えるようになった。

「ああ、この船の旗だ、ジョルダン。完璧な旗だ。誰からも見えるように船首に掲げてくれ。船の前に。それから三色旗は船尾にな。急いでくれ」

ジョルダンは船尾にもたれて、風に揺れるワイヤーロープのどれに三色旗を掲げるのがいいか検討し、本屋のスペースを通り抜けて船首へ走っていった。ペルデュの目頭が熱くなった。だが自分が泣けないことを知っていた。

ジョルダンが旗をあげた。高く、さらに高く。

旗が少しずつあがるたびに、ペルデュの胸は締めつけられた。

旗は追い風を受けて誇らしげにたなびいた。本の鳥が飛んだ。

許してくれ、マノン。許してくれ。

わたしは若かった。愚かで、虚栄心が強かったんだ。

「あっ、サツが来る！」マックスが叫んだ。

17

水上警察の警備艇がスピードを上げて近づいてきた。ペルデュが速度を落とすと、小回りの利く警備艇はルル号に横づけした。

「二人用の独房に入れてもらえると思いますか？」マックスが訊いた。

「証人の安全を保障してもらわないといけない」マックスは続けた。

「出版社が警察に手を回したんだろうか？」マックスは心配した。

「きみは窓を掃除するか、ロープの結び方を練習する方がいいんじゃないか」ペルデュはつぶやいた。

サングラスをかけた警官が船にさっそうと飛び移り、操舵場によじ登ってきた。

「やあ、諸君。シャンパーニュ地区セーヌ川航行担当、レヴェック巡査部長だ」警官はいった。自分の立場をどんなに愛しているか、声の調子でよくわかる。

これまでの暮らしから勝手に逃げ出したことを咎められるのかと、一瞬ペルデュは思った。

「河川航行許可証はどこに掲示してあるのかな？　それから規定の救命胴衣を見せてくれ！」

「やっぱり窓を掃除してきます」とマックス。

十五分後、ペルデュは警告を受け、罰金を科され、有り金一切（レジに残っていた金とズボンのポケットの金）を出した。ローヌ川の閘門を通行するのに必要なフランス河川の通行料、蛍光色の救命胴衣一着、それから河川航行条件を満たしていることを証明する書類の写しの料金を支払うには、それでも足りなかった。

「さてと、どうしたものかな？」と巡査部長。

満足げに目が光ったように見えたのは錯覚だろうか？

「えー、ひょっとして読書はお好きじゃありませんか？」ペルデュは訊いた。困惑のあまり声がかすれた。

「無論好きだよ。読書好きを弱虫や軟弱なやつらと一緒にするような野暮じゃない」巡査部長はいって、カフカをなでようとしたが、カフカはふさふさしたしっぽをぴんと立てて、すり抜けていった。

「よろしければ本を一冊、いや、数冊ご提供できますが、いかがです？」

「うーん。救命胴衣の代金に本を受けとることはできるが、罰金の方はそうもいかないし、どうしたものかな？　それに停泊料はどうやって払うつもりだ？　マリーナのオーナーがとりわけ……本好きかどうかは怪しい」巡査部長は考えこんだ。「オランダ人の後についていくといい。彼らはただのものには鼻が効くからな。無料で船を係留できる場所を知っているだろう」

残金代わりの本を見つくろえるよう、ペルデュは巡査部長を本棚が並ぶ船内に案内した。マックスは読書用安楽椅子の隣の窓をみがいていて、巡査部長と目を合わせないようにしていた。そのマックスに巡査部長が目を向けた。

「ひょっとして有名な作家さんじゃありませんか？」

「ぼくが？　いいえ、とんでもない。ぼくは、えー」マックスはちらとペルデュを見てから急いでいった。「――息子で、スポーツソックスを売っています」

ペルデュは啞然としてマックスを見つめた。たった今、自分は養子を取らされたってことか？

巡査部長は本の山から『夜』を抜き取った。そして表紙のマックスの写真をじっくり眺めた。

「本当かい？」

「えっと、そうですね。ひょっとしてぼくかもしれません」

巡査部長はものわかりがよさそうに肩をすくめた。

「そうだろう、そうだろう。きっと女性ファンがおおぜいいるんだろうな」

「さあ、どうでしょうか。もしかしたらそうかもしれません」マックスは首にかけた耳当てを指でいじりながらつぶやいた。

「以前の婚約者があなたの本のファンだった。しょっちゅう、その話をしていた。失礼、あなたによく似ている作家の本のことだ。ひょっとして……彼の名前をここにサインしてもらえるかな？」

　マックスはうなずいた。

「フレデリックへ、深い友情をこめて」巡査部長が口述し、マックスは歯がみしながら、いわれた通りに献辞を書いてサインした。

「素晴らしい」巡査部長はペルデュの顔をうれしそうに見ながらいった。「息子さんからも罰金をいただけますかね？」

　ペルデュはうなずいた。「それはもう。いい子ですから」

　マックスがポケットを裏返して、小額の紙幣を数枚と硬貨を何個か取り出すと、ふたりはすっからかんになった。それで巡査部長はため息をつきつつ、新刊を何冊か――「同僚のために」といって手にした。それから『独身男性のための料理』というレシピ本も。

「ちょっと待ってください」とペルデュはいって、〈まがいものの愛〉のコーナーをちょっと探して、ロマン・ガリ（フランスの小説家・映画監督）の自伝を取ってきた。

「どうしてこの本を？　なんのためになるんだ？」

「むしろ問題は何を防げるかってことです、巡査部長」ペルデュは穏やかに言い直した。

「母親以上に愛してくれる女性が現れなくても、失望しなくてすむように」

　巡査部長は真っ赤になって、そそくさと本の船を降りた。

「ありがとう」マックスはささやいた。

　アウトサイダーや川の冒険家を題材にした小説は、港に停泊した際、使用料を取られることや救命胴衣を常備していないと罰金を科されるといった、どうでもいいことについては何も教えてくれない。ペルデュはそのことを再認識した。

「ぼくがここにいることを黙っていてくれると思います？」警備艇が離れると、マックスが訊いた。

「なあ、ジョルダン。ファンと話したり、メディアの取材に応じるのがどうしてそんなに嫌なんだ？」

「今どんな作品を書いているか、訊かれるかもしれない」

「ああ、それがどうした？　本当のことをいえばいいじゃないか。じっくり考えているところだってな。急がず時間をかけるつもりだと。物語を探しているところだとな。それが見つかったら報告するといえばいい」

マックスはそんなこと考えてもみなかったといわんばかりな顔をしてペルデュを見つめた。

「おととい、父に電話したんです。父はあんまり本を読みません。スポーツ新聞を読むのがせいぜいです。翻訳のことや印税のことを話しました。それからもうすぐ売り上げ部数が五十万部に達することもね。そうなったら父を援助できると。父がもらえる年金は十分じゃありません。そうしたらなんといったと思います？」

ペルデュは黙ってマックスが話を続けるのを待った。

「いいかげん、まともな仕事を始める気はないのかって。ぼくがへんてこな話を書いたことは聞いている。近所の人たちにそれで自分が陰口をたたかれていると。ぼくが馬鹿なことをしでかしたせいで、どんなに迷惑しているかわかっているのかとね」

マックスはひどく傷ついているようだった。

ペルデュはどうしたことか、マックスを抱き寄せたい衝動に駆られた。実際に抱き寄せるのに、しばらくもたついた。肩をそっと抱くにはどこに腕をまわせばよいかわからなかったのだ。ふたりは上体を前にかがめて、ぎこちなく立っていた。

ペルデュはマックスの耳当てに口を寄せてささやいた。

「きみのお父さんは無知な小心者だ」

ぎくっとして身をこわばらせたマックスを、ペルデュはがっしり抱いて離さなかった。そして秘密を打ち明けるかのように、静かに話した。

「近所の人たちが自分のことを噂していると、お父さんが思いこんでいるなら、それでいいさ。だけどたぶんその人たちは、お父さんではなくきみのことを話しているんだと思うよ。それから、どうしてお父さんにきみのような素晴らしい息子がいるんだろう、と首をひねっている。たぶんきみは、お父さんの最高傑作だ」

マックスは大きく息を呑んだ。そしてか細い声でささやいた。

「母さんはいつもいってた。父さんはそんなつもりでいったんじゃないって。父さんは愛情をすなおに表せないだけだって。ぼくを罵ったり、ぶったりするたびに、父さんはほんとうはぼくのことをとても愛しているんだって」

ペルデュはマックスの両肩をつかんで、目をしっかり見つめ、声を大きくしていった。

「ムッシュ・ジョルダン。マックス。きみのお母さんは嘘をついたんだ。きみを慰めたくてね。だがひどい仕打ちを愛だというのはナンセンスだ。うちの母親はなんていっていたと思う？

「汚い子たちと遊んではいけませんとか？」

「そんな、まさか。お高くとまった物言いなんて一度もしたことがない。残忍で無関心な夫の共犯者になっている妻が多すぎるって嘆いていた。彼女たちは自分の子どもに嘘をつく。自分も父親に同じようにされていたせいでね。残忍な行為の裏には愛が隠されているんだと、いまだに信じたがっている。そうでも思わないと苦しくて気がおかしくなるからさ。だが真実はな、マックス、そんなのは愛じゃない」

マックスは目尻の涙をぬぐった。

「父親の中には、自分の子どもを愛せない者がいる。子どもが煩わしいか、どうでもいいかだ。あるいは薄気味悪いか。そして子どもに腹を立てる。子どもが、自分が望んでいたものと違うからだ。破綻している結婚を妻が子どもを盾に取りつくろおうとするせいで、子どもに腹を立てる。取りつくろえやしないのに。愛なんてもともと存在しないのに、妻が子どもを、結婚に夫をつなぎ止める道具にするせいで、父親は子どもに八つ当たりする。子どもが何をしようが、父親は子どもにつらく当たる」

「どうかもう止めてください」

「そして子どもたちは、小さくて、感じやすくて、愛に焦がれている子どもたちは」ペルデュはさらにやさしく言葉を続けた。マックスの苦悩が手に取るようにわかるせいで深く心を動かされていた。「子どもたちは愛されたくてなんでもする。それこそなんでもな。父親が愛してくれないのは、何か自分に原因があるからだ、と子どもたちは考える。だがな、マックス」――ペルデュはマックスの顎を上げた。――「原因は子どもたちにはない。きみはあの素晴らしい小説の中で、それをすでに突きとめたじゃないか。愛するという行為は、そうすると決めてできるもんじゃない。誰にも強要できないし、レシピもない。愛は愛として存在するだけだ。身を任せるしかない。こちらからは何もできないんだ」

　とうとうマックスは泣き出した。号泣して、くずおれ、ペルデュの脚にしがみついた。

「よしよし」ペルデュはささやいた。「もういいって。きみも操船してみるかい?」

　マックスは彼のズボンの脚をぎゅっとつかんだ。

「いや!　タバコを吸いたい!　酒を飲みたい!　自分を取りもどしたいんだ!　書きたい!　ぼくを愛するのが誰で、誰でないか、ぼくが決めたい。愛には苦痛がともなうものかどうか、定義したい。女にキスしたい。ぼくは……」

「ああ、マックス、わかったよ。それがいい。船を接岸させよう。タバコと酒を手に入れよう。あと女のことは……そうだな、成り行きに任せよう」

　ペルデュはマックスを引っ張り上げて立たせた。マックスはペルデュに寄りかかって、アイロンのかかっているワイシャツを涙と唾でびしょびしょにした。

「へどが出る!」マックスはすすり泣きながらいった。

「ああ、きみのいうとおりだ。だが頼むよ、ムッシュ。吐くなら甲板じゃなく川にしてくれ。さもないときみはまた掃除をしなけりゃならなくなる」

　マックスのむせび泣きに笑いが混じった。ペルデュが腕にしっかり抱いている間、マックスは笑い泣きしていた。

　船全体が振動し、船尾が岸に激しくぶつかった。ふたりともピアノにぶつかって倒れた。本棚から本がばらばら降ってきた。

「あいたっ」分厚い本を腹に受けて、マックスが叫んだ。

「ひ、膝を、ど、どけてくれ！　口がきけない」ペルデュがいった。

それから窓の外を見た。目に入ったのは、とんでもない光景だった。

「流されている！」

18

船は水流を側面に受けて岸の方へと押し流されている。ペルデュは水路にもどそうと奮闘した。しかしルル号の船尾は横滑りして、長い船体が壜の首にコルク栓がはまるように川をふさいでしまい、いらだった前後の船から警笛の十字砲火を浴びせられた。幅は二メートルしかないのにやたらに長く背の低いイギリスのボートは、かろうじてルル号を避けることができた。

「のろま！　軟弱者！　どこに目がついてるんだ！」深緑色のハウスボートからイギリス人たちが罵った。

「君主主義者！　不信心者！　パンの耳を切る野暮め！」マックスはさっきまで泣いていたせいで鼻声だったが、かまわず罵り返し、勢いよく鼻をかんだ。

ペルデュが〈文学処方船〉をなんとか立て直すと、喝采があがった。ボーダーのTシャツを着た女性が三人、貸しハウスボートの上に並んでこっちを見ていた。

「おーい、本の救急医さん。見事なバレエだったわよ！」

ペルデュはレバーを引いて、警笛を三回鳴らし、あいさつした。三人は手を振って、本の船を追い越していった。

「あの後についていってください、キャプテン。サン＝マメスで右折する必要があります。えっと右舷方向っていうんでしたっけ」マックスはいい添えた。赤く泣きはらした目はマダム・ボムの模造宝石のついたサングラスに隠れて見えない。「そこで銀行の支店を探して現金を引き出し、買い物をしましょう。アルファベットの棚に並んでいるものだけじゃ、ネズミでも飢えて死んでしまいますよ」

「今日は日曜だ」

「おー、それじゃ死ぬネズミが増えますね」

暗黙の了解のもと、ふたりは絶望の瞬間がなかったふりをした。

たそがれが近づくにつれ、ますます多くの鳥が上空を去来した。――ハイイロガン、カモ、ミヤコドリが鳴きながら砂州や川岸のねぐらを目指して飛んできた。ペルデュは何千にも及ぶ緑の多様さに目を見張った。パリのこんな近くにこれほどの自然が隠されていたとは。

サン＝マメスが近づいた。

「なんてこった。ひどい混雑だな」ペルデュはつぶやいた。

マリーナには大小さまざまな船がひしめいていた。国旗の色もさまざまだ。船上では大勢の人々が食事を楽しんでいた。その人たちが、そろいもそろって、図体の大きい本の船を注視している。

ペルデュはスピードを上げた。

マックスが河川航行図を見ながらいった。

「ここからは東西南北いずれへも行けます。北はスカンジナビアまで、南は地中海、東はドイツ」

マックスは港に目を向けた。

「真夏に、町に一軒しかないアイスクリームパーラーにバックで駐車するようなものですね。注目の的だ。舞踏会の女王と金持ちのフィアンセも、それにそいつの手下どもも、こっちを見ている」

「ありがとう。おかげでずっと気が楽になったよ」

ペルデュはルル号の速度をいっぱいにしぼって、そろそろとマリーナに近づけた。

とにかく広めのスペースがほしい。

見つかった。マリーナの端っこだ。イギリスの深緑色のナロウボート（イギリスの狭い運河を航行するために造られたボート）が一艘係留されているだけだ。

二回目で接岸に成功、イギリスのボートには、ほんのちょっと、わりあい穏やかにぶつけただけですんだ。

船室から男がひとり、中身が半分になったワイングラスを手に飛び出してきた。残りの半分はこぼれて服にかかっていた。服にはマッシュポテトとソースのしみもついている。

「何のうらみがあるんだ？」男は叫んだ。

「申し訳ない」ペルデュは謝った。「わたしたちは……えー……ひょっとして読書はお好きじゃありませんか？」

マックスがロープの結び方の本を持って桟橋に飛び下りた。それから本の写真を見ながらロープで係船杭に船を係留した。かなり時間がかかったが、マックスは手助けを拒否してひとりでやった。その間にペルデュは英語で書かれた小説を何冊か見つくろってイギリス人に渡した。イギリス人は本をぱらぱらとめくってから、ペルデュに手を差し出した。

「イギリス人に何をあげたんですか?」マックスが小声で訊いた。

「〈中くらいの憂鬱〉用の棚から抜いた娯楽小説だよ」ペルデュも小声で返した。「怒りを鎮めるには、血なまぐさいスプラッター小説がもってこいだからね」

桟橋の港湾事務所まで歩く間、ペルデュとマックスは、初めて女の子にキスをしてとてつもなく興奮している少年のような気分だった。

日焼けしたイグアナを思わせる肌の港長が、電気と飲料水の供給場所と、トイレタンクの中身をどこに捨てればいいか教えてくれた。それから係留費用を前金で十五ユーロ請求され、ペルデュは最後の手段を取るしかなくなり、レジの上に置いてあるチップを入れた子猫の貯金箱を壊して硬貨を何枚か取り出した。

「ここなら息子さんはただでトイレタンクの中身を捨てられますよ」

ペルデュは深いため息をついた。「オッケー。うちの……せがれはトイレ掃除が大好きでね」

マックスがおもしろくなさそうにペルデュを見た。

トイレタンクにホースをつなぐために港長といっしょに歩いていくマックスを、ペルデュは見送った。それにしても若いマックスの足取りのなんと軽やかなことか!　賛嘆するしかない。髪もまだふさふさしている。きっと腹や腰回りのことを気にせずに、いくらでもたらふく食べられるのだろう。しかしこの先とんでもない間違いを犯す時間がたっぷりあることは、知っているのだろうか。

いや、二度と二十一歳にはなりたくない、とペルデュは思った。今の知識を持ったままならまだしもだが。

なにをいってるんだ。誰しも若いときがあって、馬鹿なことをして初めて利口になれるんじゃないか。

それにしても、マックスが持っているものをもう自分が持っていないことを考えれば考えるほど腹が立ってきた。指の間から水がこぼれ落ちるように年月が経ってしまった気がする。それも年を取るにつれ、その速度がいや増していく。この分ではあっという間に、降圧剤の世話になり、一階の住居を必要とするようになるだろう。

ペルデュは幼なじみのヴィジャヤに思いを馳せた。ふたりの人生は、ペルデュが愛を失い、ヴィジャヤが愛を見つけるまでは、似たり寄ったりだった。

マノンがペルデュの元を去ったあの夏の同じ月に、ヴィジャヤは交通事故を起こして後に妻となるキライーに出会った。ヴィジャヤはスクーターに乗って、歩くくらいの速度でコンコルド広場をぐるぐる回っていた。交通量の多いロータリーを抜け出ることができなかったのだ。キライーは世故に長けた、心の温かい、芯が強い女性で、どういう暮らしをしたいか、明確なビジョンを持っていた。ヴィジャヤはキライーの人生設計にぴったりだった。彼自身の人生設計は九時から十八時の範囲内で事足りた。彼はそのまま研究所長でいることができた。専門はヒト細胞の受容体の構造と反応能力。ある特定の物を食べるとなぜ人間は愛を感じるのか。どうしてにおいはとっくに記憶の底に埋められていた子どもの頃の情景を呼び覚ますのか。なぜ人間は感情を恐れるのか。ぬるぬるするものや蜘蛛を見るとなぜぞっとするのか。人間が人間らしくあるためには、細胞は体内でどういう働きをするのか。ヴィジャヤはそれを突きとめようとしていた。
「つまり魂を探しているんだな」ペルデュはある晩、電話でヴィジャヤにいった。
「違う。メカニズムを追究しているのさ。すべては作用と反作用から成り立っている。老化も、不安も、セックスも、すべては感覚能力が司(つかさど)っている。きみがコーヒーを飲む。どうしてきみがコーヒーをおいしく感じるか、ぼくには説明できる。きみが恋をする。きみの脳がなぜ強迫性障害の人の脳と同じような働きをするのか、いえるよ」ヴィジャヤはいった。

キライーは内気な生物学者にプロポーズした。ヴィジャヤは幸運に酔いしれながら、小声でウィといった。きっと自分の受容体がミラーボールのようにくるくる回っていることを意識したに違いない。ヴィジャヤは妊娠中のキライーを連れてアメリカに渡り、それからは定期的に双子の息子の写真を送って寄こす。初めのうちはプリントで、後にはEメールに添付して。母親似の息子たちはスポーツマンで、カメラに向かって屈託なくにっこり笑っていた。ふたりはマックスと同い年だ。

ヴィジャヤは、この二十年間をペルデュとはまったく違った風に過ごしたのだ。

作家で耳当てを常時つけているマックス、夢占い師で、行きがかり上の「息子」。もう父親に見える年なんだろうか？　そうだとして……それはそんなにひどいことだろうか？

ペルデュは波止場のど真ん中で、家族が欲しくてたまらなくなった。自分のことを思い出してくれる人がいたらどんなにいいだろう。あの手紙を読む前にもどることができればいいのに。

だがおまえは、自分のことを思い出してほしいと望みながら、マノンにはそうしなかったじゃないか。――おまえはマノンを思い出すことを、名前を呼ぶことを、毎日、思慕の念と愛情を持って追憶することを拒んだ。そして追放したのだ。なんてこった、ジャン。不安に身を委ねたとはな。

最低だ。

「不安はきみの体を変えてしまう。不器用な彫刻家が完璧な石を台無しにしてしまうようにな」ペルデュの心の中でヴィジャヤの声がした。「だが彫刻されるのは体の中なんで、誰にもわからない。削られたかけらも、はがされた層も見えないからな。きみの内面はどんどんやせ細り、不安定になっていく。やがては、ほんのささいな感情さえ受けつけなくなる。抱きしめられるだけで、きみは壊れ、どうしていいかわからなくなる」

マックスに年長者として助言を求められることがあれば、こういってやろう、とペルデュは思った。「不安には決して耳を傾けるな！　不安が高じると馬鹿になる」

19

「それでこれからどうします？」周辺を見て歩いたあと、マックスが訊いた。

港の小さい食料品店と、キャンプ場のクレープ屋は代金代わりに本を受けとることを拒否した。出入りの納入業者はみな働くのにいそがしく、本など読まないからだ。

「白インゲン豆とハツとチキン」ペルデュは提案した。

「それは勘弁してください。どうしても食べさせたかったら、脳外科手術でもするんですね」

マックスは港にさっと目を走らせた。あちらでもこちらでも、人々がデッキにすわって飲んだり食べたりしながら陽気に談笑している。

「ここは社交性を発揮しないといけませんね」マックスはきっぱりいった。「どこかの船でごちそうになりましょう。親切なイギリス紳士の船なんてどうです？」

「ごめんだね！　寄食するなんてのは」

しかしマックスは一艘のハウスボートの方へさっさと歩き出した。

「おーい、ご婦人方！」マックスは呼びかけた。「ぼくらの食料はあいにく船から落ちてナマズに喰われてしまいまして。ひょっとして哀れな野郎ふたりのためにチーズの端っこなど余ってませんか？」

ペルデュは恥ずかしくて穴があったら入りたいくらいだった。女性にそんなことを頼むなんてもってのほかだ！　助けが必要な場合はなおさらだ。こんなやり方は……とにかく間違っている。

「ジョルダン」ペルデュは強い調子でいって、マックスの青いシャツの袖をぎゅっとつかんだ。「頼む。そんなことをするのは気が咎める。ご婦人方の邪魔をするわけにはいかない」

マックスはペルデュに不審の目を向けた。ペルデュとヴィジャヤは若い頃よくそんな目で見られたものだ。ふたりは本に囲まれてさえいれば、ふたつ並んで木になっているリンゴのように居心地よくしていられた。ところが人に囲まれると、特に女性が近くにいると、内気なティーンエイジャーのようにしゃべれなくなった。パーティなどは拷問に等しく、女の子に話しかけるなんて、それこそ自殺行為だった。

「ムッシュ・ペルデュ、ぼくらは何か食べたいわけで、ごちそうになる埋め合わせに楽しいひとときを提供すればいいんですよ。それからちょっといちゃついてね」

マックスはペルデュの顔をしげしげと見て続けた。「どうやっていちゃつくか覚えてますか？　それとも、そういうのも本にのってるんですか？　本なら気を遣わなくてすむんで助かるんでしょ？」そういって、にやりとした。

ペルデュは答えなかった。まだ若いから、女に絶望することがあるなんて考えられないのだろう。しかも絶望は年を重ねれば重ねるほどひどくなる。女のことを知れば知るほど……靴の選び方に始まって、正しい耳の傾け方に至るまで、男のすることが何もかも女の目には間違って映ることを知れば知るほど、ひどくなる。

〈両親の夕べ〉にオブザーバーとして出席して、その辺のことはさんざん聞かされていた。

女たちは、男のあいさつの仕方がなってないといっては、笑い物にする。あるいは場違いなズボンを穿いていることとか、歯並びが悪いこととか、それこそプロポーズの仕方さえネタになる。

「白インゲン豆は申し分ないと思うがね」ペルデュはいった。

「やめてくださいよ。最後にデートしたのはいつです？」

「一九九二年だ」あるいはおととい。ペルデュにはカトリーヌと食事をしたのが「デート」かどうかよくわからなかった。

「一九九二年？　ぼくが生まれた年じゃないですか。えっと、それは……驚きですね。いいでしょう。デートはなしにします。保証しますよ。ぼくらは賢い女性たちのところへ食事にいくだけだ。あなたはお世辞を少し口にして、あと女性向きの話題を提供するだけでいい。本屋の店主なんだから、そのくらいわけないでしょう。何か気が利いた文句を引用してくださいよ」

「まっ、いいだろう」ペルデュはいって、低い垣根をさっと跳び越え、近くの野原へ走っていった。

少しして彼は夏の花を片手一杯にかかえてもどってきた。

「引用だよ」とペルデュはいった。

横縞のシャツを着た女性たちは、アンケ、コリーナ、イーダといった。ドイツ人で、年は四十代半ば。読書好きで、フランス語はかなりいいかげん。コリーナによると、「忘れるために」ボートで川の旅をしているところだという。

「ほんとですか？　でもまさか男を忘れるためじゃないですよね？」マックスが訊いた。

「男といっても、ひとりだけよ」赤毛のイーダがいった。そばかすが浮かぶ二〇年代の映画スターばりの顔。その顔が笑ったが、それもほんの数秒だけで、ポニーテールの下にのぞく目からは、苦悩と希望の両方が読みとれた。

アンケがプロヴァンス風リゾットの鍋をかきまわした。キノコのいい香りがボートの狭いキッチンに広がった。ペルデュとマックスとイーダとコリーナは彼女たちの船バルー号の後甲板にあるテーブルについて、三リットルの紙パック入り赤ワインや、当地特産のミネラルたっぷりの白ワイン、オーセロワを飲んだ。

ペルデュはドイツ語がわかることを打ち明けた。ドイツ語は本屋の第一言語だ。そんなわけで、五人はドイツ語とフランス語を交えて陽気に談笑した。ペルデュは彼女たちにフランス語で答え、ドイツ語に聞こえなくもない言葉で質問した。

不安の扉をくぐり抜けたら、その向こうに深淵が口を開けているかと思いきや、いくつもの扉と明るい廊下と感じのいいスペースがあった、まさにそんな感じだった。ペルデュは空を見上げ、深い感動を覚えた。家にも、マストにも、明かりにもさえぎられていない空に、大小さまざま、明るさもさまざまな星がびっしりちりばめられている。まるで星の雨が降っているかのようで、光に満ちあふれている。こんな夜空はパリから離れなければ見ることができない。

そして銀河。ペルデュが初めて天の川を見たのは子どものときだった。上着を着て毛布にくるまり、ブルターニュの海辺のキンポウゲの野原にすわって、黒みがかった青い夜空を何時間も見つめた。その間、両親はポン＝タヴァンでフェスト＝ノズ（ブルターニュに残るケルト音楽に合わせた踊り）に参加し、冷えた関係をなんとか取りつくろおうと奮闘していた。流れ星を見つけるたびに、ジャン少年は、母親のリラベルと父親のジョアカンがまた微笑みあえますように、と祈った。両親がダンスフロアの隅に腕組みして黙っていないで、バグパイプとヴァイオリンとバンドネオンに合わせて踊っていますようにと。

はるか遠くの闇を見上げて、星空が移り変わる様子をうっとりと眺めていた。永遠の夏の夜の深みに自分が浮かんでいるような気がした。

あのとき人生の秘密と課題を理解した。心の内は平静で、何もかもが所を得ていた。終わりになるものはないのだ。生きとし生けるものはすべて、ひとつに溶け合う。何をしても間違いにはならないのだとわかった。

成人してからそれを強烈に感じたのは一度きり、マノンといっしょのときだった。

マノンとふたりで星を探しに出た。プロヴァンスの一番暗い場所を見つけるために町からどんどん離れていった。山並みに囲まれたソーの町に、タイムがはりついている石と谷と岩でできたすり鉢に隠れるように、ぽつぽつと農家が点在していた。そこで初めて深く澄み渡った夏の夜空を見上げることができた。

「わたしたちみんな、星の子だってこと、知っていた？」マノンが山の静けさを破らないよう、ペルデュの耳に温かい口をぴったり寄せてささやいた。

「何百万年も前に星が爆発して、鉄や銀や金や炭素が地球上に降り注いだ。星屑（ほしくず）に含まれていた鉄は今、私たちの体内、ミトコンドリアの中に残されている。母親が星とその鉄を子どもたちに伝えていくのよ。ねえジャン、あなたとわたし、ひょっとして同じ星の星屑を分け合っているのかも。その星の光に気づいたのかもしれない。お互いを探していたのね。わたしたち、星探しなのね」

自分の体内で生き続けている死んだ星の光は、まだ見えるだろうか？　ペルデュは夜空を見上げて星に思いを馳せた。

マノンとふたりできらめく天空の真珠をくまなく探した。とっくの昔に消滅しているかもしれないが、それでもまだ輝いて見える星を。

「死にはまったく意味なんてないのよ、ジャン。わたしたちはいつまでもお互いに今のままであり続けるの」

天空の真珠がヨンヌ川（セーヌ川の支流）に反射していた。川面に躍る星々。どの星も孤独に揺れている。波と波がぶつかって崩れるほんの一瞬だけ、ふたつの光の玉が重なり合って、愛撫し合うだけだ。

マノンと自分の星をふたたび見つけることはできなかった。

イーダがこっちを見ていることに気づいて、ペルデュは彼女に視線を向けた。それは男と女の間の眼差しではなく、何かを、たしかな何かを探して川を旅する人間同士が交わす眼差しだった。

ペルデュにはイーダの苦悩が見えた。苦悩の色が目に揺らいでいた。

赤毛のイーダは、まだ次善の選択としか感じられない新たな将来設計を受け入れようともがいている。彼女は捨てられたのかもしれない。追い出される前に自分から出ていったのかもしれない。

それまで気持ちの拠りどころだった人、もしかしたら自分を犠牲にしたかもしれない相手が、いまだに彼女の笑みに影を落としていた。

人はみな、時を胸にしまっている。自分の元を去っていった人の面影を胸に抱いている。わたしたちの核も変わっていない。皮膚の下、しわと経験と笑いでできた層の下では、まだ昔のままだ。子どものまま、恋人のまま、娘のまま。

イーダはこの船旅に慰めを求めているわけではない。自分を探しているのだ。未知の新しい、いまだ次善の未来における自分の居場所を。自分ひとりの居場所を。

「それであなたは？」イーダの目がペルデュに訊いていた。「あなたの方はどうなの？」

ペルデュには、プライドのせいで愚かなことをしてしまい、許しを求めにマノンの元へ行きたいということとしかわかっていなかった。

するとふいにイーダがいった。「自由になんてなりたくなかった。新生活を始めたくなんてなかった。現状に満足だった。もしかしたら夫のことは、本に書いてあるほど情熱的には愛してなかったかもしれない。でも悪くはなかった。悪くないというのは、それで十分だったってこと。そのままで、事足りていた。欺くこともなければ、後悔することも何もなかった。ええ、わたしの人生のささやかな愛のことを後悔なんてしてしない」

アンケとコリーナはイーダを愛情深く見つめていた。そしてコリーナが訊いた。「それが、きのうわたしがした質問の答えなの？　運命の人だったわけでもないのに、どうしてもっと早く彼の元を去らなかったのか」

〈ささやかな愛〉とか、〈運命の人〉とか、そもそも愛に程度の差が、規格サイズがいくつもあるとは、ひどい話ではないか。

　口ではこれまでの人生に悔いはないといっているけれど、顔を見るかぎり、本当にイーダが悔いてないかどうか、ペルデュには確信が持てなかった。

「それで……彼の方はどうだったんですか？」あえてそう尋ねてみた。

「向こうは二十五年経って、〈ささやかな愛〉では物足りなくなったんでしょう。〈運命の人〉を見つけたのよ。彼女はわたしより十七歳若くて、体がしなやかだから、口に筆をくわえて足の爪にネイルラッカーを塗れるのよ」

　コリーナとアンケが吹き出し、イーダも笑った。

　そのあと、みんなでトランプをした。真夜中にラジオからスウィング・ジャズが流れた。陽気な『素敵なあなた』、夢見るナンバー『ケープコッド』、それからルイ・アームストロングの哀愁を帯びた『愛はすべてを越えて』。

　マックスはイーダと踊った。というか足をミリ単位で動かした。コリーナとアンケもいっしょに踊った。ペルデュは頑として椅子から離れなかった。

　どの曲も、最後に聞いたのは、マノンがまだ生きていたときだ。

「まだ生きていたとき」だなんて、なんと嫌なことを考えているんだろう。

　イーダはペルデュが懸命に平静を保とうとしていることに気づくや、マックスに何かささやいて、彼の腕を離した。

「さあ、来てちょうだい」イーダはペルデュにいった。

　たくさんの思い出と結びついている音楽にこれ以上ひとりで向き合わずにすむので、ペルデュはほっとした。

マノンが逝ってしまったというのに、これらの歌も、本も、人生も、そのまま存続している。ペルデュにはそのことがいまだに納得できなかった。

どうしてそんなことがありうるのだろう。

何もかも、どうしてそのまま……続いているのだろう！

ペルデュは死がとてもこわかった。そして生も。この先まだまだマノンなしの日々が続くのがこわかった。

どの曲を聴いても、マノンの姿が目に浮かぶ。歩く姿、寝姿、読書する姿。ひとりで踊る姿、彼のために踊る姿。眠る姿、夢見る姿、そしてお気に入りのチーズを皿から取ってくれる姿。

「だから残りの人生は音楽なしで過ごすっていうの？　そんなのやめてちょうだい、ジャン！　あなた、音楽をあれほど愛していたじゃない。いっしょに過ごす貴重な時間を、眠って台無しにしてしまわないかと不安になると、歌ってくれたわよね。わたしの手の指や足の指、鼻を弄びながら歌を作ってくれたじゃない。あなたは音楽なのよ、ジャン、頭のてっぺんから足の爪先までね。それなのにどうしてそんな風に自分を殺していられたの？」

ああ、どうしてだろう？　無論、何もかも訓練のたまものだ。

風が頬をやさしくなでるのを感じた。女たちの笑い声が聞こえる。少し酔っているようだ。イーダが支えてくれることが言葉にならないほどうれしかった。

マノンはぼくを愛してくれた。そして天上のあの星たちは、あのときぼくたちがいっしょにいるところを見ていたのだ。

20

ペルデュは、起きている夢を見た。

本の船に乗っている。ところがまわりのものが絶えず変わる。操舵輪が壊れ、窓が板でふさがれ、舵が利かなくなる。空気が重く、プリンの中を歩いているかのようだ。そしてふたたび水のトンネルでできた迷宮に迷いこむ。

船がきしみ、裂ける。

マノンが隣にいた。

「きみは死んでるはずでは」ペルデュはうめいた。

「あらほんとに？」マノンが訊いた。「それは残念」

船が真っ二つに割れ、水中に投げ出される。

「マノン！」ペルデュは叫んだ。マノンはじっと見ている。彼が渦に逆らい、黒い水の中に呑みこまれまいと奮闘する様を。見ているだけで、手を差しのべてはくれない。溺れるのをただ見ている。

ペルデュは水中深く沈んでいった。

それでも目が覚めなかった。

仕方なく息を吸って、それから吐く。――そしてまた息を吸って、吐く。

呼吸できる！

それから水底に触れた。

そこで目が覚めた。横向きに寝ていて、リンドグレーンの白と赤の毛の上部に光の輪が躍っているのが見えた。猫はペルデュの脚の間にいた。

猫は立ち上がり、伸びをすると、のどをごろごろ鳴らしながら顔のすぐ近くまでやってきて、髭でペルデュをくすぐった。「ほらね、前になんていったっけ？」猫が目でそう訊いているような気がした。猫がのどを鳴らす音は、遠くの船のモーター音のようにやさしかった。

前にも一度、こんなことがあったのを思い出した。今と同じく、なんだか不安な驚きを覚えて目を覚ました。少年の頃、夢の中で初めて空を飛んだときのことだ。屋根の上から跳躍して、両手を大きく広げて城の中庭を滑空した。あのとき、飛行を習うには跳ばなければならないと悟った。

ペルデュは甲板によじ登った。川面に蜘蛛の巣のような細い霞がただよっている。近くの野原には霧が立っている。光の具合でまだ夜が明けたばかりだと知れた。

空が広く見える。さまざまな色に囲まれている。白い霧。灰色の斑点。やさしいバラ色。白味がかったオレンジ色。

まだみな眠っているらしく、港の船上は静かだ。バルー号の上もひっそりしている。ペルデュはマックスをそっとうかがった。マックスは、〈いかに人間になるか〉とペルデュが命名したコーナーの読書用ソファを寝床に、本に囲まれて寝ていた。そこには離婚専門のカウンセラー、ソフィー・マルセリーヌの本も並んでいる。ソフィーは金曜日の常連客エリック・ランソンの同僚だ。失恋したときは、少なくとも相手といっしょに過ごした年と同じだけの月を悲しんで過ごすように、とアドバイスしている。友情が壊れた場合は、友情が続いた年月、一年につき二ヶ月を悲しみに充てる。そして永久に去ってしまった者、死者に対しては「どうか生涯、喪に服してください。なぜなら一度愛した相手のことは永久に愛し続けるものだから。愛する者がいなくなった寂しさは、最期の日を迎えるまでつきまとうものだから」といっている。

小さい男の子のように膝を抱えて丸くなって寝ているマックス。「だけどまたどうして?」とでもいいたげに口をとがらせて眠る、その傍らにはサナリーの『南の光』が置いてあった。

ペルデュはその薄い本を手に取った。マックスはところどころ鉛筆で下線を引き、疑問点を横に書き記していた。まさにそうあって欲しい、理想的な本の読み方だ。

読書、それは終わりのない旅だといえる。長い、まさに永遠の旅で、その途上、人はだんだん穏やかになり、愛情深くなり、他人にやさしくなっていく。

マックスはそうした旅を始めていた。本を一冊読むごとに、より多くの世界、ものごと、人間を自分の中に取りこむことになる。

ペルデュは本をぱらぱらめくった。そう、ここだ。彼がとくに気に入った箇所にマックスも下線を引いていた。

「愛は一種の住まいだ。その住まいにあるものはすべて使わなければならない。何一つ、おおったり、大事にしまいこんだりしてはならない。愛という住まいを完璧に住みこなす者、どの部屋の扉も恐れない者だけが、生きていける。争うことも、やさしくなでることも、どちらも大切だ。互いに支え合い、そしてまた突き放す。愛という住まいのすべての部屋を使うことは、それこそ死活問題だ。使わないでいると、幽霊や噂が独り歩きするようになる。放置された空間や家は悪意に満ち、悪臭をただよわせるようになり……」

あの部屋を開けることを拒んだせいで、愛はわたしを悪く取ったんだろうか。だが、いったい……どうすればよかったというんだ？　マノンを祭る祭壇をこしらえでもすればよかったというのか？　さよならをいえばよかった？　これから何をすればいい？

ペルデュは眠っているマックスの傍らに本をもどした。しばらくして彼の額にかかっている髪をなで上げた。

それから静かに本を数冊選んで抜き出した。本をお金代わりに使うのはたやすいことではなかった。本の真の価値を知っていたからだ。本屋は本が自己表現のための、世界を変革し暴君を失脚させるための、まだきわめて新しい手段であることを肝に銘じている。

ペルデュが本に見るのは、物語や店頭売りの正価や魂を癒やす働きだけではない。紙の翼を生やした自由を見るのだ。

それからしばらくして、ペルデュはドイツ人女性たちの自転車を一台借りて、人気（ひとけ）のない曲がりくねった狭い道を、馬や牛の放牧地や野原を横目に、一番近い村までペダルを漕いでいった。

教会のある広場のパン屋では、ちょうど赤い頬をした元気なパン屋の娘が、バゲットとクロワッサンをオーブンから取り出しているところだった。

娘は今いる場所に満足しているように見えた。小さなパン屋。夏には川を行き交う船が港をにぎわす。それ以外の季節には、農民やブドウ栽培労働者や職人や肉屋、それからブルゴーニュやアルデンヌやシャンパーニュから、都会の喧噪（けんそう）を逃れてやってきた人たちが訪れる。ときどき水車小屋でダンスパーティが開かれる。収穫祭。ケーキ焼きコンテスト。郷土会もある。物置や馬車の車庫を改造して暮らしている芸術家の家事手伝いをする。緑と静寂の中での暮らし。星々や赤い月の下での暮らし。

そうした暮らしで十分に満たされるだろうか？

ペルデュは深呼吸をして、古風な作りの店に入っていった。ここは変わった申し出をする他ない。

「ボンジュール、マドモワゼル、失礼ですが、読書はお好きですか？」

店内を少し行ったり来たりして、娘はペルデュにバゲットとクロワッサンの他に、新聞と切手とサン＝マメスの港をモチーフにした絵葉書を「売ってくれた」。代金はたった一冊の本。『魅せられて四月』というタイトルの本で、四人のイギリス人女性がイタリアの天国のような場所へ逃亡する話だ。

「この本一冊で十分です」娘は屈託のない顔でいった。それから本を開いて頁の間に鼻を入れ、深く息を吸った。ふたたび本から上げた顔は喜びに輝いていた。

「パンケーキのにおいがする」娘は本をエプロンのポケットに大事にしまった。「うちの父が、本なんて読むと生意気になるっていうんです」娘は申し訳なさそうに微笑んだ。

それから少しして、ペルデュは教会の噴水の横にすわって、温かいクロワッサンをふたつに割った。湯気が立ち、きつね色の柔らかいパンの香(こうば)しいにおいに包まれた。ペルデュはゆっくりとパンを食べながら、村が目を覚ます様を眺めた。

本なんて読むと生意気になる、だって。なんて父親だ。

ペルデュはカトリーヌに葉書を書いた。丁寧に数行の文をつづった。マダム・ロザレットも読むとわかっていたので、全員宛にした。

親愛なるカトリーヌ、敬愛するマダム・ロザレット（新しいヘアカラーにしていますか？　素晴らしい！　モカでしょうか？）、尊敬するマダム・ボムはじめ二十七番地に住むみなさんへ

今後、書籍の注文はヴォルテール書店などにお願いします。わたしはみなさんのもとを去ったわけでも、忘れたわけでもありません。ですが、まだ終わらせていない人生の章がいくつかあって、まずはそれをもう一度読んで……終わらせなければなりません。幽霊を飼い馴らすために。

J・P

これでは短すぎるだろうか？　もっと何か書くべきだろうか？

思いは野を越え川を越え、パリへ飛んだ。カトリーヌの笑み。喘ぐ声。ふいにさまざまな感情で胸がいっぱいになった。スキンシップを求める切なる思い。毛布にいっしょにくるまって温かい裸体に触れていたいというこの強い欲求は、そもそも誰に向けられているのだろう？　友情が、故郷が、安住できる場所が欲しくてたまらない。それはマノンなのか？　それともカトリーヌ？　マノンとカトリーヌのふたりが胸中に波風を立てている。それをペルデュは恥じた。しかしどうだろう。カトリーヌといっしょに過ごせてどんなに素晴らしかったか。それを我が身に禁じるべきだろうか？　そんなことをする必要はないのでは？

あれ以来わたしは人を寄せつけようとしなかった。……意気地なしめ！

ペルデュは自転車を漕いで引き返した。ノスリやゴジュウカラが風に乗り小麦畑の上空高く舞っている。追い風がシャツの中を吹き抜けていく。

ペルデュは一時間前に出発したときとは別人になってもどってきた気がした。

焼きたてのクロワッサンと、赤いポピーの花束と、マックスが昨夜寝る前に丁寧に署名した『夜』三冊を袋に入れて、イーダの自転車のハンドルに引っかけた。

それから船の厨房へいき、コーヒープレスでコーヒーを淹れ、猫に餌をやり、本棚の並ぶ船内の湿度をチェックした。湿度はＯＫ。しかしオイルの状態はかなり厳しかった。それからルル号を出航させた。

まだ船が行き交っていない早朝の川を、ゆるゆると航行する。バルー号の後甲板からイーダが出てくるのが目に入った。ペルデュは船が大きくカーブしてイーダが見えなくなるまで手を振った。イーダがいつの日か、なくしたささやかな愛を埋め合わせるに足るより大きな愛を見つけられますように、と心から祈った。ペルデュは朝の光の中へゆったりと船を進めた。ひんやりした冷気がほどけてゆき、絹のように暖かくて心地よい夏の空気に包まれた。

一時間後、マックスがコーヒーカップに手を伸ばしたとき、ペルデュは快活に話しはじめた。

「ブラム・ストーカーはドラキュラを夢に見たって知ってるかい？」

「夢に見たんですか？　ドラキュラを？　ぼくらはどこにいるんです？　トランシルヴァニアですか？」

「ロワン運河からブリアール運河へ向かっているところだ。きみが選んだブルボン・ルート（セーヌ川のサン＝

マメスと、ソーヌ川のシャロン＝シュル＝ソーヌをつなぐ四つの運河からなるルート）をたどっている。このまま行けばやがて地中海に出る」

　ペルデュはコーヒーを一口飲んだ。

「蟹（かに）のサラダだよ。ストーカーは傷んだ蟹のサラダを食べた。一晩の半分あまり腹痛で苦しんで、そのとき初めてヴァンパイアの紳士の夢を見た。食中毒のおかげで創造力が深まったってわけだ」

「ほんとですか？　ぼくはベストセラーを夢に見たりはしなかったな」マックスはつぶやいた。そしてクロワッサンをコーヒーにひたしてむしゃむしゃ食べた。パン屑をこぼさないよう細心の注意を払っていた。「ぼくは自分の書いた本を読もうとした。ところが文字が頁からさらさらこぼれ落ちてしまった」マックスの語調はしだいに生き生きしてきた。「腹をこわしたら、物語を夢に見ることができると思いますか？」

「さあ、どうだろうね」

「『ドン・キホーテ』も古典作品になる前は悪夢だったんですよね。何か役に立つことを夢に見たことってありますか？」

「水の中で息ができた」

「ワオ。それが何を意味するか、おわかりですか？」

「夢の中では水中で息ができるってことだ」

　マックスは上唇をエルヴィス・プレスリー流にゆがめてにやっとした。それからもったいぶった調子でいった。

「いいえ、これからはもう強烈な感覚に翻弄されても息苦しくならないということですよ。とくに下半身をめぐる感覚にはね」

「〈下半身〉だって？　そんなことどこに書いてあるんだ？　一九〇五年版の良妻のための家事カレンダーかい？」

「いいえ。一九九二年版の『夢解釈大事典』です。ぼくのバイブルなんです。有害な言葉は母にマーカーで黒く塗りつぶされてしまいましたけどね。その事典を基にみんなの夢を解釈したんです。両親や、近所の人たちや、クラスメートの夢。……まさしくフロイト流に」

マックスは伸びをして太極拳を二、三式やってみせた。

「怒られただけでしたよ。特に校長先生に、彼女が見た馬の夢の解釈をしたときなんか、散々な目に遭いました。女性と馬には特別な結びつきがあるんですよ」

「うちの父もそういっている」

ペルデュは知り合って間もなく、マノンの夢を見たことを思い出した。夢の中でマノンは雌の鷲に変身した。ペルデュはその鷲をつかまえて調教しようとした。そして鷲のマノンを水中へ追いつめた。翼が濡れれば飛べなくなるからだ。

愛の夢の中ではみんな不死身だ。そして死者は死後も夢の中で生き続ける。夢は、あらゆる世界の間の、時間と空間のターンテーブルだ。

マックスが眠気を払おうと追い風に顔を向けて立っていると、ペルデュがいった。

「ほらあそこを見てごらん。最初の閘門だ」

「なんですって。あんな赤ん坊用のバスタブが閘門だっていうんですか？　花で飾られたドールハウスの横のやつが？　入れっこありませんよ」

「まあ、見ててごらん。ちゃんと入れるから」

「この船は長すぎる」

「この船は平底船だ。フレシネ（十九世紀末に首相を務めたフランスの政治家）が定めた基準より小さい。フランスの閘門はすべて、フレシネ規格に合わせて作られている」

「あれは違います。あれは狭すぎる！」

「この船の幅は五メートル四センチだ。だから少なくとも六センチは余裕がある。右に三センチ、左に三センチ」

「気分が悪くなりました」

「わたしにそれをいうのか。次からはきみが閘門を操作するんだぞ」

　ペルデュとマックスは顔を見合わせて吹き出した。


　閘門番がもどかしそうに、早く来いと手で合図した。犬が脚を踏ん張って船に向かって吠え、閘門番の妻が焼きたてのプラムケーキを持って出てきて、ジョン・アーヴィングの新作と交換でケーキをのせた皿を置いていった。

「それからそこの若い作家さんからキスもお願い」

「本をもう一冊あげてください、頼みますよ」マックスが嘆いた。「あの人は頬に濃い産毛がはえている」

　しかし閘門番の妻は頬にキスしてくれと言い張った。

　閘門番は妻をばばあと呼び、金色の毛むくじゃらの犬はかすれ声で吠え、マックスが梯子（はしご）をつかんでいる手におしっこをひっかけた。閘門番の妻は夫を威張りんぼうのへなちょこと呼んだ。閘門番は怒って叫んだ。

「さっさと船を中へ入れろ！」

ハンドルをまわして船の後ろにある下流の閘門の左扉を閉じると、閘門番は対岸に渡って、右側の閘門扉を閉じた。それから前方に走っていき、上流の二つの通水口を開いた――水が流れこんできた。上流の右側の閘門扉を開き、閘門番はまた対岸に渡って、左側の扉を開いた。

「さっさと出ろ！」きつい命令口調。おそらく十二ヶ国語でいえるのだろう。

「ローヌ川に出るのにいくつ閘門を通るんですか？」

「百五十かそこらかな。なんで訊くんだ？」

「帰路はシャンパーニュとブルゴーニュ間の運河を通ることにしましょうよ」マックスが頼むようにいった。

帰路？　ペルデュは内心思った。帰路なんてない。

21

ロワン運河は地面すれすれを流れていた。運河沿いの曳船道（ひきふねみち）には、自転車のペダルを一心に漕ぐ人や、居眠りしている釣り人や、ひとりでジョギングをしている人の姿がときおり見えた。牧草地ではがっしりした白いシャロレー種の牛が草をはんでいる。夏の花が咲き乱れる野原と、うっそう

と生い茂る森が交互に現れる。ときおり車のドライバーがクラクションを鳴らしてあいさつをよこした。運河沿いの小さな町村には、たいてい船を接岸しやすい場所があった。ほとんどは無料で接岸でき、自分の店に船の乗員がお金を落としてくれるよう競っていた。

それから風景が一変した。周囲の土地より運河が高くなり、船の上から家の庭を見下ろして眺められるようになった。

昼近くになって、養魚池が点在する広いシャンパーニュ地域に出たころには、マックスはブルボン・ルートを往き来する船員のように閘門の通過作業をルーティンワークでこなしていた。

運河はどんどん枝分かれして養魚池に水を引いていた。葦原（あしはら）やイグサの茂みからカワカモメがギャッギャッと甲高い声をあげて舞い上がった。カモメは〈文学処方船〉の上空を好奇心旺盛（おうせい）に飛びかった。

「大きめの寄港地で一番近いのはどこだ？」ペルデュが訊いた。

「モンタルジですね。運河はそのまま町中に通じてます」マックスがハウスボートのハンドブックをめくりながらいった。「花の町。プラリネ発祥の地とあります。そこで銀行を探しましょう。チョコレートをひとかけ食べられるなら、死んでもいい」

なんといっても欲しいのはチューブ入りの洗剤と清潔なシャツだな。

マックスがシャツを洗うのにハンドソープを使ったので、ふたりともサシェをぶらさげてでもいるようにバラの香りを振りまいていた。

ペルデュはふいにあることに思い当たった。

「モンタルジだって？　だったらまずはＰ・Ｄ・オルスンを訪ねよう」

「オルスン？　あのオルスンですか？　知り合いなんですか？」

知り合いとまではいえない。ペル・デイヴィッド・オルスンがフィリップ・ロスやアリス・マンローと並んで、ノーベル文学賞をいつ取ってもおかしくないといわれていた頃、ペルデュはまだ若かった。

オルスンはいくつになっただろう？　八十二歳？　三十年前にフランスにやってきた。〈大国家フランス〉（主にナポレオン時代のフランスを指す）はヴァイキングの末裔（まつえい）であるオルスンにとって、生まれ故郷アメリカよりずっとましだった。

「文明化されて千年に満たない国家。神話も、迷信も、集合的な記憶も、価値も、恥の感覚さえ持たない国家。キリスト教的・軍事的似非（えせ）道徳、遺伝子組み換え作物、銃規制反対の不道徳なロビー団体、性差別、人種差別しかない国家」オルスンは国を去る際、アメリカ合衆国のことを『ニューヨーク・タイムズ』紙上でそう罵った。

しかしなんといっても重要なのは、『南の光』の著者かもしれない人物として、ペルデュがリストアップした十二人のひとりだということだ。オルスンはモンタルジの手前の村セポワに住んでいる。しかもセポワは運河沿いにある。

「それでどうしようっていうんです？　訪ねていってチャイムを鳴らして尋ねるんですか？　〝こんにちはオルスンさん、『南の光』を書いたのはあなたですか〟って？」マックスが訊いた。

「ああ、その通りだ。他にどうしろっていうんだい？」

マックスは頬をふくらませた。

「普通はまずEメールを送るものですよ」

「以前はメールなんてなかった。それでも今よりうまくいっていた」とのどまで出かかったのをペルデュはぐっとこらえた。

セポワには港はなく、川岸の草むらに大きな鉄の輪がふたつ据えてあるだけだった。その輪の間にペルデュとマックスは〈文学処方船〉を入れて、輪にロープをしっかり結わえつけた。

それからしばらくしてペルデュたちは古い司祭館を訪ねた。日焼けしていて、首の回りが赤く盛り上がっている川辺のユースホステルのオーナーによれば、オルスンはそこに住んでいるという話だった。

ドアをノックすると、ブリューゲルの絵から抜け出てきたかのような女性がドアを開けた。平べったい顔、紡錘に巻いた亜麻のような髪、白いレースの襟がついた灰色のワンピース。

「こんにちは」ともいわず、「何の御用ですか?」とも訊いてこない。かといって「何も買いませんよ」とはねつけるでもない。ただ玄関扉を開けて、黙って待っている。岩のように動かしがたい沈黙が支配していた。

「ボンジュール、マダム。ムッシュ・オルスンにお会いしたいのですが」しばらくしてペルデュは切り出した。

「お会いする約束はしていませんけど」マックスが言い添えた。

「わたしたちはパリから船で来ました。遺憾ながら電話がなかったもので」

「それにお金も」とマックス。

ペルデュはマックスを小突いていった。

「ですが、そのためにここへうかがったのではありません」

「ムッシュ・オルスンはご在宅ですか?」とマックス。

「わたしは書籍商です。ムッシュ・オルスンに一度、書籍市でお目にかかったことがあります。一九八五年にフランクフルトで」

「ぼくは夢解釈をします。作家でもあります。名前はマックス・ジョルダン。よろしく。ひょっとしてきのうの煮込み料理が鍋に残っていませんか? ぼくらの船には白インゲン豆の缶詰とブレッキーズしか残ってなくて」

「気がすむまで懺悔(ざんげ)するといい。罪の許しもなければ、煮込み料理もないがね」奥から声が聞こえた。「マルガレータは耳が聞こえない。婚約者が教会の塔から落下して以来な。彼を助けようとして正午の鐘が鳴りひびく中、鐘楼に飛びこんだんだ。彼女は知り合いの唇を読むことしかしない。まったく教会も罪作りなものさ。まだ望みのある者に不幸をもたらすなんてな」

アメリカ批判で悪名の高いオルスンがそこに立っていた。コーデュロイのズボンにノーカラーのシャツ、その上にストライプのベストをはおった小柄なヴァイキングの末裔。

「ムッシュ・オルスン、突然お邪魔してすみません。ですが、どうしても今すぐお伺いしたいことがありまして、実は……」

「ああ、ああ、そうだろうとも。パリでは何もかも、一刻を争うからな。だがここではそれは通じない。ここの時間はゆるやかに流れている。人類の敵がつけいる隙はないってことだ。まあまずは何か飲もうじゃないか。それからゆるゆると親交を深めよう」オルスンはふたりの訪問者にいった。

「人類の敵ってそんな……」マックスが小声でつぶやいた。頭がおかしいんじゃないかと危惧(きぐ)しているのがその顔からありありと見てとれた。

「あなたは伝説上の人物のようにいわれています」オルスンが玄関の帽子掛けから帽子を取り、三人並んでビストロへ向かう間、マックスはそれでもなんとか会話を続けようと試みた。

「伝説などといわんでくれ、お若いの。生きた心地がせんからな」

マックスは口をつぐみ、ペルデュも彼にならうことにした。

オルスンは軽い脳梗塞を起こしたことがあるらしく、歩行に少し障害があったが、ふたりの先に立って村を通り抜ける間、ずっとしゃべっていた。

「周りをよく見るといい！　村人は故郷を守るために何百年も前から闘っている。木の植え方、屋根の葺き方、ひとつとしておろそかにしていないのが見てとれるだろう。幹線道路は村を大きく迂回している。みんな戦略なのさ。百年先を見越してな。今のことしか考えない者はここにはひとりもいない」

オルスンは、ぽんこつのルノーに乗ってがたぴし音を立てながら横を通り過ぎていく男にあいさつをした。車の助手席には山羊が一頭乗っていた。

「ここでは誰もが未来のことを考えて仕事をしている。後に来る世代のことを常に考えているんだ。次の世代も同じことをする。後の世代のことを考えるのを止め、何もかも変えようなどと思いはじめたら、この土地は荒廃してしまう」

三人はビストロにたどりついた。店内のカウンターの頭上にかかっているテレビでは、競馬を中継していた。オルスンは赤ワインを小さいグラスで三杯注文した。

「賭けと森とワインが少々。それ以上、何を望む必要がある？」オルスンは満足げにいった。

「それで、お尋ねしたいことがあるんですが……」マックスが切り出した。

「まあまあ落ちついて。お若いの。きみはバラの香りがする。それに耳当てをつけてるんで、まるでDJのように見える。だがきみのことは知っているよ。物書きだろう。危険な真実を書いた。処女作としては悪くない」そういって、オルスンはマックスを軽くつついた。

マックスは誇りで顔を輝かせた。ペルデュはほんの少し嫉妬を覚えた。

「それでそちらは？　本の薬剤師だそうだね？」オルスンは今度はペルデュの方を向いた。「わしの本は何に効くのかな？」

「濡れ落ち葉症候群の夫の扱いに困っている妻にうってつけでしょうね」意図した以上に辛辣な言い方になってしまった。

オルスンはペルデュをじっと見た。

「ほほう。それでどんな風に効くのかな？」

「定年後の夫が何かにつけ邪魔ばかりして、妻が殺意を抱くとき、あなたの本を読めば、夫よりあなたを殺したくなります。攻撃性を転化させるにはもってこいですよ」

マックスはペルデュを唖然として見つめた。オルスンはペルデュを凝視して、それから爆笑した。

「ああ、なんてことだ！　思い出した。親父はしょっちゅうお袋にくっついてまわって難癖つけていた。なんでジャガイモの皮を剝かずに調理するんだ、とか、おい、冷蔵庫の場所を移したぞ、とかいってな。まったくぞっとする話だ。親父には趣味がなかった。典型的なワーカホリックのなれの果てさ。あんまり退屈なのとプライドを傷つけられたせいで、早死にしたがっていたが、お袋がそうはさせなかった。親父をしょっちゅう家の外へ送り出していた。やれ孫と散歩しなさい、工作の講習会があるわよ、ガーデニングはどう、といってな。そうでもしないと、お袋は殺人の罪で監獄送りだったんだろう」オルスンはにたにたした。「わしら男は、仕事以外能がないと、まったく扱いに困る」そういってワインをごくっ、ごくっ、ごくっと、三口で飲み干した。

「よし、はやく飲みたまえ」カウンターに六ユーロ置いてオルスンはいった。「さあ、行くとするか」

ペルデュとマックスは、オルスンが自分たちの話をひととおり聞いたので、今度は質問に答えてくれるのだろうと思い、同じようにワインを飲み干し、オルスンの後に続いた。

それからしばらくして、三人は古い学校の校舎にたどりついた。校庭には車がたくさん駐(と)まっていて、ナンバープレートはロワール地方全域を網羅している。オルレアンやシャルトルのものまであった。

オルスンは体育館へ迷わずまっすぐ向かっていった。

体育館の中へ入ると、ふいにブエノスアイレスにやってきたのかと錯覚しそうになった。

左側に男性陣。右側には女性陣が椅子にすわっている。吊り輪が壁にかかっている奥には、タンゴの楽団が陣取っている。ペルデュたちが立っている側の端にはバーがあって、その後ろでは見事な黒い口髭をはやした小太りの男が、たくましい上腕を動かして酒を注いでいた。

オルスンはくるっとペルデュたちに向き直るや、大声でいった。

「ふたりとも、踊りたまえ！　その後で、何なりと質問に答えようじゃないか」

数秒後ダンスフロアを横切って、ブロンドの髪をアップにしてスリットのあるスカートを穿いた若い女性の方へずんずん歩いていったときには、オルソンは年齢不詳で機敏なタンゴの踊り手(タンゲロ)に一変していた。そしてその女性をしっかり抱いて、余裕綽々(しゃくしゃく)とリードした。

マックスは予想外の展開にあっけにとられていたが、ペルデュの方はすぐさま、自分たちがどこに迷いこんだか悟った。オランダの作家ジャック・トースの本でこのような情景描写に出くわしたことがあった。講堂や体育館や村はずれの納屋で開かれる〈タンゴ・ミロンガ〉の密会。あらゆる階級、年齢層、国籍の踊り手が一堂に会する。中には数時間踊るために何百キロも離れたところからやってくる者もいる。タンゴをメランコリックで不道徳なものとみなし、みだらな動きを見ていると顔がこわばり吐き気を催すという嫉妬深いパートナーや無理解な家族に、タンゴにかける情熱を秘密にしておかなければならないという点で、彼らは一致していた。

パートナーや家族は誰ひとりとして、踊り手（タンゲロ）がこの昼下がりの数時間をどこで過ごしているか、知るよしもなかった。何かスポーツをしているか、講習を受けているか、会議に参加しているか、買い物をしているかだろうと思いこんでいる。あるいはサウナや畑や自宅で過ごしているものと。しかし今踊り手（タンゲロ）は命を懸けて踊っている。そもそも彼らは生きるために踊っていた。

恋人や愛人に会うためという者もいるにはいるが、ごく少数だ。なぜならタンゴはただのダンスではないからだ。

タンゴはすべてだった。

マノンの旅日記

ボニューへ
一九八七年四月十一日

去年の夏にパリへ出てきたときとはずいぶん違ってしまった。あのときは、ほかの誰かを愛するなんてありえないと思っていた。ふたり同時に愛するなんて。

愛はひとりの人間に限定されないことを知った今でも、その事実に心を揺さぶられる。

五月にリュックと結婚する。たくさんの花と甘い香りに包まれて、新生活と信頼に身を委ねる。

でもジャンと別れる気はない。わたしは貪欲。すべてが欲しい。そんなわたしとこの先もつき合うかどうかは、ジャンの気持ち次第だ。

この世ははかない。だから何もかも、今味わわずにはいられない。明日のことなんてまったくわからないのだから。

結婚するかしないか？　それを迷えば、すべてを疑うことになる。

日が沈むとき、プロヴァンスの光になれたらいいのに。そうなれば、どこにでもいられる。生きとし生けるものすべての中に。誰にも憎まれずにすむだろう。

アヴィニョンに着く前に表情を変えなければ。パパに迎えに来てほしい。リュックでもなく、ママンでもなく、パパに。

パリに長くいると、どうしてもこういう表情になってしまう。都会人というのは、ひとりではないのに、そのことに気づいていないかのように、平然と人を押しのけて歩く。みんなの顔がいっている。

「わたし？　何も要求しません。何も必要ありません。感動もしないし、ショックも受けません。不意を衝かれることもなければ、喜ぶこともまったくありません。喜ぶなんてのは、郊外か臭い家畜小屋出身のお人好しのすることですよ。あの人たちがどうしてもそうしたいなら、そうすればいいでしょう。でもわたしたち都会人には、そんなことよりもっと大事なことがあるんです」

けれども、都会人の顔が問題なのではない。

問題はわたしの九番目の顔だ。

ママンにいわせると、わたしには顔がひとつ増えたらしい。しわだらけの赤ん坊として生まれたときからこれまでに見せたさまざまな表情を、ママンは熟知している。ところがパリは、わたしに新しい顔を刻みこんだ。この前帰郷したとき、すでにママンは気づいていたのだろう。ジャンのことを思い出しているとき、彼の口元、笑み、「きみはこれを読むべきだよ。ためになるから」という口癖を思い出しているときのわたしの顔を見て。

「あんたがわたしの恋仇（こいがたき）だったら、こわいわね」とママンはいった。思わず口から出たその言葉に、自分でものすごく驚いていた。

わたしたちはいつもこんな風に、真実とまっすぐに向き合っている。少女のときにわたしは、

「澄んだ水」のような関係が一番いいことを学んだ。困難なことも口にすれば致命的ではなくなるといわれた。

でもすべてがそうとはかぎらない。

ママンには、わたしの「九番目の顔」が無気味なんだ。いいたいことはわかる。

ジャンのところの鏡でその顔を見たことがある。ジャンが温めたタオルで背中をこすってくれていたときだ。ジャンは会うといつでも、凍えたレモンの木みたいにならないよう、わたしの体を温めてくれる。さながら抱卵する雄鶏(おんどり)といったところだ。

鏡に映っていたのは官能的な顔で、取りつくろっているだけによけい無気味だった。

ママンはいまでもわたしのことを心配している。その心配がわたしにも伝染しかけている。もしも本当にわたしの身に何か起きるなら、そのときまで精一杯生きてやろうじゃないか。今はそう考えている。つべこべいわれたくない。

ママンはほとんど訊かないけれど、わたしはたくさん話す。パリでどんな暮らしをしているか、事細かに話す。ジャンのことには触れず、聞こえの良い、鮮やかではっきりした細部をガラス玉のようにいくつも連ねて真実の帳(とばり)にする。上辺は澄んだ水に見えるように。

「パリのおかげで、あんたはわたしたちから離れ、自分らしくなれた。そうなんでしょ？」

「パリ」というときママンは、娘のわたしがまだ名前を告げる用意のできていない男を念頭に置いている。それにわたしが気づいていることも、ママンは承知している。

名前を告げることはこの先もない。

今の自分には違和感を覚える。まるでジャンに皮を剥(は)がれたかのようだ。その皮の下から、これまでの自分よりも深いところにある、まぎれもない自己が顔を出し、シニカルに笑いながらわたしに迫る。

「それでどうなの？　本当に自分が特性のない女だと思っていたわけ？」

（ジャンはいっている。ムージル（オーストリアの作家）を引用するのは利口なやり方ではない、ムージルの『特性のない男』は記憶の訓練になるだけだと）

いったい何？　わたしたちに何が起きてるの？

自由なんて呪わしいだけ！　自由のせいで、枯れた切り株のように黙っているしかない。家の人たちも、リュックも、昼はソルボンヌ大学のゼミを受け、夜は熱心に勉強していると思っているけど、そうではない。ボニューでは自分を抑制し、破壊し、隠し事をして自分を責めることになる。罪は告白しないし、秘密の生活も明かさない。

モン・ヴァントゥ（リュベロン山地の西方に立つ独立峰）の頂にひとりたたずむような心地だ。ミストラル、太陽、雨、眺望。はるか彼方まで眺められるし、いまだかつてないほど自由に呼吸できる。しかし保護してくれるものが何もない。自由は安全の喪失だ、とジャンはいっている。

でもわたしが何を失ったか、彼は本当にわかっているんだろうか？

それじゃわたしの方は、彼がわたしを選ぶことで何をあきらめるのか、本当にわかっているの？ジャンは他には誰もいらないといっている。二重生活を送るのはわたしだけで十分、自分までそうしたいとは思わないと。彼はいつだってわたしの重荷を軽減してくれる。そのたびに感謝のあまり泣きたくなる。彼は決して非難しないし、危険な問いを口にすることもない。彼のおかげで、わたしは人生に多くを望み過ぎる悪い人間だとばかり思わずにすみ、ありのままの自分を受けいれることができる。

故郷の誰に秘密を打ち明けても、相手はわたしとともに嘘をつき、隠しごとをし、口を閉ざしていなければならなくなる。そんな重荷を人に押しつけることはできない。自分ひとりで背負っていかなければならない。それが身を持ち崩した者の定めだ。

ジャンの名前はまだ一度も出していない。その名を口にしたら、わたしの言い方だけで、すぐさまママンやパパやリュックに勘づかれてしまうだろう。それがこわい。

もしかしたら三人とも、それぞれの仕方で理解してくれるかもしれない。

ママンは、女が何に憧れるか知っている。憧れはわたしたちみんなの中にある。背が低くて、隅のテーブル越しに台所を見渡すことができず、ぬいぐるみや馬を相手におしゃべりをしている小さい頃から。

パパは、人間にも動物がもつ欲求があることを知っているから、理解してくれるはずだ。パパなら動物的なものや実を結ぶもののことを理解してくれると思う。それどころか、生物につきものである衝動——いわばジャガイモの発情期も認めるかもしれない（どうしたらいいかわからなくなったら、パパに助けを求めよう。それともジャンが朗読してくれたサナリーの本に出てくる母親のような父親、ママパパに）。

リュックはわたしのことをよく知っているからこそ、わかってくれるはず。それに彼が決めたことでもあるから。一度決めたことに彼は忠実だ。どんなにつらくても、後で誤りだとわかっても、一度決めた以上は、それが絶対なのだ。

けれども、黙っていてくれたら傷つかなくてすんだのに、と三十年後にいわれたらどうしよう？

未来の夫のことならよく知っている。彼はつらい時間と夜を過ごすことになるだろう。わたしを見つめて、わたしの背後に、わたしの中に、知らない男の影を見るに違いない。わたしと寝るときには、こう自問するだろう。彼女は彼のことを思っているのかと。彼女は満足しているのか？　彼とのセックスの方がいいのかと。村の祭りや、七月十四日の革命記念日に消防団がパレードをするときには、わたしが誰か男性と話をするたびに、自問することになるだろう。あの男が次の相手かと。いったいいつになったら彼女は満たされるのかと。

そうなってもリュックは自問するだけで、わたしには非難の言葉ひとつ浴びせないだろう。彼はいっていた。「一度きりの人生だ。おれはきみといっしょに歩みたい。だがきみの人生の邪魔をするつもりはない」

リュックのためにも、黙っていなければ。

そしてわたしのためにも。わたしには、ジャンが必要だ。

すべてを欲しがる自分が許せない。――すべてを欲する器量なんて、わたしにはない。

ああ、自由が忌まわしい。おまえはいまだにわたしの手に余る！

自由があるから、わたしは悩み、自分を恥じる。それでいて欲しいものを一つもあきらめずに生きることに誇りを感じる。

年を取ってかがんでも足元まで手が届かなくなったら、わたしたちが体験したことをすべて思い起こして心ゆくまで堪能しよう。

わたしたちで星を探して、ビュウー（リュベロン山麓にある小村。ボニューと隣接している）の砦跡に寝そべった夜のこと。カマルグで野生の暮らしをした数週間。ああ、そしてジャンが本と暮らす生活に誘ってくれた素晴らしいたくさんの夜。わたしたちは裸で猫のカストールとともに寝椅子に静かに寝そべっていた。ジャンはわたしのお尻に本をのせて読書をしていた。あれほど尽きぬ考えが、見解が、素晴らしいものがこの世にあるとは、それまで知らなかった。世界中の指導者は読書免許を取るべきだろう。まがりなりにも人類とその行動様式を理解したというためには、本を五千冊、いや一万冊は読む必要がある。善人が愛ゆえに、あるいは仕方なく、あるいは生に飢えて、悪しきことをする話をジャンが朗読してくれるとき、もうそれほど……悪いとか、間違っているとか、不実だとか感じなくなり、以前よりましな気分でいられるようになった。

「きみだけだと思っていたのかい、マノン?」ジャンはそう訊いた。――そう、まさにそう思っていたせいでみじめだった。慎ましくしていられないのは自分だけだと思っていたのだ。

愛の営みを終えて、次の営みを始める前に、ジャンはよく自分が読んだ本、読もうとしている本、わたしに読ませたいと思っている本のことを話してくれた。彼は本を自由と呼んでいる。そして故郷だと。確かにそうだ。本には、わたしたちがめったに使わない良い言葉がたくさん詰まっている。慈悲。善行。矛盾。寛容。

ジャンは博識で、献身的に人を愛することができる男だ。人を愛するとき、彼は生きている。愛されると、不安になる。自分のことをあれほど不器用だと感じているのはそのせいかもしれない。

彼は自分の体のどこに何があるのか、まったくわかっていない! 哀しみ、不安、笑い――みんなどこにある? わたしは彼の腹を拳骨(げんこつ)で押さえる。

「ここよ。緊張して上がるのはここのせいじゃない?」彼のへその下に息を吹きかける。「男の証拠はここかしら?」それから首に指を置く。「ここが涙の元?」

ジャンの体。凍えて麻痺した体。

ある晩、わたしたちは踊りにいった。アルゼンチンタンゴだ。

失敗だった！　ジャンは途方に暮れて、わたしをちょっと引きよせたり、ちょっと押したりした。ダンス学校で習ったステップを踏んで、両手だけを動かして。そこにいることはいた。でも自分の体を持て余していた。

　そんなはずじゃなかった。ジャンが、よりによって彼がそんな体たらくを示すとは！　ジャンは北の男たちとは違う。魂の不毛に苦しんでいるピカルディやノルマンディーやロレーヌの男とは違うはずだ。パリの女たちの多くはどうやら、男を挑発してほんのちょっとした欲情を抱かせることをエロティックだと思っているようだけれど。寒さの中、乱暴とさえいえる激しい情熱を後ろにほうり投げて、床のどこかに釘づけにしておけるとでも思っているんだろうか。

　わたしたちはダンスを打ち切らなければならなかった。家に帰って、お酒を飲み、真実から目をそらそうとした。ふざけ合っている間、ジャンはとてもやさしかった。わたしの絶望ははかりしれなかった。このわたしがジャンと踊れないなんて、いったいどうすればいいんだろうかと。

　わたしの体こそがわたしだ。欲情すると、陰唇が微笑んで濡れる。誇りを傷つけられれば、胸に汗をかく。指には自分の勇気に対する不安がひそんでいて、自分を守ろうとするとふるえる。一方具体的に何か心配すべきときには、たとえば腋(わき)の下にしこりがあるのが見つかって、生検を受けるようにいわれたけれど、そういうときはうろたえながらも静かになる。うろたえて何かしようとするけれど、同時に静かになるのだ。真面目な本を読みたいとも思わないし、大がかりで重厚な音楽を聴きたいとも思わない。ただそこにすわって、秋の光を見ていたくなる。黄と赤に染まった葉に光が落ちる様を。暖炉を掃除したくなる。混乱し、ああでもない、こうでもないとただ逡巡するのに疲れ、横になって眠りたくなる。そう、不安になると、眠りたくなる。魂がパニックに陥るのを防ぐために。

ところが彼はどうだろう？　ジャンは自分の体をシャツとズボンと上着を掛けておくハンガースタンドのようにしか使っていない。

わたしは立ち上がった。彼も立ち上がった。——わたしは彼の頬を平手打ちした。手が燃えるように熱くなった。燃える炎の中に手を入れたかのように。

「おい！」ジャンがいった。「なんで……？」わたしはもう一度彼の頬を打った。今度は熱い石炭をつかんでいるように、手がじんじんした。

「考えるのは止めて！　感じて！」わたしはジャンを怒鳴りつけた。

レコードプレイヤーのところへ行って、『リベルタンゴ』をかけた。鞭を打ち、若枝を叩き、火にくべられた小枝がはぜるようなバンドネオンの音。ピアソラ（アストル・ピアソラ。アルゼンチンの作曲家、バンドネオン奏者）と、彼が極限まで追い詰めるヴァイオリン。

「いや、ぼくは……」

「だめ！　わたしと踊って。感じるままに踊って！　なにを感じてる？」

「怒ってる！　なんで頬を叩くんだ？」

「だったら怒って踊って！　あなたの気持ちを表す楽器を選んで、その音を追って！　わたしを怒ってるなら、怒ってるようにぐっとつかんで！」

そういうやいなや、ジャンはわたしの両腕をつかんで上げ、壁に押しつけた。握る手の力は強かった。とても強かった。ヴァイオリンが叫んだ。

わたしたちは裸で踊った。ジャンは自分の気持ちを表す楽器にヴァイオリンを選んだ。やがて怒りは欲情に変わり、それからやさしくなった。わたしは彼をかみ、ひっかき、抗い、リードされるのを拒んだ。するとジャンは恋人から踊り手(タンゲロ)に変わった。彼は自分の体をとりもどした。

胸を合わせ、彼がわたしをどう思っているか感じながら、壁に映る影を見ていた。紫色のラベンダーの部屋の壁に映るわたしたちの踊る姿。影は窓の枠の中で踊っていた。影は命あるもののように踊り、猫のカストールがタンスの上からわたしたちを見ていた。

その晩からタンゴを踊るようになった。最初は裸で。その方が体を揺り動かしたり、押したり、静止したりしやすいから。それぞれ手を自分の心臓のある側に置いて踊った。それからしばらくして手を組み替え、相手の心臓のある側に手を置いた。

タンゴは真実を暴く薬だ。タンゴは自分が抱えるコンプレックスを露(あら)わにする。同時に普段他人を不快にさせないよう隠している強さも露呈させる。タンゴは、カップルが互いにどういう存在であるか、互いの声に耳を傾けているかどうかも明らかにする。自分のことしか考えない者はタンゴを嫌うことになるだろう。

ジャンは理屈抜きで感じるしかなくなる。彼はわたしを感じる。わたしの太腿(ふともも)の間の毛を、わたしの胸を感じる。ジャンとふたりで踊り、そのあと寝椅子の上で、床の上で、椅子に座って、あらゆる場所で愛を交わした。あのときほど、自分が女の体をしていると強く意識したことはなかった。ジャンはいっていた。「きみはぼくの源流のようだ。きみがいれば流れることができるけれど、いないと涸(か)れてしまう。そんな気がする」と。

その夜以来、わたしたちはパリ中のタンゴバーを回って踊った。ジャンは自分のエネルギーをどうすればわたしに感じさせられるか、どう踊ってほしいのか、どうすればわたしに伝えられるか、その方法を学んだ。そしてわたしたちはスペイン語を習った。少なくとも踊り手（タンゲロ）が、パートナーをさらに情熱的に踊らせるために耳元でささやく言葉がわかるように。こうしてわたしたちは、なんとも贅沢（ぜいたく）な遊びを覚えた。寝室でわざとあらたまった口調で話し、ときには敬語を駆使してひどく不作法なことを求めた。

ああ、リュック！　リュックが相手だと……これほど絶望的な気持ちになることはない。けれどもこれほど自然でもない。ジャンには、出会ってから一度も嘘をついていない。リュックには、もっと激しくとか、やさしくとか、もっと大胆にとか、遊び心を入れてとか、そういう自分の望みを口にせず黙っている。彼が与えてくれる以上のものを望むなんて、恥ずかしいと思う。もしかしたらリュックは、それ以上のものを与えてくれるかもしれない。一度でいいから望みを口にすればいいのかもしれない。でもいったいどういえばいい？

「別の女性と踊るとき、遠慮してタンゴを裏切ってはいけない」タンゴバーの踊りの講師ジターノがいった。

ジターノはまた、ジャンがわたしを愛しているといった。そしてわたしが彼を愛していると。

ジターノは、わたしたちがステップを踏むごとに、わたしたちが一体になっていくのがわかるという。それは真実に近いかもしれない。

わたしはジャンといっしょにいなければならない。ジャンはわたしの男性的な部分だから。わたしたちは互いに見つめあい、同じものを見る。

リュックとは、並んで同じ方向を見る。

一方ジャンとわたしは、タンゴ講師のジターノとは違い、愛について話さない。

「愛している」そういえるのは、自由で純粋な者だけだ。ロミオとジュリエット。

ロミオとジュリエットにもうひとり男が絡んだら、そうはいかない。

わたしたちにはいつも時間がわずかしかない。だから何もかもいっぺんにしなければならない。

そうしないと何もできない。いっしょに寝ながら本について語り、合間に食べ、黙り、喧嘩（けんか）をし、仲直りをする。踊り、朗読し、歌い、さらにわたしたちの星を探す。――すべてを矢継ぎ早に行う。夏になったら、ジャンがプロヴァンスにやって来て、いっしょに星を探せる。そのときが待ち遠しい。

教皇宮殿が太陽に照らされて金色に輝いているのが見える。

ようやくまたこの光を見ることができる。エレベーターの中でも、路上でも、バスの中でも、素知らぬ振りをしない人たちに会える。アンズを木から直接もいで食べられる。

ああ、アヴィニョン！　以前は考えたものだ。秘密の通路や落とし戸が無数にある、冷たく陰鬱な、悪しき宮殿。どうしてこの街にはそんな宮殿があるのかと。今ではその理由がわかる。休まることのない欲望は人類の誕生以来連綿と続いてきたのだ。あずまや、離れたテーブル、桟敷（さじき）席、トウモロコシ畑の迷路――すべて同じ戯（たわむ）れのためにある！

誰もが知っている戯れ。それでいて誰しもそんなものはない振りをする。あると認めるとしても、それは自分とは無縁で、まったく安全で、非現実的だとする。

とんでもない話だ。

恥ずかしくて頬が赤くなる。膝が寂しい。肩甲骨の間に嘘が巣くい、掻くと傷がつく。親愛なるママパパ、お願いします。どうか決断しなくてもすみますように。それから腋の下のグリーンピース大のしこりが、ただの石灰の塊でありますように。ラベンダーが咲き誇り、気ままな猫のいるヴァロンソルで、蛇口をひねるとさらさらと流れ落ちるあの石灰の塊のように。

22

ペルデュは、マスカラをつけた睫の下の目が自分に向けられているのを感じた。女の眼差しを受け止めて答えたら、すでに〈沈黙の視線〉の真っ只中だ。タンゴではすべての交渉がこの〈目による問いかけ〉で行われる。

「床に視線を落とせ、ジョルダン。女を直接見てはいけない」ペルデュはささやいた。「ひとりの女を長く見つめたら、ダンスを申し込んでいいかと尋ねていることになる。アルゼンチンタンゴは踊れるか？」

「扇子を手に自由に動くなら得意です」

「アルゼンチンタンゴもそれとたいして変わらない。決まったステップはほんの少ししかない。上体を互いにつける。胸と胸を合わせる。そして女がどうリードしてもらいたがっているか、よく耳を傾ける」

「耳を傾ける？　でも誰もしゃべっていませんよ」

そのとおり。女も男も、ダンスフロアで踊っているペアも、話すために空気を消費してはいない。それでいて全身全霊で話している。

「もっとしっかりリードして！　そんなに速く動かないで！　わたしが動けるスペースをあけて！誘惑して！　遊びを入れましょう！」女は男の動きを正す。こちらでは、かかとでふくらはぎをこすって――「集中して！」あちらでは、床に8の字を描いて――「わたしはプリンセスよ！」

別の場所では、〈連続する四曲（タンダ）〉を踊る際に、パートナーの女をより情熱的にさせるために、言葉の力を駆使する男もいる。彼らは柔らかい響きのスペイン語で、相手の耳元や首筋や髪にささやきかける。息をかけると鳥肌が立つ場所に。「きみのタンゴにはしびれる。きみの踊りに悩殺される。自由に胸が躍り、歌わずにはいられない」などといって。

けれども、ここにはタンゴを踊りながらささやく者はいなかった。ここではすべてが目によって行われていた。

「男は視線をさっと走らせる」ペルデュはマックスに〈カベセオ〉の決まりをささやいた。

「その知識はどこから仕入れたんです？　それも……」

「いや、違う。本に書いてあったんじゃない。よく聞くんだ。ゆっくり周りを見る。だがあんまりゆっくりすぎてもいけない。次の〈タンダ〉を誰と踊るか、相手を探せ。あるいはきみと踊りたがっている女がいないか、チェックする。気にいった相手が見つかったら、まっすぐ長く見つめる。視線を受け止めてもらえたら、うなずかれたり、かすかな笑みが返ってきたら、申し込みを受けてもらえたことになる。そっぽを向かれたら、いいえ、けっこうです、ということだ」

「それはいい」マックスがささやきかえした。「声を出して『いいえ、けっこうです』とはいわれないから、恥をかく恐れはないわけですね」

「まさしくそのとおり。立ち上がってパートナーになる淑女を迎えにいくときは、やさしく丁重に振る舞うこと。チャンスがあれば途中で確かめることもできる。彼女が承知した相手が本当に自分なのかどうか、斜め後ろにいる紳士でないかどうかかね」

「それで踊った後は？　飲み物をおごるんですか？」

「いいや。元いた場所まで送っていき、礼をいって、それから男たちの側にもどる。タンゴは何も強要しない。三曲ないし四曲踊る間、憧れと希望と欲望を分かち合う。セックスのようだが、セックスよりもいい、という者もいる。それにもっと回を重ねられるとも。しかも後腐れがない。〈タンダ〉が終わっても同じ女と踊り続けるのは、ひどく野暮なことだ。礼儀に欠けるとみなされる」

　目を少し伏せて、ペルデュとマックスは踊っているペアを眺めた。

　しばらくしてペルデュはひとりの女を顎で指し示した。五十代の初めくらいだろうか。六十代の終わりということもありうる。白いものが交じった髪をフラメンコの踊り手のように首筋の下の方でひとつに結わえている。着ているドレスは手入れが行き届いている。指に結婚指輪が三つ。バレリーナのように細身でしなやか。まるでブラックベリーの若枝のよう。素晴らしい踊り手だ。動きは正確無比。それでいて心根がやさしいとわかる。パートナーの動きの鈍さ、心許(こころもと)なさを、しっかりカバーしている。男の欠点を彼女の優美さが補っているのだ。おかげでふたりは軽やかに踊っているように見える。

「きみのパートナーはあの人だ、ジョルダン」

「あの人？　あの人はうますぎる。こわいよ！」

「その気持ちを心に刻んでおくんだ。いつかそれについて書きたくなるだろう。そのためにも、不安を感じながら踊るのがどんなもので、それでも勇気を出して踊るというのがどういうことなのか、知っておくといい」

　マックスは半ばパニックになりながらも、誇り高きブラックベリーの女王の視線を果敢に引きつけようとした。ペルデュはゆっくりとバーへ向かい、パスティス（フランスのリキュール）をごく少量、グラスに注いでもらい、氷入りの水をくわえて水割りにした。ペルデュは……興奮していた。ひどく興奮していた。

　まるですぐにも舞台に立たなければならないかのように。

　マノンに会いに行く前はいつもそうだった。何をするにも上の空で、髭を剃ろうとすると指がふるえて血だらけになったものだ。何を着ればいいかもわからなかった。強い男、スマートで優雅で、それでいてクールな男に見せたかった。マノンに気に入られたくて、ジョギングとウェイトリフティングを始めたのはあの頃だった。

　ペルデュはパスティスを一口飲んだ。

「ありがとう（グラーツィエ）」相手を見て直感的にイタリア語でいった。

「どういたしまして（プレーゴ）、シニョーレ・カピターノ」口髭をはやした小太りの男がナポリ方言のイタリア語で歌うようにいった。

「カピターノは光栄すぎる。本物の船長ではないから……」

「いえ、本物ですよ。このクーネオにはわかります」

スピーカーからヒット曲が流れてきた。〈コルティーナ〉、パートナーチェンジの合図だ。あと三十秒で楽団が次の〈タンダ〉を演奏する。

ペルデュは、〈ブラックベリーの踊り手〉がマックスの申し込みを受けるのを見ていた。顔は青ざめているが、マックスは頭をしゃんとあげ、ダンスフロアの中央までさっそうと彼女を導いていった。彼女は数歩歩いただけで、女帝の貫禄を示した。そしてそれまで彼女の腕にぶらさがっているだけに見えたマックスを変えた。マックスは耳当てをはずして、横に投げた。背丈が伸び、肩幅が広がったように見えた。胸郭が闘牛士のように盛り上がった。

彼女がペルデュに澄んだ水色の目をちらと向けた。眼差しは若いが、目には老いが見えた。体は時を超え、甘く切ないタンゴを歌っていた。ペルデュはその眼差しが意味するものを知っていた。すべてに、そして何物でもないものに対する、穏やかで、ぬくもりのある哀愁。

懐旧の情。

子ども時代への郷愁。あの頃は日々が混じり合い、移ろいという言葉になんの意味もなかった。愛されていたあの状態は、二度と見出せない。かつて経験した熱愛。言葉にいい表せないすべて。

これは感情の事典に入れなければ。

老小説家オルスンがバーへやってきた。踊るのを止めた途端、老紳士の歩き方にもどっていた。

「言葉で説明できないことは、踊って示さなければ」ペルデュはつぶやいた。

「口に出していえないことは、書き留めねばならない」オルスンががなるようにいった。

楽団が『ポル・ウナ・カベーサ』を奏で始めた。すると〈ブラックベリーの踊り手〉はマックスの胸に身を委ねた。唇が呪文をいくつかささやく。足が、腰が、そっと彼の姿勢を正す。それからリードされているように見せかける。

マックスはタンゴを踊った。初め目を大きく見開いていたのが、耳元に何かささやかれ、目を伏せた。やがて初対面のふたりは、息の合った恋人同士のようになった。

オルスンはダンスフロアへ向かう小太りのバーテンダー、クーネオにうなずいてみせた。ダンスフロアでは身が軽くなったようだった。クーネオはきびきびと軽やかに動き、とてもやさしく恭しく振る舞った。パートナーの女性は彼より背が高かったが、それでも信頼しきった様子で身を委ねている。

オルスンがペルデュに身を寄せてささやいた。

「あの男、サルヴァトーレ・クーネオは小説に出てきてもおかしくないような人物でね。収穫の助っ人としてプロヴァンスにやってきた。サクランボでも、モモでも、アンズでも、繊細な手を必要とする仕事ならなんでもやった。ロシア人やアラブ人といっしょに働いた。あるとき若い女の船主と一夜を過ごした。翌朝、彼女は自分の艀に乗って去っていった。月なんとかって名の船だ。それ以来、クーネオは彼女を探して川を往き来している。かれこれ二十年になる。その間、あちこちで仕事をしてきた。今ではできないことはないんじゃないかな。特に料理の腕はたいしたもんだ。看板も描けるし、タンクローリーの修理もできるし、星占いだってできる。頼まれればなんでもする。とにかく器用で、あっという間になんでも覚えてしまう。あの男はナポリのピザ職人の姿をした天才だよ」そこまでいってオルスンは首を振った。「二十年とはね。考えてもみたまえ。ひとりの女のために二十年！」

「それがどうかしましたか？　それ以上の理由はないでしょう？」

「きみならそういうと思ったよ、ジョン・ロスト」

「なんですって？　今なんて呼びました、オルスンさん？」

「ペルデュは『失われた』という意味だろう。だから英語でロストじゃないか。ジャン・ペルデュ、ジョン・ロスト、イタリア語ならジョヴァンニ・ペルディート――前に一度、夢できみを見たよ」

「『南の光』を書いたのはあなたですか？」

「もう踊ったかね？」

ペルデュはパスティスの残りをぐっと飲みほした。

それから身をひるがえして、女たちに視線を走らせた。何人かは視線をそらし、何人かは受け止めた。

そしてひとりが視線をまっすぐペルデュに向けた。二十代半ば。ショートヘア。胸が小さく、上腕と肩の間の三角筋が発達している。目に計り知れない飢えと、その飢えを鎮めて余りある勇気を示す強い光があった。

ペルデュはうなずいた。彼女は立ち上がった。笑みは浮かべていない。ふたりの距離を半分ほど詰めた。正確に一歩分残して。その最後の一歩はペルデュに詰めさせようとしている。彼女は待っている。ぎりぎり自分を抑えている怒った猫だ。

その瞬間、楽団が最初の曲の演奏を終えた。ペルデュは生きることに貪欲な〈猫娘〉に歩み寄った。

「さあ、勝負よ！」彼女の顔がいっていた。

「できるものなら服従させてごらんなさい。でも誇りを傷つけることは許さない」彼女の口がそう要求している。

「苦痛を与えるかもしれないなんて怖じ気づかないで。わたしは柔だけど、それは強烈な情熱の中でしか感じない。それに自分で身は守れる！」そう小さいが頑丈な手がいっている。そしてふるえるほどの緊張が、体をしゃきっとさせている。そしてペルデュの太腿につけた太腿も。

上から下まで、彼女は彼にぴったり身をつける。最初の数音が響く間に、ペルデュはみぞおちからの一突きでエネルギーを彼女に伝えた。彼女を深く深く、さらに深く倒して背をそらさせる。ふたりとも片脚の膝を曲げ、もう片脚を横に長く伸ばす。

女性陣の間で声があがる。しかしペルデュが彼女を高く持ち上げ、彼女が浮き足を彼の膝にすばやく優雅に巻きつけると、声は瞬時に止む。膝の内側がやさしく触れ合う。ふたりはぴったり身をからませる。恋人たちが裸で愛し合うように。

長い間使われていなかった力が、ペルデュの体内でどくんどくんと脈打つ。

まだできるだろうか？　永遠と思えるほど長く使っていなかった体にもどれるだろうか？

「考えてはだめ、ジャン！　感じるのよ！」

ああ、マノン。

愛するとき、戯れるとき、踊るとき、気持ちを語るとき、頭で考えてはいけない。ペルデュはそれをマノンから学んだ。マノンは彼を〈北の人間の典型〉だといった。ペルデュが決まり文句を使ったり、硬い表情をしたりして不安な気持ちを隠そうとしたからだ。それにセックスをするとき、それ相応に振る舞おうと気を遣いすぎていたから。踊るとき、ダンスフロア上でスーパーマーケットのショッピングカートのようにマノンを押したり引いたりするだけで、自分の思いどおりに動こうとしなかったから。意思や反応や欲望の刺激に動かされるままに踊ろうとしなかったから。

マノンはそんなぎこちなさを、両手でくるみを割るように砕いた。素手や指や露わな脚で。

マノンは人を抑圧するすべてのものから、この身を解放してくれた。沈黙から、気後れから、常に正しい一歩を踏まねばならないという強迫観念から。

体で感じられる男なら、女が現状に満足していないとき、そのことを嗅ぎとるという。今、ペルデュの腕の中にいる娘は、永遠にさすらうよそものに憧れている。それをペルデュは、娘の鼓動から嗅ぎ取った。町にやってきて、一夜限りの胸躍る体験を贈ってくれる見知らぬ男。ひっそりした小麦畑や古い森に囲まれた村にはないものを、捧げてくれる男。

それが田舎で暮らす中で不機嫌にならずにすむよう、娘が自分に許す唯一の抵抗なのだ。この田舎で大切にされるのは土地と家族と子孫だけ。個人としての娘自身のことには頓着してくれない。

ペルデュは娘が望んでいるものを与えた。若い職人や、ブドウ栽培や林業に携わる若者が一度もしたことのないやり方で娘に向き合った。娘の体と、女である娘と踊った。娘を子どもの頃から知っていて、「自分のところの農耕馬に蹄鉄を打つ鍛冶屋の娘」としか見ない者にはできないことだ。

ペルデュは彼女に触れるたび、自分の体をつけ、息をかけ、気持ちを注ぎこんだ。そしてタンゴの隠語、アルゼンチン訛りのスペイン語でささやきかけた。マノンといっしょに習い、ベッドの中で交わした言葉だ。当時、ふたりは昔のしきたりを重んじるスペイン系中年夫婦のようにわざと気取って話したり、品のない口をきいたりした。

すべてが混じり合う。――過去と現在。この若い女とマノンという名のもうひとりの若い女。自分がどれほど男になりうるか、想像もできなかった頃の若い自分。望みを持つのがどういうことか、女を腕に抱くのがどういうことか忘れてしまった、年寄りとはまだいえないまでも、すでに中年の男。

そしてペルデュは今、〈猫娘〉の腕の中にいる。闘うこと、征服されること、新たに闘うことを愛する踊り手の腕の中に。

マノン、マノン、きみもこんな風に踊ったものだ。貪欲に自分だけのものを勝ちとろうとした。家族や祖先の土地を背負わずに。今のきみだけ、先のことは考えない。きみとタンゴ。きみとわたし、きみの唇、わたしの唇、きみの舌、わたしの皮膚、わたしの人生、きみの人生。

三曲目の『リベルタンゴ』が始まったとき、ホールの非常口で叫び声があがった。

「いたぞ！　畜生どもが！」興奮し、怒り狂った男たちの声が響いた。

23

男が五人、乱入してきた。女たちが悲鳴をあげた。

先頭の闖入者（ちんにゅうしゃ）がすぐさまクーネオからパートナーを引きはがし、平手打ちを喰らわせようとした。ずんぐりしたクーネオは男の腕を押さえようと飛びかかった。そこへ二人目が飛びかかり、クーネオの腹に拳を入れた。そのすきに最初の男が女を無理矢理引きずっていった。

「裏切りだ」オルスンが吐き捨てるようにいった。オルスンとペルデュは〈猫娘〉を、酒臭い、見るからに興奮している集団暴徒から引き離した。

「父さん」ショックで顔面蒼白になった娘がささやいて、闖入者のひとりを指差した。目と目の間隔が狭い男で、手に斧を持っている。

「そっちを見るな！　早くドアの外へ！」ペルデュは命じた。

マックスは、クーネオに襲いかかったふたりの男のうち、ひとりの攻撃をかわした。男たちは妻や娘や姉妹が悪魔と性の饗宴をしていると信じていて、クーネオを悪魔の化身とみなしたのだ。クーネオは口に強打を喰らって血を流していた。マックスはひとりの膝を蹴り、もうひとりの腰にカンフーの回転技を入れた。

それから〈ブラックベリーの踊り手〉のもとへ急ぎ駆けもどった。彼女はカオスの真っ只中でも静かに毅然としていた。

「中途で終わってしまいましたが、今夜の女王であるあなたに感謝いたします。ぼくの生涯で最高のタンゴが踊れました」

「さっさと来るんだ。さもないとこれが最後のタンゴになってしまうぞ！」オルスンが叫んで、マックスの腕を引っぱった。

ペルデュは〈女王〉がマックスの後ろ姿を見やりながら微笑むのを見た。〈女王〉はマックスの耳当てを拾い上げて胸に押し当てた。

マックス、ペルデュ、オルスン、〈猫娘〉、クーネオの五人は、青いおんぼろルノーのボックスカーまで走った。クーネオは太鼓腹を運転席に押しこみ、オルスンは荒い息をしながら助手席に乗りこんだ。マックス、ペルデュ、〈猫娘〉は後部のラゲージスペースに、工具箱、革のトランク、ボトルキャリアをかきわけてもぐりこんだ。ボトルキャリアの中には香辛料とビネガーとハーブの束が立ててあった。多種多様な教則本も山と積んであった。闖入した男たちは妻がこっそりダンスに興じることに我慢ならず、すさまじい形相で拳を振り上げてよそ者を駐車場まで追いかけてきた。それを見てクーネオはアクセルを踏みこみ、ペルデュたちは前後左右に激しく揺さぶられた。

「うるさいやつらだ！」オルスンは吐き捨てるようにいって、蝶の図鑑を後ろへ放り投げた。「ちっぽけな想像力しかなく、わしらが乱交パーティをしていると思いこんでいる。初めのうちは服を着ているが、そのうち裸で踊り狂うとな。そんなことになったら、とても見られたもんじゃないのにな。しわだらけの睾丸に太鼓腹、枯れ木のようなじじいの脚なんてな」

〈猫娘〉は吹き出し、マックスとクーネオも笑った。たった今、恐ろしい惨事を逃れたばかりでまだショックなのをごまかそうとするオーバーな笑い。

「えー、ところで……なんとか銀行に寄ってもらうわけにはいきませんか？」船を目指してセポワの目抜き通りを猛スピードで走っている最中に、マックスが嘆願した。

「カストラート（ボーイソプラノを維持するために去勢された男性歌手）になりたいっていうんならそれもいいが」オルスンがうなった。

それからしばらくして、ペルデュたちは本の船の前に車を駐めた。リンドグレーンとカフカは窓の前に寝そべり、夕暮れの陽を浴びて気持ちよさそうにのんびりしている。リンゴの老木の枝に留まり、安全な高みからカーカー鳴き騒いでいるつがいの鴉を気にとめる風もない。

ペルデュはクーネオが艀をうらやましそうに見ていることに気づいた。

「もうここにはいられなくなったんじゃありませんか？」ペルデュはクーネオに訊いた。

クーネオはため息をついた。

「そのセリフはもう嫌になるほど聞いています、カピターノ」

「よければいっしょに来ませんか？　プロヴァンスまでいくところです」

「物書きのじいさんから、わたしが心を奪われたシニョリーナを探して川を旅しているって聞いたんですね？」

「ああ、ああ、ワルのアメリカ人は口が軽いからな。どうする、クーネオ？　わしはもう年だから、死ぬのもそう先の話じゃないだろう。あともう少し勝手気ままに生きられればそれでいい。フェイスブックに近況をあげるつもりもないしな」

「フェイスブックをやっているんですか？」リンゴをもいでシャツにかき集めていたマックスが、信じられないという顔をして訊いた。

「もちろんやってるさ。刑務所の仲間うちで壁をたたいて連絡し合うのとかわらない」

老オルスンはくっくっと笑った。

「人類に何が起きているか、ほかにどうやって知ることができるんだね？　村の広場でリンチを起こした暴徒集団が、なんであっという間に世界中に広まってしまうのかな」

「えっ、ああ、そうですね。わかりました。それじゃ、今度、友だちリクエストを送ります」マックスはいった。

「ああ、そうしてくれ。わしは毎月最終金曜の十一時から十五時まで、インターネットにつないでいる」

「まだお返事をうかがっていません」ペルデュがいった。「わたしたちはふたりともタンゴを踊りましたよ。それでどうなんですか？　正直に答えてください。嘘をつかれるのはごめんです。あなたが『南の光』を書いたんですか？　あなたがサナリーですか？」

オルスンはしわだらけの顔を太陽に向けた。へんてこな帽子を取って、白髪を掻き上げた。

「わしが、サナリー？　……なんでまたそう思うんだ？」

「技巧。言葉遣い」

「ああ、そういうことか！　〈偉大なるママパパ〉。秀逸だよ。――人間なら誰しも望む究極の世話人。あるいは〈バラの愛〉。花咲き匂うが棘のないバラ。バラの本性には反するがね。みんな、本当に素晴らしい。だが残念ながらわしじゃない。わしが思うに、サナリーは因習に囚われない希代の人間好きだね。わしはそうじゃない。わしは人嫌いだ、社会の取り決めに従う必要に迫られると、決まって腹を下す。いや、我が友、ジョン・ロスト、わしはサナリーではない。残念だがな」

オルスンは大儀そうに車の助手席から降り、足を引きずりながら運転席へまわった。

「いいかい、クーネオ、ほとぼりが冷めてきみがもどってくるまで、このポンコツの面倒はわしが見る。もどってこなければ、それはそれでいいさ」

クーネオはどうしたものか決めかねている様子だった。しかしマックスが本とボトルキャリアをさっさと船に運びはじめたのを見て、工具箱と革のトランクを手にした。

「カピターノ・ペルディート、ほんとうにいいんですか？」

「どうぞどうぞ、乗ってもらえたら光栄だ。シニョーレ・クーネオ」

マックスはロープを解き、〈猫娘〉は意味ありげな目をしてルノーのボンネットに寄りかかった。

ペルデュはオルスンと別れの握手をした。

「ほんとうにわたしを夢に見たんですか？　それとも、ただの言葉遊びですか？」ペルデュは尋ねた。

ペル・デイヴィッド・オルスンはずる賢そうに微笑んだ。

「言葉から成る世界は決して真実たり得ない。あるドイツ人作家がそう書いているのを読んだことがある。ゲルラッハ、たしかグンター・ゲルラッハといったかな。凡人には理解できない男だ」オルスンは考えながらいった。「セイユ川をキュイズリーまで行きたまえ。ひょっとしてサナリーに会えるかもしれん。彼女がまだ生きていればの話だがね」

「女性なんですか？」ペルデュは尋ねた。

「わしに何がわかるね。興味深いものはみんな女だと想像する質(たち)でね。きみは違うかな？」オルスンはにやっとしてそれだけいうと、苦労してクーネオの古い車に乗りこんだ。それから〈猫娘〉が乗るのを待った。

彼女はペルデュの手を取った。

「借りを返してもらうわ」かすれ声でいうと、ペルデュの唇に唇を重ねた。

女にキスされるのは二十年ぶりだ。それがどれほど甘美なものか、ペルデュは夢見ることさえ禁じていた。

〈猫娘〉はペルデュの唇を吸い、自分の舌で彼の舌を軽くたたいた。

それから燃える目をして向こうにペルデュを押しやった。

「求めたら、応えてくれる？」誇り高い眼差しが怒ったようにいっていた。

ハレルヤ。そんなことをしてもらう資格がどこにある？

「キュイズリー？」マックスが訊いた。「どんなところです？」

「天国だよ」ペルデュは答えた。

24

クーネオは二つ目の寝棚を使うことになり、厨房は自分に任せてくれと申し出た。半分頭が禿げたずんぐりむっくりの男は、持ってきたトランクとボトルキャリアから香辛料とオイルとスパイスミックスを取り出し、それを厨房にずらりと並べた。料理の味つけやディップの味をひきしめ、「香りをかいで幸福感に浸るために」自分で調合したスパイスミックスの数々。

ペルデュの懐疑的な顔を見てクーネオが尋ねた。

「なにかまずい点でも？」

「いや、シニョーレ・クーネオ。ただその……」

ただいい香りにはなれていないだけだ。あまりに芳しすぎて耐えられない。それに「幸せ」にも慣れていない。

「知り合いに、バラの香りを嗅ぐと泣いてしまう女性がいましたよ」クーネオは片づけの手を休めず、料理用のナイフの切れ味を慎重に確かめながらいった。「わたしがパテを焼くのをエロティックだといった女性もいました。香りやにおいは魂に奇妙な働きをするものです」

なるほどパテの幸せか、とペルデュは思った。「は」の項に入れようか、それとも香りの言葉で「か」がいいだろうか。いつの日か、本当に感情の事典を書きはじめることになるだろうか？

それにしてもなぜ明日からでも始めない？　いや、明日といわず、今からでも？

必要なのは紙と筆記具だけ。それさえあれば、いつの日か一文字一文字書きつづっていって、夢を実現できるだろうに。

いつの日か……できるだろうに、だって？

何をぐずぐずいっている！　今しかない！　今だ！　さあ、さっさと始めろ、意気地なし！　いいかげんに水中で息をしろ！

「わたしの場合はラベンダーだ」ペルデュはおずおずといった。

「泣きたくなるんですか？　それとも別の方ですか？」

「どちらもだ。人生最大の失敗の香り、そして幸福の香り」

クーネオはビニール袋から小石を取り出して、棚板に並べはじめた。

「これがわたしの失敗とわたしの幸福ですよ」訊かれもしないのにそういった。

「時です。時が角をけずってなめらかにしてくれる。それをときどき忘れてしまうんで、旅をした川からかならず小石を拾ってきて、こうして並べているんです」

ロワン運河からブリアール運河に入った。ブルボン・ルートの一番見所の多い箇所だ。ロワール川のこのあたりは流れが急で船が通れず、水道橋が運河をつないでいる。

ブリアールのマリーナにペルデュたちは錨を降ろした。マリーナには花がたくさん飾られ、川岸には大勢の画家がすわって風景を描いている。

このマリーナは小サントロペのようだ。高級ヨットが多数停泊していて、プロムナードは行き交う人でにぎわっている。〈文学処方船〉は一番大きい船だった。アマチュア船長たちが見物しに集まってきた。改造部の品定めをし、ペルデュたちをちらちら見た。自分たちが奇妙に見えるのは承知していた。ただの新参者ならまだしも、それだけではない。

素人丸出しに見えるに違いない。

クーネオは訪問者ひとりひとりに、川旅の途上で月夜号という船を見なかったかと尋ねた。オランダ製の豪華モーターボートでヨーロッパ中を旅して三十年になるスイス人夫妻が、その船なら覚えているといった。十数年前に見かけたことがあると。

夕食の準備に取りかかろうとして、クーネオは食料貯蔵室がからっぽで、冷蔵庫には猫用の餌と例の白インゲン豆しか入っていないことに気づいた。

「シニョーレ・クーネオ、わたしたちにはお金も食料のストックもないんだ」ペルデュはいった。そして、あとさき考えずパリを旅立ったことと不運続きだったことを打ち明けた。

「川の民はたいてい親切ですよ。それにわたしにもいくらか蓄えがあります。そこから船賃を支払えます」クーネオはいった。

「それはかたじけないが、そうはいかない。どうにかしてお金を稼がないと」ペルデュはいった。

「待っている人がいるんじゃないんですか？　あんまりのんびりしてはいられないのでは？」マックスが無邪気にいった。

「待っている人なんていない。時間ならいくらでもある」ペルデュは急いでいった。

ああ、マノン。「私たちには世界を回るたっぷりの時間がある（ルイ・アームストロングが歌う『愛はすべてを越えて』の歌詞）」あの地下のバーとルイ・アームストロング。

「びっくりさせるつもりなんですか？　ものすごくロマンティックですけど……でもうまくいくとはかぎらないじゃありませんか」

「リスクを冒さなければ生きられない」クーネオが口をはさんだ。

「お金のことに話をもどそう」ペルデュはクーネオに感謝の笑みを向けた。

クーネオとペルデュは、水路の地図にかがみこんだ。クーネオは村のいくつかに×印をつけた。

「ヌヴェールの先のアプルモン＝シュル＝アリエには知人がいます。ジャヴィエは墓標を作り直す仕事に常に人手を必要としてますし……それからフルーリーでは、ある家で料理人をしたことがあります。……ディゴワンではペンキ屋で……それからサン＝ソテュールでは、えーと、あのとき誘いにのらなかったことを彼女がまだ怒っていなければ……」クーネオは赤くなった。「つまりですね、食料や燃料を都合してくれたり、どこで仕事がもらえるか教えてくれたりする人は大勢いますよ」

「キュイズリーにも誰か知り合いがいますか⁉」

「セイユ川沿いの本の町に？　あそこにはまだ行ったことがありません。でもひょっとしてそこへ行けば見つかるかもしれません」

「例の女性が？」

「ええ」クーネオは大きく息をついた。「あんな女はめったにいませんよ。数百年にひとりいればいいほうでしょうね。男が夢見るものをすべて備えているんです。美しくて、気がきいて、賢くて、思いやりがあって、情熱的で、とにかくすべてを備えてます」

驚くべきことだ、とペルデュは思った。自分はとてもそんな風にマノンのことを語れない。彼女のことを語れば、彼女を人と分け合うことになる。懺悔することにもなる。そんなことはまだ到底できない。

「一番の問題は、どうすれば手っ取り早く金を稼げるかですよね？」とマックスが考えこみながらいった。「念のため、先にいっておきますけど、ぼくはジゴロには向きません」

クーネオが周りを見てゆっくり切り出した。

「本はどうなんですか？　みんな取っておきたいんですか？」

なんで思いつかなかったんだろう。まったくどうかしている。

クーネオはブリアールで自分の財布を出して農民から果物と野菜と肉を買い、釣り人からその日の収獲をうまいことといってせしめた。ペルデュは〈文学処方船〉を開店し、マックスは宣伝役を買って出て下船した。

「本はいかがです！　今期の新作！　軽い読み物？　艶本(えんぽん)!?　安くてためになる本。すてきな本はいかがです！」マックスはマリーナと村をゆっくり歩きながら声を張り上げた。

女性客のテーブルのそばを通るときの誘い文句はこうだ。

「本を読めば美しくなります。本を読めば豊かになります。それにやせますよ！」合間にはレストラン、〈ル・プティ・サントロペ〉の前に立って、大声で宣伝した。「恋わずらいの方はいませんか？　それに効く本があります。船長に腹が立っていませんか？　対処するのにいい本があります。釣り上げた魚のはらわたをどう抜けばいいかわからない方？　本にはなんでものっています」

中には雑誌でマックス・ジョルダンのポートレートを見たことがあって、正体に気づいた者もいた。気分を害してそっぽを向く者もいた。そして何人かは、アドバイスを受けようと、〈文学処方船〉にやってきた。

こうしてマックスとペルデュとクーネオはいくばくかのお金を手に入れた。それに近隣の修道院から来た背の高い陰気な修道士が、壜入りのハチミツと壺入りのハーブを不可知論の解説書と交換してくれた。

「よりによってあんな本をどうするつもりだろう?」

「埋めるんでしょうな」クーネオがいった。

クーネオは月夜号のことを尋ねた後、港長からハーブの苗木を買い、後甲板に本棚の板を何枚か使ってキッチンガーデンをこしらえた。カフカとリンドグレーンは大喜びでミントに飛びかかった。それからしばらくして二匹は、ふさふさしたしっぽを洗濯ブラシのように逆立てて船内を駆けまわった。

晩になるとクーネオは、花柄のエプロンをつけ、同じく花柄のミトンを手にはめて、食事を運んできた。

「さあ、ボヘミア風ラタトゥイユはいかがです?」クーネオはそういって、料理を甲板の即席テーブルに置いた。

赤いパプリカを小さく賽の目状に切って焼き、タイムをたっぷりかけ、型抜きしてきれいに皿に並べた上に最高級のオリーブオイルがたらしてあった。それに直火で三回あぶったラムチョップと、雪のように白く舌にのせたとたんとろけそうなニンニクのフラン。

それを一口、食べた途端、ペルデュの身に曰くいい難いことが起きた。

脳内でいくつものイメージが炸裂したのだ。

「信じられない、サルヴァトーレ。きみはマルセル・パニョルが書くように料理するんだね」

「おー、パニョルですか。いい男です。あの男も心得てましたね。舌を使ってこそ物事はよく見えるってね。それに鼻と胃も使ってね」クーネオは満足そうにため息をついた。それから食べながら先を続けた。「カピターノ・ペルディート、わたしは確信してるんですよ。ある土地とそこの人々を理解するには、その土地の魂である現地の産物を食べなければならないってね。人間は毎日、それを見て、嗅いで、触っているわけですからね。それが体を通って変遷し、内側から人間を作り上げるんですよ」

「ヌードルがイタリア人を形成するってことですか？」マックスが口をもぐもぐさせながら訊いた。

「言葉に気をつけたまえ、マッシモ（マックスのイタリア語形）。正しくは〝パスタが女性をきれいにする〟だ！」クーネオはグラマーな女性を両手で描いて見せた。

三人はおおいに食べ、おおいに笑った。右舷に日が沈み、左舷に満月が昇った。港を飾る濃密な花の香りに包まれた。周辺の探索に出ていた二匹がしばらくしてもどってきて、ひっくりかえした本の箱の上に鎮座した。

これまで知らなかった平安がペルデュに訪れた。

食事には治癒力があるんだろうか？

ハーブとオリーブオイルたっぷりの食べ物が口に入るたびに、自分を待ち受けている土地が少しずつ体内に取りこまれていくような気がした。周囲の土地を食べているようなものだ。すでに彼はロワール川流域の荒野を、森とブドウ畑を味わっていた。

その晩、ペルデュは安眠した。カフカとリンドグレーンが守ってくれた。牡猫のカフカはドアのところに、リンドグレーンは彼の肩に身を寄せて寝そべった。ときどきペルデュがそこにいるのを確かめるように、リンドグレーンが前足で頬をなでた。

翌朝、三人は当面ブリアールに留まることに決めた。この港は川旅の拠点で、待ち合わせ場所として人気があり、ハウスボートのシーズンが始まったところでもあった。ほぼ一時間ごとに新しい川船が寄港し、それだけ本の買い手も見込める。

マックスは持ってきた数少ない服をペルデュと分け合うことを申し出た。ペルデュは着の身着のままで出てきて、ほかに服の持ち合わせがなかった。しかし服は当面、必需品買い物リストの上位にはあがらなかった。

ジーンズを穿き、洗いざらしのシャツを着るのは、それこそ何百年ぶりのような気がした。鏡に映った姿は他人のようだ。操舵輪の前に立っていたせいで少し日焼けした肌に無精髭、カジュアルな服……実際の年よりたしかに若く見える。それにもう実直そうに見えない。かといって、若く見えすぎるわけでもない。

マックスは上唇の上にちょび髭をたくわえ、つややかな黒髪を海賊風に後頭部に束ねようと伸ばしはじめている。彼は毎朝、後甲板に出て、薄いズボンに裸足という出で立ちで、カンフーと太極拳の稽古をしている。昼と晩には、クーネオが食事の支度をしている間、何か読んできかせるのが日課になった。クーネオは女性作家の物語をひんぱんにリクエストした。

「女の方が世界を多く語る。男は自分のことばかり語っている」

〈文学処方船〉は夜遅くまで開けていた。昼間はだんだん暑くなってきた。

近隣の村や他の船から子どもたちがやってきて、何時間もルル号の船内にすわり、本に読みふけった。ハリー・ポッター、カッレ・ブルムクヴィスト（アストリッド・リンドグレーン作『名探偵カッレくん』の主人公）、『フェイマス・ファイブ』、『ウォーリアーズ』、『グレッグのダメ日記』。読むというより読んでもらったといった方がいいかもしれない。マックスが子どもたちに囲まれて長い脚を床に投げ出し、膝に本をのせて読んでやっている姿を見ていると、ペルデュは誇らしくなり、思わずにやついてしまいそうになった。マックスは読むのがどんどんうまくなってゆき、物語は朗読劇に様変わりした。目を大きく見開いて、夢中で物語に聞き入っているこの子どもたちは、やがて本の魔法にかかって、頭の中で自分なりにイメージをふくらませてシーンを思い描くことが、息をするのに空気が必要なのと同じくらい欠かせない人間になるだろう。

ペルデュは十四歳以下の子どもには、本を二キロあたり十ユーロで量り売りした。

「それじゃ損をすることになりませんか？」マックスが訊いた。

ペルデュは肩をすくめた。

「金銭的にはね。だが本を読むと生意気になるとよくいわれているだろう。明日の世界には何かと文句をいう人間が必要だ。そうは思わないか？」

ティーンエイジャーたちはエロティカのコーナーに身を潜めて、忍び笑いをもらしていたかと思うと、ふいに黙りこんだりする。ペルデュは近くを通るときには、わざと足音を響かせ、がさがさ音を立てて本の整理をし、彼らが重ねていた唇を離したり、紅潮した顔をまじめな本で隠したりできるようにした。

マックスはときどきピアノを弾いて、客を船に誘いこんだ。

毎日カトリーヌに葉書を書いて出すのと、〝文学薬剤師〟の卵向けに、ちょっとしたものから中くらいの感情の事典の下書きを学習ノートに記すのがペルデュの習慣になった。

ペルデュは毎晩船尾に立ち、夜空を仰いだ。いつでも銀河が見え、ときどき流れ星を見つけた。カエルのアカペラコンサートにコオロギの鳴き声が加わり、マストにかかっているロープがぎしぎし音を立て、ときどきかすかに汽笛が聞こえた。

心はすっかり新しい感情に満たされていた。その感情をカトリーヌにも知って欲しかった。すべてはカトリーヌとともに始まったからだ。その感情によって自分がどんな男になるかは、まだわからない。


カトリーヌ、今日マックスは、小説には庭と同じくらい時間をかける必要があるということを理解した。読者がそこで心底安らぐためにはね。マックスを見ていると、おかしなことに父親にでもなったような気がしてくる。お元気で。ペルディート

カトリーヌ、今朝目が覚めて三秒もたたないうちに、きみが魂の彫刻家だということに気づいた。それから不安を飼いならした女性だということにもね。きみの手で石は人間にもどる。ジョン・ロスト、巨石（メンヒル）より。

カトリーヌ、川は海とは違う。海は要求するが、川は与えてくれる。川がたそがれどき、灰

色がかった青で昼をしめくくるとき、わたしたちは満足と、安息と、憂愁と、鏡のようになめらかな晩の平安を心にためこむ。きみがパンの中身をこねて、胡椒の目をつけてつくってくれたタツノオトシゴをまだ持っている。このタツノオトシゴには至急パートナーが必要だと、ジャンノ・Ｐは思っている。

カトリーヌ、川で生活する者は旅の途上にある。彼らは離島について書かれた本を愛読する。もしも水の民が、明日どこに寄港するかわかっていたら、病気になるだろう。その気持ちはわかる。ＰからＪ・Ｐになった者より。さしあたり住所不定。

そしてペルデュは川の上の夜空に、息をする星があるのを見つけた。ある晩は明るく光っていたかと思うと、次の晩には光が薄くなり、その次はまた明るくなる星。そう見えたのは、もやが立ちこめていたせいでも、老眼鏡のせいでもなかった。自分の足下から目を上げるのに、時間をどれだけかけたかによる。

星はゆっくりと呼吸しているかのようだった。呼吸をしながら地上の盛衰を見ている。たくさんの星が恐竜を見、ネアンデルタール人を見、ピラミッドが建設される様を、コロンブスがアメリカを発見するのを見てきた。星々にとって地球は、宇宙という計り知れない広さを持つ海に浮かぶ島のひとつにすぎない。そしてその島の住民は驚くほど……小さい。

25

一週目の終わりに、ペルデュたちはブリアール市の役人から、シーズン営業を申請するか、直ちに出航するようにいい渡された。その役人はアメリカのスリラー小説の熱狂的なファンだった。

「今後はどこに寄港するか注意を払うように。フランスの官僚機構には元来、穴がないからね」

食料、電気、水を補給し、川で暮らす親切な人たちの名前と携帯電話の番号を数名分手にして、ペルデュたちはロワール川の並行運河に入った。まもなく古城、樹液のにおいがする緑濃い森、ソーヴィニヨンやピノ・ノワールを栽培するブドウ畑が現れた。

南へ行けば行くほど、夏も盛りになり暑くなっていった。ときどき船上の甲板でビキニ姿で日光浴をしている女性たちを見かけた。

川沿いの緑野には、ハンノキやブラックベリーの若木や野ブドウが魔法の原始林を形成していて、緑に輝く光に照らされて森の細かいちりがきらきら舞っている。木々の間から湿原が顔をのぞかせ、ニワトコの実やかしいだブナも見える。

クーネオは静かに流れる川から次々に魚を釣り上げた。長く平らな砂洲には、アオサギやミサゴ、アジサシがいた。ヌートリアを狩りに、あちこちの藪(やぶ)からビーバーが出てくる。そこには古(いにしえ)の豊(ほう)穣(じょう)なフランスがあった。芳醇(ほうじゅん)で豪奢(ごうしゃ)。葉の緑にあふれ、人の手の入っていない自然が眼前に現れた。

ある晩、使われなくなり荒れ果てた牧場に接岸した。静かだった。波音さえ聞こえない。それにモーター音もどこからも聞こえてこない。ミミズクが数羽、川の上でときどき鳴くが、あとは完全に三人だけだった。

ロウソクを灯して夕食をとった後、三人は枕と毛布を甲板に引きずり出して広げた。そして男三人、頭を合わせる形で三角の星形を作り、寝そべった。

明るい帯のような銀河が頭上に見えた。

圧倒的な静けさ。夜空は三人を吸いこみそうなほど深く青い。

マックスがジョイント（紙を巻いてタバコの形にした大麻）をどこからともなく取り出した。

「強く反対すべきところだろうな」ペルデュが気持ちよさそうにいった。

「船長、これはですね、オランダ人のお客さんのひとりが、お金がないからってウェルベックの本と引き換えによこしたんですよ」

マックスはジョイントに火をつけた。

クーネオが鼻をくんくんさせた。

「セージを燃やしたような臭いがする」

彼はジョイントを受け取ってじっくり眺め、短く慎重に吸った。

「げっ、樅（もみ）の木でもなめたような味だ」

「肺の奥まで吸いこんで、できるだけ肺に充満させないといけない」マックスが忠告し、クーネオはそれに従った。

「おお、なんとも芳醇な香り」クーネオはいった。

ペルデュはそっと吸引し、口の中でころがした。コントロールを失うのはこわいと思いつつ、心の片隅ではまさにそれを切望していた。

今なお、時間と習慣と凝り固まった不安がコルク栓のようにペルデュの心に蓋をしていて、哀しみの感情が噴き出るのを抑えていた。石化した涙の中にでも住んでいるようで、その涙が心の中に別なものが場所を占めるのを邪魔していた。

まだマックスにも、クーネオにも、これまでの人生と自分をつないでいたロープを断ち切らせた女性が、とっくに灰になっていることを話していない。

自分を恥じていることも話していない。恥に突き動かされていることも話していなければ、ボニューに行ったところで何をすべきかも、何を期待しているかもわかっていないことも話していない。

平安？　まだそれを得るには値しない。

まあ、もう一回吸引しても、たいしたことないだろう。

今度は胸の奥まで吸いこんだ。のどに広がった煙は痛くなるほど熱かった。

海の底にいるような気がした。重い空気でできた海。水底はとても静かだ。ミミズクまでも鳴くのを止めていた。

「星がいっぱい」クーネオが呂律（ろれつ）の回らぬ舌でつぶやいた。

「空の上を飛んでるのかも。地球は円盤だってことで」マックスがいった。

「じゃなきゃ、まな板かもな」クーネオがしゃっくりをした。

クーネオとマックスは吹き出し、大笑いした。川面に笑い声が響き渡り、茂みの中にいた子ウサギが驚いて飛び上がり、心臓をばくばくさせて巣穴にもぐりこみ、身を伏せた。

ペルデュの瞼が夜露に濡れた。彼は笑わなかった。空気の海が胸を圧迫していて、胸郭を上げることさえできそうになかった。

「クーネオ、あなたの尋ね人は、どんな人だったんですか？」笑いが収まると、マックスが訊いた。

「きれいで、若くて。それに肌が日に焼けて褐色だった」クーネオはそう答えてから一瞬言葉を切り、それから先を続けた。

「あそこを除いてね。そこだけはミルククリームのように白かった」

そしてため息をついた。

「とても甘い味がした」

星がいくつか瞬いたかと思うと、輝きながら視界を横切って流れた。

「惚れたせいで冒す愚行ほど素晴らしいものはない。そのせいで支払わされるつけもまた大きいがな」クーネオはそうつぶやいて、毛布を顎まで引き上げた。「愚行の大小は関係ない」

クーネオはふたたび、ため息をついた。

「たったの一晩だった。ヴィヴェットは当時、婚約していた。だがそれは、彼女は高嶺の花だというだけのことだった。特におれのような男にはな」

「外国人だから？」マックスが訊いた。

「いや、マッシモ、そうじゃない。問題は船乗りじゃなかったことだ」

クーネオはもう一度ジョイントを吸って、マックスに回した。

「熱病に襲われたみたいなもので、それがいまだに続いている。ヴィヴェットのことを考えるだけで、血が煮えたぎる。影を見ても、水面に映る光を見ても、彼女の顔が浮かんで見える。恋しくて夢にまで見る。だが一晩ごとに、いっしょに過ごせるかもしれない日々が短くなっていく」

「なんだか、ぼくはものすごく年を取ってて、ひからびてるような気がする。ふたりともものすごい情熱だよね！　ひとりは一晩かぎりの情事の相手を二十年も探している。そしてもうひとりは、すぐさま旅立った。ある人のために……」マックスはそこで言葉を切った。

　ペルデュは大麻で頭が朦朧（もうろう）としていたが、途切れた言葉に何かわだかまりを感じて、マックスを見た。何をためらったのだろう？　けれどもマックスがすぐにまた言葉を続けたので、ペルデュは引っかかったことを忘れた。

「ぼくは何を求めるべきか、まったくわからない。ひとりの女にそれほど夢中になったことは一度もない。いつもただ、この人じゃないってことだけはわかった。ある人はかわいいけど、自分の父親より収入が少ない奴を見下すところがあった。またある人は性格はいいけど、ちょっとしたウィットを理解するにもものすごく時間がかかった。また別の人はものすごくきれいだったけど、服を脱ぐたびに泣いた。ぼくはどうしてなのかわからなくて、もう寝る気がしなくなって、ぼくの一番大きなセーターで彼女を包んで一晩中しっかり抱いていた。これだけはいえるけど、女は後ろから抱きしめてもらうのが好きだね。だけど男は腕が麻痺して、膀胱（ぼうこう）が破裂しそうになる」

　ペルデュはもう一服した。

「きみのお姫様ももう生まれているさ、マッシモ」クーネオが確信に満ちた調子でいった。

「でもいったいどこにいるのさ？」

「今まさに会いにいく途上かもしれない。気づいてないだけでね」ペルデュはささやいた。

彼とマノンの場合がそうだった。ペルデュはあの日、マルセイユを発った。朝、列車に乗るとき、三十分後に運命の人に出会うとは、予想だにしていなかった。彼の人生を一変させ、人生の支柱をぐらつかせる女性に出会うとは。ペルデュは二十四で、今のマックスとたいして変わらない年だった。マノンと密会したのはたった五年の間だけ。その間ともに過ごしたわずかな日々の代償を、二十余年、苦痛と憧憬と孤独に苛まれて過ごすことで支払ってきた。

「でもあの時間がなければよかったとは、決して思わない」

「カピターノ？　何かいった？」

「いいや、考えていただけだ。いつからわたしの考えが聞こえるようになったんだ？　川に突き落とすぞ」

マックスとクーネオはけたけた笑った。

田舎の夜の静けさはますます現実味をなくしていき、男たちを今いる時と場所から引き離していった。

「カピターノ、それであなたの恋人は？　なんて名なんです？」

ペルデュは答えるのを躊躇した。

「すいません、よけいなことを訊いて……」

「……マノン。マノンっていうんだ」

「きっときれいなんでしょうな」

「春の桜のようにな」

目を閉じていれば、クーネオが深い友情をこめてやさしい声で問いかけた厳しい質問に答えるのもたやすかった。

「それに賢い、そうですね？」

「彼女はわたしのことをわたしよりよく知っている。彼女のおかげで……ものを感じることができるようになった。それに踊ることとも。愛さずにはいられなかった」

「かった？」誰かが訊いた。しかしとても小さい声だったので、マックスなのか、クーネオなのか、それとも自分を律する内なる声なのか、ペルデュにはよくわからなかった。

「彼女はわたしの居場所。わたしの笑い。わたしの……」

ペルデュは口をつぐんだ。死。それは口に出せなかった。その後に来る哀しみと直面するのがこわくてならなかったのだ。

「それで会ったら、なんていうつもりなんです？」

ペルデュは苦悶した。それで嘘にはならない、唯一の言葉をいうことにした。

「許してくれ、と」

クーネオはそれ以上訊かなかった。

「おふたりが本当にうらやましい」マックスがつぶやいた。「ふたりとも愛に生きている。憧れにね。それがどんなに突拍子のないものだとしてもね。それに引きかえ、ぼくは人生を無駄に過ごしているだけな気がする。息はしてるし、心臓は鼓動して血液を送り出してる。だけどどうやっても書けない。あっちでもこっちでも、世界が崩壊してるってのに、ぼくは甘やかされて育ったガキのように嘆いているだけ。生は不公平だ」

「死だけは誰にも等しく訪れる」ペルデュが乾いた調子でいった。

「それこそ、ほんとの民主主義だな」とクーネオ。

「えーと、死は政治的に過大評価されてると思うな」マックスはそういって、短くなったジョイントをペルデュに回した。

「ところで男は母親に似た女を探し求めるってよくいわれてるけど、それってほんとなんですか？」

「うーむ」ペルデュはうなって、リラベル・ベルニエに思いを馳せた。

「ああ、もちろん。だったらおれのことをしょっちゅう〈駄々っ子〉と呼んで、本を読んだり、自分にわからない言葉を使ったりするたびにびんたを喰らわすような女を探さなきゃならないことになる」クーネオは苦笑した。

「そうなるとぼくは、五十も半ばになってようやく嫌といえるようになり、値段を気にせず好きな物が食べられるようになる女性を探さなきゃいけないわけだ」マックスがいった。

　クーネオがジョイントを揉み消した。

「あのさ、サルヴォ、サルヴァトーレ」うとうとしかけた頃、マックスが訊いた。「サルヴォの話を書いてもいいかな？」

「とんでもない。いいか、マッシモ、自分の物語を探すんだな。おまえにおれのを取られたら、おれにはもう自分のがなくなっちまう」

「ならしょうがないか」マックスは深いため息をついた。そして眠そうな声で続けた。「ふたりとも、せめて……ぼくのために言葉をふたつ、みっつ、いってくれないか？　好きな言葉とかさ。おやすみのあいさつ代わりに」

クーネオは舌を鳴らした。

「ミルクスフレとか？　パスタ・キスとか？」

「わたしは何を表しているか、聞いてすぐにわかる言葉が好きだな」ペルデュはささやいた。目はすでに閉じていた。

「夕風。ナイトランナー。夏の子。反骨。小さい女の子が空想の鎧に身を包んで、なりたくないものと闘う姿が目に見えるようだよ。行儀良くするのも、やせてるのも、静かにするのも、もううんざり！　げーっ！　理性を敵にまわして闘う、小さな騎士〈反骨〉」

「へたをすると身を切りかねない」クーネオがつぶやいた。「耳や舌にかみそりの刃を当ててるようなものさ。規律。訓練。またの名は理性将軍」

「理性が口いっぱいに広がってるせいで、他の言葉は口の外に出られない」マックスが嘆いた。「それから笑って続けた。「あのさ、すてきな言葉を使うには、前もって買わなきゃならないとしたらどうかな」

「だとしたら、人によっては言葉の下痢をおこして、すぐに破産するだろうよ」

「それから金持ちが幅を利かせるようになるだろうな。重要な言葉は彼らがみんな買い占めるだろうから」

「〝愛している〟が一番高価になるだろうな」

「嘘のために使うときは、値段が二倍になったりして」

「貧しい者は言葉を盗まなきゃならなくなる。あるいは口でいうんじゃなく、行動で示す」

「えーと、それはみんなそうすべきなんじゃないか。〝愛する〟は動詞だから、だから……それをするんだよ。語るよりも行動。そうだろ？」

まずい、ジョイントが効いてきた。

それからしばらくしてクーネオとマックスはくるまっていた毛布から這い出て、甲板の下にある寝床へのそのそと向かった。

完全に姿を消す前に、マックスはもう一度ペルデュの方を振り返った。

「なんだい、ムッシュ」ペルデュは眠そうにいった。「眠るのにもうひとつ言葉がいるのかい？」

「ぼくは……いえ。ただちょっといいたかっただけで……あの、えーと、ぼくは、あなたのことがほんとに好きです。たとえ……」

マックスはまだ何かいいたそうだが、どういっていいのかわからないようだ。

「わたしもきみが好きだよ、ムッシュ・ジョルダン。とってもね。友だちになれたらうれしいよ。マックス」

ふたりの男は見つめ合った。月の光だけがふたりの顔を照らしていた。マックスの目は暗かった。

「ええ、ええ、ジャン。ぼくも……あなたの友だちになれたらうれしいです。いい友だちになれるよう、努力するつもりです」

ペルデュには、マックスの真意がよくわからなかった。たぶんジョイントのせいだろう。そう思うことにした。

ひとりになったペルデュは、そのままそこに寝ていた。夜のにおいが変わりはじめた。どこからか、かすかな香りがただよってきた。これは……ラベンダー？

心の中で何かが動いた。

マノンに出会う前、まだ若者だった頃のことを思い出した。あのときもラベンダーの香りで今と同じように心が動いた。衝撃のようなものを感じたのだ。まるで遠い未来にその香りが憧れと結びつくことを予感していたかのように。苦悩と。愛と。ある女性と結びつくことを。

ペルデュは深く息を吸って、思い出に浸った。そうだ、もしかしたらマックスの年の頃にはもう、後にマノンによって呼び起こされる衝撃を予感していたのかもしれない。

ペルデュはマノンが縫った旗を船首からはずして、平らに伸ばした。それからひざまずいて本の鳥の目に額を当てた。かつてマノンが血をたらした場所、今は乾いて暗い染みになっている場所に。

マノン、わたしたちの間には夜が続いている。

ペルデュはひざまずき、頭（こうべ）を垂れてささやいた。

「夜と昼、大地と海。
たくさんの命が生まれては消えていく。
そしてきみはわたしを待っている。
どこか隣の部屋で。
知りながら、愛しながら。
わたしの想いの中では、きみは今でもわたしを愛してくれている。
きみは不安だ。わたしの石の心をけずる不安。
きみは命だ。わたしの中で希望を抱かせてくれる命。
きみは死だ。わたしが恐れる死。
きみとの運命的な出会い。

きみにいうべきことをいっていない。

わたしの哀しみも。記憶も。

わたしの中にきみが占める場所。ともに過ごした時間。

わたしたちの星を見失ってしまった。

きみは許してくれるだろうか？

マノン？」

26

「マックス！　次の恐怖の部屋が待ち構えているよ」

マックスがのそのそやってきた。

「閘門番の番犬にきっとまたおしっこをかけられるよ。賭けてもいい。これまでに千回はかけられた気がする。それに水門を開けるのに硬いハンドルを何度も回したんで、指がおかしくなってる。この繊細な手がいつかまた文字を愛撫できるようになるかな？」水ぶくれができている赤い手を指し示してマックスは文句をいった。

牛が放牧地から川に入って水浴びしているところや、かつて領主の愛妾（あいしょう）が住んでいた優雅な城がある緑地を通り過ぎ、サンセールの手前までやってきた。

ワインの村は見晴らしのいい丘の上に鎮座していて、ロワール渓谷の二十キロメートルにわたる自然保護区の南端を形成している。

シダレヤナギが指先でたわむれるように枝を川面に垂らしている。本の船は緑の動く壁に抱かれていた。その壁はだんだん船に迫ってくる感じがした。

実際、その日通った閘門ではどこでも、興奮した番犬に吠え立てられた。うるさい番犬は、閘室内で水が増減する間、本の船を固定するためにマックスがロープを投げた係船杭に、決まっておしっこをひっかけた。

マックスが指先でロープをつまむようにして甲板に投げた。

「へい、カピターノ！　クーネオがやるよ。任せとけって」

短足のイタリア人は夕食の材料を脇にのけ、花柄のエプロンをつけたまま梯子を上ってきた。上までくると、派手なミトンを手にはめて、固定用のロープを蛇のように前後に振った。犬はひるんですごすごと立ち去った。

水の注入口を開けるためのハンドルを、クーネオは片手でいとも簡単に回した。ストライプシャツの半袖の下から、筋肉が盛り上がっているのが見えた。クーネオはゴンドラ乗りを思わせるテノールで歌いはじめた。

「ケ・セラ・セラ……」閘門番のいないすきを見て、歌声にうっとりしている妻の方に目くばせをした。閘門番には通過するときに缶ビールをひとつ渡した。クーネオはそのお返しに笑みと情報をもらった。ただし情報といっても、サンセールで今晩ダンスパーティが開かれることや、次の次の港の港長がディーゼルオイルを切らしていることくらいで、クーネオが欲しい肝心の情報はえられなかった。月夜号はもう長いこと通過していない、最後に見たのは元大統領のミッテランが存命中の十数年前だったという。

ペルデュはクーネオの反応を観察していた。

この一週間、同じ返事をさんざん聞かされていた。「いいえ」「いいえ」「いいえ」閘門番に、港長に、船長に、それどころか川辺から〈文学処方船〉に手招きする客にも、クーネオは尋ねた。

礼をいうクーネオの顔は穏やかで変わることがない。希望を失わずにいられるのは確信があるからだろうか？　それとも探すのがクセになっているだけだろうか？

クセというのは虚栄心の強い危険な女神だ。支配に逆らうことを決して認めない。別のことに挑戦しようという希望をも抹殺する。旅への憧れ、別の仕事への憧れ、新しい恋への憧れ。すべてを抹殺する。望みどおり生きることを妨害する。そうするのがクセになってしまうと、したいかどうかなど、もう考えなくなる。

操舵輪の前にいるペルデュのところにクーネオがやってきた。

「へい、カピターノ、おれは失恋した。それであいつは、あいつは何をなくしたんだ？」

ペルデュとクーネオはマックスの方を見た。マックスは甲板の手すりに寄りかかって、水面を見ていた。心ここにあらずという風情だ。

マックスはめっきり口数が減り、ピアノも弾かなくなった。

いい友だちになるよう努力する、と彼はペルデュにいった。それにしても「努力する」とはどういう意味だろう？

「ミューズが欠けているのさ、シニョーレ・サルヴァトーレ。マックスはミューズと契約をして普通の人生を放棄した。だがミューズが去ってしまった。彼にはもう人生がないんだよ。普通の人生も、芸術家の人生もね。だからそれを探しているのさ。外の世界でね」

「なるほど、カピターノ。ひょっとしてあいつは自分のミューズを十分に愛さなかったんじゃないかな？　だとしたら、もう一度ミューズに求愛しないといけない」

作家はあらたにミューズと結婚できるものだろうか？　マックスとクーネオとペルデュは野生の花が咲き乱れる野原でブドウの枝を燃やし、裸で踊りまわればいいのだろうか？

「ミューズっていうのはどんな女なんです？　猫のようですか？」クーネオが訊いた。「だったら愛して欲しいとねだっても嫌われるだけだ。それとも犬のようかな？　別の女の子と寝たら、ミューズに焼(や)き餅(もち)を焼かせられるかな？」

ミューズは馬のようだとペルデュが答えようとしていると、マックスが大声をあげた。

「シカだ！　ほら、あそこ、水の中！」

たしかに、前方にシカがいる。疲れ果てた若い雌ジカが運河に流されないよう必死にもがいている。背後に現れた巨大な船を見て、シカはパニックに陥った。

シカは何度も運河の法面(のりめん)（内側の斜面）に足をかけようとした。しかし人工の運河の垂直な壁には足がかりがない。押し流されまいと水に逆らうのはまず不可能だ。

浮き輪を投げてシカをつかまえようと、マックスは手すりから身を乗り出している。

「マッシモ、やめろ。落ちるぞ……」

「だけど助けてやらないと！　自力じゃ水から抜け出せない。このままだと溺れちまう！」

マックスはロープを結んで輪を作り、シカに向かって何度も投げた。ところがそのせいでシカはますますパニックに陥り、一度水に沈んで、また浮き上がった。

恐怖で見開かれたシカの目がペルデュを捉えた。

「落ち着いてくれ」ペルデュは心の中で念じた。「わたしたちを信じて、じっとしていてくれ……どうか信じてくれ」ルル号の出力を落とし、ギアをバックに入れ、船を止めようとした。しかし船はさらに数十メートル前進し、シカに追いついてしまった。

ロープが近くの水面を叩くたびに、シカは体をばたつかせてもがいた。まだ若くて細い頭を船に向けたとき、茶色の目はパニックと死の恐怖で大きく見開かれていた。

それからシカは悲鳴をあげた。

半ばかすれた哀しげな声。半ば懇願するようなか細く高い声。

クーネオは運河に飛びこもうと、急いで靴とシャツを脱いだ。

シカは何度も悲鳴をあげた。

ペルデュは必死に頭をめぐらせた。接岸した方がいいだろうか？　岸の側からシカをつかまえて引き上げられないだろうか？

ペルデュは船を岸に寄せた。船体が運河の岸壁をこすった。

シカはいまだに叫んでいる。かすれた絶叫。動きがだんだん鈍くなってきた。岸壁に足をかけようと水をかく前脚の力が弱くなっている。どうやっても足がかりが得られない。

クーネオは下着姿で手すりに寄りかかった。岸壁によじ登れなくては雌ジカを助けることなどかなわない。それにルル号の側面は、抵抗してもがくシカを引き上げるには高すぎるし、シカをかかえて避難梯子をよじ登ることもできない。

ようやく接岸すると、マックスとペルデュはすぐさま岸に飛び下り、下草をかきわけてシカのいるところまで駆けもどった。

そうこうするうちにシカはペルデュたちのいる側の岸から身をもぎはなし、対岸に行こうともがいていた。

「なんで助けさせてくれない?」マックスがつぶやいた。頬を涙がつたった。

「こっちへおいで! ばか、こっちへこいったら!」マックスはかすれ声で叫んだ。

今はもう、ただ見守るしかなかった。

シカはか細い声で鳴き叫びながら向こう岸によじ登ろうとしている。

そして声が止んだ。シカは運河の岸壁から滑り落ちた。

それでもなんとか水面に頭を出している。ペルデュとマックスはそれを黙って見ていた。シカは何度もふたりを見ては、水をかいて逃げようとした。

不信に満ちた恐怖の眼差しと抵抗に、ペルデュは強い衝撃を受けた。

もう一度だけ、シカは叫んだ。長い絶叫の声。

そして声が止んだ。

シカは沈んだ。

「ああ、神様、どうかお願いです」マックスがつぶやいた。

ふたたび浮き上がったとき、シカの体は横になっていて、頭は水中に沈んでいた。前脚がぴくっと動いた。

太陽が輝き、蚊が躍っていた。どこか藪の中で、鳥がぎゃっぎゃっと鳴いた。息絶えたシカの体が水面でぐるぐる回っていた。

マックスは顔をぐしょぐしょにして泣いた。それから水中に滑りこみ、シカのところまで泳いでいった。

ぐったりしたシカの亡骸（なきがら）を、マックスがペルデュのいる岸まで後ろ手でひっぱってくるのを、ペルデュとクーネオは黙って見ていた。マックスは細い濡れた亡骸を全力で持ち上げ、ペルデュがそれをつかまえて、どうにかこうにか岸に引き上げた。

シカは汽水（きすい）と森の土と都市の外にある古の世界のにおいがした。濡れた体には剛毛が生えていた。太陽に照らされた温かい地面にシカをおろしてから、ペルデュはシカの頭を自分の膝にのせた。奇跡が起きてシカが身を揺すり、ふらつく前脚でよろよろと立ち上がり、下草の中へ逃げこんでくれたらどんなにいいか。

若いシカの胸をさすった。背中をこすり、頭をなでた。触ることで呪いが解けるとでもいうように。細い体にはまだぬくもりが残っている。

「生き返ってくれ。頼む」ペルデュは小声で懇願した、何度も膝の上の頭をなでた。

シカの茶色い目は輝きを失い、あらぬ方を見ていた。

マックスは両手を伸ばして背泳ぎをしていた。

クーネオは甲板上で両手に顔をうずめていた。

男たちは誰一人、互いの顔を見ようとしなかった。

27

三人は黙ったままロワールの並行運河をたどってブルゴーニュを南へ向かった。うっそうと生い茂る緑の木々が運河をおおうアーチをいくつもくぐり抜ける。ブドウ畑は広大で、ブドウの木が列をなして地平線の彼方まで続いている。どこも花盛りで、閘門や橋まで花でおおいつくされている。三人は黙って食事をし、川辺の客に無言で本を売り、互いに目を合わせないようにしていた。晩になると、それぞれ本を手に船の片隅に引っこんだ。二匹の猫は途方に暮れて、三人の間を行ったり来たりしたが、三人を孤独の殻から引っ張り出せなかった。猫が頭をこすりつけても、探る目で見ても、いぶかしげに鳴いても、答えは返ってこなかった。

シカの死が三人で作っていた三角の星形をくずしてしまった。今はまたそれぞれひとりで、複雑でみじめな時の中をただよっていた。

ペルデュは長時間、〈感情の事典〉用の罫線入りノートを広げてすわっていた。窓の外に目を向けてはいるが、実際には何も目に入っていなかった。空の色が赤いトーンからオレンジのトーンへと刻々と変わっていく様も目に入っていない。まるでとりとめのない考えが詰まったシロップの中を歩いているかのようだった。

翌晩、ヌヴェールを通過し、少し議論した後——「ヌヴェールに寄港すればよかったのに。あそこなら本が売れたはずだ」「ヌヴェールには本屋がいくつもあって誰も本を買うのに困らない。それでいて軽油を売ってくれる者がいない」――結局アプルモン＝シュル＝アリエ近郊の閘門より少し手前で接岸した。蛇行するアリエ川にへばりついているようなその場所に、クーネオの知人が住んでいるのだ。石の彫刻家で、家はアリエ川と村の間にあった。

「フランスの庭」と称されるその美しい村からディゴワンまでは、もうすぐそこ。ロワール川の並行運河を経てディゴワンから中央運河に入り、ソーヌ川へ、さらに支流のセイユ川に入れば本の町キュイズリーへ行き着ける。

カフカとリンドグレーンは狩りをしようと川岸の森の中へ走っていった。ほどなく数羽の鳥が森から飛び立った。

男三人は村の中を歩いた。ペルデュはまるで十五世紀に迷いこんだような気がした。

樹冠がこんもりした高木、まったく舗装されていない道、黄色い砂岩とバラ色がかった黄土、赤いこけら葺(ぶ)きの数軒の家。農家の庭先の花やあちこちにからまっている蔦(つた)まで、騎士や魔女のいた時代のフランスを彷彿とさせる。かつての石の彫刻家が住む村のてっぺんには、小さな城があった。城の正面壁は、まもなく沈もうとする夕陽を浴びて赤みがかった金色に輝いていた。近代的な自転車だけが全体の調和を乱している。アリエ川の岸辺に自転車旅行者たちがすわってピクニックをしているのだ。

「いやにこぎれいなところだな」マックスが皮肉った。

三人はがっしりした古い塔の背後の花園を横切った。バラ色、赤、白の花が咲き乱れている。その香りと光景にペルデュは頭がくらくらした。大きな藤の花がアーケードのように庭の小径に頭を垂れている。湖の中にはぽつんと仏塔がひとつ建っていた。飛び石をつたわないと、そこまでいけないようになっている。

「ここにはちゃんと人間が住んでるのかな？　それともエキストラ？　アメリカ人向けのアトラクションってことはないかい？」マックスがつっかかるように訊いた。

「ああ、マックス、ここには人間が住んでるさ。他の人間よりもほんの少し現実に逆らってる人間がな。そうさ、アプルモンはアメリカ人用のアトラクションなんかじゃない。美しい物を集めた村なのさ」クーネオが答えた。

クーネオは大きなシャクナゲをかきわけ、背の高い古い石壁に隠れていた小さな門を押し開けた。手入れの行きとどいた芝生のある広い庭があり、奥には大きくて立派な邸宅が見えた。背の高い両開きの窓、小さな塔、左右の翼、そしてテラス。

ペルデュはなんだかそわそわしてきた。知らない人の家に押しかけるところだと思うと、体が緊張で硬くなる。庭を横切ると、ブナの木の下に女性がいた。裸で派手な帽子をかぶり、椅子にすわってキャンバスに絵を描いている。隣には古風な英国風のサマースーツを着た男性が、キャスター付きのピアノに向かってすわっていた。

「ヘイ！　そこの口元がすてきなきみ、ピアノは弾ける？」三人の男を見て、裸の女性が声をかけてきた。

マックスは頬を赤らめ、うなずいた。

「だったら何か弾いて！　色が踊りたがってる。兄さんはラとシの区別もつかなくてね」

マックスはいわれるままピアノに向かった。裸の女性の胸は極力見ないようにした。左の乳房しかなかったからだ。胸の右側には赤い細い線が残っていて、そこに丸く張った若々しい片割れがあったことを物語っていた。

「好きなだけ見て。そうすれば好奇心が収まるでしょ」女性はいった。そして帽子を取って全身をさらした。そり上げた頭に産毛が生えている。癌に冒された体。生き残ろうと闘っている体。

「何か好きな曲がありますか？」マックスはどぎまぎしながら訊いた。

「あるわよ。たくさん！」彼女は身をかがめて、マックスの耳元に何かささやき、また帽子をかぶり、期待に満ちたしぐさでパレットに溶いた赤い絵の具に絵筆を入れた。

「よし、準備オッケー。それからエライアと呼んで！」

ほどなく『フライ・ミー・トゥ・ザ・ムーン』が流れた。マックスはその曲をすてきなジャズバージョンで弾いた。画家の女性はメロディーに乗せて絵筆を動かした。

「ジャヴィエの娘だ。幼い頃から癌と闘っている。どうやらまだ勝ち続けていると見える。うれしいよ」クーネオがささやいた。

「嘘！　信じられない。——今になって突然現れるなんて」

ペルデュと同じ年くらいの女性がテラスから出てきて、クーネオが広げた腕に飛びこんだ。目が信じられないほどうれしそうに笑っている。

「まったくあなたって人は！　ジャヴィエ、見てよ、誰が来たと思う？　〈石みがき〉よ！」

着古したざっくりしたコーデュロイのズボンをはいて、ヘンリーネックのシャツを着た男が家の中から出てきた。

屋敷は近くから見ると、それほど立派ではなかった。どうやら金色のシャンデリアが輝き、一ダースも使用人が働いていた栄光の時代はとっくに過ぎ去ったようだ。

　目が笑っている女性がペルデュの方を向いた。

「こんにちは。フリントストーン家へようこそ」

「こんにちは。わたしの名前は……」いいかけたところで、ペルデュはさえぎられた。

「あら、名前なんていいの。ここではそんなものいらない。誰でも好きなように名乗ればいい。あるいは何ができるかいえばね。何か特別によくできることがあって？　それとも何か特別な方？」

　濃い茶色の目がきらきら輝いた。

「おれは〈石みがき〉だよ！」クーネオがいった。彼はこの遊びを心得ていた。

「わたしは……」ペルデュはいいかけた。

「彼のいうことを真に受けちゃだめだ、ゼルダ。魂の読み手なんだから」クーネオがいった。「名前はジャン。きみが夜、安眠できるよう、必要な本をなんでも手配してくれるはずだよ」

　ジャヴィエに肩をたたかれて、クーネオは振り返った。

　ゼルダはペルデュの顔をしげしげと見つめた。

「そうなの？　そんなことができるの？　だったらあなたは奇跡を起こせるのね」

　笑っている口元が少し悲しそうにゆがんだ。

　目は庭のエライアに向けられていた。

　マックスは今、癌を患う娘のために『ヒット・ザ・ロード・ジャック』を速いテンポで弾いていた。

　ゼルダは疲れているに違いない、とペルデュは思った。死がもう何年もこの美しい家に棲(す)みついていることに。

「えー、名前……名前はついているんですか？」ペルデュは尋ねた。

「名前って、何にですか？」

「エライアの体に棲んで眠っているもの、あるいは眠っているように見せかけているものにです」

ゼルダは無精髭の生えたペルデュの頬をさっとなでた。

「死との付き合い方をよく御存知のようね」彼女は悲しげに微笑んだ。「癌はルポっていうの。エライアが九歳のときにそう名づけたのよ。コミックに出てくる犬の名前みたいでしょ。同じ家に住むように、同じ体に住んでいるところを思い描いたの。家をシェアするように体をシェアしているわけ。ルポがときどき関心を引こうとするのを、エライアは尊重している。そう思う方が、癌が自分を滅ぼそうとしていると考えるよりよく眠れるといってね。だってどこの誰が自分の家を破壊しようとするかしら？」

ゼルダは娘を見ながら、愛情たっぷりに微笑んだ。

「二十年以上、ルポは我が家に住んでいるのよ。そろそろルポも年を取って、疲れてきているんじゃないかしらね」

彼女はそういうと、ふいにペルデュから離れて、クーネオの方を向いた。あからさまに話してしまってきまり悪くなったのかもしれない。

「それであなたは、ずっとどこにいたの？ ヴィヴェットは見つかった？ 今晩はここに泊まるんでしょう？ さあ、すっかり話してちょうだい。それから料理を手伝って」ゼルダはクーネオを促して腕を取った。右側からジャヴィエがクーネオの肩に腕を回した。その後にエライアの兄のレオンが続いた。

ペルデュは自分が余計物のように感じた。庭をぶらぶら歩いて、隅のブナの木陰に石のベンチを見つけた。ここなら誰からも見えない。けれどもこちらからはすべて見える。

家の方をうかがった。次々に明かりが灯っていき、住人が部屋の中を動いていく様子が手に取るようにわかる。クーネオがゼルダといっしょに広いキッチンで料理をしている。ジャヴィエはレオンとともに食卓についてタバコを吸いながら、ときどき何か訊いているようだ。

マックスはピアノを弾くのを止め、エライアと小声で話をしている。それからふたりはキスをした。

しばらくしてエライアはマックスを連れて家の奥へ入っていった。

そのすぐ後、出窓に明かりが灯った。膝をついてマックスの上に身をかがめているエライアの影が見えた。彼女はマックスの上で動きはじめ、自分の心臓のあるところに彼の手をもっていった。彼女がルポから一夜を奪いとり、自分だけのものにする様をペルデュは見ていた。

エライアが丈の長い寝間着用のTシャツを着て軽い足取りで部屋から出ていき、キッチンに入って食卓の父の隣にすわったときにも、マックスはまだそこにいた。

まもなくマックスもキッチンへやってきた。そしてテーブルセッティングを手伝い、ワインを開けた。庭の隠れた場所からペルデュはなにもかも見ることができた。エライアは自分に背を向けているマックスをちらちら見ている。まるで大がかりないたずらを楽しんでいるかのように。マックスはエライアが自分を見ていないとき、おずおずと熱っぽい笑みを彼女に向けた。

「マックス、死と隣り合わせの女性に恋をするもんじゃない。とても耐えられたものじゃないぞ」

ペルデュはつぶやいた。

胸がきゅっとなった。そして何かがのどを通って込み上げ、口の外へ飛び出した。

ひきしぼるような嗚咽。

あの叫び。シカの断末魔の叫び！　ああ、マノン。

そして涙が込み上げてきた。

ペルデュはやっとの思いでブナの木に身を寄せ、両手を幹の左右に押しつけた。

彼はすすり泣いた。泣きに泣いた。これまでにないほどに泣いた。

木にしがみつく。汗が噴き出す。口から泣き声がもれるのが聞こえた。まるでダムが決壊したかのようだった。

どのくらいの時間、そうしていたのかわからない。

数分間？　十四、五分？　それとも、もっとだろうか？

両手に顔をうずめて泣いた。深い絶望的な嗚咽が止むまで。まるで皮膚の発疹を破って、中の膿を押し出そうとするかのように。残ったのは疲れ切ったからっぽの体。それからなじみのないぬくもり。涙によってエンジンが起動されたかのよう。その力がペルデュを立ち上がらせ、庭を横切らせた。ペルデュはそのまま広いキッチンに駆けこんだ。

まだ食事は始まっていなかった。奇妙なことに一瞬、幸せを感じた。知らない家族が自分を待っていてくれた。自分は余計物ではなかったのだ。

「もちろんパテは絵のように……」クーネオが熱っぽく語っているところだった。

クーネオは途中で言葉を切り、みんないっせいにペルデュを見つめた。

「ああ、やっと来ましたか！　いったいどこにいたんですか？」マックスが訊いた。

「マックス、サルヴォ、話さなけりゃならないことがある」ペルデュは切り出した。

28

それをいうこと。実際に口に出して、その響きを耳で聞くこと。ゼルダとジャヴィエのキッチンに、赤ワインがなみなみと注がれたグラスとサラダボウルの間に投げだされた言葉。それは何を意味しているのか。

「彼女は死んでいる」

彼はひとりぼっちだということだ。

死には例外がないということだ。

小さな手がペルデュの手を握った。

エライアだ。

エライアはペルデュを引っぱってベンチにすわらせた。ペルデュの膝はふるえていた。

ペルデュは順番に顔を見た。最初にクーネオ、それからマックス。

「急ぐ必要はないんだ。マノンはすでに二十一年前に死んでいる」

「なんと！」クーネオの口から思わず嘆声がもれた。

マックスは大きく息をつくと、シャツのポケットに手を入れた。

そして新聞の切れ端を引っ張り出した。四つ折りになっている。マックスはそれをペルデュに渡した。

「ブリアールにいるときに、これを見つけたんです。プルーストの本にはさんでありました」

ペルデュはその切れ端を広げた。

死亡広告だ。

当時ペルデュはそれを、〈文学処方船〉の本棚から適当に本を抜いてはさんだ。それからしばらくして、それがどの本で、何千冊も並んでいる棚のどこに入れたか忘れてしまった。

ペルデュは紙をなでて延ばして、また折ってからしまった。

「でも何もいわなかった。あいまいな言い方でごまかされているとわかっていたのに。いや、この際はっきりいうべきだろう。嘘をつかれているとわかっていたのに。それなのにきみはそれを自分の胸にしまっておいた。嘘だと知っていることを。そしてわたしが自分にも嘘をついているとわかっていることを。わたしが……」

自分でいう気になるまで。

マックスは軽く肩をすくめた。それから小声でいった。

「ええ、もちろん。ほかにどうすればよかったっていうんです？」

廊下で箱時計がチクタクいっている。

「ありがとう……マックス」ペルデュはささやいた。「ありがとう。きみはいい友だちだ」

ペルデュは立ち上がった。マックスも腰を上げ、ふたりは食卓をはさんで抱き合った。妙にぎょうぎょうしく、ぎこちない抱擁だった。だがペルデュは、マックスを抱きしめたことでものすごく気持ちが楽になった。心がまた通い合ったのだ。

　また涙がでてきた。

「彼女は死んでいる。マックス、ああ、神様！」ペルデュはマックスの首に顔を押しつけ、声を詰まらせていった。マックスはペルデュをさらに強く抱きしめた。膝を食卓にのせて身を乗り出して、皿とグラスとサラダボウルを脇にのけた。ペルデュを抱きしめるために。強くしっかりと。

　ペルデュが泣くのは、これが二度目だった。

　ゼルダは嗚咽をもらしそうになるのをこらえた。

　エライアは涙をぬぐいながら、とてもやさしい目でマックスを見ていた。ジャヴィエは背もたれに寄りかかって、一部始終を見ていた。片手で髭をいじり、もう一方の手で指にはさんだタバコを回しながら。

　クーネオは下を向いていた。

「もういい」ひとしきり泣きじゃくった後で、ペルデュはささやいた。「もういい。大丈夫だ。ほんとうだ。何か飲み物をもらえませんか」

　ペルデュは大きく息を吐いた。奇妙なことに笑いたくなった。できることならゼルダにキスをして、エライアと踊りたいとさえ思った。

　彼は当時マノンの死を悼むことを自分に禁じた。なぜなら……自分は公にはマノンの人生に存在していなかったから。マノンの死をいっしょに悼む者がいなかったから。ひとりだったから。まったくひとりで、マノンのことは誰にもいえなかったから。

今日までは。

マックスはまた椅子に腰を落ち着け、みなそれぞれ皿とグラスを置き直した。ナイフやフォークがタイル張りの床に落ちた。ジャヴィエが口を開いた。

「よし、それじゃもう一本ワインを開けよう」

活気がもどってきた。ところが……。

「ちょっと待ってくれ」クーネオが小さい声でいった。

「えっ？」

「お願いだ。ちょっと待ってくれ」

クーネオはまだ下を向いたままだ。何かが顎をつたってサラダのドレッシングの上に落ちた。

「カピターノ。マッシモ。親愛なるゼルダに我が友ジャヴィエ、かわいいおちびのエライア」

「それにルポも」エライアがささやいた。

「おれも、告白したいことがある」

クーネオはがっしりした胸の上に頭を垂れたままいった。

「じつはその……。ヴィヴェットはおれが愛した女で、この二十年間、彼女を探してフランス中の川を旅してきた。マリーナという港という港を探しまわった」

みんなうなずいた。

「それで？」マックスがおそるおそる訊いた。

「じつをいうと……あの人はラトゥールの市長と結婚している。二十年前からな。息子がふたりいて、信じられないくらいでかい、三重の尻をしている。おれは十五年前にあの人を見つけた」

「まあ」ゼルダが驚きの声をあげた。

「ヴィヴェットはおれのことを覚えていた。初めはマリオやジョヴァンニやアルノーと間違えたけどな」

ジャヴィエが身を乗り出した。目が怒りで燃えている。彼はゆっくりとタバコを吸った。

ゼルダが神経質に微笑んだ。

「冗談でしょ?」

「いや、ゼルダ。それでも、おれはヴィヴェットを探すのを止めなかった。ずっと昔の夏の夜に出会ったヴィヴェットを。本物をとっくに見つけたっていうのにな。いや、本物のヴィヴェットを見つけたからこそ、探し続けるしかなかった。それは……」

「病気だ」ジャヴィエが激しい調子でさえぎった。

「パパ!」エライアが驚いて叫んだ。

「我が友ジャヴィエ、すまない……」

「友だ? おまえはおれたち夫婦を欺いた! 我が家でな。七年前にここへやってきて……嘘八百を並べ立てた。おれたちは仕事を与えた。信用したんだ。おまえなんかをな!」

「説明させてくれ、なんでおれが……」

「お涙ちょうだいの話をして、おれたちの同情を買ったってわけだ。とんでもない話だ」

「そんなに大声を出さなくてもいいでしょう」ペルデュが口をはさんだ。「あなたを怒らせたくてしたわけじゃなし。彼がどんなにつらい思いをしているか、おわかりにならないんですか?」

「おれは怒鳴りたいときに怒鳴る。同類だからわかるんだろうよ。あんたも死んだ恋人のことで頭がどうかしているらしいからな」

「いくらなんでもいいすぎですよ、ムッシュ」マックスが抗議した。

「おれは出ていくよ」

「だめよ、クーネオ、お願い。ジャヴィエはいらだっているの。ルポの検査結果が出るのを待っているところだから……」

「おれはいらだってなんかいない。怒ってるんだ、ゼルダ。怒ってるんだよ」

「今すぐ出ていきますよ。三人ともね」ペルデュがいった。

「ああ、その方がいい」ジャヴィエは吐き捨てるようにいった。

ペルデュは立ち上がり、マックスも腰を上げた。

「サルヴォ?」

ようやくクーネオは顔を上げた。涙でぐしょぐしょに濡れていた。失意のどん底にあることが、その目から読みとれた。

「おもてなしに感謝します。マダム・ゼルダ」ペルデュはいった。

ゼルダは力なく微笑んだ。

「ルポとうまくやれるよう心から祈っているよ、マドモワゼル・エライア。辛いこともあるだろうが、お大事に」エライアに向きなおっていった。「それからムッシュ・ジャヴィエ、素晴らしい奥さんにこの先もずっと愛してもらえるよう願っている。それがどんなに特別なことか、いずれ気づくだろう。では失礼」

ジャヴィエはペルデュを殴りつけたそうににらんだ。

エライアは三人といっしょに暗い静かな庭を通り抜けた。コオロギが鳴いているだけで、後は夜露に濡れた草を踏みしめる靴音しかしなかった。エライアは裸足でマックスの隣を歩いた。

マックスはそっと彼女の手を取った。

船の前まで来ると、クーネオがかすれ声でいった。

「ありがとう……ここまで船に乗せてくれて。おれは荷物をまとめて出ていくよ、ジョヴァンニ・ペルディート」

「みずくさいことはいうな。夜更けにどこへ行くっていうんだ、サルヴォ」ペルデュはクーネオの言葉を一蹴した。

ペルデュは甲板に上がる梯子に足をかけた。クーネオはおずおずと後に続いた。

船首の旗を降ろすとき、ペルデュが少し笑って訊いた。

「三重のでかい尻だって？　いったいどんな尻なんだ？」

「まあ、それはその、三重顎が……後ろについているところを想像してもらえば」

「いや、それはやめておく」ペルデュはふき出さないようにするのに一苦労した。

「真面目に取ってませんね。まあ考えてもみてくださいよ。運命の人だと信じていたのが虚像だとわかった。馬の尻、馬の歯、それにどうやら広場恐怖症を患っているらしいし」

「広い場所がこわいっていうのか？　それは不安だな」

ふたりはおずおずと笑みをかわした。

「コーヒーか紅茶を選べるように、愛するか愛さないかも選べればいいのに。そうでなければ、恋人の死や失恋をどうやって乗り越えればいいのか」クーネオは力なくささやいた。

「もしかしたら乗り越えなくてもいいのかもな」

「そうですか？　乗り越えなくてもいい。それで……どうするんです？　失った相手におれたちは何を負わされてるんですか？」

ペルデュはまさにそれをずっと問い続けてきた。いくら考えても答えはわからなかった。

ついさっきまで。でも今ならわかる。

「ずっと心に抱き続けること。それが負わされている課題だ。死んだ者たちや潰えた愛をずっと心に抱き続ける。そうして初めてわたしたちは完全になる。失った者たちのことを忘れたり、心の中から追い出そうとしたりすれば……わたしたち自身も、もはや存在しなくなる」

ペルデュは月の光にきらめくアリエ川に目をやった。

「すべての愛。すべての死者。今を生きるすべての人間。すべては川なんだ。その川から魂の海ができあがる。彼らを思い出そうとしなくなれば、海の水も涸れてしまう」

ペルデュは強い渇きを覚えた。時がこれまで以上の速さで過ぎ去る前に、両手で生をつかまえたい。枯渇したくない。広く自由でありたい。海のように深く、満ちていたい。友が欲しい。愛したい。マノンがまだ心の中にいるのを感じたい。マノンが心の中で大波を立てるのを、自分と混じり合うのを感じたい。マノンは彼を変えた。決定的に。何のためにそれを否定する？　マノンがペルデュを今の彼にしたのだ。カトリーヌが、自分に近づくことを許した男に。

ふいにペルデュは悟った。カトリーヌがマノンの位置を占めることは決してないと。

カトリーヌには彼女の位置がある。

悪くもなければ、良くもない。ただ違っているだけだ。

ペルデュはカトリーヌに自分の海の全貌を見せたくなった。

ペルデュとクーネオは、マックスとエライアがキスするのを見ていた。

この先、嘘や幻想について話すことはないだろう。大切なことはもうすべて話した。

29

一週間後。

これまでの人生を、三人は手探りするように慎重に告白し合った。サルヴァトーレ・クーネオは掃除人の母と既婚の教師の間に、休み時間の間違いの結果として生まれた。ジャン・ペルデュはプロレタリアートの職人と貴族の家系のインテリ女子学生が親の反対を押し切って結ばれて生まれた子どもだ。マクシミリアン・ジョルダンは、なんでも黙って従ってきた女と期待と失望に苛まれた小言屋の男の行き詰まった結婚を救う最後の試みだった。

三人は本を売り、子どもたちに読み聞かせをし、何冊かの小説と引き替えにピアノを調律してもらった。そして歌い、笑った。

ペルデュは公衆電話から両親に電話をした。二十七番地のアパルトマンにも一度、電話をした。しかし呼び出し音を二十六回鳴らしても、誰も受話器を取らなかった。

父親には、恋人からいきなり父親になるのはどんな気持ちだったかと尋ねた。

ジョアカン・ペルデュはいつになく長いこと黙っていた。それから激しく鼻で息をする音が聞こえてきた。「ああ、ジャンノ……子どもを持つってことは、自分の子ども時代から永久におさらばするようなものさ。男であるってことが何を意味するのか、初めてわかる。不安にもなる。自分の弱点がさらけだされてしまうんじゃないかってな。なぜかっていうと、父親でいるためには、能力以上のものが要求されるからさ。いつだって、おまえに愛されるに足る人間であろうとしてきた。なぜならおまえをものすごく愛していたから。ものすごくな」

父親と息子はともに鼻をすすり上げた。

「ジャンノ、そもそもなんでそんなことを訊く？　ひょっとして遠回しに……」

「いいや」

残念ながらちがう。マックスのような息子や、女騎士のように向こう気が強い娘がいたらいいだろうけど。すべて仮定にすぎない。

アリエ河畔で泣いたせいで、心の中に空間ができたかのようだった。その最初の隙間に、においを入れることができた。それからスキンシップを。父親の愛情を。そしてカトリーヌを。

マックスとクーネオへの好意も、風土の美しさと同じように分類することができた。ペルデュは心の悲しみが入っている場所の下に、感動と喜びがともに宿れる場所を発見したのだ。やさしさを感じ、自分が多くの人に好かれていることも素直に認められるようになった。

三人は中央運河を経てソーヌ川に入った。そして嵐の中につっこむことになった。

ブルゴーニュ地方の空には黒い雲が低く垂れこめ、雷鳴が轟（とどろ）き、ディジョンとリヨンの間の土地は何度も稲妻に引き裂かれた。

ルル号の船内では、チャイコフスキーのピアノ協奏曲が陰鬱な闇を明るくしていた。さながらヨナを呑みこんだ鯨の腹の中を薄暗いロウソクが照らすかのように。波が逆巻くソーヌ川を船が左右に揺れながら進む間、マックスは両足をピアノにからませて、果敢にバラードやワルツやスケルツォを演奏した。

ペルデュはこれまでチャイコフスキーをこんな風に聴いたことがなかった。嵐のトランペットやビオラと競演するピアノ。それに通奏低音としてモーターのうなりと、風で陸へ押し流されそうになって船体がきしむ音。本棚から本が落ちてきて、リンドグレーンは床に釘づけされているソファの下へ逃げこみ、カフカは安楽椅子のカバーの隙間で耳を立て、滑り落ちる本を眺めていた。

ソーヌ川の支流セイユ川に入って上流へ船を向けたときには操舵場は洗濯場のようで、ペルデュの目の前にはもうもうと霧が立ちこめていた。帯電している空気のにおい。緑色に濁って泡立つ水のにおい。たこのできた両手で操舵輪を回す感覚。生きているのを実感する。それがとても心地よかった。今、生きているということが。今！

嵐さえも、ペルデュは享受していた。

風力五（風力は十三段階で表され、風力五は疾風に当たる）。

大波が盛り上がって沈む間の一瞬、女の姿が見えた。

透明の雨合羽（あまがっぱ）を着て、大振りの傘を差している。ロンドンの取引所の仲買人が携えているような傘だ。疾風に揺れるこっちの船を上から見下ろしている。女が片手を上げてあいさつをよこした。

そして——ペルデュは目を疑った。だが見間違いではない。——女は雨合羽のチャックを開けて脱ぎ捨てた。後ろを向いて両腕を大きく広げた。右手には開いた傘。

それからブラジルのコルコバードの丘のキリスト像のように両腕を広げ、逆巻く川に後ろ向きに身を投げた。

「いったいぜんたい……？」ペルデュはつぶやいた。「サルヴァ！　女が身を投げた！　陸側だ！」ペルデュが叫ぶや、クーネオが厨房から飛び出してきた。

「何だって？　酔っているのか？」クーネオは叫び返したが、ペルデュは波立つ川の中で溺れかけている人を指差した。それから傘を。

クーネオは泡立つ川を凝視した。傘が沈んだ。

クーネオは歯がみした。

そしてロープと浮き輪をつかんだ。

「船を近づけてくれ」クーネオはペルデュにいった。「マッシモ！　ピアノを止めろ！　すぐにこっちへ来い……急げ！」彼は叫んだ。

ペルデュが本の船を岸に近づけようと悪戦苦闘している間、クーネオは浮き輪をロープに結び、たくましい短い脚をしっかり踏ん張って甲板の手すりに身を寄せていた。それから波間で浮き沈みしている女に向かって浮き輪を勢いよく投げた。そして青ざめた顔のマックスにロープの反対側を握らせた。

「おれが彼女をつかまえたら、これを引っ張れ！　踏ん張って馬鹿力を出せ、いいな！」

クーネオはきれいに磨き上げた靴を脱ぎ、両腕を広げて頭から川へ飛びこんだ。

頭上で稲妻が空を引き裂いた。

マックスとペルデュは、クーネオが何もかも呑みこもうとする貪欲な水をクロールで力強く掻く様を見ていた。

「くそっ、くそっ、くそっ!」マックスはアノラックの袖をたくし上げてから、またロープをつかんだ。

ペルデュは錨をおろした。

船は回転ドラム式の洗濯機に入れられたかのように、持ち上がって沈んだ。

クーネオが女のところへ泳ぎつき、抱きかかえた。

ペルデュとマックスはいっしょにロープを引いた。それからふたりを船に引き上げた。クーネオの口髭から水がしたたり落ちた。女の顔はびしょ濡れで、赤茶色の髪が水草のように張りついている。

ペルデュは操舵場に急いだ。

救急医を呼ぼうと無線機に手を伸ばしたとき、クーネオが濡れた重い手を彼の肩に置いた。

「止めてくれ! 彼女は望まないだろう。医者は呼ばなくてもだいじょうぶだ。おれがやる。体を拭いて、温めてやればいい」ペルデュはクーネオを信用して、それ以上訊かなかった。

霧の中にキュイズリーのマリーナが浮かんで見えてきた。ペルデュはルル号を港に入れた。雨に打たれ波に洗われながら、マックスとペルデュは船を係留した。

「下船しないと!」風が吹きすさぶ中、マックスが叫んだ。「船の揺れがもっとひどくなる」

「本と猫を残してはおけない!」ペルデュが叫び返した。水が耳にも、首にも、袖の中にも流れこんだ。「それにわたしは船長だ。船を降りるわけにはいかない」

「えっ! だったらぼくも降りない」

船がきしんだ。まるでふたりとも頭が少しおかしいとでもいうように。

クーネオの手で、ペルデュの船室に寝床がこしらえてあった。女は裸で寝かされていて、大きな毛布に包まれ気持ちよさそうにしていた。クーネオの方は白いトレーニングウェアを着ていて、その格好は少し馬鹿みたいに見えた。あくまでほんのちょっぴりではあるけれど。

クーネオは膝をついて、女の口にプロヴァンス風ピストゥを流しこんでいた。普通は料理に添えるそのペーストを、スプーンでカップに入れ、滋味のある野菜のコンソメスープを注いで薄めてあった。

そのスープを飲みながら、女は微笑んだ。

「サルヴォっていうのね。サルヴァトーレ・クーネオでナポリ生まれ」女は確かめるようにいった。

「そのとおり」

「わたしはサマンサ」

「そしてとても美しい」

「えっと……ひどい？　今、外は？」

「えっ、まあ」マックスがあわてていった。「えっと、なんのことですか？」

目がやけに大きい。それにとても深い青色だ。

「ちょっとした夕立ってとこだな。湿度が少し高くなっただけだ」そういって、クーネオは彼女の気を鎮めようとした。

「何か本を読もうか」ペルデュが提案した。

「歌うこともできるよ」マックスが言い添えた。「輪唱（カノン）でね」

「料理も」とクーネオがいった。「エルブ・ド・プロヴァンスで煮込んだ肉のシチュー、ドーブは好きかい？」

彼女はうなずいた。

「でも肉は牛の頬肉がいいわね」

「それで何が今、問題なんですか？」マックスが訊いた。

「人生。水。ドーナツフィッシュの缶詰」

三人の男はわけがわからず、彼女の顔を見つめた。

サマンサというこの女性は、一見おかしな言動をしているようだが、実際は違う、とペルデュは思った。彼女はただ……独特なだけだ。

「問題が三つあるってことかな？　それにしてもドーナツフィッシュってなんだ？」ペルデュは訊いた。

「あなたは、えっと、わざと水に落ちたんですか？」マックスが訊いた。

「わざと？　ええ、そのとおり」サマンサは答えた。「こんな日に散歩をして、誤って後ろ向きにすべり落ちる人なんていないわよ。そんなのほんと、くだらなさすぎる。そうでしょ？　もちろん計画的にしたことよ」

「だったら、あなたは……えーと、そのう……？」

「入棺講座を受講する？　ステュクス（ギリシャ神話で地下の冥界を流れる川）を渡る？　死ぬ？　いいえ、とんでもない。いったいどうしてそんなことしなきゃならないの？」

サマンサがあきれはてたように三人の男の顔を順繰りに見た。

「ああ、そう。そんな風に見えた？　いいえ、違う。生きるのは好きよ。ものすごくしんどいこともあるにはあるし、全宇宙からすればどうでもいいことだけど。わたしはこういう悪天候のときに川へ飛びこんだらどんな感じか、知りたかったの。川がとってもおもしろそうに見えたから。荒れ狂うソース。あのソースの中で不安を感じるかどうか、その不安が何か重要なことを告げてくれるかどうか、知りたかった」

クーネオは彼女のいうことがよくわかるとでもいうように、うなずいた。

「重要なことって、どんなことですか？」マックスが訊いた。「神は死んだ。スポーツ万歳、とか？」

「いいえ、これまでと違ってどういう風に生きるべきかよ。最期を迎えるときに後悔するのは、やろうとしてやらなかったことだっていうでしょ！　そういうわよね。違ったかしら？」

三人の男はうなずいた。

「そういうこと。そんな思いはしたくないもの。この世を去るとき、本当に重要なことをしたくてももう時間がない、なんて、そんな悲観的な思いはしたくない」

「なるほど」ペルデュがいった。「自分が本当にしたいことは何なのか、それを知ることは確かにできるだろう。だがなにもそのために川に飛びこまなくても」

「どうして？　ほかに何かもっと有効な方法を知っていて？　いったいどうすればいいっていうの？　まさかソファにゆったりすわっているとか？　スープはまだ残っている？」

クーネオはサマンサの顔をうっとり見つめて微笑んだ。そして何度も口髭をしごいた。

「ハレルヤ」クーネオはつぶやいた。そして彼女にスープを渡した。

「それでね、実際に重要なことを思いついたのよ。波がわたしと戯れて、自分がパン生地に残された最後のレーズンにでもなったような気がしたときにね。自分の人生に何が欠けているかわかったのよ」

そしてスプーンでスープを一口飲んだ。

それからもう一口。

そして……また……一口。

三人とも固唾（かたず）を呑んで、彼女が先を続けるのを待った。

「もう一度、男にキスをしたい。ちょこっとじゃなく、ちゃんとね」カップからこすりとるようにして最後の一口を飲むと、彼女はそういった。それから気持ちよさそうにげっぷをすると、クーネオの手を取って自分の頬に当て、目を閉じた。そしてもうひとことつぶやいた。「一眠りしてからね」と。

「おれでよければ喜んで」クーネオは少し目をとろんとさせてささやいた。

答えは返ってこなかった。彼女はただ微笑んだ。ほどなく彼女は寝入って、小犬がくうくう鳴いてでもいるようないびきをかいた。

三人の男は途方に暮れて顔を見合わせた。

マックスは忍び笑いをもらし、両手の親指を上げた。

クーネオは彼女の夢を邪魔しないよう気をつけながら、居心地よくすわりなおそうともぞもぞした。彼女の頭は彼の大きな手のひらの上にのっていた。猫がクッションの上で眠るように。

30

外では本の町とセイユ川の上空を嵐が吹き荒れ、森の木々をなぎ倒して林道を出現させ、車を屋根の上へ吹き飛ばし、農家に火をつけた。その間、三人の男は募る不安をなんとか鎮めようとしていた。

「それでキュイズリーはなんで天国なんですか？　たしか気が遠くなるほど前にそんなことをいってませんでしたっけ」マックスがペルデュに小声で尋ねた。

「ああ、キュイズリー！　本を愛する者は、決まってキュイズリーに心を奪われる。あの村では誰もが本に夢中なのさ。頭がおかしくなるくらいにな。あるいは、目立たないが実際に頭がおかしい。店はたいてい、書店か、印刷所か、製本所か、出版社で……多くの家が芸術家のアトリエになっている。キュイズリーは創造性とファンタジーにあふれているのさ」

「でも今はそうは見えませんね」マックスがいった。船の周りを暴風が吹き荒れ、しっかり固定されていないものは、かたかた音を立てて揺れている。二匹の猫はサマンサにくっついていた。リンドグレーンはサマンサの首の上、カフカはふくらはぎとふくらはぎの間の窪みに寝ている。「この人はもうあたしたちのものよ」とでもいいたげに。

「キュイズリーの古本屋には各専門分野がある。だからそれぞれの店へ行けば、なんでも手に入る。

なんでも、といったら文字通りなんでもだ」ペルデュがいった。

なんだか遠い過去のことのような気がするが、まだパリで本屋をしていたときに、希覯本を扱う業者と取引をしたことがある。たとえば香港かロンドンかワシントンに住む金持ちの顧客が十万ユーロ出すから、鹿革で装幀されたヘミングウェイの初版本で、ヘミングウェイ直筆の旧友トビー・オットー・ブルース宛の献辞があるものを手に入れて欲しいといってきたとき。あるいはサルバドール・ダリの蔵書から、時計が溶けて流れる超現実主義的な夢を見る前に読んだといわれている本を所望されたときなどだ。

「それなら〈棕櫚の葉〉もあるのか?」クーネオが尋ねた。相変わらずサマンサの寝床の前に膝をついて、彼女の顔を手のひらの上にのせたままだ。

「いいや。ＳＦや幻想小説やファンタジーはあるが……。そう、専門家はジャンルをしっかり区別しているんだ。他にも……」

「〈棕櫚の葉〉? なんです、それは?」マックスが訊いた。

ペルデュはうめいた。そして「なんでもない」と急いでいった。

「〈運命の図書館〉のことを聞いたことがないのか? 〈命の書〉のことを?」今度はクーネオがささやき声でいった。

「ムニャムニャ」サマンサがつぶやいた。

その伝説のことはペルデュも知っていた。本の中の本である魔法の書。世界記憶の書は五千年前に七人の聖仙によって書かれた。インドの神話によると彼らは、世界の過去と未来がすべて記されているエーテルでできた本を見つけた。全人類の生涯を網羅したシナリオ。時間や空間という狭い枠組みを超越した存在によって書かれた書だ。

聖仙はその書から——何百万人もの——人間の運命と重要な世界史的出来事を翻訳し、大理石や石や棕櫚の葉に書き写したという。

クーネオは目を輝かせた。

「マッシモ、考えてもみろ。おまえの生涯がその棕櫚の葉の図書館にあるんだ。しかもたった一枚の細い棕櫚の葉に書かれている。おまえの誕生と死。そしてその間に起きるあれこれがな。誰を愛して、誰と結婚するのか。おまえの職業。すべてが書かれているんだ。前世までもな」

「フーッ……キング・オブ・ザ・ロード？」サマンサの口から声がもれた。

「きみの全生涯が前世も含めてビールのコースターに書かれているって？　それはすごい」ペルデュがつぶやいた。

ペルデュはこのいわゆるアカシャ年代記を金に糸目をつけず手に入れようとするコレクターを、パリにいた頃から敬遠してきた。

「ほんとに？」マックスがいった。「ぼくはもしかしてバルザックだったかも」

「もしかして小さいカネロニ（パスタの一種）だったかもな」ペルデュがまぜっかえした。

「それに最期ものっている。日にちまではわからないが、年と月はわかる。それから死因もちゃんとのっている」とクーネオ。

「それはありがたいことで」マックスが疑り深そうにつぶやいた。「自分が死ぬ日を知っていて、何の役に立つ？　それがわかっていたら、不安でたまらなくなって残りの生涯をまともに過ごせなくなる。いや、ぼくは知りたくないね。永遠に生きられるかもって、少しばかり幻想を抱いていられる方がましさ」

「キュイズリーに話をもどそう」とペルデュがつぶやいた。「千六百四十一人の住民の大多数が印刷物に関する仕事に携わっている。残りは観光関連だ。つまり古本屋の綿密なネットワークが地球のすみずみまで広がってるってことだ。しかもそのネットワークは通常のコミュニケーション手段の外にある。ああ、インターネットも使わない。――だから本のエキスパートたちの知識は、メンバーが一人死んだら、その者の分がそのまま失われかねない」

「あーあ」サマンサがため息をついた。

「だから誰もが最低ひとりは後継者を育てている。自分が生涯をかけて本に関して得た知識を口づたえで継承させるためにね。彼らは有名な本の神秘的な成立史や、秘密の版や、オリジナルの草稿や、『女性のバイブル』について知っている」

「クール」マックスがいった。

「……行間にまったく別の物語が隠されている本についてもな」ペルデュは謎めいた調子でささやいた。「キュイズリーには多くの名作の本来の結末を知っている女性がいるという噂だ。発表された原稿のひとつ前の原稿やそのまた前の原稿を集めているらしい。ロミオとジュリエットの最初の結末も知っている。生き延びて、結婚して、子どもをもうけた結末をな」

「げーっ」とマックス。「ロミオとジュリエットが死なずに親になる？　そしたら劇的効果が台無しじゃないか」

「そいつはいい」クーネオがいった。「おれはジュリエットがかわいそうでならなかったからな」

「それでそのうちのひとりがサナリーの正体を知ってるっていうんですか？」マックスが訊いた。

ペルデュはそう期待していた。彼はキュイズリーの書籍組合長のサミー・ル・トレケセールに、ディゴワンから葉書を出して、訪問する旨を伝えてあった。

午前二時頃、暴風が鎮まった。疲れ果てた三人は、穏やかになった波に揺られて寝入った。目が覚めたときには、もう昼になっていて、昨夜の出来事などまるでなかったかのように、雨に洗われた太陽がすがすがしく輝いていた。嵐は過ぎ去り、女性も姿を消していた。

クーネオは啞然として何ものっていない手のひらを見つめた。それからため息まじりにペルデュとマックスにその手を見せた。

「またか？　なんでおれは川でばかり女を見つけるんだ？　前の女につけられた傷がまだ癒えてないってのに」クーネオは嘆いた。

「そうだね。十五年しかたってないもんな」そういって、マックスはにやっとした。

「あーあ、まったく女ってのは」クーネオは嘆き続けた。「せめてリップスティックで鏡に電話番号を書いといてくれてもよさそうなものを！」

「クロワッサンを買ってくるよ」マックスがいった。

「おれも行く。寝ながら歌う女を探しにな」とクーネオ。

「いや、きみたちはここを全然知らないだろう。わたしが行くよ」ペルデュが口をはさんだ。

結局、三人いっしょに行くことになった。

小さな港からキャンピング場を抜け、市門をくぐり、パン屋へ向かって歩いていると、腕にバゲットを何本もかかえたオークがやってきた。連れのエルフはアイフォンのディスプレイに没頭している。

ペルデュはハリー・ポッターの一団を見つけた。青いファサードのラ・デクーヴェルト書店の前でガードマンと大声で争っている。マウンテンバイクに乗っているのは、派手に着飾ったヴァンパイアの女性ふたり組だ。ふたりはマックスを挑発するように見た。そして教会からはちょうどダグラス・アダムズのファンがふたり、バスローブを着て、肩にハンドタオルをのせて出てきた。

「コスプレ大会！」マックスが叫んだ。

「なんだって？」クーネオがオークの後ろ姿を凝視しながら訊いた。

「ファンタジーのコスプレ大会だよ。村中、好きな作家や好きなキャラクターに仮装したファンでいっぱいだ。壮観だね」

「あの鯨はモビー・ディックってことか？」クーネオが訊いた。

ペルデュはクーネオ同様、トールキンの中つ国かジョージ・R・R・マーティンの『氷と炎の歌』から飛び出してきたような人物を凝視していた。信じられない。本がこんな現象まで引き起こすなんて。

クーネオは仮装した人間と出くわすたびに、どの本から出てきたのかとマックスに尋ね、マックスは興奮のあまり頬を紅潮させてひとしきり説明をした。しかし緋色の革のマントをはおり、折り返しのある白いブーツをはいた女性がやってきたときには、さすがのマックスも答えにつまった。

代わりにペルデュが説明した。

「あの女性は仮装しているんじゃなくて、コレットとジョルジュ・サンドと話をする超能力者さ。タイムトラベルの夢の中でふたりの女性作家に会うんだと主張している」

キュイズリーには文学にまつわるものならなんでも場所が用意されていた。文学と関係する統合失調症を専門とする医者もいる。第二の人格がドストエフスキーやヒルデガルト・フォン・ビンゲン（十二世紀ドイツの女性神秘主義者）の生まれ変わりだという者が、その医者の診察を受けに来た。それから自分の複数のペンネームが錯綜（さくそう）して混乱しているという者も。

ペルデュはキュイズリーの書籍組合長、サミー・ル・トレケセールのもとへ足を向けた。トレケセールの口添えがあれば、サナリーについて古書店主たちと話すのが容易になる。トレケセールは古い印刷所の上階に住んでいた。

「書籍組合長から、パスワードみたいなものがもらえるんですか？」マックスが尋ねた。ほぼ二軒に一軒の店先のショーウィンドウに、売り物の本や写真集や地図が飾ってあり、マックスはそこからなかなか離れられずにいた。

「ああ、『みたいなもの』がな」

クーネオの方はビストロの前を通るたびに立ち止まって、レシピノートにメモをしている。三人はフランス創作料理のゆりかごと呼ばれるブレス地方に来ていた。

印刷所で案内を乞い、事務所でサミー・ル・トレケセールとの面会を待っていた三人はちょっとした驚きに遭遇した。

サミーは男性ではなく女性だったのだ。

31

川辺の漂着物を組み合わせたとおぼしき机に向かってすわっていたのは、サルヴァが昨晩、セイユ川から釣り上げた女性だった。

サミーはサマンサだったのだ。白いリネンのワンピースを着ている。そしてホビットの足をつけていた。ものすごく大きくてふさふさした毛がついている。

「それで？　どんな御用かしら？」サミーは格好のいい両脚を組み、ホビットの片足をこれみよがしに振った。

「えー、ある作品の作家を探していまして。名前はペンネームで、作品は完結していて、それで……」

「気分はよくなりましたか？」クーネオが口をはさんだ。

「ええ」サミーはサルヴァに微笑みかけた。「わたしが年寄りになる前にあなたにキスをしてもいいといってくれてありがとう、サルヴァ。あれからずっと申し出を受けようかどうしようか考えてるのよ」

「そのすてきな足はキュイズリーで手に入れられるんですか？」マックスが訊いた。

「えー、もう一度『南の光』に話をもどすと……」

「ええ、〈エデンの国〉でね。〈エデンの国〉ていうのは観光案内所で、ホビットの足や、オークの耳や、切り裂かれた腹や……」

「もしかして作者は女性かもしれず……」

「あなたのためにおいしいものをこしらえますよ。シニョリーナ・サマンサ。食事の前に一泳ぎしたければ、そうしてください。反対はしませんよ」

「ぼくもホビットの足を買おうかな。室内履きにするんだ。カフカが大喜びするよ。いいと思わない？」

ペルデュは気を鎮めようと、窓の外に目を向けた。

「いいかげんに口をつぐんでくれ！　サナリー！　『南の光』！　作者を知りたいんだ。本人をな！　頼む！」

思わず大声を出してしまった。マックスとクーネオは驚いてペルデュを見つめた。一方サミーはといえば、椅子の背にゆったりもたれかかっておもしろそうにしている。

「二十年前からずっと彼を、あるいは彼女を探していた。あの本は……あれは……」ペルデュは思いをなんとか言葉にしようと四苦八苦した。見えるものはといえば、川面に揺れる光だけだった。

「あの本は、わたしが愛した女性に似ているんだ。本が彼女のもとへ連れていってくれる。あれはよどみのない愛だ。どのくらいの愛なら耐えられるかを測る物差しだ。どのくらいまでならまだ感じられるか。わたしにとってはわらしべのようなもので、それにすがってこの二十年間、なんとか生きてきた」

ペルデュは顔をぬぐった。

しかしそれが真実のすべてではない。もはや唯一の真実ではなくなっていた。

「あの本のおかげでこれまで生きてこられた。でももうなくてもだいじょうぶだ。今ではまた自力で……呼吸できるようになったから。でも作者に会って直接、礼をいいたいんだ」

マックスは尊敬と驚きの眼差しでペルデュを見つめた。

サミーは満面の笑みを浮かべた。

「息をつくための本ね。わかるわ」

彼女は窓の外を見た。文学上のキャラクターに扮したコスプレイヤーの数がどんどん増えてきている。

「あなたのような人が現れる日がくるとは、思ってもいなかった」彼女はそういってため息をついた。

ペルデュは背中の筋肉が緊張してひきつるのを感じた。

「もちろんそういうことを訊くのはあなたが初めてではないわよ。でもそんなに多くもなかった。みんな謎を解けずに帰っていった。みんな正しい質問をすることができなかった。質問をするには、それなりの技術がいるのよ」

サミーはいまだに窓の外を見ている。窓には細い紐で木片が吊るしてあった。これも漂着物らしい。よく見ると、魚がはねている形のようだ。そして顔。翼が片方しかない天使……。

「たいていは一人よがりの質問しかしない。あるいは力づけてもらうための質問だったりね。でも手に余るような質問はなしにしてちょうだい。『愛してる?』っていうようなのは。そういうのは当然禁止よ」

彼女はホビットの足を打ち合わせた。

「質問できるのは……一度だけですか？」

サミーは心からの笑みを浮かべた。

「あら、もちろんそんなことない。一度だけじゃなく、好きなだけして。ただし、イエスかノーで答えられる質問にしてちょうだい」

「彼と面識がありますか？」

「ノー」

「正しい質問っていうのは、全部の言葉の一つ一つが合ってないといけない」マックスが肘でペルデュをつついていった。

ペルデュはいい直した。

「彼女と面識がありますか？」

「イエス」

サミーは満足げにマックスを見た。

「ムッシュ・ジョルダン、質問の原理がわかったようね。正しい質問は人をとても幸せにする。次の本はどうなっているの？　二作目かしら？　二作目の呪い。みんなの期待の重さ。二十年はかけてかまわないのよ。みんながあなたを忘れかけたくらいがちょうどいいの。そのくらいたてば自由になれるから」

マックスは耳まで赤くなった。

「次の質問。どうぞ、魂を読む人」

「ブリジット・カルノーですか？」

「ノー！　とんでもない！」

「でもサナリーはまだ存命ですよね」

サミーは微笑んだ。

「知り合いになりたいんですが、……力を貸していただけますか？」

サミーはしばし考えた。

「イエス」

「どうやって？」

彼女は肩をすくめた。

「それはイエスかノーでは答えられないよ」マックスがいった。

「それじゃ、今夜はブイヤベースを作る」クーネオが口をはさんだ。「七時半に迎えにくるよ。それからカピターノ・ペルディートとまた〈イエス・ノー・ゲーム〉をすればいい。どうですか？　ところでまさか婚約したりしていませんよね？　ちょっとしたクルーズをする気はありませんか？」

　サミーは三人の顔を順繰りに見ていった。

「イエス、ノー、イエス」彼女ははっきりいった。「これですべて話はついたわね。ちょっとごめんなさいね。外のすてきな生き物たちにあいさつしなきゃならないから。トールキンが考え出した言葉で何かいって喜んでもらわないとね。わたしは慣れているんだけど、たぶんチューバッカ（映画『スター・ウォーズ・シリーズ』の登場人物）が新年のあいさつをしているように聞こえると思う」

サミーは立ち上がり、三人の男たちはぶかぶかのホビットの足にまたしても目を丸くした。

ドアの前で、彼女はもう一度振り返った。

「マックス、星は生まれてからそれなりの大きさになるまで一年かかるって知ってる？　そこから次の何百万年、ずっと明るく輝き続けるんだって。なんとも不思議だと思わない？　それから新しい言語を作ろうとしてみたことある？　それか新しい単語。三十歳以下のまだ若い有名作家から、今夜新しい言葉をひとつプレゼントしてもらえたら、ものすごくうれしい。いいこと？」

彼女の濃い青い目がきらっと光った。

マックスの想像力が憩う秘密の花園に小さな爆弾の種子がまかれ、それに火がついた。


その晩、クーネオが一番上等なチェックのシャツを着て、ジーンズにエナメル靴を履いてサミーを印刷所に迎えに行くと、彼女はトランク三つとシダを植えた鉢を横に置き、雨合羽を腕に抱えてドアの前に立っていた。

「サルヴォ、このままわたしを連れていってくれない？　もちろん今夜の招待がそういう意味じゃないことはわかってる。でも、ここにはもう長く居すぎたから」あいさつするなり彼女はいった。「もう十年近くよ。ヘッセのいってる一段階にまるまるあたる。そろそろ南へ行く潮時よ。ああ、自由に息ができるようになりたい。海を見て、男にキスするの。もうすぐ五十代も終わりになる。信じられない。一番いい年齢になるのよ」

クーネオはサミーの濃い青い目を見つめた。

「わたしの申し出は有効ですよ、シニョーラ・サミー・ル・トレケセール。御用はなんなりとお申し付けを」

「忘れてないわ、ナポリ出身のサルヴァトーレ・クーネオ」

クーネオは荷物を運ぶためにタクシーを呼んだ。

それからしばらくしてのこと。クーネオがトランクを持ってタラップを上ってくるのを見て、ペルデュがびっくりしてサミーに訊いた。

「ええと、どうやら、ここに食事をしにきたんじゃなく、引っ越してくるつもりのようですね？」

「いいかしら？　少しの間だけよ。出航したら、いつでも船から投げ落としてかまわないから」

「もちろんいいですよ。子どもの本コーナーにはまだソファがひとつあいてます」マックスがいった。

「わたしにも何かいわせてもらえるかな？」ペルデュが訊いた。

「どうして？　イエスのほかに何かいいたいことがあるの？」

「うーん、いや、いいたいことはない」

「ありがとう」サミーは感動の面持ちでいった。「だいじょうぶよ。歌うのは寝ているときだけだから」

その晩、ペルデュがカトリーヌに書いた葉書には、マックスが夕食のときにサミーに聞いてもらおうと、午後考え出した言葉が並んだ。

サミーはどの言葉もとてもすてきだといって、小声で何度も繰り返し、甘くておいしいクッキーでも食べるように舌先で転がして響きを味わった。

星塩（川面に反射している星）
太陽のゆりかご（海）
レモン・キス（何を意味するかは誰もが知っているはず！）
家族の錨（食卓）
心の彫り師（最初の恋人）
時のヴェール（砂場で一回くるっとまわるだけで、笑うと尿もれする老人になる）
夢の岸辺
希望地

一番最後の言葉が、サミーの一番好きな新語だった。

「私たちはみんな希望地を求めて生きているのよね」と彼女はいった。「誰もが自分の希望地を探している」

32

「ローヌ川は、こういっちゃなんだが悪夢だね」マックスは原子力発電所を指差した。リヨンの近郊でソーヌ川からローヌ川に入って、これが十七番目の原発だ。ブドウ畑と高速道路は高速増殖炉に取って代わられた。クーネオは魚を釣るのを止めた。

　ペルデュたちはさらに三日間キュイズリーで過ごし、古本屋街を渉猟（しょうりょう）した。今はプロヴァンスに近づいている。フランス南部の玄関口にあたる石灰質の山がもう見えて来ている。麓（ふもと）の町はオランジュだ。空も変わった。青色が濃くなった。夏の暑さに輝く地中海を彷彿とさせる青。海の青と空の青が反射し合うと、青はさらに深くなる。

「パイ生地を重ねたみたいだな。青の上に青、その上にまた青。青色ケーキの国」マックスがつぶやいた。

　マックスはイメージを組み合わせるのに夢中になっていた。そして言葉の採集に興じていた。ときどきマックスは失敗して変な言葉を考え出し、そのたびにサミーに笑われた。鶴がトランペットを吹いているみたいな笑い声だな、とペルデュは思った。

　これまでのところサミーは、クーネオの申し出について何もいっていないけれど、それでもクーネオはサミーにぞっこんだった。サミーはまずペルデュに謎を解かせようとしていた。

よく操舵場のペルデュの隣にすわり、サミーは彼とイエス・ノー・ゲームをした。

「サナリーには子どもがいる？」

「ノー」

「結婚している？」

「ノー」

「結婚していた？」

　鶴が群れて鳴いているかのように、サミーはけたたましく笑った。

「二冊目の本を書いた？」

「ノー、残念ながら」サミーはゆっくりといった。

「彼女が『南の光』を書いたのは幸せなときだった？」

長い沈黙。

サミーが答えをためらっている間、ペルデュは船外を流れる景色に目を向けた。

このまま順調に航行すれば、オランジュからまもなくシャトーヌフ＝デュ＝パプを過ぎ、夕方にはアヴィニョンで食事ができるだろう。

アヴィニョンでレンタカーを借りれば、一時間もしないうちにリュベロン山麓のボニューにたどりつく。

速すぎる、とペルデュは思った。マックスの言葉を借りて、リュックの家のチャイムを鳴らしてこういうべきだろうか。「こんにちは、バセさん。わたしは奥様のかつての愛人です」

「答えは、イエスでもあり、ノーでもある。難しい質問ね。一日中幸福感に浸ってはいられない。いつまでも肉にパン粉をまぶしているわけにもいかないし。幸せを感じるのは瞬間的なものでしょ。これまでどのくらいの間、幸福でいられた？」

ペルデュは考えこんだ。

「約四時間かな。恋人に会うために、車でパリからマザンへ向かっていた。わたしたちは教会の向かい側にあるプチホテル、〈ル・シエクル〉で落ち合うことになっていた。あのときは幸せだった。車を運転している間、ずっと歌っていた。彼女の体を思い浮かべながらね」

「四時間も？　それはものすごくすてきだったでしょうね」

「ああ、確かに。その四時間は、その後の四日間よりも幸せだった。しかし今になって振り返ってみると、あの四日間を体験できて幸せだったと思う」

ペルデュははっとした。

「幸せっていうのは、後になって初めてわかるものなのかな？　そのときにはまったく気づかず、ずっと後になって、ああ、あのときは幸せだったと思うものなんだろうか？」

「やだ」サミーはため息をついた。「そんなのごめんだわ」

その後数時間、幸福感は遅れて訪れるのかもしれないという考えが脳裏を離れないまま、ペルデュは、船の高速道路ともいえるローヌ川をすいすい操船していた。川辺から本を買いたいと合図をする者はいなかった。閘門は完全に自動化されていて、何十隻もの船をいっぺんに通過させた。

運河をのんびり行く静かな日々は完全に過ぎ去った。

マノンの故郷に近づくにつれて、ともに体験したことが走馬灯のように思い出された。彼女の体の感触も。

サミーがペルデュの思いを察したかのように、しみじみといった。

「愛がこれほど身体的なものだなんて、驚くべきよね。体は、その人のことをどう感じたか、頭よりも、よく覚えている」彼女は前腕の産毛をふーっと吹いた。「わたしは父のことを何よりも体として覚えている。どんなにおいがしたか。どんな風に歩いたか。父の肩に頬をのせたときどんな感じがしたか。父とそっと手をつないだときの感触。父の声というと決まって思い出すのは、『ササ、かわいいササ』という呼び声なの。ああ、父のぬくもりが恋しい。とっても大事なことを聞いてもらいたいのに、もう電話に出てくれないのがいまだに腹立たしい。ほんと、腹が立つったらない！

でも一番恋しいのは体よ。父がいつもいた場所、父の安楽椅子には今ではもう空気しかない。無。ただの空気だけ」

ペルデュはうなずいた。

「唯一の間違いは、多くの者が、たいていは女性だが、愛されるには肉体が完璧でないといけないと思いこんでることだね。実際は愛することができればそれだけでいいんだ。それから愛に身を委ねられれば」と彼は補足した。

「おお、ジャン、もう一度大きな声でいってちょうだい」サミーは笑って、船に備えつけのマイクをペルデュに渡した。「愛されるのは、愛する者。――これがもうひとつの真実。すっかり忘れられてしまっているけどね。ねえ、気づいてる？　たいていの人は何よりも愛されたいと思ってる。それでそのために一生懸命になる。ダイエットとか、金もうけとか、赤い下着を身につけるとかね。……それだけの情熱をもって一生懸命誰かを愛すればいいのに。そうすれば、ハレルヤ、世界はとてもすてきなものになって、それからお腹を押さえる着圧パンティストッキングから解放されるのに」

ペルデュはサミーといっしょに笑った。それからカトリーヌのことを考えた。ペルデュもカトリーヌも、繊細すぎて傷つきやすかった。それに愛する能力と勇気よりも、愛されたい願望の方が大きかった。愛するには勇気がたくさん必要で、期待はできるだけ少ない方がいい。いつかまたうまく愛せるようになるだろうか？

カトリーヌはそもそも葉書を読んでくれているだろうか？

サミーは聞き上手で、ペルデュの話を全部受け止めて、それをまた投げ返してくれた。彼女はかってスイスのメルヒナウ村で教師をしていたという。チューリッヒでは睡眠研究家、大西洋上では風力発電所の設計技師、ヴォクリューズ県では山羊を飼い、チーズを作っていた。

そして彼女には先天的な弱点があった。嘘がつけないのだ。黙っていることはできるし、答えを拒否することもできる。けれども嘘をつくことはできない。

「それが現代社会で何を意味するか想像してみて」彼女はいった。「少女の頃からそのせいでどんなに人を怒らせてきたか！　みんな、わたしのことを意地悪な嫌な子だと思ったのよ。わざと無礼なことをいっておもしろがってるってね。高級レストランのウエイターが『お味はいかがですか？』と訊くとするでしょ。わたしはこう答える。『全然おいしくない』ってね。学校の友だちの母親はバースデイパーティの後にこう訊く。『サミーちゃん、パーティは楽しかった？』わたしは一生懸命、なんとか『うん』っていう答えを絞り出そうとするんだけど、口から出るのは、『ううん、つまんなかった。それにおばさん、口がお酒臭いよ、赤ワインの飲み過ぎだね』ってね！」

ペルデュは笑った。驚きだ。子どものときは性格がそのまま現れる。ところが愛されようと努力すればするほど、本来の自分からかけ離れていく。

「十三歳のときに木から落ちて、検査をした結果、わたしの脳には嘘をつくのに使う器官が欠けていることがわかったのよ。わたしにはファンタジーが書けない。実際にしゃべる一角獣に会わないかぎりね。そうよ、わたしには百パーセント自分が感じたことしか書けない。ジャーマンポテトについてしゃべるには、フライパンに入ってみないとだめなタイプってこと」

クーネオが手作りのラベンダーアイスクリームを持ってきた。軽い苦みと花の味がした。

嘘の才能皆無のサミーはクーネオの後ろ姿を目で追った。

「あの人、小柄で太っていて、見た目はポスターにのせたい男とはいいがたいわね。でも利口で強くて、それに愛に満ちた生活をするために大事なものはすべて備えているみたい。今のわたしにとっては、いつかキスしたい一番すてきな男よ。不思議よね、そういう善良で素晴らしい男にかぎってあんまり愛されないっていうのは。ああいう人たちは愛情や善人の資質がたっぷりあるのに、外見のせいで誰もそのことに気づかないみたいね」

彼女は心地よさげに長いため息をついた。「おかしなことに、わたしもこれまで一度も愛されなかった。以前は思ったものよ、外見がおかしいからだろうって。それから、どうしてわたしの行くところには、妻子持ちの男しかいないのかしらってね。ヴォクリューズのチーズ作りの農家なんて、どこもひどいもんだった。あそこのろくでなしどもにとっては、女ってのは、大きくて二本足で、洗濯もできる山羊同然なのよ。『こんにちは』とあいさつするだけでもましな方」

サミーは考えこみながら、アイスクリームをなめた。

「思うに、ううん、いい直すわね。世間をよく知った上で恋をするとしてよ。まず第一に下着のレベルでの愛がある。それは知ってる。おもしろいけど、続くのはせいぜい十五分ってとこ。第二に頭で考えた愛がある。それも知ってる。そういうのが好みなら、客観的に見て見栄えが良く、自分に合っていて、人生設計の上でもあまり邪魔にならない男を探せばいい。でもそういう男は、魔法をかけてはくれない。そして第三に、胸かみぞおちで、あるいはその間で感じる愛がある。わたしが欲しいのはそれよ。それこそ魔法ね。どんな小さなネジもないがしろにせず、わたしの命というシステムを照らし出してくれる魔法。あなたはどう思う?」そういって、サミーはラベンダー色に染まった舌を突き出した。

何を訊くべきか、わかった、とペルデュは思った。

「サミー？」

「なあに、ジャンノ？」

語り方こそ違うものの、いっていることの本質は同じだ。作家が書くものは、その作家の心の響き、魂の響きだ。

「『南の光』を書いたのは、きみだね？」

33

まさにその瞬間、太陽が雲間から顔を出したのは、ただの偶然だろう。光ははるか上空からスポットライトのように円錐形に広がり、サミーの目の上に降りそそいだ。火を灯されたロウソクのように目が輝いた。
サミーの顔が動いた。
「イエス」小声でいった。それからもっと大きな声で「イエス」
「イエス！」サミーは叫んだ。笑いながら、泣きながら、両腕を高く上げて。「ジャンノ、わたしはあの本を書いて運命の人を呼び寄せたかったの！　胸とおへその間で愛してくれる人をね。わたしを見つけてもらいたかった。わたしのことを夢に見て、探してくれるといいと願った。わたしという存在を丸ごと味わい尽くしてくれる人、わたしが持っていないものは必要としない人、そんな人を呼び寄せたかった。――でもね、ジャン、わかる?」

サミーはあいかわらず泣き笑いしていた。

「あなたがわたしを見つけてくれた。でもあなたじゃないのよ」

彼女は振り返った。

「花柄のエプロンをつけて、腕にがっしりした力こぶができる男。あの口髭はきっとくすぐったいわね。彼なのよ。あなたは彼をわたしのところまで連れてきてくれた。あなたと『南の光』がね。あなたたちが彼を連れてきてくれたの。魔法のようなやり方でね」

サミーの興奮がペルデュにも感染し、ふたりはいっしょに大喜びした。どれほど摩訶不思議に聞こえようが、彼女のいうとおりだ。――ペルデュが『南の光』を読んで、セポワで寄港し、サルヴォに出会った。そしてそこからは……急展開だった。

サミーは涙に濡れた顔をぬぐった。

「わたしはあの本を書かなければならなかった。あなたはそれを読まなければならなかった。そしてあらゆることを体験し、それに耐えて生き抜かなければならなかった。それからようやく船に乗ってパリを出港した。そう思うことにしましょうよ。いいこと?」

「もちろんだよ、サミー。わたしもそう信じている。世の中にはたったひとりのために書かれる本がある。わたしにとっては『南の光』がそうだった」ペルデュは勇気を振り絞り、その先を続けた。

「きみが書いた本のおかげで、あの苦しい時期を生き抜いたんだ。きみが書いていることは、何もかも腑に落ちた。まるでわたしのことなら何でもお見通しのようだった。しかもわたし自身が気づく前からね」

サナリー＝サミーは口を押さえた。

「そんな言葉を聞けるなんて、ほんと、感動ものよ、ジャン。今までに耳にした最高の言葉だわ」

彼女は両腕を彼に巻きつけた。

そしてペルデュの左頰に、それから右頰に、そしてまた左頰にキスをし、次に額に、それから鼻の頭にもキスをした。そしてキスの合間に、こういった。

「いっておくけど、もう一度本を書いて愛を引き寄せるつもりはないわ。だってどれだけ待っていたと思う？　二十年以上よ。信じられない！　ちょっとごめんなさいね。わたしの運命の人にキスしにいかなくちゃ。ちゃんとしたキスをね。実験の締めくくりをするのよ。うまくいかなかったら、今晩わたしは不機嫌になると思う」

サミーはもう一度ペルデュを強く抱きしめた。

「ああ、なんだか不安よ！　嫌ね、落ち着かない！　でもとってもすてき！　生きてるって感じ。あなたはどう？　今まさに生きてるって、あなたも感じる？」

そう言い残してサミーは船内に消えた。

「ねえ、サルヴォ……」彼女の声が聞こえた。

確かに自分もそう感じていることに気づいて、ペルデュは驚いた。素晴らしい気分だった。

マノンの旅日記

一九九二年八月、パリにて

あなたは眠っている。

わたしはあなたを見ている。もう塩辛い砂に身を埋(うず)めたくなるほど恥ずかしいとは思わない。ひとりの男では満足できないからといって、自分を責めるのは止めた。過ぎ去った五回のコバルトブルーの夏。その間も自分を責めはしなかった。あなたと一緒に過ごした日々はそれほど多くない。鴉の羽のジャン、数えてみると、同じ空気を吸ったのはたかだか半年ほどだ。百六十九日間。日々を全部つないでも、二連の真珠の首飾りがやっとできるくらいにしかならない。

でも遠く離れていた日々も勘定に入れるべきだろう。遠い空に浮かぶ飛行機雲のように。それを見て、あなたのことを思い、会うのを楽しみにして過ごした日々。それらの日々も数えなくては。期待と罪悪感で二倍にも三倍にも感じられた日々。そう考えると、感覚的には十五年になる。いくつもの人生。さまざまな人生を夢見た。

よく考えたものだ。間違った行動をしたんだろうか？　間違った選択をしたんだろうか？　リュックとだけ、あるいはまったく別の誰かと「正しい」生活をする選択肢もあった？　それともすべての可能性を手にしていたのに、活かせなかった？

でも生きることに、間違いも正解もない。それに今となっては、これ以上考えたところでなんにもならない。どうしてひとりではすまなかったのか、ひとりの男では足りなかったのかと、いまさら問うても仕方がない。

答えならたくさんある。

生に飢えていたから！

それから欲望。赤く燃える、不穏で、ねとつく欲望。

顔にしわが寄り、髪が灰色になる前に、通りの端に立つ半分しか使われない家になる前に、もっと人生を謳歌(おうか)したい。

パリも答えのひとつだ。

こういうこともできる。船が島に遭遇するように、あなたに出会ってしまったと（ハハハ、そんな風に考えるのは、「わたしのせいじゃない。運命なのよ」モードに入ってしまっているときだ）。

リュックはこんなわたしを愛してくれるだろうか？

わたしにはなんの価値もない。わたしは悪い人間。だから何をしたところで変わらない。

ああ、それからもちろん、こういう答えもある。どちらかひとりではだめで、ふたりとも必要だ。リュックとジャン、夫と恋人、南と北、愛とセックス、大地と空、肉体と精神、田舎と都会。完全な存在になるには、両方が必要だ。

息を吸うことと、吐くことと、その中間。ようやく存在できる。

三分割の球があるということ。

でもこうした答えには、もう片がついた。

今では別の問いが重要になっている。

「いつ？」という問いだ。

わたしの身に起きていることを、いつあなたに告げるか？

そのときは来ない。

決して来ない。絶対に来ない。あるいは今すぐ。いつものようにくるまった毛布から出ている肩に手を触れさえすれば、あなたはすぐに目を覚まして訊くだろう。

「どうした？　子猫ちゃん、いったいどうしたんだい？」って。

今、目を覚まして助けてくれればいいのに！

起きて！

どうして起きることがある？　これまでうまく嘘をついてきた。うますぎるほどに。

あなたのもとを去るのはいつ？

もうすぐ。

でも今夜はまだだめ。わたしにはできない。あなたから身を離し、後ろを向き、二度と振り返らないようにする。本当にそうするために、何千回、試さなければならないだろう。

回数制限を設ける。数えて自分にいい聞かせる。あと千回、キスをしたら……。そして数える。あと四百十八回……あと十回……あと四回。最後の三回分は大事に取っておく。

クリスマスの幸運を呼ぶ三粒のアーモンドのように。

すべてをカウントダウンする。いっしょに寝る回数。いっしょに笑う回数。

最後のダンスが始まった。

心の底から叫ぶということは本当にあるんだ。ものすごい心痛。

とにかく痛くてしかたない。

痛みは世界を小さくする。あなたとわたしとリュックしか見えない。三人の間に起きたことしか見えない。みんな関わりあっている。まだ救えるものを、なんとか助けないと。罰のことをよくよく考えたくない。不幸は平等に分け与えられる。

いつあきらめることになるんだろう？

あの後であればいいんだけど。

救いがうまくいくかどうかも知りたい。

医者からは消炎鎮痛剤かオピオイドの服用を勧められた。脳にだけ作用して、電気信号を遮断する薬だという。

服用すると視覚的な夢を見なくなる日がある。過去を思い出させるにおいを感じる日もある。ずっと昔のにおい。まだハイソックスをはいていた子どもの頃のにおいを。においが変わることもある。排泄(はいせつ)物のにおいが花のように。ワインが焼けたタイヤのように。キスが死のように。

でも確実を期したい。だから薬は断った。

痛みがあまりに強くて言葉が出なくなり、あなたに会えなくなるときもある。そういうときは嘘をつく。いいたいことをまず書いて、それを電話口で読む。痛みに襲われると、文字を頭に入れておくこともできなくなる。アルファベットのスープ。文字の煮込み。ＡＢＣのごった煮。

わたしの嘘をあなたが見抜いてくれなくて悲しくなったこともある。そもそもあなたに逢ってしまったことに腹をたてたこともある。でも憎むところまではいかなかった。

ジャン、もうどうしていいかわからない。あなたを起こして、助けて欲しいと懇願すべきだろうか。この頁は破った方がいい？　わからない。それともコピーしてあなたに送ろうか。それから……それとも何もしない？　わたしは書く。少しはましに考えられるように。

ほかのことは、どっちにしろもう言葉にならない。

今では体の方があなたに多くを語れる。この疲れ、病んだ南の木から、緑の柔らかい若芽がひとつ出ている。

その芽は少なくとも、根本的な願望を表現できる。

愛して。

抱いて。

なでて。

狂い咲きだと、パパはいう。巨木は倒れる前に、もう一度花を咲かせる。まだ癌に冒されていない最後の若枝に全力を注ぐ。

ついこの間、あなたはわたしのことをとてもきれいだといってくれた。

わたしは狂い咲きを始めている。

この前、ヴィジャヤがニューヨークから電話をかけてきた。あなたはまだ本の船にいて、『南の光』の最新版を売っていた。その本をあなたはみんなに読ませたがっている。美しくて、小さくて、風変わりな本を。前にいっていたわね。その本には嘘がまったく書かれていないって。頭でっかちなところもないし、飾り気のある言葉も使われていない。すべてが真実の本。

ヴィジャヤは新しいボスの話をした。ボスはふたりいて、どちらも風変わりな細胞学者らしい。彼らは、脳ではなく肉体が魂と性格を作ると考えている。彼らがいうには、人間には途方もない数の細胞があり、その細胞に起きることが魂にも起きる。

ヴィジャヤはいった。痛みはすべての細胞を変質させる。三日後にはすでにその過程が始まる。興奮細胞から痛み細胞が生じる。感覚細胞から不安細胞が生じる。結合細胞から針山が生じる。そして最後には、どんな愛撫も苦痛にしかならなくなる。音楽の響きも、近づく影も、すべてが不安の種になる。そしてちょっと動いて筋肉が張っただけで、痛みが増幅し、何百万という新しい〈痛み受容体〉を作り出す。体内は完全に改変され、交換されるけれど、外からは誰にもわからない。最後にはもう誰にも触られたくなくなる、とヴィジャヤはいった。そして孤独になると。

痛みは魂の癌だ、とあなたの旧友は学者の口調でいう。自然科学者の例にもれず、そういうことをまったく悪びれずにいう。この先わたしの身に何が起きるか、すべてを予告する。

痛みは体も頭も鈍化させる、とヴィジャヤはいう。忘れっぽくなり、論理的に考えることができなくなり、パニックになる。そして明晰（めいせき）な思考は痛みが脳に刻むしわの溝の中に落ちてしまう。あらゆる希望も。最後には自分もそのしわの溝に落ちる。そして痛みとパニックに呑みこまれ、自我は完全に消滅する。

いつ死ぬのか？

統計学的には、あとどのくらい生きられるのか？

〈クリスマスの十三種のデザート〉（プロヴァンスではクリスマスイブにテーブルに十三種類のデザートを並べる習慣がある）はまだ食べるつもりでいる。ママンはビスキュイとムースを作るのが得意だ。パパは四種類のフルーツの担当。リュックは一番きれいな木の実をみがく。テーブルクロスが三枚。ロウソクが三本。ちぎったパンが三つ。一切れは生きている者のために。一切れはこれからの幸福のために。そして最後の一切れは貧者と死者が分け合う。

そのときすでに最後の一切れを争うことになっていませんように。

リュックはわたしが治療を受けないことを嘆いた。受けたとしても助かる見込みは競馬の勝率並みで、どっちにしろ少しずつ死に近づいていくわけだし、墓石を注文し、ミサをあげ、ハンカチにアイロンをかけなければならない。

わたしは墓石の重みを感じるだろうか？

パパはわかってくれた。化学療法を受けたくない理由をいうと、パパは納屋へ行って、しばらく泣いていた。体の一部を失う方がましだと思ったに違いない。

ママンは顔をこわばらせた。まるで石化したオリーブの木だ。顎は角張って、目は樹皮のよう。どこで間違ってしまったのだろう？　なぜ最初の死の予感を悪夢だったことにできないのだろう？

ママンはそう自問している。母であるがゆえに、ママンは際限なく心配する。

「わかっていたのよ。呪うべきパリには死が待っているとね」でもママンはわたしのせいにすることができない。それで結局は自分のせいにする。そうやって自分に厳しくすることで、ママンはなんとかやっている。そしてわたしが最後の時間を過ごす部屋を念入りにしつえらる。

あなたは今、ピルエットを踊るダンサーのように片脚を伸ばし、もう一方の足を曲げた恰好で仰向けに寝ている。片手は頭の上に伸ばし、もう一方の手は腋のあたりに当てている。

あなたはいつも、わたしを特別な存在であるかのように見てくれた。五年間、一度もわたしをいらだたせなかったし、ないがしろにもしなかった。どうしてそんなことができたの？

カストールがこっちをじっと見ている。二本足のわたしたちは、猫にとって相当奇妙なんだろう。永遠が待ち受けている。押しつぶされそうだ。

そんなことを考えるなんていけないとわかってるけれど、でもときどき、誰かわたしの愛する人が、先に逝ってくれればいいのにと考えてしまう。そうなれば自分にもできるだろうと思えるから。ときどき、あなたの方が先に逝ってくれればいいのに、と思う。それならわたしも逝けるから。あなたは待っていてくれると確信できるから。

さよなら、ジャン・ペルデュ。

あなたにはまだ何十年も時間が残されていると思うと、うらやましい。

わたしは最後にあの部屋へ行く。そしてそこから庭へ出る。ええ、きっと。わたしは背の高いテラスのドアからゆっくりと出ていく。日没の中へと。そしてそれから、それから光になる。どこにでもいられるから。

それがわたしらしいあり方。わたしはいつでもそこにいる。毎晩、そこに。

34

その晩、四人はにぎやかに浮かれ騒いで過ごした。サルヴォは貝を料理して次々に食卓に供し、マックスはピアノを弾き、男たち三人は入れ替わり立ち替わり、デッキでサミーと踊った。夜もだいぶ更け、四人はアヴィニョンの夜景と、童謡『アヴィニョンの橋の上で』で知られる橋の眺めを堪能した。七月も盛りの暑さだった。日が沈んだ後も空気は生暖かく、気温はまだ二十八度あった。

真夜中になる少し前、ペルデュはグラスを高く掲げた。

「みんなに感謝する。友情に、真実に、そしてとびきりおいしいごちそうに乾杯！」

四人全員、グラスを上げた。グラスを打ち合わす音が旅の終わりを告げる鐘のように響いた。

「ねえ、今、とっても幸せよ」サミーが燃える頬でいった。

そして半時間後、「今でも幸せよ」

それからさらに二時間後……幸せを表す方法はもう言葉ではなくなっていたが、マックスもペルデュもすでにそこにはいなかった。ふたりは恋人たちの邪魔をしないことに決めたのだ。そしてサミーとサルヴォがふたりだけで最初の夜を、願わくば今後何千回も続く最初の夜を過ごせるよう、ルル号を降りて、近くの市門からアヴィニョンの旧市街に入り、街を散策した。

人々が狭い道をひしめき合うように歩いている。南部の夏は暑いので、当然、活動は夜遅くまでずれこむ。立派な市庁舎前の広場でマックスとペルデュはアイスクリームを買い、大道芸人たちが火のついた棒をジャグリングしたり、アクロバティックなダンスを披露したり、カフェやビストロの客を笑わせたりするのを眺めた。この街はこれまでの評判をいいことに荒稼ぎしようとする海千山千の商人(あきんど)のように思えて、ペルデュは親しみを感じなかった。

マックスは溶けていくアイスクリームを舌でなめあげた。そしてアイスクリームで口を半ばいっぱいにしながら、ついでのようにいった。

「子どもの本を書こうかと思って。いくつかアイデアがあるんだ」

ペルデュは横目でマックスを見た。

そうか、マックスは今まさに、理想の自分になるための道を歩みはじめようとしているんだ、とペルデュは思った。

「聞かせてくれるかい？」その瞬間に居合わせたことにひとしきり感動してから、ペルデュはいった。

「フーッ、訊いてくれないのかと思いかけてた」

マックスはズボンの尻ポケットからメモ帳を出して読んだ。

「庭のイチゴの中に埋められてもう何百年も忘れられている魔法使いの話。老魔法使いは、勇敢な少女が庭にやってきて、自分を掘り起こしてくれるのを、今か今かと待ちこがれている」

マックスはペルデュを晴れやかな目で見つめた。

「あるいは小さな聖ガランガランのお話」

「ガランガラン？」

「聖ガランガラン。他人がやりたがらない嫌なことをさせられる聖人だよ。ガランガランにも子ども時代があったと思うんだよね。聖ガランガランという名になる前にね。なあ、ガランガラン、大きくなったらなにになりたい？　作家かい？」マックスはにやりとした。「それから飼い猫のミヌーと体を取り替えっこしたクレールの話。あと……」

子ども部屋の未来のヒーローだな、とマックスの豊かな発想に耳を傾けながらペルデュは思った。

「……それから天空にいる小さいブルーノの話。ブルーノは自分に割り当てられた家族について、担当者に文句をいって……」

ペルデュはマックスの話を聞きながら、胸に広がるなんともやさしい気持ちを堪能した。この青年がたまらなく愛おしかった。彼のくせ、彼の眼差し、彼の笑い声。

「……そして影はその持ち主の子ども時代に帰り、そこでいくつかの事柄を正常な状態にもどし……」

素晴らしい、とペルデュは思った。自分の影を昔に送り返して、人生を秩序だててもらえたらどんなにいいだろう。でも残念ながら、それは不可能だ。

夜もだいぶ更けてから、ふたりは船にもどった。あと一時間もすれば空が白んでくるだろう。マックスは自分の寝床のある片隅に引っこみ、少し書付けをしてから寝たが、ペルデュの方は川の流れにゆらゆら揺れる船内をゆっくりと歩きまわった。二匹の猫が傍らにぴったりついてきて、大柄な男をじっと見ている。別れが近いことを感じているのだろう。

本棚に沿って歩きながら本の背をなでる間、ペルデュの指は何度も虚空をすべった。客に売る前に、どこにどの本があったか、今でもはっきり覚えている。故郷の通りの家々や野原を覚えているのと同じだ。たとえとっくの昔に迂回道路ができたり、ショッピングセンターが建って姿を消してしまっていても、かつての光景は脳裏に焼きついている。

本があることで自分は守られていると常々感じていた。本の船の中に全世界を見出していた。感情も、場所も、時間も、それこそ何から何まで。旅をする必要はなかった。本と会話をしていれば、それで事足りていて……ときに人より本の方を高く買った。

本には脅かされる不安を感じずにすんだ。

ペルデュは一段高くなっているコーナーの読書用安楽椅子にすわり、川面を眺めた。二匹の猫が膝に飛び乗った。

「これでもう立ち上がれないよ」とでもいいたげに、猫の体がだんだん重くなり、膝が温かくなってきた。

ここが彼の人生だったのだ。二十五メートルかける五メートルのスペース。マックスと同じくらいの年に船の改造をはじめた。魂を扱う薬局にし、少しずつ評判を築いていった。錨鎖(びょうさく)を毎日ひとつずつ鍛え、強くしていき、そして自分をその鎖に編みこんだ。

しかし何かが合わなくなった。人生を写真帳に喩(たと)えるなら、いつスナップ写真を撮ってもみな似たように写るだろう。この船上にいる写真。片手に本を一冊持った写真。髪の毛だけが少しずつ白くなり、薄くなっていくだけだ。最後の一枚は、何かを必死に探す眼差しをしたしわくちゃの老人の顔。

いやだ。そんな風には終わりたくない。問題は、すでにそうなっていやしないかだ。

逃げ道はただひとつ。思い切って錨鎖を断ち切ること。

船を離れなければならない。完全に離れなければ。

そのことを考えると気分が悪くなったが、それから深呼吸をしてルル号のない生活を思い描いてみたら、肩の力が抜けた。

しかし途端に罪悪感を覚えた。煩わしくなったといって恋人を捨てるように、〈文学処方船〉を捨てていいものだろうか？

「煩わしくなど全然ない」ペルデュはつぶやいた。

ペルデュになでられて、猫がのどを鳴らした。

「おまえたちと船をどうしたらいいかな？」それを考えるとやるせなかった。

どこかで歌声がした。サミーが眠りながら歌っているのだ。

そのときあるアイディアが脳裏に浮かんだ。〈文学処方船〉の営業を止めることも、船の買い手をあくせく探すこともせずにすむかもしれない。

「クーネオはここで気持ちよく暮らせるかな？」ペルデュは膝の上の猫に訊いた。

二匹の猫は彼の手に頭をこすりつけてきた。

のどをごろごろ鳴らすことには癒やし効果があるといわれている。それこそバケツ一杯の折れた骨を再生することも、石のように硬くなった魂を癒やすこともできると。しかしいったん事が起きれば、猫は我が道を行き、決して後を振り返らない。猫が交尾するときは、まったく怖じけず、なんの制約ももたない。そしてまたなんの約束も。

ペルデュはヘッセの『階段』を思った。「どんな始まりにも魔法が内在している」という有名な一節はよく知られている。しかし「わたしたちを守り、生きる助けとなる」という補足部分の方はあまり知られていない。ヘッセが問題にしているのは新たな始まりではないのだが、そのことを理解している者はほとんどいない。

問題にしているのは別れるときの心構えだ。

慣習との別れ。
幻想との別れ。
とっくの昔に空洞化し、ため息をつくだけの抜け殻に過ぎない生活との別れ。

35

遅い朝食をとったとき、気温は三十五度になっていた。そしてクーネオと買い物に出ていたサミーから驚きのプレゼントがあった。全員にプリペイドの携帯電話が渡されたのだ。

ペルデュはサミーがクロワッサンとコーヒーカップの間にすっと置いた携帯電話を懐疑的に眺めた。数字を解読するには老眼鏡が必要だ。

「それは二十年前からある。信用してだいじょうぶさ」マックスがからかった。

「わたしたち全員の電話番号を登録しておいたから、電話してちょうだい。元気だって報告して。あと、ポーチドエッグの作り方がわからなくなったときもね。それから退屈で何か新しいことを経験したくて窓から飛び下りたくなったときとかに」サミーはいった。

ペルデュはサミーの真剣さに心を打たれ、「ありがとう」と戸惑い気味にいった。

彼女が少しもためらわず、あけっぴろげに好意を寄せてくれることにたじろいでいた。友情がすてきなのはこういうところだろうか？　ふたりが抱き合うと、小柄なサミーはペルデュの腕の中にすっぽり入ってしまった。

「ところで……きみたちにあげたいものがある」とペルデュは切り出した。そしておずおずとクーネオの方に船の鍵を押しやった。

「嘘をつくのが世界一へたなサミー、ナポリ一の料理名人サルヴォ。わたしはここで船を降りる。だから、きみたちにルル号を委ねたい。猫のために、それから自分の物語を探している作家のために、片隅を常に開けておいてくれないか。どうかな？　強要はしない。だがきみたちが引き受けてくれればうれしい。無期限で船を貸すということでどうだろう？　つまり……」

「だめよ！　ここはあなたの仕事場でしょ。あなたの事務所で、魂のクリニックで、住み処でもある。この船はあなたそのものなんだから、それを他人に譲るなんて馬鹿もいいとこよ。たとえ相手がそれをものすごく欲しがっていてもね！」サミーが大声をあげた。

三人の男はサミーを唖然として見つめた。

「えっと、ごめんなさい。わたしは……えーと……ええ、まさにそういうつもりでいったのよ。それは無理な相談ね。携帯電話と本の船を交換するなんてとんでもない。ええ、ほんとうよ。ああ、なんてことかしら、恥ずかしい！」サミーは困ったようにくすくす笑った。

「嘘をつけないっていうのも、生きていくうえでなかなか役に立つね」マックスがいった。「ところで前もっていっておくけど、ぼくは船はいらないよ。ジャン、もう少しいっしょにいけるとうれしいな。ぼくも車に乗せてもらえる？」

クーネオは目に涙を浮かべた。

「おーおー」彼はそれしかいえなかった。「おー、カピターノ。おー、おー、……くそっ！　……

なにもかもおれには……」

四人は長いこと話し合った。利点と問題点を出して議論した。クーネオとサミーが躊躇すればするほど、ペルデュは船を引き継いでくれ、といい張った。

マックスは意見を出すのを控えていたが、一度だけ、こう訊いた。

「これって、そもそも自殺行為に等しいんじゃないかい？」

ペルデュはマックスの言葉を無視した。そうするしかないとわかっていた。そう感じていた。サミーとクーネオが承知するまで、午前中のほぼ半分を費やした。

最後にクーネオは立ち上がり、感動のあまり頬を紅潮させておごそかにいった。

「わかりました、カピターノ。あなたが取りもどしたくなるまで、船の面倒はしっかりみますよ。明後日(あさって)でも、一年後でも、三十年後でも、いつでも取りもどしにきてください。それに猫と物書きのための場所も、常に開けておきます」

四人は協定を結び、しっかり抱き合った。

サミーは最後にまたペルデュを愛情たっぷりに見つめ、にっこりしていった。

「あなたはわたしの最愛の読者よ。あなた以上にすてきな読者は考えられない」

マックスとペルデュは自分たちの持ち物をマックスの船員用雑嚢と二、三の大きめの買い物袋に入れて船を降りた。ペルデュは服の他に、書きはじめた『ささやかな感情の大事典』の草稿を持った。

クーネオがエンジンを起動させ、ルル号を岸から離した。ペルデュは呆然としていた。

隣にマックスがいて、姿は見えていたし、声も聞こえていたが、マックスまで本の船と同じく離れていくようだった。

マックスは両手を大きく振って、「チャオ、バイバイ」と叫んだ。ペルデュの方は手を振るような気分にはとてもなれなかった。

本の船が川の湾曲部を曲がって見えなくなるまで、黙って見ていた。

そして船が行ってしまった後も、まだ消えた方に目を向けていた。放心状態が収まり、また感じることができるようになるまで。

ようやく体を動かせるようになって振り返ると、マックスはベンチにすわって静かにペルデュを待っていた。

「行こう」ペルデュは乾いたしゃがれ声でいった。

ふたりはパリを発って五週間で初めて、それぞれの取引銀行のアヴィニョン支店でお金をおろした。それこそ何十回も電話のやりとりをして、ファックスでサインを確認し、身分証明書を提示しなければならなかったが、それでもどうにか現金を手にすることができた。それからTGV（フランスの高速鉄道）の駅でミルク色の小型車を借り、リュベロン山麓に向けて出発した。

アヴィニョンの南東でバイパスに入った。ボニューまでたったの四十四キロだ。

窓を開けてマックスはうっとりと外の景色を眺めた。左右にひまわり畑、緑したたるブドウ畑、ラベンダー畑が色とりどりに続いている。黄色と深緑と紫の絨毯。その上には白い綿雲が浮かぶ青い空。

遠くの地平線には小リュベロン山地と大リュベロン山地が連なる。山裾（やますそ）はどこまでも延び、右端に少し高い腰かけのような山がある。

太陽が照りつけている。大地と人間を貪り、野と町に強烈な光を降りそそいでいる。

「麦わら帽子が必要だな」マックスが気持ちよさそうにうなった。「あとリネンのズボン」

「いるのはデオドラントスプレーと日焼け止めクリームだよ」ペルデュが乾いた口調で正した。

マックスは見るからに満足そうだ。ぴったりはまったジグソーパズルのピースのように、周囲に身を委ねている。

ペルデュは違った。見るものすべてが、妙に遠く異質に思えた。いまだに放心しているようだった。

緑の丘の上に村々が王冠の宝石のように点在している。明るい砂岩と屋根瓦が熱を反射している。猛禽が滑空飛行をしながら上空を監視している。狭い道に人気はなかった。

マノンはこの山々を、丘を、色彩豊かな野を見ながら育ったのだ。彼女はこの柔らかな空気を感じてきた。何十四もの蟬が鳴く何百年の時を経た巨木に親しんできた。蟬時雨はペルデュの耳に「何？　何？　何？」といっているように聞こえた。

ここで何をしている？　何を探している？　何を感じている？

何も。

この土地はペルデュにまったく何も語りかけてこなかった。

ふたりはすでにメネルブのカレー色の岩を過ぎ、ブドウ畑と農家を左右に見ながらカラヴォン谷とボニューに近づいていった。

「ボニューは大リュベロンと小リュベロンの間に積み上げられた町なの。五層のデコレーションケーキみたいにね」かつてマノンはペルデュにいった。「一番上が古い教会と百年の齢を重ねるアトラスシダーとリュベロン一の墓地。一番下がブドウ栽培農家。その間の三層に家々とレストランがある。それらが急な道と狭い階段で結ばれている。だから村の娘たちのふくらはぎはみんな強くてきゅっと締まってるのよ」

そういってマノンはペルデュにふくらはぎを見せた。彼はそのふくらはぎにキスをした。

「すてきなところだなあ」マックスがいった。

車は野道をガタゴト走っていた。ひまわり畑の横を曲がり、ブドウ山を横切って――そのうちふたりとも、どこにいるのかわからなくなった。ペルデュは道ばたに車を止めた。

「〈ル・プティ・サン・ジャン〉はこのあたりのはずなんだけど」マックスはつぶやいて地図に目をこらした。

蟬がさかんに「ジージージー」と鳴いている。あとはいたって静かで、エンジンを切った車がかすかにたてる音が田園の深い静寂を破っているだけだった。

それからガタガタという音が聞こえてきた。ブドウ山からトラクターが近づいてきた。そんなトラクターを見るのはふたりとも初めてだった。車幅がものすごく狭くて、タイヤは幅が狭いわりに径が大きい。それでブドウ畑の間を楽々スピードを上げて走ってくる。

運転席には野球帽をかぶり、サングラスをかけた若者がすわっている。服装は短く切ったジーンズに白いシャツ。シャツのボタンはきっちり留めてある。若者はペルデュたちに軽く頭を下げて、そのまま通り過ぎようとした。マックスが懸命に手を振ると、トラクターは数メートル先で止まった。マックスは急いでかけていった。

「すみません、ムッシュ！」マックスはトラクターの音に負けじと声を張り上げた。「ブリジット・ボネの家、〈ル・プティ・サン・ジャン〉へはどう行けばいいですか？」

若者はエンジンを切って、野球帽を脱ぎ、サングラスをはずして前腕で額の汗をぬぐった。長いチョコレート色の髪が肩に垂れた。

「わっ、すみません、マドモワゼル、勘違いしてしまって」マックスがあわてて謝る声がペルデュの耳に届いた。

「女はトラクターになんか乗らないで、ドレスに身を包むものと思ってるんでしょ」見知らぬ女性はクールにいうと、髪をたくし上げてまた野球帽に入れた。

「それか大きなお腹で裸足でコンロの前に立っているか」マックスが付け加えた。

女性は一瞬唖然としたが、それからけらけら笑った。

運転席からペルデュがふたりの方を振り返ったとき、その若い女性はまたサングラスをかけなおし、マックスに道を教えていた。ボネの家はブドウ山の反対側で、ずっと右曲がりに進めばたどりつけるという。

「ありがとう、マドモワゼル」

マックスのその次の言葉は、エンジンをかける音でかき消されて聞こえなかった。

ペルデュに見えたのは女性の顔の下半分だけ。――唇にはゆかいそうな笑みが浮かんでいた。

それから彼女はアクセルを踏み、砂ぼこりを後に残して去っていった。

「本当にここはすてきなところだね」車に乗りこんできたマックスがいった。顔が赤くなっている。

「何かあったのか？」ペルデュは尋ねた。

「彼女と？　まさか」マックスは笑い飛ばした。少しばかり大げさな笑い声だった。「えっと、とにかくこの道をまっすぐ行けってさ。それにしてもきれいな子だった」

マックスは幸せ一杯のウサギのぬいぐるみみたいだ、とペルデュは思った。

「汗びっしょりで薄汚れてて、だけどものすごくかわいい。冷蔵庫から出したチョコレートみたい。でもそれだけの話で……えっと、なんでもないって。すてきなトラクターだったなって。なんでそんなこと訊くのさ?」マックスはあたふたしている。

「ただ訊いただけさ」ペルデュはそういってごまかした。

数分後、ふたりは〈ル・プティ・サン・ジャン〉を見つけた。十八世紀初めに建てられた農家で、絵本から抜け出したかのようなたたずまいだ。灰色がかった水色の石造りで、細くて高い窓がついている。庭にはきれいな花が咲き乱れている。

ここに来る前、マックスはリュベロン地方自然公園のウェブサイトで、ここにまだ部屋がひとつ空いているのを見つけたのだ。マダム・ボネは鳩小屋を改造して、朝食付きで貸していた。

ブリジット・ボネは小柄でショートカットの五十ちょっと過ぎくらいの女性で、心からの笑顔と摘み立てのアンズで歓待してくれた。

彼女は男性用のシャツを着て、淡い緑色のバミューダパンツを穿き、つば広ソフト帽をかぶっていた。小麦色に日焼けしていて、水色の目が輝いている。

彼女が出してくれたアンズには柔らかい毛があり、改造した鳩小屋は四メートル四方の隠れ家のようなものだった。小さいたらいと狭いトイレ、タンス代わりに釘が何本か打ちつけてあり、幅がかなり狭いベッドが一台あった。

「二台目のベッドはどこですか?」ペルデュが訊いた。

「あら、ムッシュ。ベッドは一台しかないのよ——あなたがたはカップルじゃないの？」

「ぼくは外で寝るよ」マックスが急いでいった。

鳩小屋は小さいけれど、とても居心地がよい。ドアいっぱいの高さがある窓からは谷の向こうのヴァランソル高原が見えた。広大な果樹園とラベンダーの庭、小石が敷きつめられたテラスと、かつて城塞の一部だったと思しき自然石の壁で囲まれている。小屋の隣には小さなかわいい泉があった。ワインを冷やすのにもってこいだ。そしてその脇の石壁にすわれば、脚をぶらぶらさせながら、果樹園や野菜畑やブドウ畑の広がる谷をはるかかなたまで見渡せる。道も他の農家も目に入らない。見晴らしは最高で、この場所を選んだ者の慧眼は賞賛に値する。

マックスはその広い石壁に飛び乗り、片手を目の上にあてて日射しをよけながら眼下に広がる平野を見晴らした。耳をすませばトラクターのエンジン音が聞こえ、目をこらせば遠くに左から右、右から左へと砂ぼこりが動いていくのが見える。

鳩小屋のテラスの周りにも、ラベンダーとバラと果樹が植えられている。その横に大きなパラソルが広げられていて、その下に明るい色のクッションつきの二脚の長椅子とモザイク張りのテーブルがあった。

そこへマダム・ボネがきりりと冷えたオランジーナと、歓迎用のお酒として、明るい黄色に光る冷やしたワインを持ってきた。

「これはここのワイン、リュック・バセですよ。十七世紀から続くブドウ園で、県道三十六号線のちょうど反対側にあってね。ここから歩いて十五分の距離ですよ。この〈マノンXⅦ〉は今年金メダルを取ったんですよ」

「なんだって？　マノン？」ペルデュは狼狽（ろうばい）した。

すぐさまマックスが、ペルデュの反応にまごついているマダムに大げさに礼をいった。

それからワインのラベルをとくと眺めた。その間にブリジット・ボネは華やかな花壇の中のあちこちで花殻（はながら）をつまんだり雑草を抜いたりしながら立ち去った。ラベルの「マノン」と書かれた上には、女性の顔が優しいタッチのペン画で印刷されている。柔らかい巻き毛に縁取られた半ば笑っている顔。大きな目はしっかりこちらに向けられている。

「あなたのマノンですか？」マックスが驚いて訊いた。

ペルデュは初め、うなずいて、それから首を横に振った。

いや、違う。彼のマノンなどではない。

彼のマノンは死んでしまい、きれいなまま、夢の中で生きている。

そのマノンにペルデュはいきなり見つめられた。

ペルデュはマックスの手からワインの壜を奪い取った。スケッチ画のマノンの顔をやさしく指でなでる。彼女の髪。頰。顎。口。首。かつてそのすべてに触れた。けれども……。

ペルデュはふいにふるえはじめた。

ふるえは膝から始まり、しだいに広がって、腹をふるわせ、胸を締めつけ、腕、指へと伝わっていき、唇とまぶたをひくつかせた。

もうこれ以上はもたない。

ペルデュはぽつりぽつりと語りはじめた。

「彼女はアンズの実を木から摘み取るときの音が好きだった。アンズの実を指ではさんで軽くひねると、きゅっという音がする。愛猫の名前はミャウ。ミャウは冬には彼女の頭の上で帽子のように眠った。足の指の形は父親譲りだ、とマノンはいっていた。足の指と、それから骨格。マノンは父親をとても愛していた。それにクレープに山羊のチーズをのせてラベンダーのハチミツをかけて食べるのが大好きだった。それからな、マックス、彼女は夢を見ながらときどき笑ったんだ。彼女はリュックと結婚していた。わたしはただの愛人にすぎなかった。夫はブドウ農園主のリュック・バセさ」

ペルデュは目を上げた。ふるえる両手でワインの壜をモザイク張りのテーブルの上に置いた。できることなら石壁に投げつけたかった。でもマノンの顔を壊したくなかった。そんなことを考えても仕方がないとわかってはいたけれど。

これ以上は無理だ。もう耐えられない。地上で最も美しい場所のひとつにいるというのに。息子にも、親友にもひとしい友とともにいるのに。逃げ道を断ってパリからプロヴァンスへやってきた。川を下り、涙を越えて。

挙げ句の果てに、まだ心の準備ができていないと気づかされるとは。

まだパリの住まいの廊下に立っているも同然だ。ラベンダーの部屋を閉ざした本棚の壁の前に。ここまで来れば、問題が魔法のようにすべて解決するとでも思っていたのだろうか？　川に苦悩を置き去りにできるとでも？　流さなかった涙と引き替えに亡き人の許しを得ることができるとでも？　救済を受けられるとでも？

そう、ペルデュはまさしくそう思っていた。

でもことはそう簡単にはすまなかった。

そんなに簡単にすまされるものではない。

ペルデュは怒ってワインの壜をつかみ、くるっと回した。マノンに見つめられるのは耐えられない。

だめだ。こんな状態ではマノンと向き合えない。根無し草、最愛の人をふたたび失くすことを恐れ、誰も愛せなくなった非人間のままでは。

マックスが手を伸ばしてきた。ペルデュはその手を強く握った。がっしり力をこめて。

36

南のしっとりした空気が車を通り抜けていった。ペルデュはポンコツのルノー5（サンク）の窓を全開にしていた。ブリジットの夫ジェラール・ボネが譲ってくれたものだ。レンタカーはアプトで返却した。右側のドアは青、左側は赤。残りはベージュがかった赤錆色だ。ペルデュはその車に小さい旅行鞄を載せて旅立った。ボニューを経てルールマランへ、そこからペルテュイを経てエクス＝アン＝プロヴァンスへ。そしてさらに高速道路を南下し、海へと向かった。

今、眼下にはリオン湾が広がり、マルセイユがその雄姿を見せている。かつてアフリカとヨーロッパとアジアがここで口づけをし、交戦した。ヴィトロル山地を過ぎて高速道路七号線を下りると、港湾都市マルセイユは夏のたそがれにきらめき息づいていた。

右側には白い家並み。左側には空と水の青。うっとりする景色。

海だ。

海が輝いている。

「やあ、海よ」ペルデュはささやいた。海にすっかり目を奪われていた。まるで心臓に銛を突き刺され、強力なロープで少しずつ引き寄せられているかのようだ。

海。空。頭上の青には白い飛行機雲が、眼下の青には白い波頭が見える。

どこまでも続くこの青の中へ入っていけたらいいのに。切り立つ断崖が連なる海岸に沿って。それからさらに先へ。ずっと、ずっと遠くへ行きたい。内側から身を苛むこのふるえから解放されるまで。こんなことを思うのはルル号を手放したせいだろうか？ やり遂げられると思ったのに、その望みが潰えたせいだろうか？

自信が持てるまで、どこまでも車を走らせたかった。

傷を負った獣がするように、引きこもれる場所を見つけたい。

癒やしがいる。癒やさなければ。

パリを発ったときには、わかっていなかった。

わかっていないことは、まだたくさんある。そうした思いに圧倒されそうになり、ペルデュはラジオをつけた。

「あなたを今のあなたにした出来事とはなんですか？ お話ししてみませんか？ ぜひお電話を。わたしとリスナーのみなさんに聞かせてください」

電話番号が伝えられ、それからパーソナリティーの女性がムース・オ・ショコラのように甘い親しみのもてる声で、流す曲名を告げた。スローな曲。うねる波のようなメロディー。エレキギターがところどころでメランコリックなため息をつく。ドラムが磯に砕け散る波の音をささやく。

フリートウッド・マックの『アルバトロス』だ。

この曲を聴いていると、夕暮れにカモメが飛んでいる情景が思い浮かぶ。ここから遠く離れたどこかの浜で、誰かが流木を燃やし、炎が揺らめいている。

夏の暑さの中、ペルデュがマルセイユ市内の道路を走りながら、自分なら何を話すだろうと思いをめぐらしていると、ラジオではオバーニュのマルゴーが自分を今の自分たらしめた出来事を語りはじめた。

「最初の子の出産です。娘で名前はフルール。分娩に三十六時間かかりました。でもその苦痛があれほどの幸せを、あれほどの平安をもたらすとは……その後は解き放たれたような気分でした。ふいにすべてが意味を持つようになりました。そしてもう死を恐れる気持ちがなくなりました。わたしは命を贈ったのです。苦痛は幸せへの道でした」

一瞬、ペルデュはオバーニュのマルゴーの気持ちがわかった気がした。しかし彼は男だ。九ヶ月もの間、体内にもうひとつの命を抱えて過ごすのはいったいどんな感じがするものだろう。ペルデュには知りようがない。自分の一部が子どもに移行し、自分の中から永遠になくなってしまう感覚を味わうことはできない。

ペルデュは大聖堂の下をくぐる長いトンネルに入った。トンネル内でもラジオ放送は聞こえていた。

　次の語り手はマルセイユのジル。労働者特有の堅い口調で、とつとつと話した。

「おれが今の自分になったのは、せがれが死んだときだ」彼はそこで一瞬言葉に詰まった。「悲しみが、大切なものは何かということを、教えてくれた。最初からずっと悲しかった。朝は悲しみに起こされる。一日中、どこへいっても悲しみがつきまとう。晩になっても悲しみは去らない。眠っている間も悲しくて気が休まらない。悲しみがのどを絞めつけ、体を揺さぶる。だが悲しみは心を温めてもくれる。いつしか悲しみは和らぐが、完全に無くなることはない。悲しみは常にひょっこりと顔を出す。そしてそれから……おれはふいに人生で大切なものが何か悟った。悲しみが教えてくれたんだ。大切なものは愛だってことをな。それから食べること。そして背中をしゃんと伸ばすこと。ノーというべきときにイエスといわないことを」

　また音楽になった。ペルデュはマルセイユを後にした。

　故人を悼んで悲しんでいるのは自分だけだとでも思っていたんだろうか？　人生の道を踏みはずしたのは自分だけだと？　ああ、マノン。きみのことを誰かと語れたらいいのに。

　そもそもパリで埠頭につないでいたロープを断ち切る契機となったブックエンドのことをペルデュは思い出した。ヘッセの『階段』。あの詩をブックエンドに使うなんて、あまりに陳腐だ。あれほど奥が深く人知を極めた詩を……販促に使うなんて。

　ペルデュは自分も人生の階段を飛ばすことができなかったことにおぼろげながら気づいた。

　しかしどの段まで来ているんだろうか？　まだ段の終わりまで来ていないんだろうか？

　それとももう新しい段の始まりにいるんだろうか？　それとも段を踏み外して落ちていたりし

て？
ペルデュはラジオを消した。まもなくカシスへの出口が見えてきて、ランプウェイに入った。高速道路を出た後も、考えこんでいた。ほどなくカシスに着いて、ヘアピンカーブの道をガタゴト音をたてながら走った。休暇を過ごすたくさんの人々。動物の形のフロートを手にした子どもたち。ディナードレスを着てダイヤモンドのイヤリングをつけた女性たち。海岸沿いの高級そうなレストランには「バリービュッフェ」と大書された大きなポスターが客の目を引いている。

ここはわたしのいる場所じゃないな。

ペルデュはパリの行政区でセラピストをしているエリック・ランソンのことを思った。ファンタジーを読むのが好きで、精神分析の手法を用いて文学の解釈をしては楽しませてくれた顧客。ランソンと喪失の悲しみや不安について話すこともできたはずだ。彼は一度バリから絵葉書を送ってくれたことがあった。バリでは死は生の到達点とみなされていて、死者を送るガムランを演奏し、海の幸を振る舞い、盛大に祝うのだという。マックスがそんな葬式に居合わせたらなんというだろう？　きっと何か非礼なことをいいそうだ。それから愉快なこと。

マックスは別れ際にペルデュにふたつのことを伝えていた。一つ目は、死者を弔うには、対面して亡骸を火葬し、灰を埋葬しなければならない。そうして初めて死者のことを語れるのだと。

「死者のことを黙っていては、平安は訪れない」と。

二つ目は、ボニュー周辺は本当に美しいので、鳩小屋にとどまって執筆をするつもりだと。

ペルデュは、赤いトラクターが一枚かんでいるなと思った。

しかしどうだろう？　死者の話は語らなければならないものだろうか？

ペルデュはつぶやき、それからひとりきりの車の中で大声を出した。

「マノンは自然がどういうものか、話してくれた。感情をいつも露わにし、タンゴを愛した。シャンパンのように人生を味わい、人生を遇した。人生が特別なものだと、わかっていた」

深い悲しみが心に湧きあがった。ペルデュはこの二週間で、その前の二十年間よりずっとたくさん泣いた。しかしその涙はすべてマノンのために流したもので、一滴たりとも恥ずかしいとは思わなかった。

ペルデュはカシスの狭い道を急いで次々に横切った。カップ・カナイユ（絶景で知られる断崖）を過ぎ、赤い断崖を左手に見ながら丘を越え、松林を通り抜け、マルセイユとカンヌを結ぶ曲がりくねった古い海岸道路をたどった。村々は入り組み、家並みが町の境界を越えて連なっている。椰子（やし）と松、花と岩が入れ替わり立ち替わり現れる。ラ・シオタ。ル・リウケ。それからレ・レック。

海岸に入る道沿いに駐車スペースが一つ空いているのを見つけて、ペルデュはのろのろと走る車の流れから離れた。お腹がすいていた。

風雨にさらされた古いヴィラと実用本位の新しいホテル群からなる小さな町の広い海岸沿いは、家族連れであふれていた。人々は海岸や遊歩道を散策し、海に向けて窓を大きく開けたレストランやビストロで食事をしていた。

波打ち際では、浅黒く日焼けした少年たちがフリスビーに興じている。そして黄色いブイの連なりと灯台の向こうでは、一人乗りの白い教習用ヨットの一団が波間にぷかぷか揺れている。

ペルデュは砂浜から二メートル、波打ち際から十メートルほど離れたビストロ、〈レカトゥール〉のカウンターに席を見つけた。風に揺れる大きな青いビーチパラソルの下にはテーブルがびっしり並べられ、バカンスシーズンのプロヴァンスはどこもそうだが、客はオイルサーディンの缶詰の鰯さながらに詰めこまれている。ペルデュはカウンター席にすわった。

ハーブと生クリームで味つけした煮汁をたっぷりかけたムール貝が入った黒いボウルが湯気をあげている。ムール貝を食べ、水とバンドールワインの辛口の白をグラスで飲みながら、ペルデュはずっと海を見ていた。

午後遅い光の中で海は明るい青に輝いていた。それが日没に近づくにつれ、深いターコイズブルーに変わった。砂は明るい金色から暗い亜麻色に、そしてさらに粘板岩のような色へと変化した。前を通り過ぎる女性たちがにぎやかになり、スカートが短くなり、笑い声ににじむ期待がふくらんでいた。

防波堤にはオープンエアのディスコが作られていて、そこへ三々五々、薄手のワンピースや短いジーンズ姿の若者たちが流れていく。シャツが滑り落ち、日焼けして小麦色に輝く肩がのぞいている。

ペルデュは若い男女の後ろ姿を見送った。少し前屈みになって足早に歩いていく姿から、何かを体験したいという青春の激しい欲望が読み取れる。冒険が約束されている場所へ早くたどりつきたいという欲求。エロティックな冒険！　笑って自由を謳歌する。朝まで踊り明かし、冷たい砂浜を裸足で歩く。腰のあたりが熱くなる。生涯忘れることのないキス。

サン＝シールとレ・レックは日没とともに、楽しげな路上パーティ会場に変わった。

南国の夏の生活。午後は暑く、血がよどんで濃くなり、めぐりが悪くなる。その分、活動は日没後に先送りされる。

ペルデュの左手側には、家が建ち並び、松がうっそうと茂る急な坂道があり、てっぺんはくすんだ金色に輝いている。水平線はオレンジがかったブルーで、海は穏やかに波立ち、潮の香りがする。ムール貝をほとんど食べ終わり、ハーブと海の塩で味つけしたクリームソースと青黒く光る殻の残りをつついていると、海と空と大地が数分の間、同じ青に染まった。空気も、目の前のワインも、白壁と遊歩道も灰色がかった青になり、その数分間、人はみな、話す石像と化したかのようだった。

金髪のサーファー風の男がペルデュのボウルと皿を片づけ、慣れた手つきでぬるい水の入ったフィンガーボールをテーブルに置いた。

「デザートはいかがですか？」親しげだが、「デザートを注文しないなら、他のお客さんを入れるので出ていってください」といっているようにも聞こえた。

それでもペルデュはいい気分だった。海を食し、目で味わった。そうしたいと切望していた願いを叶えたのだ。心の内のふるえも少し収まった。

残ったワインをそのままにして、勘定を入れる皿に札を一枚載せ、ポンコツのルノー5（サンク）にもどった。そして塩気のあるクリームソースを唇につけて、また海岸通りをたどった。

海が見えなくなると、ペルデュは次の角で右折し、国道を後にした。間もなく、笠松と糸杉と松の防風林と家並み、ホテルとヴィラの向こうに、海が明るい月光に照らされて、ふたたび顔を出した。美しい住宅街を抜ける細い道を走る。車はほとんど通らない。カラフルで瀟洒（しょうしゃ）なヴィラが建ち並んでいる。どこへ来たのかはわからないが、明日の朝はここで目を覚まして海に入って泳ぎたいと思った。そろそろペンションを探す頃合いだ。それとも浜辺に焚（た）き火ができる場所を見つけて、星空の下で眠ろうか。

ちょうどフレデリック・ミストラル大通りを下っているときだった。ルノーが「ピュー」という笛の音のような音を立てた。それからガタンと大きな音がしてエンジンが止まった。その寸前に、ペルデュはかろうじて車を路肩に寄せた。イグニッションキーを何度回しても、もうエンジンはかからなかった。どうやら車もここにとどまりたいらしい。

ペルデュは車を降りて、あたりを見回した。

眼下に小さな海水浴場がある。その上部にヴィラとアパルトマンがかたまって見える。中心街まで半キロほどだろうか。オレンジがかった青い柔らかな光がゆらゆら揺れている。車から小さい旅行鞄を取って、ペルデュは歩き出した。

静かでゆったりしている。野外のディスコもなければ、長い車列もない。海の波音まで静かに聞こえる。

花盛りの庭のある古いヴィラが建ち並ぶ通りを十分ほど歩くと、四角い見張り塔があった。百年以上前に、この塔の周りにホテルが建てられた。どこにたどりついたか、ペルデュは思い当たった。よりによってここにたどりつくとは！　しかしこれほど理にかなった話もない。

畏敬の念に打たれ、埠頭に歩み寄る。目を閉じてにおいをかぐ。潮の香り。果てしない広がりと新鮮な空気を感じた。

ふたたび目を開ける。古い漁港。絹のようになめらかな青い水の上に漁船が何十隻も揺れている。沖には輝くばかりに白いヨットが見える。五階以上の建物はなく、どの建物の正面壁もパステルカラーで塗られている。

古くからある美しい漁港。昼間は多彩な色を輝かせる光の中にあり、夜はたくさんの星がきらめき、晩には古風なランタンにバラ色の明かりが灯る。広場のこんもり生い茂るプラタナスの下には、黄色と赤のパラソルが並んでいる。古いバーや新しいカフェがテーブルをたくさん出していて、その椅子にすわってうっとりと前を見つめ、太陽と海を満喫する人々。

大勢の亡命者を守ってきた場所。

サナリー＝シュル＝メール。

37

モンタニャール通り二十七番地、七五〇一一　パリ
カトリーヌ・〈ほら知ってるでしょ、例のル・ペ〉へ

八月、サナリー＝シュル＝メールにて
遠くのカトリーヌ
海はこれまでに二十七の色を見せてくれた。今日は青と緑のミックスだ。ペトロルブルーだと色に詳しいブティックの女性がいった。「濡れたターコイズブルー」といいたいところだ。
カトリーヌ、海は呼ぶことができるんだ。猫が前脚で一撃を浴びせるように引っかくこともね。きみにすり寄って、なでることもできる。海面は鏡のようになめらかなこともあれば、

荒れ狂うこともある。荒波がサーファーを沖へ誘うこともある。海は毎日、違う顔を見せる。嵐の日には、カモメが小さな子どものように泣きわめく。晴れた日には、素晴らしさを触れまわるように鳴く。「イーヨ！　イーヨ！　イーヨ！」と。知らぬ間にサナリーの美しさに酔いしれ、死にそうになる。

アンドレのペンション〈ボー・セジュール〉の青い部屋でのひとり暮らしは、滞在してまもなく、七月十四日で終わりにした。もう洗濯物をランドリーバッグにぎっしり詰めて、マダム・ポーリーヌに頭を下げて洗濯を頼むことも、シフール・レ・プラージュのショッピングセンター裏のコインランドリーへ行く必要もなくなった。今は洗濯機がある。今日は本屋の給料支払日だ。書籍商でオーナーのM・M――マダム・ミヌー・モンフレールはわたしの仕事に満足してくれた。あなたはいても邪魔にならない、とM・Mはいっている。人生初の上司であるM・Mに任されたのは、子どもの本と事典、古典のコーナーだ。それからドイツからの亡命作家のコーナーを設けてほしいと頼まれた。いわれたことはなんでもするつもりだ。奇妙なことに、もうボロ車の運転席で緊張しなくてすむのでほっとしている。

洗濯機と自分のための家を見つけたんだ。

港の上の丘に建っている。ノートル・ダム・ド・ピティの教会堂より奥だが、小さな入り江よりは手前にある。この入り江は海水浴場になっていて、バカンス客が浜にタオルを並べて寝そべっている。パリにはその家よりも広いアパルトマンがいくらでもあるが、これほど美しくはない。

家の色はフラミンゴの赤とカレーの黄色の中間だ。寝室のひとつからは椰子と松とたくさんの花と、小さな教会堂の裏側が見える。その先にはハイビスカス。そして海。ゴーギャンが好きそうな色の組み合わせだ。ピンクとペトロルブルー。バラ色と濡れたターコイズブルー。カトリーヌ、わたしはここへ来て初めて、見るということを学んだと実感している。

ここへ引っ越してきてから、家賃を払う代わりに家のリフォームをしている。このフランゴ・カレー・ハウスもアンドレとポーリーヌ夫妻の所有だ。夫妻にはリフォームをする暇がなく、代わりにリフォームをさせる子どももいない。夏場は夫妻の九室あるペンション〈ボー・セジュール〉は満室だ。

二階の三号室の青い部屋がなつかしい。アンドレのがらがら声と、彼が作る朝食も。それから緑の葉が屋根をなす裏庭も。アンドレにはわたしの父と似たところがある。ペンションの客のために料理をするのはアンドレで、ポーリーヌはトランプでソリティア（トランプの一人遊び）をしたり、女性客の求めに応じてタロット占いをする。そして客が居心地よく過ごせるよう、雰囲気作りに努めている。たいていタバコを吸っているか、プラスティックのテーブルの上にカードを並べている。タロット占いをしてあげようか、と前にいわれたことがある。今からでもしてもらうべきだろうか？

ペンションの掃除を担当しているのはふたりの女性、エメとシュリュムだ。エメの方はブロンドで太っていて、声がものすごく大きく、とても陽気。シュリュムの方は小柄で細身。しなびて硬くなったオリーブの実のようだ。歯のない口で忍び笑いをする。ふたりとも水をいっぱいに入れたバケツの取っ手を、パリジェンヌがヴィトンかシャネルのハンドバッグを持つように腕にかけて仕事をする。エメはよく港の教会で見かける。彼女は涙を流して歌う。

ミサはここでは人間のためのものだ。ミサの侍者は若く、白い侍者服を着ていて、微笑みはとても温かい。南部の他の観光地でよく見かける作り笑いが、サナリーではほとんど見られない。

聖歌はまさにそんな風に、幸せに涙を流しながら歌われなければならない。以前のようにまたシャワーを浴びながら歌うようになった。水が断続的にしか出ないので、それに合わせてリズムを取りながら飛び跳ねているような感じだけれども。しかし今でもときどき、自分の中に縫いこめられているように感じるときがある。まるで不透明な箱の中に住んでいるかのように。自分だけを閉じこめて、ほかのものを閉め出す箱。そういうときには、自分の声さえよけいに思える。

テラスの上に日よけの屋根をかけているところだ。なにしろここは連日のように晴れてめったに雨が降らない。太陽の輝きと柔らかさにたっぷり包まれていると、貴族の屋敷の広いサロンにいるかのように、暖かく守られていると感じる。しかし太陽があんまり長く照りつけると、熱に押しつぶされ、脅かされ、窒息しそうになる。午後二時から五時頃まで、ときには七時頃まで、当地の人間は日陰から外へ出ず、自宅の一番涼しいところに引っこんでいる。地下室の冷たいタイルの上に裸で寝そべり、戸外の美しい焼き窯（がま）が恵みを垂れてくれるまで、じっと待つ。わたしはハンドタオルを濡らして一枚を頭に巻き、もう一枚を背中にのせる。

増築した台所のテラスからは、船のマストとマストの間に港の色彩豊かな正面玄関が見える。白く輝くヨット。突堤の先端には灯台。七月十四日には、そこで消防隊の花火師が祝砲を撃った。湾の対岸には丘と山が弧を描いて連なり、その背後にはトゥーロンとイエールの町が望める。白い家々が岩鼻のような丘の上に点在している。爪先立ちをすれば、かつてのサン＝ナゼール（現在のサナリー＝シュル＝メールのこと）の四角い見張り塔も見えるだろう。その見張り塔を囲んで、やはり四角い〈オテル・ド・ラ・トゥール〉が建っていた。

あの忌まわしき戦争中、そのホテルでドイツ系作家が何人も亡命生活を送った。

トーマス・マンの一家、フォイヒトヴァンガー夫妻、ベルトルト・ブレヒト、エルンスト・トラー。シュテファン・ツヴァイクとアルノルト・ツヴァイク、クルト・ヴォルフとテオドール・ヴォルフ、アンナ・ゼーガース。画家ヴァルター・ボンディやウィーン生まれの女優フリッツィ・マサリーもいた。

（長々と書き連ねて申し訳ない、カトリーヌ！　紙は辛抱強い。作家はそうはいかない）

七月の終わりに古い港の隣にあるウィルソン埠頭で、ようやく初心者レベルを脱したペタンクをしていたとき、小太りのナポリ人が角を曲がってやってきた。パナマ帽をかぶり、口髭をご機嫌な猫のようにふるわせ、片手を女性と手をつないでいる。その女性は、顔を見ただけで心根がやさしいと見てとれる。クーネオとサミーだった！

ふたりは一週間ここに滞在した。船はキュイズリー市に預けてきていた。本の船にとってまさにもってこいの場所だ。ルル号は同類に囲まれていることになる。

すごい！　どうしてここにいるとわかったんだろう？

「なんで携帯電話の電源を入れておかないの？　まったくあなたって人は本の虫なんだから」

サミーがわめいた。うーん、それでもふたりはここを突きとめた。もちろんマックス、それからマダム・ロザレットを介したに決まっている。彼女の諜報能力はあいかわらずたいしたものだ。おそらくきみに出した手紙の消印をとくと眺めて、わたしが数週間前からサナリーにいることを突きとめたんだろう。友だちや恋人の世界は、彼女のようなアパートの管理人がいなかったらどうなってしまうことか？　ひょっとして大著『人生』には、我々ひとりひとりの使命がすべて載っているのかもしれない。愛するのが得意な者もいれば、他人の恋愛に注意を払うのが得意な者もいるという具合に。

なぜ電話のことを忘れたのかは、もちろんわかっている。

紙でできた世界にあまりに長くいすぎたせいだ。現実を今まさに知ろうとしているところなのだ。

クーネオは四日間、リフォームを手伝ってくれた。そして恋人を愛するように料理をすることをわたしに教えこもうとした。特別授業は市場から始まった。そこには箱入りのトマト、豆類、メロン、果物、ニンニク、三種類のラディッシュ、ラズベリー、ジャガイモ、タマネギが売り子の頭より高く積み上げられて並んでいた。子ども用の回転木馬の裏手にあるアイスクリーム屋で、わたしたちは塩キャラメルのアイスを食べた。やさしい塩味。焦がした砂糖は甘く、クリーミーで冷たい。あれほどおいしいアイスクリームはこれまで食べたことがなかった。今では毎昼、（ときには夜も）食べている。

クーネオは目で見るのではなく両手で物事の本質をつかみ出すことを教えてくれた。素材がどう扱ってほしがっているか、どうやって見極めたらいいか、実地で見せてくれた。においの嗅ぎ方も教えてくれた。素材のどれとどれとどれを組み合わせたら合うか、何が調理できるかを示唆しているのは香りで、それを読み解くコツを教えてくれた。彼はまた、コーヒーの粉を入れたカップを冷蔵庫の片隅に置いた。その粉が冷蔵庫の臭いを全部吸収してくれるのだという。わたしたちは魚を蒸し煮にしたり、煮つけたり、焼いたり、グリルしたりした。

きみがもう一度わたしの料理を望むなら、覚えたことをすべて駆使して誘惑してみせるよ。

サミーは最後の英知を授けてくれた。

小柄だが心の広い女友だちサミー。彼女は——普段はわめくのが好きなのに——珍しいことにわめかなかった。その代わり、すわって海を眺めながら色を数えているわたしを抱きしめて、そっとささやいた。

「ねえ、ジャン、終わりと新しい始まりの間に、間の世界があるって知ってる？　傷ついている時期のことよ。湿原みたいなもので、そこに夢や恐れや、忘れられた意図が集まってくる。その時期は足取りが重くなる。いいこと、ジャンノ、別れと新しい始まりの間の移行期を過小評価してはだめ。十分時間を取ってね。間が広すぎて、一歩ではまたげないこともよくあるから」

〈傷ついている時期〉〈間の世界〉とサミーが呼んだ時空間について、あれ以来しょっちゅう考えている。別れと新しい始まりとの間にある乗り越えるべき狭間。わたしはその狭間に今入ったところなんだろうか？　……それともすでに二十年間そこにいるんだろうか、と考える。

きみもこの〈傷ついている時期〉を知っているのかい？　愛の苦悩は死の悼みのようなものなのか？　きみにそれを訊いてもいいかい？

ドイツ系作家の作品を薦めたとき、微笑が返ってくるような町は我が国にはそう多くないだろう。サナリーはおそらく、その数少ない町のひとつだ。サナリーの住民は、ナチの独裁政権下にフランスに亡命してきたドイツ人作家に避難の場を提供できたことを、一種の誇りにしている。しかし亡命作家の家はほんのわずか、六軒か七軒しか保存されていない。トーマス・マンの家は再建されたものだ。ここに亡命してきた作家は何十人にも上るのに、彼らの作品は本屋にめったに置かれていない。わたしは亡命作家のコーナーを作っているところだ。M・Mはわたしにそれを任せてくれた。

彼女はわたしを町の有志にも紹介してくれた。想像してみてほしい。市長は背の高い短い銀髪の洒落(しゃれ)男で、七月十四日の革命記念日には、消防車のパレードの先頭に立つのが好きな人物だ。カトリーヌ、パレードにはそれこそ何から何まで動員された。トラック、タンクローリー、四輪駆動車、さらには自転車やトレーラーに載せたボートまで。実に壮観だった。そして乗り物の後ろを子どもたちが、誇らしげに行進した。ところが市長の本棚はみすぼらしい薬棚だった。カミュだとか、ボードレールだとか、バルザックだとか、名だたる作家の作品が並んでいる。すべて革装の本だ。たぶん訪問者はそれを見て「おう、モンテスキュー！　それにプルーストか！　つまらない本ばかりだな」と思うだろう。

市長には体裁など気にせずに自分が読みたい本を並べるように提案した。それから本をカバーの色や、アルファベット順や、ジャンル別に並べるのでなく、テーマ別に並べることを勧めた。たとえばイタリアに関する本のコーナーを作って、イタリア料理の本も、ドナ・レオンのミステリーも、イタリアの小説も、画集も、ダ・ヴィンチに関する本も、アッシジの宗教関係のパンフレットも、イタリアのものは全部そこに並べる。別のコーナーには海の本を。ヘミングウェイに始まり、鮫の図鑑に至るまで。魚を謳った詩も魚料理の本もいっしょくたにね。

市長はわたしを、たぶん実際より狡猾だとみていると思う。

M・Mの本屋には、わたしがとても好きな場所がある。事典のコーナーのすぐ横にある静かな場所だ。「おまえはまだ小さすぎる。大きくなったら教えてあげるよ」とかなんとかいわれて親に追い払われた小さい女の子がときどきやってきて、こっそり何かを調べることがあるくらいだ。わたし自身は、小さい子に早すぎる問いなどないと思っている。答え方に配慮すればいいだけの話だ。

わたしはその一角に踏み台を置いて、そこに難しい顔をしてすわり、大きく息を吸って、吐く。それだけで他には何もしない。

開いているガラスドアに反射して、空と、遠くの海が切り取られて見える。美しいこの町で、もっと美しいものを見るのはそもそも不可能に思えるのに、そこからだと何もかもが、より美しく、より柔らかく見える。マルセイユとトゥーロンとの間の海岸沿いにいくつもある白いショーケースのような町の中で、サナリーは、地元の住民がバカンス客に頼らずに生きていける最後の場所だ。もちろんここでも六月から八月の間は、すべてがバカンス客を中心に動く。予約しておかなければ夕食時にレストランに席を見つけることはまずできない。しかしバカンス客がいなくなっても、からっぽの家に隙間風が吹くようなことも、スーパーマーケットの駐車場ががらがらになることもない。ここには常に生活がある。道は狭く、家々はカラフルで小さい。住民の絆は強く、漁師は朝まだ暗いうちに獲れたての大きな魚を船から下ろして港で売る。リュベロン界隈（かいわい）にあったとしてもおかしくない町だ。田舎の風情があり、個性があり、誇り高い。だがリュベロンはもうパリの二十一番目の区になってしまっている（パリには区が二十ある）。サナリーは憧れの地だ。

近頃は毎晩ペタンクもやっている。場所はペタンク専用のコートではなくウィルソン埠頭だ。真夜中になる一時間前まで、埠頭は投光器で照らされている。そこでペタンクをしているのは（年寄りと形容する者もいるだろうが）静かな男たちだ。彼らはあまりしゃべらない。ウィルソン埠頭はサナリーで一番美しい場所だ。海が見えるし、町も、光も、ブール（ペタンクのボール）も、ボートも見える。ゲームの最中でもいたって静かだ。拍手喝采は起きない。せいぜい、「あーー!」という小さな声がときどきあがり、ブールを投げる音がするくらいだ。それからわたしのかかりつけの歯医者でもある投げ手がブールを標的に当てるコツンという音。わたしの父なら、きっとここのペタンクが気に入るだろう。

この頃、父といっしょにペタンクをする情景をよく思い浮かべ、語り合ったり、笑い合ったりすることを想像する。ああ、カトリーヌ、いっしょに語ったり、笑ったりできることがまだたくさんある。

この二十年間、わたしはいったい何をしてきたんだろう?

カトリーヌ、南はさまざまな青に満ちている。

でもここにはきみの色が欠けている。それがあれば、すべてが輝くだろう。

ジャン

38

ペルデュは毎朝暑くなる前、そして夕方日没の少し前に泳いだ。それが悲しみを押し流す唯一の方法だと気づいたからだ。悲しみを少しずつ海へ流すのだ。

もちろん教会で祈ってもみた。歌ってもみた。サナリーの裏の丘を散策することもした。マノンの物語を語ることもしてみた。台所で大きな声を出して、そして明け方散策しながら、彼女の名前をカモメやノスリに向かって呼びかけてもみた。しかし効果はめったに表れなかった。

傷ついている時期。

悲しみに襲われるのは寝入りばなが多かった。体の緊張がとけ、眠りに身を委ねようとしている刹那（せつな）、悲しみがやってくる。そんなときは、闇の中に横たわったまま激しく泣く。その瞬間、世界は部屋くらいの大きさに縮み、孤独になり、故郷を喪失する。このまま二度と笑みを浮かべられなくなるのではないか、この痛みは決して消えないのではないかと思うと、こわくなる。

そういう陰鬱な時間には、心の中や頭の中でさまざまなことがらについて「もしも……だったらどうしようか？」とくよくよ考えてしまう。もしも父さんがペタンクをしているときに死んでしまったらどうしよう？　そんなことになったら、母さんはテレビと話すようになり、悲しみのあまり一気に老けこんでしまうかもしれない。それにカトリーヌは手紙を女友だちに読んで聞かせて、物笑いの種にしているかもしれない。そう思うと不安でたまらなくなる。大切な人を、とても大切な人を、ひとり、またひとりと亡くすことになって、常に悲しむ羽目に陥ったら、それこそどうしていいかわからない。

そんなことになってしまったら、この先どうやって生きていけばいい？　そんなことに耐えられる人間がいるだろうか？

箒をその辺へ置くように、どこかに自分を置き去りにできたらいいのになあ、とペルデュは思った。

深い悲しみを受け止めてくれるのは海だけだった。

しっかり準備体操をしてから、仰向けに水の上に身を横たえ、足を海岸の方へ向けて波に身を任せる。波の上に乗っているときは、指を広げる。指の隙間から水が流れていく間、マノンと過ごした時間を記憶の深い底から少しずつ呼び起こす。そして悲しいと感じなくなるまで、その思い出とじっくり向き合い、それからそれを手放す。

そうやって波間に揺られ、波に持ち上げられては運ばれていく。そしてゆっくりと、気が遠くなるほどゆっくりと〝信頼〟しはじめる。ただし海をではない。そんな失敗は犯してはならない！自分を信頼しはじめるのだ。

もう悲しみにうちひしがれはしないだろう。感情に溺れはしないだろう。こうして海に抱かれるたびに、不安の種をひとつ、またひとつと手放していった。

それがペルデュの祈りのやり方だった。

七月いっぱい、そして八月前半をそうして過ごした。

ある朝、海はやさしく穏やかだった。ペルデュはいつもより遠くまで泳いでいった。岸からはるか離れた沖で、クロールと潜水で疲れた体を休めることのできる甘い感覚に浸った。心の中が安らいで温かくなった。

もしかして眠ってしまったのかもしれない。白昼夢を見たのかもしれない。水が引いていき、ペルデュは水底へ沈んでいった。海が暖かい空気と柔らかい草になった。絹のようになめらかでさわやかなそよ風、サクランボと五月の香りがした。寝椅子の肘掛けの上でスズメが飛び跳ねている。

そこに彼女がすわっていた。

マノンだ。彼女がペルデュにやさしく微笑みかけた。

「あら、あなた、ここで何をしているの？」

返事をするかわりに、ペルデュはそこへ歩み寄り、膝をついて抱きしめた。そして肩に頭をのせた。彼女の体内にもぐりこもうとするかのように。

マノンは彼の髪をやさしくなでた。彼女はまったく年を取っていなかった。一日分も老けていない。二十一年前の八月の夜、最後に見たときと同じように、若く輝き、温かい生き生きとしたにおいがした。

「きみを見放してしまって悪かった。ほんとに馬鹿だった」

「ええ、そうね、ジャン」彼女はやさしくささやいた。

何かが変わった。マノンの目を通して自分の姿を見ているかのようだった。まるで自分の上を浮遊して、これまでに経過した時間を、いびつな半生をもう一度たどっているかのようだ。ふたつ、みっつ……いつつ、己の姿を見た。それぞれ別の時期の自分を。

ペルデュは恥ずかしくなった。風景写真のジグソーパズルにかがみこんでいる姿。パズルが完成するや、すぐにまた壊して、やりなおしはじめる。

次のペルデュは、ひとりつましい台所にすわり、ビニール袋から出したパンと、ラップにくるんでおいたチーズをかみながら壁を見つめている。頭上には薄暗い裸電球がひとつ。好きなものを食べる気はとうに失せていた。何かが引き金になって感情的になるのがこわかったのだ。

次は女を無視する自分。微笑みを投げかけられても、誘われても無視した。「今晩お暇?」とか、「一度電話してくださらない?」とか。女ならではの感度のいいアンテナで、ペルデュの心にぽっかりあいた悲しみの穴をキャッチすると、女たちは温かい気遣いを示してくれた。しかしこうるさいところもあったし、ペルデュがセックスと愛を分けたがらないことを理解してくれなかった。

そしてまた何かが変わった。

今度は体が木になった。いい気持ちで空に向かって幹や枝を伸ばしている。それから蝶になってひらひら飛んだり、ノスリになって山の頂から急降下したりした。風が腹部の羽のあたりを抜けていくのを感じる。ペルデュは飛んでいた! 次は力強く水を掻いて海にもぐる。水面下でも呼吸することができた。

今まで知らなかった、はち切れそうに充実した力が体内で脈打っている。我が身に何が起きたのか、ついに理解し……。

目が覚めたときには、波にほぼ岸まで押しもどされていた。

どういうわけかその朝は、泳いだ後も、白昼夢を見た後も悲しくならなかった。

いや、ペルデュは怒っていた。

腹が立ってならなかった！

　確かにペルデュはマノンを見た。どれほど、みじめな人生を送ってきたか見せつけられた。己が閉じこもっていた孤独がどんなにひどいものかも。それもこれも、もう一度信頼する勇気がなかったせいだ。完全に信頼することができなければ、人を愛することはできない。

　ボニューでワインのラベルのマノンに見つめられたときよりも腹が立った。これほどの怒りは初めてだ。

「ああ、くそっ！」ペルデュは砕け散る波に向かって叫んだ。「きみは、なんて、なんて、馬鹿なんだ！　人生の盛りに、なんでいきなり死んだ？」

　アスファルトで舗装された海岸通りをジョギングしていたふたりの女性が、びっくりして彼を見た。ペルデュは恥ずかしくなったが、それもほんのつかの間だった。

「何だ？」彼は怒鳴った。

　激しい怒りがあふれてきて抑えられなかった。

「なんで電話してこなかった？　誰でもすることじゃないか。病気だってことを黙ってたなんて、どういうことだ？　幾晩も隣に寝ていながら、何もいってくれなかったなんて、どうやってそんなことができたんだ、マノン！　くそっ！　きみは、なんて……なんて……馬鹿なんだ！　ああ、神様！」

　怒りのやり場がわからない。何かを叩き壊したかった。ひざまずいて砂をたたく。両手で砂をすくって後ろへ投げる。砂をすくっては、怒りを吐き出す。砂をすくい続けた。

　それでも怒りは収まらなかった。ペルデュは立ち上がり、波打ち際まで走った。拳を固めて波をたたいては、また手を開いてたたく。潮水が目に入って、ひりひりする。それでも波をたたき続けた。

「なんでそんなことをした？　なんでだ？」問いの相手は誰でもよかった。マノンでも、死でも、なんでもいい。ペルデュは怒っていた。

「わかり合えていると思っていた。きみはそばにいてくれると思っていた。なのに……」

怒りが固まり、波間に沈んだ。怒りは漂流して、いずれどこか別の場所にたどりつくだろう。そして生をふいに台無しにした死のことで、別の誰かを怒らせるだろう。

ペルデュは裸足に石を感じた。そして凍えていることを。

「言ってほしかった、マノン」息をはずませながら、少し穏やかにいった。興奮は冷め、失望していた。

波がゆったりと岸に打ち寄せていた。


涙は止まった。それでもマノンと過ごした時間のことを考えながら、さらに水の祈りを続けた。その後は、海岸にすわって朝日で体を乾かした。少し寒くなってぶるっとふるえたが、それがかえって心地よかった。そう、心地よかったのだ。裸足で波打ち際を歩いて帰る。その日最初のエスプレッソを買い、濡れた髪で海を眺めながら、海の色を味わう。

ペルデュは料理をし、泳ぎ、ほんの少しだけ酒を飲み、規則的に眠り、毎日仲間に会ってペタンクをした。手紙も書き続けた。『ささやかな感情の大事典』を執筆し、夕方は短パン姿で本を売った。

ここでは本と読者を結びつける方法を変えた。客にはよくこう訊いた。「どんな気持ちで眠りにつきたいですか?」と。客の多くは、リラックスして安心したいと答えた。

一番好きなものは何かと訊くこともあった。料理人が好きなのは包丁。不動産屋は鍵束がじゃらじゃらいう音が好き。歯科医は患者の目に不安の色が浮かぶのが見ていておもしろいといった。まあそのあたりはペルデュにも想像がついた。

そして一番よく訊いたのは、「本に味があるとしたら、どんな味がいいですか? アイスクリーム? 辛いのがいいですか? 肉がいいですか? それとも冷やしたロゼワインとか?」

食べ物と読み物は密接に関係している。そのことにペルデュはサナリーで初めて気づいた。そんな質問をするせいで、彼には〈本を食す人〉というニックネームがついた。

小さい家のリフォームは八月の下旬に終わった。ペルデュは今、その家に迷いこんできた不機嫌な虎猫といっしょに住んでいる。この猫は鳴くことも、のどを鳴らすこともしない。夕方になると家にもどってくるだけだ。だがペルデュのベッドの横にどっしりすわり、ドアをじっとにらみつけている。そうやって眠っているペルデュの番をしてくれる。

ペルデュは猫に最初、オルスンという名前をつけた。けれどもそう呼ぶと、猫が不満げにうなったので、ただシーッと呼ぶことにした。

ペルデュは、女性に対する気持ちを曖昧にしておくというあやまちを二度と繰り返したくなかった。自分でも気持ちはよくわかっていなかったけれども。彼は今なお中間の段階にいた。どんな始まりにせよ、それはまだ霧に隠れている。来年の今頃どこにいるかも定かではない。わかっているのは、何が待ち構えているか見つけ出すためには、この道を歩み続けなければならないということだけだ。だからカトリーヌに便りを書き続けた。川を下る間に始めたように。そしてサナリーに来てからは、三日に一度は書いた。

サミーにはこう忠告されていた。

「電話も使ってごらんなさい。なかなか刺激的だから。請け合うわよ」

それである晩、ペルデュは携帯電話を手にしてパリのアパルトマンに電話をかけた。カトリーヌに、自分がどんな人間なのか知ってもらいたかった。闇と光の間にいる男だと。愛している人に死なれると、人は別人になってしまうものだと。

「こちら二十七番地。もしもし？　どなたですか？　何かいってください！」

「マダム・ロザレット……髪をまた新しい色に染めましたか？」ペルデュはぎこちなく訊いた。

「あら！　ムッシュ・ペルデュ、いったい……」

「マダム・カトリーヌの電話番号を御存知ですか？」

「もちろん知ってますよ。この家の住人の番号は全部知っています。全員のね。それより上のガリバーがまた……」

「教えてもらえませんか？」

「マダム・ガリバーの番号？　どうしてまた？」

「違いますよ。カトリーヌの番号です」

「ああ、そうですよね。しょっちゅうあの人に手紙を寄こしてますものね。知ってますよ。なんたってあの人は手紙を肌身離さず持ち歩いてますからね。ええ、一度バッグから手紙を落としたんですよ。目が釘付けになりましたよ。あれはたしかムッシュ・ゴールデンベールが……」

ペルデュは電話番号を催促するのを止め、マダム・ロザレットの話に耳を傾けた。マダム・ガリバーのこと。ガリバーの新しいコーラルレッドのミュールが階段を上り下りするとき、カランカランとやけにうるさい音を立てること。コフィーが大学で政治学を学びたがっていること。マダム・ボムの目の手術がうまくいって、今ではルーペを使わずに本が読めるようになったこと。マダム・ヴィオレットがますます有名人になったこと。「あの人のバルコニーコンサートが素晴らしくて、誰かがそれを、ほらあの、そうビデオに撮って、インターネットに流して、それを大勢の人が何度もクラックだかなんだかして……」

「クリックですか？」

「そういいましたでしょ」

それからさらに、マダム・ベルナールが屋根裏を改築して、そこに芸術家を入れたがっていること聞かされた。芸術家と彼の婚約者の男性を。婚約者とは！　なんでいっそタツノオトシゴを入れないいんだ？

ペルデュは笑い声がマダム・ロザレットに聞こえないよう、携帯電話を少し口元から離した。ロザレットはしゃべり続けたけれども、ペルデュの頭の中にはひとつのことしかなかった。カトリーヌが彼の手紙を全部まとめて肌身離さず持ち歩いているって。ロザレットは、そのことを、「ほんと、信じられませんよ」と大げさにいった。

何時間もたったかと思われる頃、ようやくカトリーヌの電話番号を教えてもらえた。

「あなたがいないんで、みんな寂しがっていますよ、ムッシュ。あなたがもうそれほどひどく悲しんでいないといいんですけど」と最後にロザレットはいった。

ペルデュは携帯電話を握りしめた。

「もう大丈夫です。ありがとう」

「どういたしまして」ロザレットはやさしくいって、電話を切った。

ペルデュはカトリーヌの電話番号を打ちこんだ。そして目をつぶって耳に携帯電話をしっかり当てた。呼び出し音が一回、二回……。

「もしもし？」

「えー……わたしだ」

わたしだ、だって？　何をいっているんだ。「わたしだ」でどうしてわかってもらえる？

「ジャン？」

「ああ」

「おお、なんてこと」

カトリーヌが大きく息を呑むのが聞こえた。そして電話を離したのがわかった。鼻をかんでいる。それからまた受話器を取った。

「あなたが電話してくるとは思わなかった」

「もう切ろうか？」

「冗談はよしてちょうだい！」

ペルデュは笑った。カトリーヌはすぐには何もいわなかった。たぶん微笑んでいるのだろう。

「どうして……」

「何を……」

同時にしゃべろうとしてふたりは笑った。

「今、何を読んでいるんだい？」ペルデュがやさしく訊いた。

「あなたが持ってきてくれた本よ。たぶん五回目だと思う。あの晩着ていたワンピースは洗ってない。あなたのアフターシェーブローションの香りがまだ少しするから。それからね、本は読むたびに同じ文章なのに少し違う風に語りかけてくるのよ。それと夜は、ワンピースを頰にあてて寝る。あなたのにおいがするから」

カトリーヌは黙った。ペルデュも黙っていた。突然大きな幸福感に包まれて、驚いた。

ふたりは黙ったまま相手の息遣いに耳をすませた。ペルデュにはカトリーヌがすぐそばにいるように思えた。まるで彼の耳にパリが直接くっついてでもいるかのように。目を開けさえすれば、カトリーヌの住まいの緑色の玄関扉にもたれてすわり、彼女の息に耳をすませている自分が見えるのではないかと錯覚しそうだ。

「ジャン？」

「なんだい、カトリーヌ？」

「良くなってきてるのよね？」

「ああ。良くなってきてる」

「あのね、愛を失った悲しみは、愛する人を亡くした悲しみと同じなのよ。自分が死んでしまう。だって自分の未来が死んでしまうから、その未来の中のあなたも死んでしまって……そしてこの〈傷ついている時期〉が来る。それがものすごく長く続くのよ」

「しかしいずれ回復する。今はそれがわかっている」
彼女は黙っていた。心地よい沈黙だった。
「唇にキスをしなかったって、ずっと考えてるのよ」カトリーヌが早口でささやいた。
ペルデュは胸にぐっときて、口が利けなかった。
「明日ね」カトリーヌはそういって、受話器を置いた。
ということは、また電話をしてもいいということか？
ペルデュは台所の暗がりにすわったまま、にやにやしていた。

39

八月の終わり、ペルデュは体が軽くなったのを感じた。ズボンを穿くとき、ベルトを穴ふたつ分よけいに締めなければならなくなった。二の腕は筋肉がついてシャツの袖がきつくなった。服を着ながら、鏡に映る自分をとくと眺める。パリにいたときとは違う自分がこっちを見ている。小麦色に日焼けした肌。鍛えた体。まっすぐ伸びた背筋。銀髪の交じったブルネットの長髪。海賊を思わせる髭。無造作に着た洗いざらしのリネンのシャツ。年は五十。
まもなく五十一になる。
ペルデュは鏡に近寄った。日に当たってしわが増えている。笑いじわも多い。そばかすが浮いて見えるが、一部はそばかすではなく老人斑だろう。でもかまわない。……生きているのだから。大事なのはそこだ。

太陽が彼の体を健康な茶色いトーンに輝かせている。そのせいで緑の目がいっそう明るく見える。雇い主のM・Mは、ペルデュが無精髭を生やしたら、強きを挫き、弱きを助ける義賊に見えるだろう、といった。

老眼鏡だけがその雰囲気を壊していた。

M・Mはある土曜の晩、話があるといってペルデュを脇に呼び寄せた。静かな晩だった。貸別荘の利用客の第二波は、まだ来たばかりで、甘い夏の魅惑に酔いしれているところだ。だからまだ本屋を訪れる気にはなっていない。あと一、二週間もしたら、帰路に就く前にお義理の絵葉書を買いにくるだろう。

「それであなたは？　あなたの一番のお気に入りの本はどんな味がするの？　あなたを悪しきことから解放してくれるのはどの本？」M・Mは笑いながらそう訊いた。〈本を食す人〉であるペルデュに興味を抱いている友人たちが知りたがっているからだ。

サナリーの『南の光』を読むと今でもよく眠れる。ローズマリーを入れて炒めたジャガイモの味がする本があれば、それが一番のお気に入りになるだろう。カトリーヌといっしょに食べた最初の食べ物だから。

しかし解放してくれる本はなんだろう？

答えがわかったときには思わず笑ってしまった。

「本にはできることがたくさんありますが、なんでもできるわけではありません。重要なことは、読むのではなく、実際に体験しなければね。わたしはわたしの本を……体験しなければなりません」

M・Mは大きく口の端を上げて微笑んだ。

「わたしにあなたのハートが動かないのは残念ね」

「でもほかの女性にも動きませんよ、マダム」

「そうね。少しは慰めになるわね」

暑さが耐えられなくなった昼下がり。ペルデュはトランクスだけになり、額と胸と足に濡れタオルをのせてベッドでぐたっとしていた。

テラスのドアは開け放してあり、カーテンがそよ風に揺れている。なまぬるい風が体をなでるにまかせ、うたた寝をする。

自分の体を取りもどせてよかった。感じることのできる生きた体をふたたび手に入れた。もう麻痺しているとも、枯れているとも思わずにすむ。使われていないとも、敵のようだとも思わずに。体で考えることが習慣になった。心の中を散歩してまわり、そこにある部屋をかたっぱしからのぞくかのように。

たしかに胸の中には悲しみが住んでいる。悲しみに襲われると、胸が締めつけられ、息苦しくなる。それに悲しみは世界を小さくする。しかしもう恐れはしない。悲しみに襲われたら、全身にそれを行き渡らせる。

のども不安と関わっている。落ち着いてゆっくりと息を吐き出せば、不安は少し治まる。息を吐くたびに、不安を少しずつ出して、小さくしていくことができる。出した不安を丸めて、猫のシーッに投げてやるところを想像してみる。シーッが不安の球と戯れ、球を家の外に追い出すのだ。みぞおちのあたりでは喜びがダンスをしている。ペルデュはそのダンスに身を任せる。サミーとクーネオに思いを馳せる。マックスのものすごく愉快な手紙を思い出す。マックスの手紙にはちょくちょくある名前が出てくる。ヴィク。トラクターの娘だ。マックスが赤いトラクターを追いかけるところを想像してみる。リュベロンの野を走りまわるマックス。笑ってしまう。

驚くべきことに、ペルデュの舌は愛の味を知っていた。カトリーヌの首の窪みの味だ。

目を閉じたまま思わず微笑む。南の光と暖かさに包まれているうちに、もどってきたものが他にもある。活力。感受性。欲望。

港の奥にある石壁の上にすわって海を眺めたり、読書をしたりしていると、お日様に照らされて体が温まっただけで、よく下半身がうずく。

そのあたりからも悲しみが振るい落とされていた。

二十年間、女と寝ることはなかった。

欲望が高まる。

カトリーヌに思いを馳せることを我が身に許す。

彼女の感触が両手にまだ残っている。彼女の髪、肌、筋肉。

太腿はどんな感触がするだろう？　胸は？　ペルデュは想像してみる。どんなふうにこっちを見て吐息をもらすだろうか？　肌と肌を合わせたらどんな感じがする？　腹と腹を合わせたら？　愉悦と愉悦を重ねたら？

何もかも想像してみる。

「もうもぬけの殻なんかじゃない」ペルデュはつぶやいた。

食べて、泳いで、本を売って、新しい洗濯機で洗濯物を脱水し、というようになんということもなく暮らしているうちに、ふいにその時が訪れた。内なる何かがさらなる一歩を踏み出す瞬間が。なんの前触れもなく、ただ訪れた。そろそろバカンスの時期が終わろうという、八月二十八日のことだ。

食卓に向かっていた。昼食のサラダを目の前に、ノートルダム・ド・ピティエの教会堂へ行ってマノンのためにロウソクをあげて祈ろうか、それともポール・イソルから海に入って沖まで泳ごうかと考えていた。

そのときふと、あの怒りがなくなっていることに気づいた。驚愕と喪失感で目に涙が浮かぶ。ペルデュは立ち上がり、落ち着かない気持ちでテラスに出た。

これがそうなのか？

本当に？

それとも悲しみに心を弄ばれていて、すぐにまた表口のドアへもどされるんだろうか？

魂の苦悩の底に到達したのだ。ペルデュは悲しみを汲んで、汲んで、汲み尽くした。そしてふいにそこに空間ができた。

急いで家の中へ駆けもどった。配膳台の横には常に筆記具と紙が置いてある。ペルデュはもどかしい思いで手紙を書いた。

カトリーヌ

わたしたちがうまくいくかどうか、お互いを傷つけずにすむかどうか、それはわからない。もしかするとうまくいかないかもしれない。しょせんは人間だから。

しかし今この瞬間、自分が何を待ち焦がれているかはわかっている。きみといっしょにこれからの人生を歩んでいきたい。その方が寝つきがいいはずだ。目覚めもいいと思うし、きっと愛し合うこともできるだろう。

お腹がすいてきみが不機嫌になっているときは、わたしが料理をしてあげよう。さまざまな飢え。生への飢え、愛への飢え、そして光や海や旅や読書や睡眠が足りなくて飢えているときも。

ざらざらの石を触りすぎて手が荒れているときには、クリームを塗ってあげよう。きみは石の表層の下に心の川を見ることができる石の救い主だ。そんなきみを夢に見る。

砂浜の道を歩むきみを目で追いたい。振り返ってわたしが追いつくのを待ってくれているきみを。

ささやかなことや大きなこと、何もかもいっしょにしてみたい。喧嘩もしたい。喧嘩している最中におかしくなって笑いあえたらいいと思う。寒い日には、お気に入りのカップにココアを入れてあげたい。そして気がやさしくて陽気な友だちとパーティをして楽しんだあとには、きみが車に楽に乗れるよう、ドアを押さえていてあげたい。

きみを抱きしめて、そのかわいらしいお尻をわたしの腹に押しつけるのを感じたい。

たくさんのささやかなことや大きなことをしてあげたい。ふたりでしたい。きみとわたし、わたしたちふたり。きみはわたしの一部、わたしはきみの一部。

カトリーヌ、お願いだ。来てくれ！　すぐに来てくれ！

わたしのところへ！

愛は評判以上のものだ。

ジャン

追伸　本当だよ！

40

九月四日、早めに家を出た。いつものようにコリーヌ通りを横切り漁港をひとまわりしても、遅れずに本屋に出勤できるだろう。
もうすぐ秋になり、砂山より本の山を作る方が好きな客がやってくる。ペルデュが一番好きな季節だ。新刊。それは新たな友情、新しい認識、さらなる冒険を意味する。
盛夏の熱い陽射しが、やがて来る秋を前に和らいだ。柔らかい光のヴェールが、背後に広がる乾いた土地からサナリーの町を守ってくれている。
朝食は港のカフェ〈リヨン〉と〈ノティク〉と〈マリーヌ〉で、交互にとっている。ブレヒトがナチを皮肉る詩を朗読した当時と、趣はもちろん変わっている。それでも亡命気分をいくばくか味わえる。猫のシーッとともにゆったり漂流するようなひとり暮らしの中で、カフェはペルデュにとって心地いい喧噪（けんそう）に包まれた島だ。カフェには家庭のかわりになるところも少しある。それにパリの香りがする。告解の場所でもあり、藻が繁殖する時期の漁業のやり方からペタンクの秋季大会に向けての準備に至るまで、サナリーの舞台裏で起きていることを正確に知るのに不可欠なプレスセンターでもあった。ウィルソン埠頭のペタンク仲間はペルデュを補欠に選んだ。補欠でも大会に参加できるのは名誉なことだ。カフェは、口を利かなくても、いっしょに何かしなくても、目立たずにいられる場所だ。

ときどきカフェの一番端にすわり、父親のジョアカンに電話をした。その日の朝もそうだった。ペタンクのトーナメントがラ・シオタで開催されることを話すと、ジョアカンはすぐにでも自分のブーレを磨いてかけつけてきそうな勢いだった。

「やめてくれ」ペルデュは頼んだ。

「だめかい？　それならまあいいさ。ところで彼女はなんて名だい？」

「また女性の話を持ち出すのか？」

「それじゃ、この前と同じ女なんだな？」

ペルデュは笑った。親子そろって笑った。

「父さん、トラクターは好きだった？　子どもの頃の話だけど」

「ジャンノ、トラクターは好きだよ！　なんでそんなことを訊く？」

「マックスが知り合いになったんだよ。トラクターを乗りまわす女の子とね」

「トラクターを乗りまわす女の子？　それはいい。ところで、おれたちはいつマックスに会えるんだ？　おまえはそいつが気に入っているんだろ？」

「おれたちっていうのは、父さんと誰？　料理をするのが嫌いな女友だちのこと？」

「馬鹿いえ！　おまえの母さんさ。ああ、そうさ、何かいいたいことがあればいいえばいい。マダム・ベルニエとおれだよ。文句あるか？　別れた妻に会っちゃいけないってことはないだろう。七月十四日の革命記念日以来……なんだな……会うだけじゃなくなってる。あいつはもちろんおれとは見解が違う。ただのお遊びだっていってる。よけいな期待はするなってな」ジョアカンはしゃがれ声で笑い、それはすぐに楽しそうな咳払いに変わった。

そして続けた。「それがどうした？　リラベルはおれの親友さ。いいにおいがするし、おれを決して変えようとしないところもいい。それに料理がうまいときている。いっしょにいると生きていて幸せだと思える。それにな、ジャンノ、年を取ると、話ができて笑い合える相手と暮らしたくなるものさ」

ジョアカンなら、クーネオが提唱する幸せの三原則にすぐさま賛成するに違いない。

一、いい食事。ジャンクフードは人を不幸にし、怠け者にし、太らせるだけだ。

二、快眠。（たくさん運動をし、酒は減らし、すてきなことを考えて）ぐっすり眠るにかぎる。

三、親切で、それぞれのやり方で相手を理解しようとする仲間たちといっしょに過ごすこと。

四、セックスの回数を増やすこと。だがこれをいったのはサミーで、今のところペルデュには、父にそれを教える気はない。

カフェで朝食をとった後、本屋に行く途中の道では、よく母親と話した。携帯電話を風にかざして波の音やカモメの鳴き声を聞かせもした。

九月のその朝、海は静かだった。

「最近、父さんはちょくちょくそっちに顔を出しているんだって？」

「ええ、まあね。あの人は料理ができないから、ほかにどうしようもないでしょ」

「だけど夕食に続いて朝食も作ってやるの？　宿泊込みで？　父さんにはベッドも欠けてるのかい？　かわいそうに」

「なんだかいけないことでもしているような言い方じゃないの」

「そういえば、ぼくは愛しているって、いったことなかったね、母さんに」

「いやだ、この子ったら……」

箱が開いて、それからまた閉まる音が聞こえた。その音には聞き覚えがあったし、箱も知っている。中にティッシュが入っている箱だ。マダム・ベルニエはセンチメンタルになるときも、品がいい。

「わたしもあんたを愛しているわよ、ジャン。一度もいったことなかったかしら？　思っているだけで。ひょっとしてそう？」

そのとおり。だがペルデュはこう答えた。

「いわれなくてもわかっていたよ。なにも数年ごとにいわなくたっていい」

母親は笑い、ペルデュのことを生意気な若造だと叱った。

たいしたもんだ。もうすぐ五十一になるのに、いまだに子ども扱いだ。

母親は別れた夫のことをしばらくぶつくさいっていたが、その口調はやさしかった。読書の季節が来たことにも文句をいったが、それはただそういう習慣なだけだ。

なにもかも普段どおりのようだった。それでいて、どこかまったく違っていた。

ペルデュが埠頭を通り抜け、本屋に着いたとき、M・Mはすでに絵葉書のスタンドを店先に出していた。

「きょうはいい一日になるわよ！」店主はペルデュにそう呼びかけた。

ペルデュは「そうですね」といってクロワッサンの袋を手渡した。

日没の少し前、ペルデュはいつものお気に入りの場所に引っこんだ。空と切り取った海がドアのガラスに反射して見える。

そうして物思いにふけっていると、ガラスに彼女の姿が映った。

ペルデュはその鏡像をじっと見つめた。まるで雲か水の中から現れたかのように見える。

喜びがこみあげてきた。

ペルデュは立ち上がった。

鼓動が高まる。

心の準備はいつになく万全だった。

やっと来た！　彼は思った。

ふたりの時間がやっと混じり合った。固まっていた時間、止まっていた時間、〈傷ついている時期〉からようやく外へ踏み出すことができる。まさに今！

カトリーヌは灰色がかった青いワンピースを着ていた。目の色とよく合っている。はずむような歩き方。背筋が伸びていて、確かな足取りだ。前より確かな足取り。前より？

彼女もある段階の終わりから次の段階の始まりへと歩みはじめたのだ。

カトリーヌはどっちへ行こうか迷って、カウンターのところでちょっと立ち止まった。

M・Mが訊いた。

「何かお探しですか、マダム？」

「ありがとう。ええ、ずっと探していたものがあって……でも今見つけました」カトリーヌは書店の片隅にいるペルデュに輝かんばかりの笑顔を向けた。そしてまっすぐ彼の方へ歩いてきた。ペルデュは胸をどきどきさせながら走って彼女を迎えた。

「あなたには想像もつかないでしょうね。来てくれっていついってくれるかと、ずっと待っていたのよ」

「ほんとかい？」

「ええ、ほんとよ。それにお腹がすいて死にそう」

ペルデュには彼女が何をいいたいか、よくわかった。

その晩、ふたりは初めてキスをした。その前に食事をし、海辺を散歩した。長い素敵な散歩だった。それからハイビスカスの庭の日よけの下で、長い時間おしゃべりをした。ワインを少し、そして水をたくさん飲んだ。ふたりともいっしょにいるだけで嬉しかった。

「ここの暖かさには癒やされるわね」カトリーヌがいった。

まさにそのとおり。サナリーの太陽はペルデュを温め、涙をすっかり乾かしてくれた。

「それに勇気づけてくれる。信じる勇気を与えてくれる」ペルデュはささやいた。

ふたりは夜風に吹かれながら、もう一度信じて生きてみる気になった自分たちの勇気に戸惑い、魅了されていた。そしてキスをした。

ペルデュは、キスをするのがそもそも初めてのような気がした。

カトリーヌの唇は柔らかかった。いい具合に唇が重なり、とても心地いい。唇を味わい、慈しむ無上の喜び……そして快楽。

カトリーヌに両腕をからませ、キスをし、やさしく口をかみ、彼女の口元をたどる。つづいて頬へとキスをしていき、いい香りのする柔らかいこめかみまできた。そしてカトリーヌを引き寄せる。やさしい気持ちでいっぱいになる。安堵もしていた。彼女がそばにいてくれるなら、これからはよく眠れるようになるだろう。孤独のせいでひねくれることもない。とうとう救われた。ふたりして支え合っていける。

「ねえ?」しばらくしてカトリーヌがいった。

「なんだい?」

「調べてみたのよ。前の夫と最後に寝たのは二〇〇三年だった。三十八のときよ。あれは間違いだった」

「それはすごい。だったらきみはわたしより経験を積んでいるな」

ふたりは笑い合った。

なんて奇妙なんだ、必要なものが欠けていたことも苦しんでいたことも笑い飛ばせるなんて、とペルデュは思った。

たった一回笑っただけで、これまでの年月が溶けて消え去った。

「だけど知っていることがひとつある。浜辺で愛し合うのはそんなにいいものじゃない」彼はいった。

「砂だらけになるんでしょ。入って欲しくないところまでね」

「それに蚊も」

「あら、蚊は浜辺より別なところにいるんじゃない？」

「ほらな、カトリーヌ、わたしはさっぱりわかっていない」

「だったらこれからあなたに教えてあげる」彼女はささやいた。ペルデュを二つ目の寝室へ引っぱっていくとき、彼女の顔は若々しく、大胆に見えた。

月光の中で四本の脚の影がさっと動いた。猫のシーツがテラスへ出て、わかってますよというように白と赤の縞模様の背中をこちらへ向けてすわった。

わたしの体を気にいってくれるといいんだが。どうか衰えていませんように。望みどおりに愛撫できるといいんだが。どうか……。

「考えるのはやめて、ジャン！」カトリーヌがやさしくいった。

「わかるのか？」

「完全にお見通しよ」彼女はささやいた。「ああ、あなた、わたし、どんなにあなたを……それにあなた……」

彼女はささやき続けたが、口にのぼる言葉は意味をなしていなかった。

ペルデュはカトリーヌのワンピースを脱がせた。下にはシンプルな白いスリップしか着ていなかった。

彼女は彼のシャツのボタンをはずし、顔を彼の首から胸に埋めた。そして彼のにおいを吸いこんだ。彼女の息が彼の肌をなでた。そして……心配する必要などなかった。薄闇の中に簡素な三角の布が白く輝いているのを目にし、彼女が自分の両手の中で動くのを感じた瞬間、彼はもう堅くなっていた。

ふたりは九月いっぱいサナリーを満喫した。ペルデュは南の光をたっぷり呑んだ。彼は自分を見失っていたが、それを取りもどしたのだ。〈傷ついている時期〉は終わった。

これでもうボニューへ旅立つことができる。そして段階をひとつ上ることが。

41

カトリーヌとペルデュがサナリーを発ったとき、この漁村は居心地のよい故郷になっていた。すっぽり心に入れて抱くのにほどよい小ささ。それでいて守ってくれるのに十分な大きさがある。ふたりがたがいに相手を手探りして知っていくうえで、これからもずっと憧れの地であり続けるだけの美しさがある。サナリーは今や幸せを、そして安らぎと休息を意味した。なぜなのか理由は挙げられないけれど愛している人、ついこの間までまったく知らなかったその人の気持ちに入りこむことができる場所でもある。その人がどういう人間なのか、どんな人生を歩んできたのか、今どう感じているのか？　気分は一時間のうちに、一日のうちに、数週間のうちに、どんなカーブを描いて移ろうのか？　ふたりの心にちょうどいい大きさのこの故郷では、そうした問いの答えをたやすく見つけ出せた。静かな時間に、ペルデュとカトリーヌは距離を縮めて互いに近づいていった。わさわさしてうるさい人混みは避けたかったから、移動遊園地や市場や劇場や朗読会はたいてい敬遠した。

そうして静かに愛を深めていく間、九月は黄色と紅藤色、金色と菫(すみれ)色のグラデーションでふたりを彩った。ブーゲンビリア。荒海。港に建ち並ぶ、誇りと歴史を感じさせるカラフルな家々。ペタンク場できしむ金色の砂利。それらを下地に、ふたりは細やかな情と友情と深い相互理解を育んでいった。

それらすべてを、ふたりはゆっくり推し進めた。

大事なことはゆっくりやる必要がある。互いに誘惑しはじめたとき、ペルデュはしばしばそう思った。ふたりはゆっくりキスをし、服を脱ぐときもあせらなかった。時間をかけて体をほぐしていき、さらに時間をかけてひとつに溶け合った。互いへのきめこまやかで深い集中は、ふたりの体と魂と感覚に、強い特別な情熱を呼び覚ました。それはどこもかしこも触れ合わせたいという情熱だった。

カトリーヌと寝るたびに、ペルデュは人生の川に再び近づいたように感じた。二十年以上も彼は人生の流れの彼方にとどまっていた。色彩や愛撫、香りや音楽を避け、頑(かたく)なに自分の殻に閉じこもり、石と化していたのだ。

だが今……彼はまた泳ぎ出した。

人を愛したおかげで、生気をとりもどした。愛する女性についてなら、今ではどんなささいなことでも知っている。たとえばカトリーヌが朝起きた後でも、しばらくは夢うつつの状態でいること。ときには夢のせいで憂鬱な気分に陥ること。そういうときはさらに数時間、夜の闇の中で体験したことでいらだったり、自分を恥じたり、怒ったり、悲しんだりする。寝覚めの悪い時、彼女は日々、そうした気分と闘っていた。そのうち熱いコーヒーを淹れてカトリーヌを海へ連れ出し、そこでコーヒーを飲むことで、夢の亡霊を追い出せることにペルデュは気づいた。

「あなたが愛してくれるから、わたしも自分を愛することを学んでいるところ」海がまだ灰色がかった青色でなかばまどろんでいるある朝、カトリーヌはペルデュにいった。「人生が提供してくれるものはいつだって受け取ってきたけれど、……でも自分で自分に何か提供したことは、これまで一度もなかった。自分にかまうのは苦手なのよ」そういう彼女をやさしく抱き寄せながら、ペルデュは自分も同じだと思った。

彼も、カトリーヌが愛してくれるから、ようやく自分を愛せるようになったのだ。

それからカトリーヌの方がペルデュをしっかり抱いてくれる夜がやってきた。ペルデュは二度目の大きな怒りの波に襲われた。今度の怒りは自分自身に向けられた。絶望し、自分を悪しざまに罵った。時間を無駄にしてしまったこと、過ぎ去った時間はもう取りもどせないこと、最期を迎えるまでに残された時間があまりに短いこと。それを痛感した者だけが知る怒りに駆られた。カトリーヌは口をはさまなかった。ペルデュの怒りを鎮めようともしなかったし、気をそらそうともしなかった。

やがてまた心の平安がもどってきた。わずかな時間でも事足りるとわかったからだ。数日が全生涯にも匹敵しうると知ったからだ。

そして今度はボニューだ。ペルデュがとらわれている最も古い過去の場所。彼の中に今も根づいている過去だが、心の中にある感情の家を形作る、唯一の要素ではなくなった。ペルデュは過去に対置しうる現在をようやく獲得したのだ。

だからカトリーヌとともに十月初旬の昼下がりにルールマラン（渓谷の出口に位置する。ボニューまで約十一キロ。アルベール・カミュの墓がある）――観光客を食い物にしている村だなとペルデュは思った――からボニューに向かって岩だらけの狭い峠道を車でたどりはじめたときも、気分は以前ほど重苦しくなかった。途中でサイクリングをしている人たちを追い越した。岩山から狩猟の銃声が聞こえた。ときどき葉を落とした木々がまばらな影を投げかけるだけで、あとは太陽が色という色をすべて吸収していた。躍動的な海を見慣れた目には、リュベロン山地のどっしりしたたたずまいは荒涼としていて、厳しく映った。

ペルデュはマックスに会うのが楽しみだった。ものすごく楽しみだといってもいいくらいだ。マックスはペルデュたちのためにマダム・ボネのペンションに広い部屋を予約しておいてくれた。かつてレジスタンスの隠れ家だった屋根裏部屋で、蔦に囲まれている。

カトリーヌとペルデュが部屋に荷物を運び入れた後、マックスが迎えに来て、ふたりを自分が寝起きしている鳩小屋の方へ連れていった。泉の脇の広い石壁の上にピクニックの用意がしてあった。ワイン、フルーツ、ハムにバゲット。トリュフとブドウの季節で、あたりにはハーブの香りがただよい、赤と黄の深い秋色に輝いている。マックスは日焼けしていた。大人っぽくなったな、とペルデュは思った。

マックスは二ヶ月半、ひとりでリュベロンに滞在し、すっかり土地になじんでいた。まるで心はとっくの昔から南の男であったかのようだ。それにしてもずいぶん疲れているように見える。

　そのことを指摘されると、マックスは「大地が踊っているのに誰が寝ていられる？」と曖昧につぶやいた。

　マックスは「病気」の間、マダム・ボネにいわれて「なんでも屋」をやっていたと明かした。ブリジット・ボネと夫のジェラールは六十を越えていて、休暇用の家と集合住宅を合わせて三軒、それにふたりで老後を暮らすには広すぎる土地を所有している。夫妻は野菜と果物、それにブドウも少し栽培していた。マックスは部屋代と食費をただにしてもらう代わりに、ふたりのために働いた。鳩小屋には覚え書きや物語や草稿を書いた紙の山ができていた。夜は執筆に当て、朝から昼までと午後の遅い時間から晩までは花盛りの果樹園や野菜畑で働き、ジェラールに命じられたことは何でもした。ブドウの枝を伐（き）り、雑草を抜き、果物をもいだ。屋根を修理し、種を蒔（ま）き、収穫をし、畑を鋤（す）き返し、配達用の車に収穫した野菜や果物を積み、ジェラールとともに市場へ行った。傷んだキノコを取りのけて、トリュフの汚れを取り、イチジクの木を揺すって実を落とした。糸杉を巨石（メンヒル）の形に刈りこみ、プール掃除をし、宿泊客のために予約しておいたパンを毎朝パン屋に取りにいった。

「今じゃトラクターも動かせるし、池のカエルの鳴き声も判別できるようになった」とマックスは少々自虐的にペルデュに報告した。

　いかにも都会の若者という顔をしていたマックスが、太陽の光を浴び、風にさらされ、始終プロヴァンスの大地に膝をついていたおかげで、今では大人の風貌を見せるようになっていた。

「病気だって？　なんの病気だ？　手紙にはなにも書いてなかったじゃないか」マックスがひとし

きり報告を終え、白の〈ヴァントゥー〉（ローヌ地方ヴァントゥー山周辺で生産されるワイン）をついでくれたとき、ペルデュが訊いた。

日焼けして小麦色になった顔に赤味が差し、マックスは少し落ち着かなくなった。

「本気で恋をすると男が陥る病さ」とマックスは打ち明けた。「眠りが浅くなる。変な夢を見る。彼女のこと以外、何も考えられなくなる。読むことも、書くことも、食べることもままならない。たぶんブリジットとジェラールはそんなぼくを見かねたんだろう。それで気がおかしくならないよう、仕事を割り当ててくれたのさ。そんなわけで、ぼくはふたりのために働いている。ぼくのためにも、ふたりのためにもなっている。金銭は関係ない。なにもかもこれでうまくいっているのさ」

「赤いトラクターの女性かい？」ペルデュは尋ねた。

マックスはうなずいた。それから助走でも始めるように、大きく息を吸った。

「その通り。赤いトラクターの女性だよ。ちょうどいい。彼女のことでいわなきゃならない重要なことが……」

「ミストラルが来るわよ！」マダム・ボネが心配そうにふたりに声をかけ、マックスの告白をさえぎった。小柄で引き締まった体つきの女性が近づいてきた。あいかわらずショートパンツに男物のシャツという恰好で、果物かごを手にしている。彼女はラベンダーの花壇の脇にある風車（かざぐるま）を指差した。風車はカラカラと回っていた。今のところ羽根に当たっているのはそよ風程度だが、空の色が青インクを流したような濃紺に変わっていた。雲はすっかり吹き払われ、遠景がぐっと近づいて見える。モン・ヴァントゥとセヴェンヌ山脈の稜線もくっきり見える。北西の風が吹き荒れる典型的な前触れだ。

ペルデュとカトリーヌはマダム・ボネにあいさつをした。

「ミストラルがどんなものか体験したことがある?」とマダムが訊いた。

カトリーヌ、ペルデュ、マックスの三人は物問いたげに彼女を見つめた。

「わたしたちはマエストラーレとイタリア語で呼んでいてね。支配者。あるいは〈あほう風〉。人の気をおかしくさせる風よ。このあたりの家は正面を風に向けて狭く建てるのが常なの」彼女は自分の家の正面を指差した。「そうすれば被害を最小限にすませられるから。ミストラルが来ると、涼しくなるだけじゃない。風の音もすごいのよ。それにちょっと動くだけでも大変になる。誰でも数日間は気がおかしくなる。だからその間、大事なことは話さないでおく。喧嘩になるのが落ちだから」

「そうなんですか?」マックスが小声でいった。

マダム・ボネはくるみ色に日焼けした顔にやさしい笑みを浮かべてマックスを見た。

「ええ、そうよ。報われるかどうかわからない恋のようなものね。〈あほう風〉も恋と同じくらい人の気をおかしくし、愚かにし、神経質にする。でもね、ひとたび過ぎ去れば、土地も頭も洗われてすっきりする。すべてがまたきれいになり、はっきりする。そしてまたあらたに生活を始めるのよ」

マダムは「日よけのパラソルをたたんで、椅子をしばってくるわね」といって向こうへ行った。

ペルデュはマックスに「さっき何をいおうとしたんだ?」と訊いた。

「えー……なんだったっけな。忘れちゃったよ」マックスはあわてていった。「ふたりとも、お腹はすいてない?」

その晩はボニューの小さなレストラン〈アンプティ・コワン・ドゥ・キュイジーヌ〉で過ごした。

谷を見下ろす眺望が素晴らしく、初めは日没の赤みがかった金色に染まっていた景色が、やがて氷のように冷たく星がきらめく澄み切った夜空に変わった。陽気なウエイターのトムが、木の板に載せたプロヴァンス風ピザと、深鍋に入れたラムの蒸し煮を運んできた。居心地のいい岩屋のぐらぐらする赤いテーブルを三人で囲んで食事をした。カトリーヌはペルデュとマックスの関係に新たな快い刺激を加えた。彼女がいることで調和とぬくもりが生まれた。カトリーヌには何でも真に受ける誠実なところがあった。マックスは自分のことをいろいろ話した。子どもの頃のこと、女の子に夢中になってもうまくいかなかったこと、聴覚過敏のことなど、どんな男性にも、ペルデュにさえ話さなかっただろうことまでも。

マックスとカトリーヌが話している間、ペルデュはときおり別の所に心をさまよわせていた。墓地はここから百メートルも離れていないところにある。すぐ上の山の上に教会があるのだ。ペルデュと墓地の間にあるのは、数千トンの岩と怖じ気だけだ。

激しさを増す風の中、谷へ下りる道をたどって帰路についたとき、マックスがあれほど饒舌にしゃべったのは、トラクターの娘の話題を避けたかったからなのではないかと思い当たった。

マックスはペルデュとカトリーヌを部屋まで送ってきた。

「先に行っててくれ」ペルデュはカトリーヌにいった。

マックスとペルデュは母屋と納屋の間の暗がりに立った。風がうなりをあげて角を吹き抜けていく。

「何かいいたいことがあるんじゃないか、マックス？」ペルデュは静かに切り出した。

マックスはしばし黙っていた。それから「風が収まるのを待った方がいいんじゃないかな？」といった。

「そんなにいいにくいことなのか？」

「面と向かっていえるまで待とうと思ったくらいにはね。でもたぶん……それほどひどいことじゃないと思うよ」

「いってくれ、マックス、そうでないと、あれこれ想像して気が休まらない。お願いだ、いってくれ」

もしや、マノンがまだ生きているのではないか、などとあらぬ想像をしてしまう。自分はからかわれていただけだとか。

マックスはうなずいた。ミストラルが吹き荒れていた。

「マノンの夫、リュック・バセは彼女が亡くなって三年後に再婚した。相手の女性ミラはこのあたりではとても有名なシェフで」マックスは話しはじめた。「リュックのブドウ山はマノンの父親から結婚祝いに贈られたもので、そこの白ワインと赤ワインは……とても人気がある。ミラのレストランもね」

ペルデュはほんの少し嫉妬を覚えた。リュックとミラはブドウ山と農園と人気のあるレストランを所有している。おそらく庭も。それに彼らには暖かくて豊かなプロヴァンスがある。何か心を動かされることがあれば、互いにそれを聞いてもらうことができる。——リュックはすぐにまた、たやすく幸福をつかんだのだ。もしかしたらそれほどたやすくはなかったかもしれない。しかしペルデュにはそんなことを考える気持ちの余裕などなかった。

「それはまたよかったな」彼はつぶやいた。思っていた以上に皮肉な言い方になってしまった。

「なんだと思ってたんだ？」マックスは声を荒らげた。「リュックが苦行用の鞭を手に歩きまわっていたとでも思っていたのか？　女には目も向けず、ひからびたパンとしなびたオリーブとニンニクを食べて、死ぬのを待っていたとでも？」

「いったい何がいいたいんだ？」

「ああ、何がいいたいかって」マックスはいい返した。「人の死を悼むにも、いろいろやり方があるってことさ。ブドウ農園主のリュックは〈新しい妻〉を迎えることを選んだ。それがどうした？　彼を責められるかい？　彼も……あんたと同じようにすべきだったたっていうのか？」

ペルデュの心は怒りで煮えたぎった。

「一発かましてやりたいところだ、マックス」

「わかってる。だけどその後また仲直りできるってこともわかってるさ、あほんだら」

「ミストラルのせいね」きしむ音をたてて砂利道をやってきたマダム・ボネが、ふたりが争う声を聞きつけ、暗い面持ちでいった。彼女はふたりの脇を通り過ぎて母屋へ入っていった。

「悪かった」ペルデュはつぶやいた。

「ぼくの方こそ。風のせいだね」

ふたりはまた押し黙った。もしかして風はただのいいわけにすぎなかったかもしれない。

「それでもリュックのところへ行くつもり？」マックスは尋ねた。

「ああ、もちろん」

「実は他にもいわなきゃならないことがある。ずっといおうと思ってたんだ」

マックスから、何週間もの間、病気になりそうなくらい悩まされていたことを告白されたとき、ペルデュは吹きすさぶ風のせいで聞き違えたのかと思った。そうに違いない。彼が耳にしたのは、素晴らしすぎると同時に恐ろしすぎることで、真実とはとても思えなかったから。

42

マックスは、ブリジット・ボネが朝食に用意したいい香りのするトリュフ入りスクランブルエッグをたくさん皿に取った。彼女はプロヴァンスの伝統にしたがって新鮮な卵九個と初物のトリュフ一個をガラス容器に入れて密閉し、三日置いて卵にトリュフの香りをつけ、それから慎重にスクランブルエッグを作り、薄くスライスしたトリュフをほんの少しのせて飾った。官能的かつ野性的で土臭く、肉に近い味がした。

まさしく死刑執行前のごちそうだ、とペルデュは頭の片隅で思った。

今日は、生涯で最も困難で長い日になりそうだ。

彼は祈りを捧げるかのように食事をした。話はしなかった。静かに集中してすべてを味わった。そうすることで、この後の時間によりどころとなる何かが得られるかのように。

スクランブルエッグの隣には、カヴァイヨン産のみずみずしい白いメロンとオレンジ色のメロンが供されている。大きな花柄のカップで湯気をたてているのは、砂糖を入れスパイスをきかせたカフェオレ。それから自家製のラベンダー入りプラムのコンフィチュール。焼きたてのバゲットとバターたっぷりのクロワッサンは、マックスがいつものようにおんぼろバイクでボニューのパン屋から買ってきたものだ。

ペルデュは皿から目を上げた。あの上にボニューの古いロマネスク様式の教会がある。

彼は破ることになった約束を思い出していた。

わたしより先に死んで！　そうするって約束してくれる？

彼女はあえぎ、彼を迎え入れた。

「約束して！」

ペルデュは約束した。

マノンは当時すでに、彼には約束が守れないとわかっていたのだ。今になってみれば、そう確信できる。

わたしのお墓までの道を、あなたひとりにたどらせたくない。

その最後の道を今、ひとりでたどらねばならない。

朝食後、三人は宿を出た。糸杉の森を抜け、果樹園や野菜畑、ブドウ山を横切ってゆっくり歩いていった。

三十分ほどで、何列ものブドウの木の間からリュック・バセの家が見えてきた。四階建ての柔らかい黄色の家。建物は横に長く延びていて、両脇に背の高い栗やブナやカシの木がこんもり茂っている。

ペルデュは落ち着かない気持ちで、その豊かさに目を見張った。風が草木と戯れている。

何かが心の中で動いた。妬みでも嫉みでもない。昨夜感じた怒りでもない。そうではなくて……。恐れていたのとはまったく違う結果になることがある。

好感。そう、まさに軽い好感を覚えていた。この場所に対して、自分たちが生産したワインにマノンと名づけ、幸せの再建に努めた人たちに対して。

マックスは賢明にもよけいな口を利かなかった。

ペルデュはカトリーヌの手を握った。

「ありがとう」彼はいった。彼女は彼のいいたいことを理解した。

右側に新しい車庫があり、トレーラーや大小のトラクター、それに大きくて幅が狭いタイヤのついたブドウ山専用のトラクターが格納されていた。

そのうちの一台、赤いトラクターの下からオーバーオールに半ば隠れた恰好で脚がのぞいていた。

そしてトラクターの奥から個性豊かな悪態と、がちゃがちゃという典型的な工具の音が聞こえてきた。

「やあ、ヴィクトリア！」マックスが声をかけた。幸と不幸がないまぜになった声だった。

「あら、ナプキン使いの気取り屋さん」若い女性の声がした。

一秒後、トラクターの下から娘が出てきた。当惑したように表情豊かな顔をぬぐったせいで、油じみと汚れが広がってしまった。

ペルデュは身構えた。それでも衝撃は大きかった。

目の前に立っていたのは二十歳のマノンだった。化粧なしの素顔で、マノンよりも髪は長く、若々しかった。

それでいてマノンとは違って見えた。——強くて魅力的で自信に満ちた娘。見つめれば見つめるほど、像がぼやけてくる。十中八九、マノンには見えない。けれども十回目に、知らない若い顔からマノンがこっちを見つめてきた。

ヴィクトリアはマックスを頭のてっぺんから爪先まで、しげしげと見た。作業靴、色褪せたズボン、洗いざらしのシャツ。眼差しに、よし、認めてあげる、といっているような色が浮かび、彼女は満足げにうなずいた。

「マックスのことをナプキン使いの気取り屋さんって呼んでるんですか？」カトリーヌがわざと無邪気に訊いた。

「ええ」とヴィクトリア。「まさにそういうタイプでしょ。食事をするときにはナプキンを使って、ちょっとそこまで行くのにもメトロに乗り、犬をバッグに入れて運ぶようなね」

「大目に見てやってください。このあたりの田舎じゃ、礼儀は結婚する直前にようやく習うものらしいんで」マックスがにこやかな顔で皮肉った。

「パリジェンヌにとっちゃ、どうやら結婚が人生最大の重要事らしいわね」彼女がいい返した。

「それも一回より多い方が好まれる」マックスはそういってにやっとした。

ヴィクトリアが共犯者めいた笑みを返した。

人を愛しはじめた時点で旅は終わる。互いに相手に全神経を注いでいる若いふたりを観察しながら、ペルデュは考えた。

「パパに用があるの？」ヴィクトリアがふいに魔法を断ち切った。

マックスはとろんとした目でうなずき、ペルデュは重い気分でうなずいた。それでカトリーヌが

「ええ、まあね」とにっこり笑って返事をした。

「こちらへどうぞ」ヴィクトリアがいった。

歩き方もマノンとは違う。背の高いがっしりしたプラタナスが数本立ち並んでいる下を後について歩きながら、ペルデュは思った。キリギリスが鳴く声が聞こえていた。

ヴィクトリアが振り返っていった。

「ところでうちの赤ワインはわたしと同じ名前で、〈ヴィクトリア〉っていうの。白ワインはわたしの母で、〈マノン〉よ。このブドウ山は以前、母のものだったの」

ペルデュはカトリーヌの方へ手を伸ばした。彼女は彼の手をぎゅっと握った。

マックスの目は、先に立って一段飛ばしで階段を上っていくヴィクトリアに釘づけだった。ところがふいに立ち止まり、ペルデュの腕をつかんだ。

「昨日の晩はいわなかったけど、彼女がぼくの結婚したい相手だよ」マックスは真面目に静かにいった。「たとえあなたの娘でも」

なんだって。わたしの娘？

ヴィクトリアは試飲室を指差し、入るように手招きした。マックスの言葉が聞こえたのだろうか？　笑顔が一瞬、「わたしと結婚する？　ナプキン使いのあんたが？　それならもう少し男を上げないとね」とでもいいたげに輝いた。

それから声を出して彼女はいった。

「左にいくと古い地下室で、〈ヴィクトリア〉を寝かせてある。〈マノン〉はアンズの庭の下に増築した丸天井の地下室の方。父を呼んでくるわね。父がブドウ園を案内するはずよ。この試飲室で待っていて。えっと……どちら様だといえばいいかしら？」最後にヴィクトリアが晴れやかに、少しもったいをつけて訊いた。

そして輝くばかりの笑顔をマックスに向けた。体全体から湧き出すような笑みだった。

「ジャン・ペルデュ。パリから来た本屋だ」

「ジャン・ペルデュ。パリから来た本屋ね」ヴィクトリアは繰り返した。そして姿を消した。

下で待っている三人に、階段を駆け上がる軽い音がだんだん上へ移っていき、床を移動する音に変わり、それから話し声がかすかに聞こえた。長い会話だった。問いと答え、また問いがあって、答えが続いた。

階段を下りてくる足音も軽快だった。

「父はすぐに来ます」ヴィクトリアが顔を出してにこっとした。その顔がマノンの面影と重なり、またすっと消えた。

リュックが上階で行ったり来たりしている足音がペルデュの耳に聞こえた。続いて戸棚を開ける音と引きだしを引く音。

ペルデュはそこに立ちつくしていた。外ではミストラルが激しさを増し、縦長の鎧戸を揺さぶり、栗の木の梢を吹きすさび、ブドウの列に沿って乾いた土を巻き上げていた。

マックスがそっと試飲室を出てヴィクトリアを追って家の外へ出た後も、ペルデュはそこに立ちつくしたままだった。

カトリーヌがペルデュの肩をなでて、ささやいた。

「レストランで待ってるわ。どういうことになっても、わたしはあなたを愛している」そう言い残して、カトリーヌはミラのレストランへ向かった。

ペルデュは待っていた。やがてリュックの足音が聞こえてきた。足音は廊下を通り、階段を下り、タイル敷きの床を踏みしめて、だんだん近づいてくる。

ようやくペルデュは振り返ってドアの方を向いた。

まもなくマノンの夫と顔を合わせることになる。

愛した女性の夫。

彼に何をいったらいいかまったく考えていなかった。

43

リュックはペルデュと同じくらいの背丈だった。アーモンド色の日焼けした髪。短髪にしているが、少し伸びかけている。薄茶色の知的な目の周りにはしわがたくさんある。ほっそりした大きな木にジーンズを穿かせ、洗いざらしの青いシャツを着せたような感じだ。土と果実と石と触れ合う中で鍛えられた体。
マノンが彼のどこを気にいっていたか、ペルデュにはすぐにわかった。
リュック・バセは、容貌からして信頼できた。それに感情豊かで男らしさも兼ね備えている。金や成功や決まり文句では測れない男らしさ。筋力と持久力、そして家族や家や土地の面倒を見る能力に基づく男らしさだ。こういう男は先祖の土地と結びついている。土地の一部を売ったり、貸したり、あるいは義理の息子に分け与えるだけでも、体の一部をもぎとられたように感じる、そういう男だ。

「風雨に耐えうる男」ペルデュの母のリラベルなら、そう評するだろう。

「子どものとき、セントラルヒーティングじゃなく炎の見える火に当たっていたら、ヘルメットをかぶって歩道で自転車を乗りまわすんじゃなく木に登っていたら、テレビの前にすわりこんでないで外で遊んでいたら、あんたは今とは違った人間になったはずよ」ともリラベルはいっていた。そんな思いがあったからだろう、リラベルはブルターニュの親戚の家に滞在していたとき、少年のペルデュを雨の中、外へ送り出した。そして暖炉に薬罐をかけて湯を沸かし、その湯をジャン少年に使わせた。あのときほど熱いお湯を気持ちがいいと思ったことはない。

リュックを見て、どうしてまたブルターニュの家の暖炉でぐらぐら湯を煮えたぎらせていた薬罐のことなんか思い出したんだろう？

マノンの夫のリュックが同じように強く、活力にあふれ、本物だったからだ。

まっすぐに伸びた背筋、仕事で鍛えたたくましい腕、良い姿勢、リュックのすべてが、おれはくじけたりはしないと語っていた。

リュックの方もペルデュを茶色い目で観察していた。ペルデュの顔を、体を、指を注視している。

ふたりは握手をしなかった。

「それで？」リュックがドアのところに立ったまま訊いた。低い落ち着いた声だった。

「ジャン・ペルデュと申します。あなたの奥さんだったマノンとパリでいっしょに暮らしていたものです。昔……二十一年前まで。五年間」

「知っている」リュックは静かにいった。「死が近いとわかったとき、マノンに打ち明けられた」

ふたりの男は見つめ合った。ほんの一瞬、ペルデュは抱き合えると錯覚した。他の誰より互いの痛みがわかったから。

「許しを求めにきました」

リュックの顔に笑みが一瞬浮かんだ。

「誰に？」

「マノンに。マノンにだけです。マノンの夫のあなたには、わたしが奥さんを愛したことを許す余地はないでしょう。わたしがもうひとりの男だったということも」

リュックは探るように目を細くして、じっとペルデュを見つめている。

もしかして自問しているのだろうか？　マノンはこの手で触られるのが好きだったのだろうかと。ペルデュが自分と同じくらいマノンを愛せたかどうかと。

「どうして今になって来た？」リュックがゆっくりと訊いた。

「当時、手紙は読みませんでした」

「なんてこった」リュックは驚きの声をあげた。「なんでまた読まなかった？」

それこそ答えるのが一番難しいところだ。

「女性が愛人に飽きたとき書く決まり文句しかつづられていないと思ったんです。あのときは、手紙を読まないことだけが、プライドを保つ方法でした」

それをいうのはきつかった。本当にきつかった。

さあ、憎しみをぶつけてくれ！

リュックは間を置いた。試飲室の中を行ったり来たりした。しばらくしてようやく口を開いた。今度はペルデュの背に向かって。

「それでは後になって手紙を読んだとき、相当つらかったろうな。ずっと勘違いしていたと気づかされるとは。決まり文句なんかじゃなかったと。『これからも友だちでいましょう』なんて馬鹿げたことが書いてあると思っていたわけだ。そうだろう？『あなたが悪いんじゃなく、わたしのせいです。……あなたにふさわしい人が現れることを願っています』とかな。でもまったく違っていた」

リュックがこんなふうに相手の立場になって物事を見ることができるとは、思ってもいなかった。マノンが自分とではなく、彼と結婚した理由がますますわかるようになった。

「まさに……地獄でした」ペルデュは認めた。もっといいたかった。もっともっといいたいことがあった。だが言葉に詰まってしまった。

マノンが扉を、決して開かない扉を見つめている情景が脳裏に浮かんだ。

ペルデュはリュックの方を振り向かなかった。目には恥辱の熱い涙が浮かんでいた。

それからリュックの手が肩に置かれるのを感じた。

ペルデュはリュックの方を向かされた。そして目をのぞきこまれた。リュックはペルデュの目に映るものを読もうとしていた。同時に自分の苦悩もペルデュに隠さず読ませた。

目と目で言葉にならない会話をしている間も、ふたりの距離はまだ一メートルほどあった。

ペルデュは苦悩とやさしさと怒りと、そして理解を読み取った。

リュックが自問しているのが見てとれた。これからどうすべきかと。ペルデュはまた、リュックの中にすべてに耐える勇気も見てとった。

もっと前にリュックと知り合いになりたかった。

いっしょに悼むことができただろうに。憎しみと嫉妬を乗り越えた後に。

「ひとつお尋ねしたいことがあります。ヴィクトリアに会ってからというもの、どうにも気になって仕方がありません。彼女は……ヴィクトリアは……」

「おれたちの娘だ。マノンはそのときもう、マノンがまたパリへ行ったとき、妊娠三ヶ月だった。ヴィクトリアは春にできた。マノンはそのときもう、自分が病気であることを知っていた。だが誰にもいわなかった。赤ん坊は助かる見込みがあると医者が請けあい、彼女は子どもを選んで、化学療法を拒否した」

そういうリュックの声はふるえていた。

「マノンは誰にも相談しないで死ぬ覚悟を決めた。おれが知ったときには、すでに手遅れだった。子どもをあきらめるにも、化学療法を受けるにも遅すぎた。きみに手紙を書くまで、マノンは癌のことをおれにも隠していたんだ。ものすごく恥じていたと彼女はいった。一度にふたりの男を愛した、当然の報いだとね。なんてこった！　まるで愛が犯罪ででもあるかのように……なぜそんなに自分を責めたんだ？　なぜだ？」

ふたりはただ立っていた。泣いてはいなかった。それでも互いに、相手がその場にくずおれないよう歯を食いしばり、息を整えようとしているとわかっていた。

「その後のことも知りたいか？」しばらくしてリュックが訊いた。

ペルデュはうなずいた。

「ええ、お願いします。何もかも知りたいんです。それから、リュック……申し訳ありませんでした。横恋慕（よこれんぼ）するつもりはなかったんです。あきらめられなくて申し訳ありませんでした。それに……」

「やめてくれ！」リュックは強い口調でいった。「きみが悪いわけじゃない。もちろん、マノンがパリにいっている間は、捨ておかれたような気がしたさ。あいつがここにいるときは、おれの方が恋人、恋敵、きみの方が裏切られた夫ってことだ。だが人生なんてそんなものさ。……それにこんなことをいうと変に思うかもしれないが、そもそも許されるとか許されないとかいうことじゃない」

リュックは片手を拳骨にして手のひらをたたいた。顔に興奮の色が表れている。ペルデュは今にも詰め寄られて壁に押しつけられるかと思った。

「マノンがあんなに自分を責めたのを、とても残念に思っている。彼女ときみのことを知っても、おれの愛は揺るがなかったはずだ。誓ってもいい。マノンはきみとおれの両方を愛していた。彼女はおれから何も奪わなかった。決してな！　なんでマノンは自分が許せなかったんだ？　そりゃあたやすくはいかなかっただろう。きみとおれと彼女。他にもまだ誰かいたかもしれない。しかし人生なんて、どのみち単純じゃない。生きていくにはたくさんの道がある。マノンは恐れる必要なんてなかったんだ。きっとなにか道を見つけられたはずだ。どんな山でも登る道はある。どんな山でもな」

リュックは本当にそう思っているんだろうか？　人はこれほど強い想いを抱けるんだろうか？　これほど人間愛に満ちているなんて、そんなことがありうる？

「来てくれ！」

リュックはペルデュの先に立って廊下を進み、右へ、それから左へ曲がった。また廊下を進み、そして……。

明るい茶色の扉の前に立った。リュックは一呼吸置いて心を落ち着かせてから、鍵穴に鍵を差しこみ、それを回した。そしてがっしりした大きな手を真鍮の取っ手にかけて扉を押した。

「マノンが死を迎えた部屋だ」かすれ声でリュックはいった。

部屋は広くはなかった。だが光にあふれていた。今でも使われているかのように見える。背の高い木製の戸棚、ライティングビュロー、椅子。椅子の背にはマノンのシャツが一枚かかっている。長椅子。その脇に置かれた小さい椅子の上には本が一冊、開かれた状態でのっている。部屋は生きていた。ペルデュがパリに残してきた部屋とは違う。彼が思い出と愛を閉じこめた、あの色褪せてくたびれた、わびしい部屋とは。

ここは、住人がちょっと外へ行っているだけという感じを抱かせる。大きな背の高い扉の向こうは石張りのテラスで、そこからマロニエとブーゲンビリアとアーモンドとバラとアンズの庭へ出られる。アンズの木の下を、ちょうど雪のように白い猫がうろついていた。

ペルデュはベッドに目をやった。カラフルなキルトがかかっている。マノンが結婚前に縫ったキルトだ。パリの彼のアパルトマンで、このキルトと本の鳥を刺繍した旗をマノンは縫った。

リュックがペルデュの視線を追っていった。

「このベッドでマノンは亡くなった。一九九二年のクリスマスイブだった。マノンはその晩を生き延びられるかと訊いた。おれは、ああ、と答えた」

リュックがペルデュの方を向いた。リュックの目はとても暗かった。顔は苦痛でゆがんでいる。さっきまでの抑制がもう効かなくなっていた。ようやく口を開いたときには、声が上ずり、苦しさに詰まりそうだった。

「おれは、ああといったんだ。妻に嘘をついたのはあのときだけだ」

自分が何をしているか気づく前に、ペルデュは腕を伸ばしてリュックを抱きよせていた。

リュックは逆らわなかった。

「おお！」とだけいって、ペルデュの抱擁に応えた。

「おふたりの関係は決して壊れやしません。わたしがマノンにとって何であれ、当時マノンは、あなたのいない生活を望んでいませんでした。一度たりともね」

「おれはあのときまでマノンに一度も嘘をついたことがなかった」リュックはペルデュの言葉などまったく耳に入っていないかのようにつぶやいた。「一度も、一度もな」

リュックが痙攣（けいれん）に襲われたかのように身をふるわせている間、ペルデュはずっと支えていた。リュックは泣かなかったし、何もいわなかった。ただペルデュの腕の中で、いつまでも身をふるわせていた。

ペルデュは一九九二年のクリスマスイブのことを思い出し、恥ずかしくてたまらなくなった。彼はパリをうろついていた。セーヌ川に悪態をつき、酒を飲んで酔っぱらった。彼がそんな取るに足りないことをしている頃、マノンは闘っていたのだ。辛い闘いをし、そして敗北した。

彼女が亡くなったとき、何も感じなかった。胸が引き裂かれもしなかった。地震も、雷もなかった。何もなかった。

ペルデュの腕の中でリュックは落ち着きを取りもどした。

「マノンの日記がある。きみがいつか来たら渡してくれと頼まれていた」かぼそい声でリュックはいった。「マノンはそれを望んでいた。自分が死んだ後も」

ふたりはおずおずと体を離した。

リュックは長椅子にすわった。ナイトテーブルに手を伸ばし、引きだしを開けた。

ペルデュには一目でわかった。ハードカバーの日記帳。パリ行きの列車で初めて出会ったときも、マノンはそこにペンを走らせていた。あのとき彼女は故郷を後にした寂しさに泣いていた。しばしば夜中にも、愛の営みの後、眠れないときに、そこに書きこみをしていた。

リュックは立ち上がり、ペルデュに日記帳を渡した。ペルデュはそれを受け取ったが、リュックはそれをしっかり持ったまま、しばらく手を離そうとしなかった。

「それから、これはおれからだ」リュックは静かにいった。

ペルデュには見えていた。――そして避けてはならないとわかっていた。それでただ目をつぶった。

リュックの拳骨はペルデュの唇と顎の間に当たった。

強すぎはしなかったが、それでも一瞬、息が止まりそうになった。目がかすみ、よろよろと壁にあとずさりした。

どこか遠くから、リュックの詫びる声が聞こえた。

「誤解しないでくれ。きみがマノンと寝たから殴ったんじゃない。彼女と結婚するとき、すでにわかっていた。ひとりの男ではマノンは満足できないだろうってな」リュックはペルデュに手を差し出した。「殴ったのは、きみが来るのが遅すぎたからだ」

一瞬、すべてが重なり合って目がくらんだ。

モンタニャール通りのペルデュのアパルトマンにある生気のない禁断の部屋。

マノンが死を迎えた明るく温かみのある部屋。

ペルデュが握っているリュックの手。

そしてふいに記憶が蘇った。

マノンが亡くなったとき、ペルデュは感じたことがあった。

クリスマスイブに、ペルデュは泥酔し、もうろうとしていた。そうした夢うつつの中、マノンの声を聞いた。切れ切れの言葉で、何をいっているのか理解できなかった。〈テラの扉〉、〈色鉛筆〉、〈南の光〉。そして〈鴉〉。

ペルデュはマノンの日記帳を手に、彼女の部屋にたたずんだ。あのとき耳にした言葉が日記帳に書かれているのを予感した。

ふいに大いなる慰めを感じた。顔は殴られた心地よい痛みでひりひりしていた。

「その顎で食べられるか?」リュックが気まずそうにペルデュの顎を指して訊いた。「ミラが鶏のレモン焼きをこしらえたんだが」

ペルデュはうなずいた。

なぜリュックがマノンにワインを捧げたのかは、もう訊かなかった。訊かなくてもすでにわかっていたから。

マノンの旅日記

一九九二年十二月二十四日、ボニュー

ママンが十三種のデザートをこしらえた。いろいろな木の実、さまざまな果物、レーズン、白いヌガーと黒いヌガー、オリーブオイルケーキ、シナモン入りミルクをかけたバターケーキ。

ヴィクトリアは揺りかごに寝かされていて、大きな目をきょろきょろさせている。父親によく似ている。

リュックは、わたしが逝ってヴィクトリアが残ること、その反対ではないことに、もう文句をいわなかった。

ヴィクトリアは南の光になるだろう。ヴィクトリアは明るく輝く。

リュック、ジャンがもし来たら、いつでもかまわない、もし来ることがあったら、この日記帳を渡して読んでもらって。

別れの手紙を書いて、すべてを説明するだけの力はない。

わたしの小さな南の光。ヴィッキー、あなたとは四十八日間しかいっしょに過ごしていない。けれどもこの先の長い年月、あなたを待ち受けているたくさんの人生を夢見る。

ママンがわたしの代わりに書いてくれている。わたしにはもうペンを握る力も残されていない。死者のパンではなく十三種のデザートを食べるために、ここまでなんとか持ちこたえてきた。

考えるのに長い時間がかかる。

言葉がだんだん少なくなっていく。何もかも色褪せていく。

広い世界。鉛筆の中に交じる鮮やかな色鉛筆。

この家には愛がたくさんある。

みんな愛し合っている。そしてわたしのことを愛してくれる。みんな勇敢で、みんな子どもに夢中。

（娘は自分の娘を抱きたがっている。マノンとヴィクトリアがいっしょに寝ている。暖炉で小枝がはぜる音がしている。リュックがきて、愛する女性ふたりを腕に抱いた。マノンがわたしにもう少し書いてと合図をした。ペンを握るわたしの手は氷のように冷たくなっている。夫がブランデーを持ってきてくれた。でも指は暖かさを感じない）

愛するヴィクトリア、かわいいわたしの娘。あなたのために身を捧げるのはなんでもない。だからどうか笑ってちょうだい。これからもずっと愛している。ずっとね。

娘よ、あとのこと、パリでのわたしの生活のことは、この日記を読んで。そして慎重に判断して。

（娘は話を中断した。今は話というより彼女のつぶやきを書いている。どこかで扉が開く音がすると、娘はびくっとする。今でも彼が来るのを待っているのだ。パリの男が来るのを。いまだに希望

を失わず）

なぜジャンは来ないの？

つらすぎるから？

そう。つらすぎるからだ。

苦痛は男を愚かにする。愚かな男はたやすく不安を抱く。

人生の腫瘍、わたしの鴉はそれに侵されている。


（娘はわたしの目の前で消えていこうとしている。わたしは書いている。泣かないように努めている。今夜もつだろうか、と娘に尋ねられた。わたしは嘘をついて、ええ、といった。娘はわたしのことを、リュックと同じで嘘つきだ、といった。

マノンは少し眠った。リュックが子どもを抱き取った。マノンは目を覚ました）

「ムッシュは手紙を受け取っていますよ」と親切なマドモワゼル・ロザレットはいった。「できるだけ気をつけていますよ、立ち入らせてくれる範囲で」とマドモワゼルはいってくれた。わたしは彼女にいった。「プライドが許さないのよ！　愚かよね！　苦しんでいるんだわ！」

マドモワゼルからジャンのことを聞いた。家具を壊したこと。顔がこわばっていること。「体が硬直していて、死んでいるも同然ですよ」とマドモワゼルはいった。

だったらわたしたちは、ふたりともすでに死んでいるわけだ。

（ここで娘は笑った）

ママンはこっそり何か付け加えて書いた。そんなことすべきじゃないのに。わたしにそれを見せてくれない。

わたしたちは最後の最後までつかみあいをする。他にどうしようがある？　黙って、上等の下着を着て、死神に鎌で刈られるのを待て、とでも？

（マノンはまた笑った。そして咳きこんだ。外では雪がアトラスシダーを、遺体を包む布のように白く染めている。ああ、神様、あなたを恨むしかありません。弔いに娘の子どもを残して、娘をこんなに早くわたしのもとからお召しになるなんて。どうしてそんなことを？　死にかけた猫を若い猫と取り替えるなんて、死にかけた娘を孫娘と取り替えるなんて）

最後の最後まで、いつもどおりに生きるべきじゃないだろうか？　それが死に神を怒らせることになるんだから。最後の瞬間まで生き抜くことが。

（ここで娘が咳をした。しゃべれるようになるまで二十分経過した。マノンは言葉を探している。

砂糖、とマノンはいう。でもそれはいいたい言葉ではない。マノンは腹を立てる。

タンゴ、とささやく。

テラの扉、と叫ぶ。
わたしには、テラスの扉のことだとわかる）

ジャン。リュック。ふたりとも。あなたたち。
結局わたしは隣へ行くだけ。
廊下のつきあたりへ、一番きれいな部屋へ。
そこから庭へ。そしてそこで光となり、
どこへでも好きなところへ行く。
夕べにはときどきそこにすわり、家を見る。
わたしたちがいっしょに住んだ家を。
愛する夫のリュック、あなたが見える。部屋を行ったり来たりしている姿が見える。
それからジャン、あなたが別の部屋にいるのが見える。
あなたはわたしを探している。
もちろんわたしはもう、鍵のかかった部屋にはいない。
どうかわたしの方を見て！　ここに、部屋の外にいるのよ。
目を上げて！　わたしはそこにいる。
わたしのことを想って。わたしの名を呼んで！
わたしが逝ったからといって、何も減りはしない。
そもそも死にはなんの意味もない。

死は生を何も変えない。

わたしたちの関係はこれからもずっと、今までどおり。

マノンのサインは乱れていて弱々しかった。

二十年あまりの歳月を超えて、ジャン・ペルデュはかすれた文字の上にかがみこみ、口づけをした。

44

三日目にミストラルは止んだ。いつもと同じだ。ミストラルはカーテンを引きちぎらんばかりに大きく揺らし、散らばっているビニール袋をひとつ残らず巻き上げてあらたに散らばらせ、犬を吠えさせ、人を泣かせた。

今やミストラルは去り、それとともに塵芥（じんかい）も、うだるような暑さも、眠気も消えた。小さな町にあふれていた観光客も姿を消した。せわしなく動き回り、貪欲に飲み食いする者はいなくなった。リュベロンはまた本来のテンポを取りもどし、自然のサイクルに従うようになった。種蒔き、開花、受粉、忍耐、結実、収穫。節目には迷わず正しいことをする。

暖気がもどってきたが、それはやさしい微笑みのような秋の暖かさで、夕方にはにわか雨が降り、朝はさわやかで涼しい。太陽がじりじり照りつけ土地を乾かしていた夏の数ヶ月にはなかった暖かさだ。

丘の町ボニューの最上部にはどっしりした教会がそびえている。砂岩を敷きつめた急な坂道は、ペルデュが上るにつれてだんだん静かになっていった。コオロギと蟬の鳴き声、かすかな風の嘆き声だけが道連れだ。ペルデュはマノンの日記と、一度開けて、またゆるくコルク栓を閉めたリュックのワインと、グラスをひとつ携えていた。

険しい坂道を上るときの常で背を丸め、狭い歩幅で贖罪（しょくざい）の道をたどっていく。ふくらはぎの痛みが、蔦が這うように脚、背中、頭へと広がっていく。

ペルデュは教会にたどりついた。そこから石の梯子のような階段を上がり、ヒマラヤ杉の下を通り、そしててっぺんに出た。

目が眩（くら）みそうな景色が開けた。

眼下に広大な沃野（よくや）が広がっている。ミストラルが過ぎさり、太陽が昼の間明るく輝いていた。空は晴れ渡っていて、アヴィニョンと思しきあたりは、地平線がほぼ白くなっている。

砂色の家々が、緑と赤と黄色の中に、歴史画のように点在している。兵士が整列しているかのように長く連なるブドウの木にはブドウがみずみずしく熟している。四角い区画にはラベンダーが花盛り。緑と茶色と黄色の畑。その間に木々の緑がそよいでいる。美しい土地だ。魂を持つ者なら、その壮観な眺めに必ずや魅了されるに違いない。

厚い壁、どっしりした墓石、空を指差しているような石の十字架のあるこのゴルゴダの丘は、まるで天国の一番下の段であるかのようだ。

神様は明るいこの丘にこっそりすわって、下界を眺めているのではあるまいか。そして死者とペルデュだけが、この広大で厳かな眺めを堪能できるのではないか。

ペルデュは頭を垂れ、胸をどきどきさせて背の高い鉄製の扉のところまで砂利道を歩いていった。

墓地は長く狭い土地に作られていた。二段になっていて、上段には風化した砂色の霊廟（れいびょう）と暗灰色の大理石でできた豪華な石棺がずらりと並んでいる。下段には霊廟と石棺（せっかん）がふたつずつあり、あとは扉のように背が高く、ベッドのように幅広の墓石が並んでいる。その多くはてっぺんに十字架が据えてある。ほとんどが一族の墓で、墓の底深くに棺が納められ、数百年に渡る悲しみが眠っている。

墓の間には刈りこんだ細い糸杉が生えているだけで、日陰はない。ここでは何もかもが剝き出しだ。どこにも逃げ場がない。

ペルデュは息をはずませながら手前の墓列をゆっくりと見てまわり、墓碑銘を読んだ。大きな石棺の上には、陶製の花や様式化された石の本が据えてあり、きれいに磨かれた表面は写真や短い詩句で飾られていた。亡き人の趣味を表す小さな像が飾ってあるものもあった。

ブルーノという名前の男性の像は狩猟服を着てアイリッシュ・セッターを連れていた。別の墓には片手にトランプを持っている像。

次の墓はラ・ゴメラ島（カナリア諸島の島）を象っていた。死者の憧れの地だったに違いない。

写真やカードや小さな置物で飾られた石のタンスもあった。ボニューの住民はたくさんの便りを添えて身内を死出の旅路に送り出していた。

その飾りを見てペルデュはクララ・ヴィオレットを思い出した。クララは自分のグランドピアノをがらくたで飾り立てていた。バルコニーコンサートを催すとき、ペルデュはまずそのがらくたをどかしたものだ。

ふいにモンタニャール通り二十七番地の住人がなつかしくなった。ずっと友だちに囲まれていたのに気づかなかったとは。

二列目の真ん中あたりに、谷を見下ろすようにマノンの墓があるのを見つけた。マノンは父親のアルヌー・モレローと並んで葬られていた。

少なくともマノンはひとりぼっちじゃないわけだ。

ペルデュは膝をついて、墓石に頬をつけた。

石を抱きかかえるように両腕を横に伸ばした。

日が当たっているにもかかわらず、大理石は冷たかった。

コオロギがりんりんと鳴いている。

風が嘆きの声をあげている。

ペルデュは何かを感じるのを待ち受けた。マノンを感じるのを。

けれども感じたのは、背中を流れる汗と、どくっどくっと耳に響く脈と、足下の尖(とが)った小石だけだった。

目を再び開けて、彼女の名前を見つめる。

マノン・バセ(旧姓モレロー)一九六七年生――一九九二年没。縁に彼女の白黒の写真。

しかし何も起きなかった。

マノンはここにはいない。

突風が糸杉の梢を吹き抜けていった。

ここにはいない！

がっかりした。ペルデュは途方に暮れて立ち上がった。

「どこにいるんだ？」風に向かってささやいた。

一族の墓石はいっぱいに飾られていた。陶製の花、猫の像、開いた本のように見える彫刻。多くの彫像には写真がかかっていた。ペルデュの知らないマノンの写真だ。

結婚式の写真。その下にはこう書いてあった。「愛に悔いなし、リュック」

マノンが猫を腕に抱いている写真にはこうあった。「テラスの扉はいつも開けてあります――ママン」

そして三つ目の写真には「ママンが逝って、わたしが生まれた――ヴィクトリア」とあった。

ペルデュは開いた本のように見える彫刻に手を伸ばし、碑銘を読んだ。

ペルデュは詩句をもう一度、今度は声に出して読んだ。

「〝死は何も意味しない。わたしたちの関係はこの先もずっと変わらない〟」

ビュウーの暗い山の中で自分たちの星をいっしょに探していたとき、マノンが口にした言葉だ。

ペルデュは石棺をなでた。

しかしマノンはここにはいない。

マノンはそこにはいなかった、石に閉じこめられてもいなければ、慰めのない孤独と土に抱かれてもいない、遺体が納められている墓穴には一度も下りていない。

「どこにいるんだ？」ペルデュはまた訊いた。

石壁のところまで行き、眼下の広大な素晴らしい景色、カラヴォンの谷に目を向けた。何もかも小さく見える。ノスリにでもなって空を飛んでいるかのようだ。すがすがしい空気のにおい、思いきり息を吸って吐く。ぬくもりを感じ、風がアトラスシダーの間を吹き渡る音を聞く。マノンのブドウ山も見える。

糸杉の横、花に水をやるためのホースの横に、上段へ続く幅広の石段があった。ペルデュはそこにすわり、白ワインのコルクを抜き、〈マノンXV〉を少しグラスに注いだ。

慎重に一口飲んだ。ワインの快活な香りがした。〈マノン〉はハチミツの味だ。さわやかな果実の味、寝入る前にほっとつくため息の味。甘口でもあり、辛口でもある生き生きしたワイン。愛情たっぷりのワイン。

リュックはいい仕事をしている。

ペルデュはグラスを自分の横の石段に置き、マノンの日記を開いた。マックスとカトリーヌとヴィクトリアがいっしょにブドウ山で働いているここ数日、昼夜を問わず、繰り返し日記を読んできた。そうこうするうちに覚えてしまった箇所もあるし、驚かされた記述もあった。傷つけられた箇所もいくつかあったが、多くの箇所で感謝させられた。自分がマノンにとってこれほどの意味を持っていたとは、思いもよらなかった。以前はそうだといいと思っていた。けれどもようやく自分と折り合いをつけ、新たな恋を見つけた今になって初めて、真実を知ることになるとは。そして真実は古い傷を癒やしてくれた。

ペルデュは、マノンが死を待つ間に書いた箇所を探した。

もう十分に生きた、とマノンは秋の終わりに書き留めていた。今日と同じような十月のある日のことだ。

わたしは生きたし、愛した。わたしはこの世の最上の事柄を経験した。どうして終わりを嘆くことがあるだろう？　なぜ残りに固執するのか？　死には長所がある。もう死を恐れずにすむ。死にも平安があるのだ。


ペルデュは日記帳をさらにめくった。かわいそうで胸が張り裂けそうになる記述のところまできた。波のように体に広がる不安のことを書いている。夜、マノンは目を覚まし、静かな闇の中で、死が忍び寄る音を聞いている。臨月を迎えたその夜も、マノンはリュックの部屋へ逃げこんだ。リュックは朝が来るまで、涙をこらえて、ずっとマノンを抱いていた。

そしてシャワーを浴びながら泣いた。マノンには聞こえないと信じて。

もちろんマノンには聞こえていた。

マノンはリュックの強さにどれほど感嘆しているか、繰り返し書いていた。

リュックはマノンに食べさせ、体を洗った。そして子どものいるお腹をのぞいてマノンがどんどんやせていくのを、そばで見ていた。

ペルデュは先を読む前にまた少しワインを飲んだ。


わたしの子どもはわたしから栄養を取っている。わたしの健康な部分から養分を補給している。

わたしのお腹はバラ色で、はち切れそうにふくらんで、生き生きしている。たぶんお腹の中には子猫がたくさんいるのだろう。ものすごく元気な子猫が。他の部分はひどく年取っている。灰色で腐りかけ、乾ききった皮膚。北の人間が常食にしているクネッケ（ライ麦入りの保存がきくパン）のように。

わたしの娘には黄金色に輝くバターたっぷりのクロワッサンを食べさせよう。娘は死に打ち勝つ。娘とわたしとで死神の鼻を明かしてやる。娘はヴィクトリアと名づけよう。


まだ生まれていない子どもをマノンはどれだけ愛していたことか！　あふれる愛で子どもを養ったのだ。

ヴィクトリアがあれほど丈夫なのも当然だ。マノンはヴィクトリアにすべてを与えたのだから。ペルデュは日記帳を前へめくり、マノンが彼のもとを去ると決めたあの八月の夜の頁を開けた。


あなたは今、ピルエットを踊るダンサーのように片脚を伸ばし、もう一方の脚を曲げた恰好で仰向けに寝ている。片手は頭の上に伸ばし、もう一方の手は腋のあたりに当てている。

あなたはいつも、わたしを特別な存在であるかのように見てくれた。五年間、一度もわたしをいらだたせなかったし、ないがしろにもしなかった。どうしてそんなことができたの？

カストールがこっちをじっと見ている。二本足のわたしたちは、猫にとって相当奇妙なんだろう。

永遠が待ち受けている。押しつぶされそうだ。

そんなことを考えるなんていけないとわかってるけれど、でもときどき、誰かわたしの愛する人が、先に逝ってくれればいいのにと考えてしまう。そうなれば自分にもできるだろうと思えるから。

ときどき、あなたの方が先に逝ってくれればいいのに、と思う。それならわたしも逝けるから。

あなたは待っていてくれると確信できるから。

さよなら、ジャン・ペルデュ。

あなたにはまだ何十年も時間が残されていると思うと、うらやましい。

わたしは最後にあの部屋へ行く。そしてそこから庭へ出る。ええ、きっと。わたしは背の高いテラスのドアからゆっくりと出ていく。日没の中へと。そしてそれから、それから光になる。どこにでもいられるように。

それがわたしらしいあり方。わたしはいつでもそこにいる。毎晩、そこに。


ペルデュはワインをもう一杯グラスに注いだ。

太陽がゆっくりと沈んでいった。バラ色の光が大地をおおい、教会のファサードを金色に染め、グラスと窓をダイヤモンドのようにきらめかせた。

そのときだ。

空気が燃えはじめた。

光のベールが谷を、山々を、そしてペルデュをおおった。光はほどけて何百万もの滴となってきらめき躍った。光が笑っているかのようだ。

これまでに一度も、一度たりとも、これほど美しい日没を見たことはなかった。

ペルデュはもう一口、ワインを飲んだ。雲が広がりはじめ、チェリーの色から、ラズベリーの色、ピーチの色、メロンの色へと移り変わっていった。

そのときようやく気づいた。

マノンはここにいる。

あそこにも!

マノンの魂、マノンのエネルギー、肉体から解放されたマノンそのものが、そこに存在していた。マノンは大地であり、風だった。マノンはそこらじゅうに、すべてのものの中にいた。マノンはきらめき、自分がここにも、あそこにもいることを教えてくれていた。

……すべてがわたしたちの中にあるから。何も消えはしないから。

ペルデュは笑った。同時にひどく切なくなり、胸が締めつけられた。それで笑うのを止め、自分の心の中でさらに続いている笑い声に耳をすませた。

マノン、きみのいうとおりだ。いまだにすべてが存在している。ふたりで過ごした時間は永遠で不滅だ。生は決して終わらない。愛する者の死は、ひとつの終わりと新しい始まりの間の境目に過ぎない。

ペルデュは深く息を吸い、ゆっくりとまた吐いた。

次の段階を、次の生をいっしょに歩んでくれと、カトリーヌに頼もう。そうペルデュは思った。

二十一年前に始まった長く陰鬱な夜がようやく明け、この先には新しい明るい日々が待ち受けている。

「さよなら、マノン・モレロー。さよなら」ペルデュはささやいた。「きみがいてくれて、とても素晴らしかった」

太陽がヴォクリューズの丘の向こうに沈んだ。空は赤く燃え、炎の川を大地に注いだ。

その赤が色褪せ、あたりが陰に沈んでから、ペルデュはグラスの〈マノン〉を、一滴残さず飲みほした。

エピローグ

クリスマスイブの十三種のデザートにみんなが顔をそろえるのは、これで二度目だ。死者のためと生者のためと、来る年の幸いのために、テーブルが三つ用意される。リュック・バセの家の長いテーブルには、常に空席が三つある。

一同はヴィクトリアが台所の暖炉の前で死者のための祈禱であるオック語の〈灰の典礼〉を朗読する声に耳を傾けた。マノンの命日が巡ってくるたびに、母と自分のためにこの典礼を読むことが、ヴィクトリアの願いだった。それは死者から愛する者への福音だ。

「我は汝を我のもとへ導く船なり」ヴィクトリアが澄んだ声をあげた。「汝のかじかんだ唇にのる塩なり。すべての料理の本質なり……予期せぬ朝焼けであり饒舌な日没なり。海を寄せつけぬ不動の島なり。汝が見つけるものであり、我をゆっくりと解放するものなり。我は汝の孤独の良き境なり」

最後の言葉を口にしたとき、ヴィクトリアは泣いた。手を握り合っていたペルデュとカトリーヌも泣いた。ジョアカン・ペルデュとリラベル・ベルニエ（ときにペルデュ）も。ジャンの両親は、ボニューに来ているときは一種の休戦状態で、恋人としてやっていけるか試していた。普段はそう簡単には心を動かされない北の人間までが、感動して泣いた。

ジョアカンとリラベルは、いわば養子ならぬ〈養孫〉にしたも同然のマックスに深い愛情を抱いていた。そして愛と死と苦悩によって結びついたバセ家の人々のことも愛した。こうした奇妙ともいえる感情が、短い祝日の間、両親を結びつけていた。ベッドで、テーブルで、そして同乗した車で。それ以外の日はあいかわらず電話で、母からは別れた夫の〈識字障害ならぬ礼儀障害〉について愚痴を聞かされ、父からは〈教授先生〉についての嘆きをおもしろおかしく聞かされた。

カトリーヌは、ジョアカンとリラベルが舌鋒鋭く皮肉を言い合って旧交を温め合い、国民の休日やクリスマス、ついこの間は息子の誕生日まで、情熱的に過ごしたものと見ている。

十二月二十三日から一月六日の主の公現まで、カトリーヌとペルデュと彼の両親もボニューで過ごした。

年末年始の数日間、一同はたくさん食べ、笑い、語り合って過ごした。女性たちはおしゃべりに興じながら、男性たちは黙々と散歩をし、ワインを試飲した。そして今また、新しい時が近づいていた。

冬の終わりにモモが花開き、近づく春がローヌ川沿いの果樹を花の冠で飾ると、プロヴァンスは新しい始まりを迎える。マックスとヴィクトリアは結婚するにあたり、この白と紅の花の季節を選んだ。マックスはヴィクトリアに十二ヶ月間、求愛を続け、ようやくキスをすることができた。けれどもその後は速かった。

それからしばらくしてマックスの最初の子どもの本、『庭の魔法使い　英雄の子どもの本』が出た。

文芸評論家は啞然とし、親たちは動揺し、子どもたちやティーンエイジャーは熱狂し、この本が親を激怒させるのを見てはおもしろがった。
マックスの本は、大人が「そういうことはするものではありません！」といって一蹴することをすべて疑うよう、勧めていたのだ。

カトリーヌはペルデュとともにプロヴァンス中をあちこち探しまわって、アトリエを見つけた。探すにあたって、広さはまったく問題にならなかったが、立地は重要だった。カトリーヌは自分の魂の故郷となったサナリーとボニューに匹敵する土地にアトリエを欲しがった。結局、ソーとマザンの間で、少し傾きかけた美しい農家の隣に格好の納屋を見つけた。右手はラベンダー畑、左手は山。前方にはブドウ畑が連なり、彼方にモン・ヴァントゥの峰が望める。背後は果樹の森になっていて、その森を飼い猫のロダンとネミロフスキーがうろついている。

「なんだか我が家へもどってきたみたい」離婚が成立し、満足して公証人に慰謝料の大部分を預けると、カトリーヌはペルデュにいった。「まわり道の果てに、終（つい）の住み処を探し当てたような気分よ」

カトリーヌが造る彫像は人間の背丈のほぼ二倍の高さがあった。カトリーヌには石に閉じこめられている本質を見抜く能力があるようだ。未加工の角石（かくいし）を透かしてその魂を見つめ、その呼び声を聞き、その心臓が脈打つのを感じ取る。そしてそれから鑿（のみ）を使って石の本質をおもむろに彫り出す。

掘り出されるのは、苦悩とうまくつきあってこられた人間ばかりではない。

憎しみ。苦しみ。許し。魂の読み手。

いや待った！

事実、カトリーヌはバナナの木箱ほどの大きさの立方体から二本の手を掘り出したことがある。

指で何かを形作る手。何かを読み、何かを愛撫する手。その手は探し求め、見つけ出す。手探りしているのは言葉だろうか？　それは誰の手だろう？　何かをつかみ出そうとしているのだろうか？　それとも自分の中に手を入れて何かを探っているのだろうか？

石に顔をあてれば、心の奥に隠され、壁に塗りこめられた扉が開くような気がしてくる。部屋に通じる……扉？

「人は誰しも、デーモンが巣くう内なる部屋を持っている。部屋を開けて、デーモンと対峙して初めて、人は解放される」とカトリーヌはいっている。

ペルデュはカトリーヌが気持ちよく過ごせるよう、気を配っている。プロヴァンスでも、パリのモンタニャール通りにあるふたりの古いアパルトマンでも。

彼はカトリーヌがよく食べ、よく眠れるように、友だちと会って楽しく過ごせるように、毎朝夢の残像を振り払えるように注意している。

ふたりはしばしばベッドを共にする。今でもゆっくりと慎重に愛し合う。ペルデュはカトリーヌの体を隅々まで知っている。完璧な部分も、そうではない部分も。彼は完璧ではない部分をなで、愛撫する。彼にとっては自分こそ最高に美しいのだと、彼女の体が納得するまで。

バノン（モン・ヴァントゥの南東にある小村）にある本屋で半日、仕事をする傍ら、ペルデュは本を探す旅に出る。カトリーヌがパリのアパルトマンや南仏のアトリエで彫刻をし、講習をし、作品を売り、作品にやすりをかけ、磨き、手を加える間、ペルデュは胸ときめく本の世界を渉猟する。

学校の図書室、無骨な高等学校教諭や果樹農園のおしゃべりな女性経営者の遺品の山、忘れられた地下の金庫室、冷戦時代に掘られた防空壕がその舞台だ。

始まりは匿名作家サナリーの手書きの原稿のファクシミリを載せた限定本の販売だった。原稿は紆余曲折を経てペルデュが入手したものだ。サミーはあくまでペンネームに固執した。

モンタニャール通り二十七番地の四階に住む、オークション会社の記録係をしているクローディーヌ・ガリバーの助力を得て、まもなく支払い能力のある希少本のコレクターが見つかった。

ところが、その本に合うと判断した相手にしか本を売らなかったので、やがてペルデュは、金のことしか頭にない買い手には本を売らない奇矯な本の愛好家だという評判が立った。ときには一冊の本を何十人ものコレクターが手に入れようと競合する事態も起きた。そんなときでも、ペルデュはその本に最適だと思える、本の恋人、友、徒弟、患者を選び出した。対価は二の次だった。

ペルデュはイスタンブールからストックホルムへ、リスボンから香港へと旅をし、貴重で、英知の詰まった、危険な本を見つけ出した。眠りにつく前に読むのに最適なすてきな本も。

今もそうだが、ペルデュはしばしば、農家の夏の台所にすわり、ローズマリーとラベンダーの葉を手に取り、目を閉じてプロヴァンスの香りを嗅ぎながら、『ささやかな感情の大事典——本屋と恋人たちと文学薬剤師のための参考書』を執筆する。

「た」の項に今、こうしたためたところだ。「台所の慰め。台所でコンロに向かい、おいしいものをことこと煮込んでいるときの感情。目の前のガラスが湯気で曇る。恋人がもうすぐあなたとともにテーブルにつき、スプーンを口に運ぶ合間にあなたを満足げに見る様を思い描く（生きることともいい換えられる）」

レシピ

風景がさまざまであるように、プロヴァンスの料理もまた多彩だ。海岸沿いは魚料理、後背地は野菜料理、山間部は子羊肉や困窮から生まれた豆の料理。オリーブオイルの風味が強い地域もあれば、ワインがベースになる地域もある。イタリアと国境を接する地域にはパスタ料理もある。マルセイユではミントとサフランとクミンを使って東洋と西洋が融合し、ヴォクリューズはトリュフやプラリネなど高級チョコレートの天国だ。

だがローヌ川とコート・ダジュールの間の地域の料理にはいくつか共通点がある。濃厚なオリーブオイル、ニンニク、（サラダやソースやスープやケーキやピザやコンフィや詰め物などに使う）さまざまな品種のトマト、バノン産山羊のチーズ、フレッシュハーブ。とはいえプロヴァンスの料理人が一つの料理の味つけに使うハーブは多くて３種類だ。そのかわりセージでもラベンダーでも、タイムでもローズマリーでも、フェンネルでもセイボリーでも、新鮮なものをたっぷり使う。

次頁以降のレシピは、典型的な郷土料理で、この物語に香りと色合いを添えてくれるものである。

【作り方】
①野菜を洗う。
パプリカは種を除き、皮むき器で皮をむく。
トマトは湯むきする。
野菜を賽の目に切る。

②はじめにナスをいためる。大きめのフライパンにオリーブオイルを引き、火にかけ、熱くなったところでナスを入れ、絶えずひっくりかえしながら焼く（約10～15分）。
残りの野菜をフライパンに加える。
全体に火が通ったら、塩、コショウをし、刻んだニンニクとタイムを加える。

③型に詰める。

④合間においしいトマトソースを用意する。
湯むきし、種を除いたトマトにハーブを加え、とろみがつくまで弱火でゆっくり煮る。塩、コショウをして味をととのえ、裏ごしする。

⑤③を型から出して皿にのせ、トマトソースを添える。仕上げにオリーブオイルをたらす。
お好みでバゲットやクレームフレーシュ（※訳注　サワークリームの一種）を添えてもよい。

ボヘミア風野菜の煮込み

ラタトゥイユの一種だが、ナスをたくさん入れ、バジルトマトソースで風味をつける。たいていは一種類の色の野菜（赤が多い）を細かく切って使う。

プロヴァンスの野菜の煮込みは、材料の質と濃さで味が決まる。野菜は「太陽の光をたっぷり浴びたもの」でなければならない。大きいだけで味の薄いトマトを使うのはもってのほかだ。フレッシュハーブの芳香も味を決定づける。

★材 料（6人分）
肉厚のナス 2個
タマネギ 2個
しっかりしたズッキーニ 2本
赤いパプリカ 3個
完熟トマト3～6個（もしくはトマト缶1）
オリーブオイル
塩、コショウ、ニンニク、フレッシュタイム（お好みでローズマリーやローリエを加えてもよい）

◎トマトソース用
完熟トマト 500g
タイムとバジルたっぷり
オリーブオイル 大さじ3
塩、コショウ

◎ソースピストゥ用

新鮮なニンニク 2 ないし 3 個

粗塩 小さじ 1 / 2

バジル 3 ないし 4 鉢分

フレッシュパルメザンチーズ 50 g（お好みによりペコリーノでも可）

良質なオリーブオイル大さじ 5

【作り方】

①野菜を洗い、適当な大きさ（小口切り、輪切り、賽の目等）に切る。
トマトを湯むきして細かく切る（良質なトマト缶を使ってもよい）。
大鍋にオリーブオイルを入れて熱し、野菜とハーブ類を入れる。
弱火でかきまぜながら 10 分間蒸し煮する。
塩をふる。

②白インゲン豆を冷水で洗い、水気を切って、野菜の鍋に入れる。
1 ないし 2 リットルの水を加え、蓋をして 30 分から 45 分（豆が軟らかくなるまで）煮る。
塩、コショウをして味をととのえる。

③ソースピストゥを作る。
ニンニクの薄皮をむき、粗塩、バジルの葉、パルメザンチーズをフードプロセッサーかハンドブレンダーで粘りが出るまでかきまぜる。

オリーブオイルを加え、なめらかになるまでさらにかきまぜる。

④スープ皿にピストゥを入れ、温めた野菜スープを注いで食卓に供する。
お好みの量のピストゥを入れてかきまぜるのが好きという人も多い。
仕上げにパルメザンチーズをふりかける。

ピストゥ

サミーを温め、生気を取り戻させたプロヴァンス風スープ。といってもその後ロマンチックな夜になったわけではないけれど……まあ、まだの方は是非読んでください。

プロヴァンスでは、家庭ごとに独自のレシピがある。欠かせないのは豆（緑、白、ないし赤）、ズッキーニ、トマト、パルメザンチーズ、ニンニク。庭で採れた野菜や市場で新鮮な野菜を買ってきて（たとえばカボチャ、カブ、セロリなどを入れて）、アレンジしてもよい。たいていはミネストローネスープとして作るが、中には小さくて厚みのあるショートパスタ、たとえばゴベッティや小さめのマカロニやリガーテが欠かせないという人もいる。ニースなどではベーコンを少量加えることが多い。だがなんといっても決め手は、バジルをすりつぶして作るソースピストゥだ。ペストと似ている緑色のソースだが、松の実は入っていない。

★伝統的な材料（4人分）

イタリアの白インゲン豆の缶詰1（正味250 g）
ニンジン200 g
ズッキーニ250 g
ポロネギ（または新鮮なネギ）1本
ジャガイモ500 g
タマネギ1個
完熟トマト4個（またはトマトの缶詰半量）
オリーブオイル
塩、コショウ
サヤインゲン200 g
タイム、セイボリー、ローズマリー各3ないし4枝
お好みでトマトペースト

【作り方】

①マリネ

ニンニクの皮をむき、細かく刻む。

トマトジュース、ハーブ類、ハチミツ、コショウ、オリーブオイル、その他お好みのものを加えて混ぜ合わせる。

ラムチョップとともに袋（3リットル用）に入れて密封し、ボウルに入れて、数時間から一晩、寝かせる。

②ラムチョップ

グリルパンを強火にして両面を1分ずつ焼く。

火からおろし、5分間置く。肉は中が半生（バラ色）になるようにする。

著者はラクレット用のグリルパンを使用。完璧な焼き加減に仕上がる。

③ニンニクのフラン

フレッシュなニンニクを使う場合は、ニンニクを牛乳ないし生クリームに入れ、弱火で軟らかくなるまで煮る。

軟らかくなったニンニクをこす。

塩、コショウをふり、卵を加えてかきまぜる。

ナツメグをちらす。

（※乾燥ニンニクを使う場合は牛乳で煮る前にお湯に5分間つけてから、フォークの背などでつぶしておく。）

スフレ型にオリーブオイルをぬり、ニンニクと卵の溶液を入れ、20分間、湯煎する。

10分間、冷やし、型から抜く。

④天板で焼いたローズマリーポテトに合わせるのがお薦め。ポテトにはオリーブオイルをぬり、粗塩をふる。

ラムチョップ、ニンニクのフラン添え

味はラム肉の品質とマリネにかかっている。肉がまだマリネされていない場合は、以下のマリネ液に一晩つけておく。

★材 料（1人当たり、お好みでラムチョップ2本ないし3本）

◎マリネ用

ニンニク 2、3 個

トマトジュース適宜

フレッシュローズマリー 大さじ 1

乾燥タイム大さじ 2 ないし 3

お好みで薄めたハチミツ

コショウ

上質なオリーブオイル（たとえばローズマリー、ニンニク、ラベンダー、レモン等の香りのついたもの）

お好みで、ディジョンマスタード、スイートペッパー、シェリー酒、バルサミコ酢、赤ワインなどを加えてもよい。

◎ニンニクのフラン（付け合わせ 2 ～ 4 人分）

ニンニク 100 g

牛乳あるいは生クリーム 125 cc

塩、コショウ

卵 3 個

ナツメグ

オリーブオイル

ラベンダーシロップや
ラベンダーハチミツを使ったレシピ

★材 料

ラベンダーシロップ大さじ5

ギリシャヨーグルト 500 g

牛乳大さじ8

生クリーム 200 g

色をつけたい場合は、ブルーベリーひと握り

ラベンダーのハチミツかラベンダーシロップかラベンダーの花

【作り方】

①ラベンダーシロップとヨーグルトをかきまぜ、牛乳と生クリームを加えてなめらかになるまでよくまぜる。

②ブルーベリーをピューレにし、少しずつ加えて色をつける。

③アイスクリームメーカーに入れるか、冷凍庫で冷やす。

④供する前にラベンダーシロップかラベンダーの花かラベンダーのハチミツで飾る。

ラベンダーアイス

リュベロン谷の北にある村、ルシヨンのアイスクリームパーラーで出てくるラベンダーアイスは花と同じくらい紫が濃いが、たいていはブルーベリーを少し加えて色をつけている。地元の人たちが作るブルーベリー抜きのものは白にライラック色の斑点が混じる。

★材 料

乾燥ラベンダー小さじ1ないし2か、摘みたてのラベンダーの花（庭で採れたものかオーガニックのもの）小さじ2ないし4

砂糖200 g

牛乳大さじ8

卵黄8個分（オーガニックのものが望ましい）

生クリーム250 ml（さっぱり味にするならヨーグルトを使う）

色をつけたい場合は、ブルーベリーひと握り

【作り方】

①ラベンダーと砂糖をミキサー（あるいはハンドブレンダー）で細かく砕き、ふるいにかけてさらさらの粉にする。

②できたラベンダーの粉を牛乳で溶き、ダマがなくなるまでかきまぜる（軽く温めてもいいが、沸騰させないこと）。

③卵黄と生クリーム（ヨーグルト）をあわせてしっかり泡立てる。色をつけたい場合はブルーベリーをピューレにして、適宜加える。

④アイスクリームメーカーに入れるか、冷凍庫に入れて、ときどきかきまぜながら冷やす。
飾り用にラベンダーの花を少量取っておくとよい。

◎トルコ産のハチミツ（色の薄いものと濃いもの）、白いヌガーと黒いヌガー。白いヌガーの方はヘーゼルナッツ、松の実、ピスタチオ入りで、善と純粋を象徴する。黒いヌガーの方は悪と不純を象徴する。

◎フガース（フアス）：オリーブオイル入りの平たいパン（切らずに裂いて食べる！）

◎オレイエット
レモンピール入りクラッペン（揚げパン）

◎ミルク入りケーキ
シナモン入りのミルクで作る

◎ラタフィア（ブドウジュースとブランデーのミックス）
もしくは甘くて口当たりの良いカルタヘナ（ラングドック産のデザートワイン）

◎マジパン

◎ビスケット

◎山羊のチーズのマリネ

13種のデザート

プロヴァンスで採れた食材を使った〈13種のデザート〉は、100年以上の伝統があるクリスマスの食事である。

最後の晩餐をともにした13人（イエスと12人の使徒）を象徴していて、真夜中のミサの後か、グロ・スペ（盛大な夜食）の後にテーブルに並べられる。なおグロ・スペは肉を抜いた（！）7品の簡素な料理からなる。

★ 13種のデザートに選ばれる典型的な食材

◎ドライレーズン（自家製の乾燥物）

◎乾燥したイチジク（自分で木からもいだもの）

◎ナッツ類：アーモンド、ヘーゼルナッツ、クルミなど

◎キリストを象徴するものとしてナツメヤシ

◎ 4種の新鮮な果物
プラム（プラムの産地として有名なブリニョールのものを使うのが伝統）、洋ナシ、メロン、リンゴ、オレンジ、ブドウ、マンダリンなど

◎砂糖漬けの果物

ジャン・ペルデュの〈文学処方箋〉
アダムスからアーニムまで

軽度から中程度の感情のカタストローフに素早く効く精神と心の薬。
特に指示がない場合は、数日にわたって適量（約五〜五〇頁）服用のこと。
可能なら同時に足を温めるか、猫を膝にのせるとよい。

ダグラス・アダムス『銀河ヒッチハイク・ガイド』
安原和見訳、河出書房新社　二〇〇五年
Adams, Douglas: *The Hitchhiker's Guide to the Galaxy.* BCA / Arthur Barker, London 1980
相当量服用する場合、病的なオプティミズムやユーモア欠乏症に効果あり。サウナを使う際のハンドタオル恐怖症にも効く。
〔副作用〕所有忌避。バスローブを脱げなくなる恐れあり。

ミュリエル・バルベリ『優雅なハリネズミ』
河村真紀子訳、早川書房　二〇〇八年
Barbery, Muriel: *L'Élégance du hérisson.* Gallimard, Paris 2006
こうしていたら、ああしていれば、とくよくよ考える人でも、相当量服用すれば、よけいなことを考えずにすむようになる。世間に認められないことを嘆く天才、難解な映画のファン、バスの運転手嫌いにお勧め。

セルバンテス『ドン・キホーテ』
牛島信明訳、岩波文庫　二〇〇一年　ほか
de Cervantes, Miguel: *El ingenioso hidalgo don Quixote De la Mancha.* Juan de la Cuest / Francisco de Robles, Madrid 1605-1615
現実と理想の間で葛藤するとき服用。
〈副作用〉技術万能主義の社会を憂慮。機械の暴力に個人が風車に立ち向かうがごとく戦うことになりがち。

E・M・フォースター『機械は止まる』
（『E・M・フォースター短編選集3』所収）藤村公輝訳、檸檬社　二〇〇〇年
Forster, Edward Morgan:《The Machine Stops》. *The Oxford and Cambridge Review, 1909*
注意！　インターネット万能主義やスマホ中毒に対する効果絶大な解毒剤。フェイスブック中毒やマトリックス依存にも有効。
〈服用する際の注意点〉海賊党の党員やインターネット活動家は少量の服用にとどめること！

ロマン・ガリ『夜明けの約束』
岩津航訳、共和国　二〇一七年
Gary, Romain: *La Promesse de l'aube.* Gallimard, Paris 1960
母性愛を理解し、美化された幼児期の思い出から脱するのに有効。
〔副作用〕ファンタジー世界への逃避。愛への憧れ。

グンター・ゲルラッハ『女を橋から突き落とす』未訳
Gerlach, Gunter: *Frauen von Brücken werfen.* Conte Verlag, Sankt Ingbert 2012
スランプで書けない作家、ミステリーの殺人を過大評価する読者に有効。
〔副作用〕現実喪失、妄想。

ヘルマン・ヘッセ『階段』（『ガラス玉演戯』より）
高橋健二訳　新潮文庫　一九七一年　ほか
Hesse, Hermann: *Stufen.* Gedicht, erstmals erschienen in: *Das Glasperlenspiel.* Roman. 2 Bände, Fretz &Wasmuth, Zürich 1943
悲しみの拮抗薬。信頼する勇気をもたらす。

フランツ・カフカ『ある犬の研究』
（『カフカ・コレクション　掟の問題　ノート2』所収）池内紀訳、白水uブックス、二〇〇六年　ほか
Kafka, Franz: *Forschungen eines Hundes.* Fischer Verlag, Frankfurt am Main 1997

誰にも理解されないという奇妙な感情に効く。
〔副作用〕悲観的になる。猫が恋しくなる。

エーリヒ・ケストナー『E・ケストナーの人生処方箋』
飯吉光夫訳、思潮社　二〇一三年
Kästner, Erich: *Doktor Erich Kästners Lyrische Hausapotheke. Gedichte.* Atrium, Basel 1936
叙情医師ケストナーが処方する、苦しみや不快に効く薬。自信過剰、離婚後の感情、日常の鬱憤、秋の憂鬱等に効果あり。

アストリッド・リンドグレーン『長くつ下のピッピ』
大塚勇三訳、岩波少年文庫　二〇〇〇年　ほか
Lindgren, Astrid: *Pippi Långstrump.* Rabén & Sjögren, Stockholm 1945
（先天的ではなく）後天的なペシミズムに効き目あり。驚くことに不安を感じなくなる。
〔副作用〕計算能力がなくなる。シャワーを浴びながら歌うようになる。

ジョージ・R・R・マーティン『七王国の玉座〔改訂新版〕（氷と炎の歌1）』上・下
岡部宏之訳、ハヤカワ文庫SF　二〇一二年
Martin, George R. R.: *A Game of Thrones.* Bantam, New York 1996
テレビ依存症の緩和に役立つ。恋わずらいや、世間に対する怒り、退屈な夢にも効果あり。
〔副作用〕眠れなくなる。強烈な夢を見る。

ハーマン・メルヴィル『白鯨』上・下
八木敏雄訳、岩波文庫　二〇〇四年　ほか
Melville, Herman: *Moby-Dick; Or, The Whale.* Harper &Brothers, New York 1851
ベジタリアン向き。
〔副作用〕水がこわくなる。

カトリーヌ・ミエ『カトリーヌ・Mの正直な告白』
高橋利絵子訳、早川書房　二〇〇八年
Millet, Catherine: *La vie sexuelle de Catherine M.* Éditions du Seuil, Paris 2001
重要な問い、男であれ女であれ、早すぎる承諾の是非を考えるのに役立つ。
〔備考〕悪化の一途をたどることに気づくべし。

ローベルト・ムージル『特性のない男』I〜VI
(『ムージル著作集』第一〜六巻所収)
加藤二郎訳、松籟社　一九九二年—一九九五年
Musil, Robert: *Der Mann ohne Eigenschaften.* Rowohlt, Berlin 1930 / 1933 bzw. Imprimerie Centrale, Lausanne 1943
自分が人生に何を望んでいるかを忘れてしまった男性向き。無目的の拮抗薬。
〔副作用〕長期的な効果あり。二年後には人生が一変する。友人をなくす可能性大、社会批判を好むようになり、再び夢を見るようになる。

アナイス・ニン『デルタ・オヴ・ヴィーナス』
高見浩・杉崎和子訳、二見書房　一九八〇年
Nin, Anaïs: *Delta of Venus.* Harcourt, New York and London 1977
服用してすぐに、意欲喪失、不感症が改善される。
〔副作用〕突然興奮するようになる。

ジョージ・オーウェル『一九八四年』（新訳版）
高橋和久訳、ハヤカワepi文庫　二〇〇九年
Orwell, George: *1984.* Secker & Warburg, London 1949
お人好しや粘着質な人向き。かつては病的なオプティミズムに効く家庭薬として用いられたが、現在は効き目がなくなっている。

フィリパ・ピアス『トムは真夜中の庭で』
高杉一郎訳、岩波少年文庫　一九七五年
Pearce, Philippa: *Tom's Midnight Garden.* Oxford University Press, Oxford 1958
不幸せな恋人たちに向く。（追記　恋わずらいの場合は、恋に関係しなければ何を読んでもかまわない。スプラッターでも、スリラーでも、スチームパンクでも、なんでも読むべし）

テリー・プラチェット『ディスクワールド』シリーズ
Pratchett, Terry: The Discworld Novels
これまでにテリー・プラチェットによってディスクワールドについての小説が三十九冊発表されている。一冊目は『ディスクワールド騒動記』（*The Colour of Magic*, Colin Smythe, Gerrards Cross 1983）安田均訳、角川文庫一九九一年。最新刊は『*Snuff.*』（未訳／Harper, New York 2011）
世界苦や生き残りを危うくする無邪気さに効果あり。精神に魔法をかけるのに適している。初心者にも可。

フィリップ・プルマン『黄金の羅針盤』
大久保寛訳、新潮社　一九九九年
Pullman, Philip: *His Dark Materials*. Scholastic Press, London 1995—2000
ときおり心の中でかすかな声がするのが聞こえ、自分には動物の魂の友がいると信じている者に向く。

ヨアヒム・リンゲルナッツ『動物園の麒麟――リンゲルナッツ抄』
板倉鞆音訳、国書刊行会　一九八八年
Ringelnatz, Joachim: *Kindergebetchen*. Ringelnatz für Kinder-.《Wenn du einen Schneck behauchst》, Insel, Berlin 2008
不可知論者が突如祈りたくなったときに読むといい。

〔副作用〕子どもの頃の夕方の思い出がフラッシュバックする。

ジョゼ・サラマーゴ『白の闇』（新装版）
雨沢泰訳、日本放送出版協会　二〇〇八年
Saramago, José: *Ensaio sobre a cegueira*. Editorial Caminho, Alfragide 1995
過労に効く。本当に大切なものは何かを見つけだすのに役立つ。人生の意味がわからなくなっている者は読むべし。

ブラム・ストーカー『吸血鬼ドラキュラ』
平井呈一訳、東京創元社　一九七一年　ほか
Stoker, Bram: *Dracula*. Archibald Constable and Company, Edinburgh 1897
退屈な夢しか見ない場合に服用するとよい。電話を待ち焦がれて硬直している場合（いったいいつになったら彼は電話してくれるの？）にもお薦め。

アレム・シュア＝ガルシア、フランソワーズ・メイルース『灰の典礼　死者が生者に宛てたオック語の祈り』（未訳）
Surre-Garcia, Alem / Meyruels, Françoise: *Lo libre dels rituals*. S. l. s. d. Ritual des Cendres 2002
愛していた人を亡くした悲しみに再び襲われたときに有効。特定の教会や因習に囚われずに墓前で祈りたい者向き。
〔副作用〕涙がとまらなくなる。

ジャック・トース『自由な男』（未訳）
Toes, Jac: *De vrije man.* L.J.Veen, Amsterdam 2003
タンゴの踊り手がミロンガとミロンガの間に読むのに適している。愛を恐れる男性にも有効。
〔副作用〕自分の交際について考えすぎてしまう可能性あり。

マーク・トウェイン『トム・ソーヤーの冒険』
柴田元幸訳、新潮文庫　二〇一二年　ほか
Twain, Mark: *The Adventures of Tom Sawyer.* American Publishing Company, Hartford 1876
大人になることに対する不安を克服するのに有効。自分の人格の中に子どもを再発見するのにも向く。

エリザベス・フォン・アーニム『魅せられて四月』
北条元子訳、扶桑社ミステリー　一九九三年
von Arnim, Elizabeth: *The Enchanted April.* Macmillan & Co. Ltd, London 1922
決断力の欠如に効く。友だちを信用できるようになる。
〔副作用〕イタリア偏愛。南国憧憬。正義感が強くなる。

〔備考〕『南の光』の著者サナリー、P・D・オルスン、『夜』の著者マックス・ジョルダンは架空の人物であることをお断りいたします。

謝辞

この小説は最初に構想（二〇一〇年八月九日）を書いてから最終的に（二〇一三年四月初め）印刷に付されるまで、調査に相当な時間をかけ、ときに絶望し、書いては消し、書いては消しを繰り返し、何度も手を入れました。創造性を発揮する楽しい時間を過ごすとともに、病を得て一年の中断も余儀なくされました。

全力を傾注したこの過程を傍らで見守ってくれた人々が、小説の性格に影響を与えています。それにどんな本にもたいていは、芸術体験や読書の喜び、人生のヒント、魅惑の時間が味わえるように（多くの場合、陰で支えてくれる）十人程度の専門家がいるものです。いちいち名前を挙げることは控えますが、イラストや販売、編集、校正に携わったすべての方々に感謝を申し上げます。文化を生み出すにはチームワークがいります。作家は微力で、背後に控えているチームの力がなくてはとうていいい本はできません。わたしは物語を考え、感じ、書きます。けれども物語を健やかにし、読む価値のあるものにして世に送り出せるかどうかは、ひとえにチームの力にかかっています。

そしてもちろん読者にもかかっています。執筆時に届いた数々のすてきな手紙には感動させられました。そうした読者の何人かには、ささやかなメッセージを小説の中に織り込みました。

以下の方々に感謝を。

夫で作家のJに。具体的なことはあいにく明かせませんが、食と慰めと愛に関係しています。それから自分も書く喜びを知っているがゆえに、わたしが絶えず想像上の人物と一つ屋根の下に暮らしていることに文句をいわず、奇妙にも思わないでくれたこともありがたく思っています。

ハンス＝ペーターの一年にわたる忍耐に。

八ヶ月間、わたしの体をマッサージして痛みを取り除き、すわって書けるようにしてくれたアードリアンとナーネ、そして「拷問具」を使ってリハビリ訓練する際、インストラクターを務めてくれたベルンハルトとクラウディアに。

アンゲリカに。疑問の余地なく始まった友情に。

句読点を適切な場所に打つことだけでなく、わたしの創造的な正書法を律してくれたKさんに。

ボニューでわたしが泊まった鳩小屋の魅力的な女主人のブリジットと、サナリー＝シュル＝メールのペンションの主人デデに。

信頼して情熱を傾けてくれたパトリシアに。

焙煎（ばいせん）工場エルプゴルトに。この本はコーヒーで力を得て書きあげました。

ドリス・Gに。マノンの日記を書くために何週間もあなたの庭にこもらせてくれたことに。滋味豊かな土を掘ることでテクストが豊かになりました。

そして編集者のアンドレア・ミュラーに特別な感謝を。彼女は良い本がより良くなるよう配慮してくれました。長すぎるところはばっさり切り、胸が張り裂けそうになる場面は劇的に濃縮し、あぶない質問をし、想像するに、不眠不休で働いています。彼女のようなプロが作家をより良き語り手にしてくれるのです。

二〇一三年一月　ニーナ・ゲオルゲ

追伸　そしてわたしに魔法をかけてくれたすべての書店主に。本さえあればわたしは楽に呼吸ができます。

訳者あとがき

ドイツの作家ニーナ・ゲオルゲの『セーヌ川の書店主』をお届けします。二〇一三年発表の本作は、ドイツの雑誌『シュピーゲル』のベストセラーリストに一年以上にわたって掲載されました。その後三十カ国語に翻訳され、アメリカ合衆国や、イギリスやイタリアでもベストセラーになりました。

朝日新聞紙上でも、ロンドンの書店でベストテンに入った小説として紹介されていて（朝日新聞 Globe 世界の書店から Bestsellers〔第一七四回〕二〇一六年三月二十日）、へぇー、ドイツ語の小説が英語圏でベストセラーになるなんて珍しいな、と思ったことをよく覚えています。

今回、翻訳するにあたって精読してみて、ベストセラーになったのもむべなるかな、と納得しました。一言でいうなら恋愛小説になるのでしょうが、それにしては相当風変わり。いろいろな読み方ができますので、是非気にいった方法で読書を楽しんでください。

まずは肩の凝らない旅行ガイドとして読む方法。書店に改造した艀でセーヌ川、ローヌ川をたどって、パリから南仏をめざす川の旅。ブドウ畑が連なりラベンダーが咲き乱れるプロヴァンスの丘陵。その先には紺碧（こんぺき）の地中海。たどりついたのは、戦時下、ドイツ系の作家の憩いの地となった古き美しき漁村サナリー＝シュル＝メール。パリから離れるにつれて都会の喧噪が薄らぎ、自然の懐に身を委ねていく開放感。頁をめくって主人公たちの旅を追いながら、いつか自分も行ってみたいなと思いを馳せます。

次は読書ガイドとして読む方法。主人公のジャン・ペルデュはセーヌ川に係留している艀を改造して本を売っている書店主。ただし彼の書店はただの本屋ではありません。ジャンには人の声を聴くことで、その人の魂が求めている本を探し当てることができるという特技があります。彼の書店は〈文学処方船〉（原語は「薬局」ですが、魂の状態に合わせて処方箋を出すということなので、それと船をかけて「処方船」にしました）という名で、パリの観光名物にもなっています。ジャンはアドバイスを求めてやってくる客に、薬の処方と同じように読み方も含めて最適だと思われる本を薦めます。

たとえば失恋し自信喪失に陥っている若い女性にはミュリエル・バルベリの『優雅なハリネズミ』を、ひとりになれる明るい部屋でゆっくり読むよう提案します。また処女作が当たってベストセラー作家になったものの第二作が書けずに苦悩している若い作家マックス・ジョルダンにはサナリーの『南の光』を渡します。「これを読むといい。毎朝三頁。朝食の前、体を起こす前にね。その日、きみが体験する最初のものにならなければいけない。数週間すれば、もうそれほど傷ついているとは思わなくなるはずだ。成功したからって、スランプに陥って償う必要はないんだよ」といって。巻末に効能付きのブックリストが載っているのも、読書好きには嬉しいポイントです。

三番目は一番オーソドックスな、恋愛小説として読む方法。本書の原題は『ラベンダーの部屋』で、ジャンは熱愛していた女性マノンが理由を告げずに去ったあと、彼女と過ごした自室の部屋を封鎖してしまいます。マノンが数週間後によこした手紙は開封せずにテーブルの引きだしにしまいこんだままでした。そのテーブルを、夫に追いだされて着の身着のまま隣室に引っ越してきた女性にあげたことから、物語は一挙に動き始めます。ようやく開封した手紙の内容は、ジャンにとってはあまりに意外なものでした。抑圧して石のように凝り固まっていた心を大きく揺すぶられ、ジャンは一大決心をしてパリを発ち、マノンの故郷南仏へ向かいます。初読時には、手紙を開封せずに二十年間もそのままにしていたジャンの気持ちが理解できませんでした。わたしなら、すぐさま開封し、南仏へ向かうのに、と思い、マノンのことを思って地団駄を踏みました。たぶんその時点でもう物語の虜になっていたのでしょう。翻訳するにあたって何度も精読し、ジャンに寄り添えるよう努力しながら、彼の南仏への旅をたどるうちに、そういうこともあるんだろうな、とだんだん気持ちがわかってきました。読者のみなさんはいかがでしょうか?

最後は生と死と再生の物語、人生の書としてこの本を読む方法。わたしの一番好きな方法です。冒頭の献辞は作者がこの本を執筆中に亡くなった尊父に捧げられ、さらに「失われた者たちに、そして失われた者たちを今なお愛する者たちに捧げる」と続いています。

物語の主軸がジャンとマノンの恋愛にあるのは確かですが、ふたり以外にも何人もの人生が、それぞれの愛とともに語られます。ロケットに入れられた写真をなでながら亡夫への思いを語る女性。戦時中若い敵兵と知りあい恋に落ちながら、死と隣り合わせの彼の愛に応えきれなかったことを悔いる老婦人。破局したけれど、それなりに幸せだった結婚生活を後悔してはいないという中年女性。子どもの頃から癌と共存しながら前向きに生きる若い女性。亡父を体で覚えている、肩に頬をのせたときの感じ、手をつないだときの感触を覚えているという五十代の女性。読者の心の琴線に触れるそうしたエピソードが物語のあちこちに散りばめられています。どれも悲しいエピソードですが、愛した相手への強い思いと、その人と過ごした豊かな時間の重みが感じられ、読んでいて心が温かくなります。

おそらく読者のみなさんの多くにも大切な人を失った経験があり、そうした場面は深く身に染みるのではないでしょうか。この物語がベストセラーになった理由はそのあたりにあるように思います。まだ未読の方は、どうかゆったりできる場所で、たっぷり時間をかけて本書を読んでください。読み終わった後、いい時間を過ごせたなと思っていただけたら幸いです。

最後に作者のことを紹介したいと思います。一九七三年生まれ。一九九一年以来、ジャーナリスト、コラムニストとして活躍するかたわら小説を執筆。二〇一一年、『月と戯れる女』(Die Mondspielerin) でデリア (DeLiA) 賞 (ドイツ語で書かれた恋愛小説の最高峰に贈られる賞)、二〇一二年、夫との共作『命のゲーム』(Das Spiel ihres Lebens) でグラウザー (Glauser) 賞のベスト短編ミステリー部門を受賞。本作がベストセラーになった後にも、二〇一六年『夢の本』(Das Traumbuch) を、この五月には新作『夜の美』(Die Schönheit der Nacht) を発表。いずれも高い評価を得ています。機会があれば、是非みなさんに紹介したいと思います。

二〇一八年五月

遠山明子

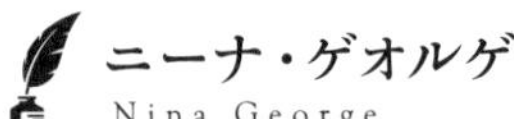

1973年ドイツ生まれ。作家、ジャーナリスト、コラムニスト。小説、ミステリー、ノンフィクションを含め27冊の本、および600以上の短編とコラムを執筆する。ドイツでロングセラーとなった本書は英題『The Little Paris Book Shop』としてニューヨーク・タイムズ紙のベストセラー入りを果たしたほか、37か国で出版され、累計150万部を超える世界的ヒット作となった。現在も精力的に執筆活動を続け、ドイツ・ベルリンと、フランス・ブルターニュの両方で暮らしている。
著者公式サイト（英語）：www.nina-george.com

遠山明子
Akiko Toyama

1956年神奈川県生まれ。上智大学大学院でドイツ文学を専攻。ドイツ文学翻訳家。訳書にキルステン・ボイエ『パパは専業主夫』（童話館出版）、ズザンネ・ゲルドム『霧の王』（東京創元社）、ケルスティン・ギア『時間旅行者の系譜』シリーズ（創元推理文庫）など多数。

装画・地図／船津真琴
装丁／藤田知子

Japanese translation rights arranged with
Janklow & Nesbit Associates
through Japan UNI Agency, Inc., Tokyo

セーヌ川の書店主

2018年7月30日　第1刷発行
2019年3月13日　第2刷発行

著　者——ニーナ・ゲオルゲ
訳　者——遠山明子

発行者——徳永 真
発行所——株式会社集英社
〒101-8050　東京都千代田区一ツ橋2-5-10
電話　03-3230-6100（編集部）
03-3230-6080（読者係）
03-3230-6393（販売部）書店専用

印刷所——大日本印刷株式会社
製本所——株式会社ブックアート

ISBN978-4-08-773494-2 C0097
定価はカバーに表示してあります。